La vulnerabilidad de ti y de mi

La vulnerabilidad de ti y de mí

NICOLA DINAN

Traducción de Carla Bataller Estruch

Ọ Plata

Argentina – Chile – Colombia – España
Estados Unidos – México – Perú – Uruguay

Título original: *Bellies*
Editor original: Doubleday, un sello de Transworld Publishers
Traducción: Carla Bataller Estruch

1.ª edición: agosto 2024

ISBN: 978-84-92919-66-6
E-ISBN: 978-84-10159-75-4
Depósito legal: M-14.903-2024

Fotocomposición: Urano World Spain, S.A.U.
Impreso por: Rodesa, S.A. – Polígono Industrial San Miguel
Parcelas E7-E8 – 31132 Villatuerta (Navarra)

Impreso en España – *Printed in Spain*

A la memoria de papá y de Kevin Chang.

1

VIENTRES

Llevaba un vestido la noche en que conocí a Ming.

Una multitud ocupaba el bar universitario; mis hombros recibían empellones cada vez que chicos vestidos de chicas y chicas vestidas de chicos accedían y dejaban la primera fila. Notaba una opresión en el cerebro, un envase al vacío sobre sus pliegues. Alcé la mirada. Grandes flores de papel colgaban del techo abovedado y unos espumillones se extendían desde un rincón del largo salón victoriano hasta el otro. La música retumbaba desde las puertas dobles frente a la barra.

El corpiño con volantes y estampado de leopardo del vestido me comprimía el pecho. Todo lo que Sarah tenía me venía demasiado pequeño. El vestido me impedía respirar hondo. Rob lo había cerrado con sus fuertes brazos y me silbó al oído cuando soltó la cremallera de metal. Un bulbo de miedo había florecido en el fondo de mi estómago cuando vi mi reflejo en el espejo de Sarah. Larguirucho como era, parecía que hubiera perdido una apuesta. Sarah estaba detrás de mí, tan erguida como Supernanny incluso con los pechos atados con celo. Su voz me resonó en el oído. ¡Esta noche te sentará bien, Tom! Relájate o parecerás un incel en una sala llena de drag queens. Mira a Rob. Señaló a Rob que, alto, daba vueltas en un rincón de la habitación de Sarah ataviado con un vestido blanco de lino; el bajo de encaje bailaba contra sus pantorrillas y el pelo castaño flácido le rebotaba en la frente.

Sarah poseía una nueva sabiduría monacal sobre todas las cosas queer, pero no el silencio monástico. Aunque había salido del armario después que yo, en pocos meses ya se había rapado, encontrado una nueva novia que se llamaba Lisa y fingido que entendía a Judith Butler. Como si nunca hubiéramos salido juntos. ¿Te puedes creer que Tom y yo fuimos pareja? Fue literalmente hace seis meses, Sarah.

Miré hacia atrás, por encima de las cabezas de la multitud del bar. Sarah estaba en la otra punta de la sala y abrazaba a un chico con una peluca rubio platino. Llevaba un corsé en la cintura y los pezones al aire. Al lado de Sarah parecía altísimo, con unos zapatos de tacón como zancos que asomaban por debajo de los pantalones de campana negros. Tenía mejor pinta que yo. Más como una estrella del pop que quería recuperar su imagen y menos como Liza Minnelli en unos mocasines negros sensatos.

Me giré hacia la barra y pedí tres copas al camarero pálido e inexpresivo. Una para Sarah, otra para mí y una tercera extra. Las llevé con las dos manos mientras salía de la multitud y alcé el triángulo de vasos para tomar un sorbo cuidadoso que me devolvió cierta levedad a la mente. Sarah me saludó con la mano. Dejé las bebidas en la mesa baja delante de ellos.

—Soy Tom —me presenté.

—Ming —dijo el chico.

Alargué la mano hacia él, pero Ming se lanzó a por un abrazo. El dorso de mis dedos chocó contra los huesos de metal de su corsé y el borde me presionó el pecho. Con sus tacones, medíamos lo mismo. Ming movió el brazo por mi espalda de un modo extrañamente familiar y luego se agachó para aterrizar en los cojines del sofá. Sarah se sentó a su lado y yo en el sillón contiguo. El borde de mi rodilla rozaba la de Ming.

De cerca, distinguí la cola granulosa que le ocultaba sus auténticas cejas. La base del maquillaje rellenaba los bordes de los pelos plastificados. Dos arcos finos de tinta se refugiaban sobre el borde del hueso de la frente y encuadraban sus largos ojos oscuros. El espeso contorno disfrazaba la punta de su nariz. Encima y debajo del maquillaje había un rostro hermoso. Un rostro delicado.

—Ming es amigo de Lisa —comentó Sarah—. Nos conocimos cuando volví de China.

El nombre de Lisa me provocaba incomodidad. Otro recordatorio de que Sarah iba por delante de mí y yo por detrás. Habían empezado a salir cuando se fueron a dar clase a un campamento de verano para niños ricos a las afueras de Pekín. La última conversación que mantuve con Sarah como pareja empezó a reproducirse en mi mente. Me pasaba a veces. El remix me ahorraba las minucias y solo mostraba los puntos destacables; daba gracias al paso del tiempo desintegrante y a las ganas activas de querer olvidar. Pese a todo, la incomodidad persistía. La conversación ocurrió después de que le dieran la plaza de profesora en el campamento. Estábamos en la cama y me miró con seriedad. ¿Por qué no has reservado aún los vuelos a Pekín? Es que no puedo. Hablo mandarín con fluidez, Tom, ¿cuán fácil quieres que sea este viaje? No puedo ir a visitarte porque soy gay. ¿Qué dices, Tom? Soy gay y creo que deberíamos romper. Y entonces mis ojos empezaron a echar agua como un grifo encima de su regazo. ¡No quiero que pienses que soy mala persona! Vale, Tom. Todavía siento las caricias frías de sus dedos sobre el pelo.

—Ming y Lisa escribieron una obra juntos el año pasado —añadió Sarah.

—¿Cómo se llamaba?

—*Vírgenes gais* —contestó Ming.

—¿Sobre qué iba?

—Sobre vírgenes gais.

Ming rio. Sarah se rio con él. La sonrisa del chico se agrandó hasta que le salió un hoyuelo en la mejilla. Me imaginé tocando esa hendidura carnosa. ¡Pim! ¿Qué cojones haces? Un pánico raudo me recorrió entero. Acerqué más las piernas al cuerpo; las manchas del estampado de leopardo se combaron cuando la tela se arrugó. Agarré uno de los vasos por el borde y se lo di a Sarah. Moví el tercero hacia Ming.

—Era para Rob —dije—. Ahora es para ti. No sé a dónde ha ido.

—Gracias.

Su mirada persistió en mí cuando me levanté el vestido para sacar la petaca de las medias; también extraje una bolsa de tabaco. Me incliné hacia delante y mi rodilla se clavó un poco más en la suya. Giré el tapón y vertí un poco de vodka en mi vaso, luego en el de Sarah y luego sostuve la petaca sobre el de Ming. Sus labios rojos se curvaron en una sonrisa y eché un poco en su bebida. Sentado a su lado, el vestido se me antojaba más natural.

—Salud —dijo Ming.

Nuestras miradas se encontraron cuando bebimos. ¿Eso que estoy captando es que quiere rollo? A lo mejor solo es contacto visual educado.

—¿Habéis visto a Lisa? —preguntó Sarah cuando bajamos los vasos.

—Creo que ha ido a la sala principal —contestó Ming.

—¿Vamos?

Alcé la bolsa de tabaco. Ming la siguió con los ojos.

—¿Te lío uno? —me ofrecí.

El chico sonrió. Miré a Sarah con la cabeza ladeada para indicarle que ella podía atravesar las puertas dobles. Nos dejó. Ming me acompañó cojeando hacia la salida. Los tacones le entorpecían el andar, así que, con cada paso que daba, me detenía un poco más sobre la punta del pie.

—Lo siento —dijo—. Voy muy lento con estos zapatos.

—No me había dado cuenta.

Ming examinó mis zapatos.

—¿Qué son? Parecen ortopédicos.

Dejé de andar y giré los pies hacia dentro para mirar los sencillos mocasines negros.

—Es lo único que tenía. No quería comprar nuevos. ¿Tan horribles son?

—Para la ocasión, sí. Pero no te preocupes. —Se tapó los ojos con la mano—. Los bloquearé de mi vista.

Me reí.

—Qué amable por tu parte.

Seguimos andando. Antes de dirigirnos fuera, eché un vistazo por encima del hombro y vi a Lisa y a Sarah, que ya se estaban enrollando junto a las puertas dobles. Creo que me gustan las chicas, Tom. Es genial salir con una persona que no es blanca y que lo entiende. A ojos de Sarah, salvo por el color de pelo, Lisa y yo éramos lo más diferentes que podíamos ser. Yo era un chico blanco desgarbado ataviado con el vestido de su exnovia. Lisa era una chica vegana que llevaba cuero vintage y un piercing en la ceja. Y asiática. Del sur, no del este, como Sarah, y solo por parte de un progenitor, pero daba igual. También medían lo mismo. Encajaban a la perfección. Verlas me hizo sentir solo.

Ming nos condujo hacia la barandilla que rodeaba el edificio. Estaba oscuro y un poco más tranquilo, lejos del patio donde los fumadores se sentaban en las mesas de pícnic o formaban grupos de pie en el césped. Ming me observó mientras liaba un cigarrillo. El frío se me enroscaba alrededor de los nudillos y las manos empezaron a temblarme un poco. En parte por los nervios, en parte por la congelación. Iba lento liando el cigarro. No solía fumar, solo cuando necesitaba un descanso. Pegué el papel con la lengua y le ofrecí mi mechero a Ming, pero se esperó a que liara otro para mí. Encendió entonces el suyo y sostuvo la pequeña llama delante de mí. Agaché la cabeza hacia el fuego y, en cuanto se propagó, Ming depositó el mechero de nuevo en mi mano. El cigarro fino le colgaba entre el dedo índice y el corazón; sus caladas eran largas y permitió que una columna de ceniza se acumulase en el extremo.

—¿Cómo es una obra de teatro sobre vírgenes gais? —pregunté.

—Hicimos una especie de teatro inmersivo. Cada personaje era queer y se consideraba virgen. Uno era un hombre mayor que se había acostado con un montón de tipos, pero nunca con una mujer. Otra era una mujer queer con endometriosis y no podía tener sexo con penetración. Había un hombre que se crio en un pueblo pequeño y era virgen en todos los sentidos de la palabra, pero sobre todo en lo gay.

—Qué interesante.

Ming soltó un largo «bah».

—Pensábamos que era rompedor, pero para nada. Creo que les gustó a los heteros. A los gais les pareció aburrida.

Dio otra calada del cigarrillo. Me pregunté qué pensaría sobre mi entusiasmo por *Vírgenes gais*. Un momento, ¿se pensará que soy un gay virgen?

—Me gusta tu maquillaje —comenté—. ¿Te has maquillado tú?

Ahogó un grito.

—¡Qué maleducado! Si no llevo nada de maquillaje. —Esbozó una sonrisa satisfecha y bebió un trago grande de su vaso. Observé cómo el líquido le recorría la garganta. Ming me miró por encima del borde—. El estampado de leopardo te queda bien.

—Me lo ha prestado Sarah.

—¿También te ha maquillado ella?

—Sí.

Ming arrugó el ceño y me examinó la cara. Mi mirada vagó hacia el césped. Me incomodaba su escrutinio. Me acordé de Sarah cuando me había agarrado por el mentón con una mano. Cielo santo, Tom, ¡deja de moverte! El lápiz ceroso se deslizó por encima de mi arco de Cupido y el pequeño pincel plano coloreó el espacio intermedio con unos pincelazos cortos y agresivos que me aplastaron los labios.

—No te ha hecho justicia —comentó Ming. Una sonrisa apareció despacio en mis labios. Las mejillas sonrojadas me dolían por el frío. Bajé la mirada hacia los pies. A lo mejor sí que quiere enrollarse conmigo. A lo mejor no soy tonto por pensarlo—. Aunque te pareces a Liza Minnelli.

—Ah. —Mira que lo sabía. Ming apoyó el codo en la barandilla y se agachó hacia el césped—. ¿Tienes frío?

—Mírame los pezones. —Se los señaló, hinchados como balines de aire comprimido—. Podrían sacarle un ojo a alguien. Solo necesito sentarme un segundo. Me duelen los pies.

Me reí y luego me senté cerca de él en el césped, con las rodillas contra el pecho. Ming se acercó para apoyarme el codo en el muslo y me rozó la rodilla con un lado de la mano. Me bebí lo que quedaba en el vaso de plástico. Había un millón de cosas interesantes que decir y no se me ocurría ninguna.

—¿Conociste a Lisa por la obra? —pregunté, aunque mentalmente proferí un gruñido.

—Éramos amigos de antes. Aunque ella aún no había salido del armario. Era la única virgen gay de nuestra amistad. —Reí de nuevo. Noté el peso de mi cuerpo sobre el césped mojado. La humedad del suelo ascendía por el vestido de Sarah—. Tú saliste con Sarah, ¿verdad?

—Sí, hace tiempo ya.

—No hace tanto.

Un fogonazo de vergüenza me recorrió el cuerpo. Intenté restarle importancia con una carcajada.

—Lo sé.

Ming machacó la colilla en la grava.

—¿Fue duro? —preguntó—. O sea, lo de ser gay y salir con una chica.

Lo fue. Sarah había sido mi primera y única novia, pero hacia el final de nuestra relación los pensamientos que había intentado evitar se desparramaron como gotas de colorante alimenticio en agua, un líquido verde que se expandió hasta que solo pude ver la tinta. Y luego se me encogía el estómago cada vez que notaba su cuerpo cerca del mío y solo se calmaba cuando le daba la espalda en la cama. La vieja incomodidad que me apresaba cuando Sarah y yo nos acostábamos había cobrado un significado nuevo y comprendía que los hilos que nos habían cosido juntos surgían de la cobardía. Una cosa era sentir que no quería algo y otra saberlo, decirlo o vivirlo. En ese momento se me retorció el estómago de solo pensarlo.

—No me obligué a hacerlo ni nada —contesté—. Pensé que era lo que quería, hasta que me di cuenta de que no. A ella le pasó lo mismo, creo.

Dejé el vaso en la hierba junto al de Ming y apagué el cigarrillo. Saqué la petaca y se la ofrecí. Dobló los largos dedos alrededor del tapón para desenroscarlo y dio un trago rápido. Arrugó la cara por el sabor. Me la devolvió y acto seguido me besó en la mejilla. Enderecé la espalda. Noté que me ardía la cara.

—Gracias —dijo. Su aliento cálido flotó hasta mi oreja. Me había puesto duro. Ming habló de nuevo antes de que pudiera inclinarme hacia él—. Me alegro de que os hayáis podido entender.

Lo miré con una sonrisa débil. Tenía la mente espesa; la tensión había regresado.

—Todavía me siento un poco lento —dije.

—¿A qué te refieres?

—Creo que salí tarde del armario.

Estaba compartiendo demasiada información con él, pero me sonsacaba las palabras con su encanto. La gente no preguntaba lo suficiente sobre esas cosas. Nadie quiere admitir que uno puede salir del armario pero no de la habitación.

Miré de nuevo hacia la izquierda, a la gente del patio. Rob había aparecido al otro lado del césped. Tenía el bajo del vestido salpicado con gotas rosas de zumo de arándanos. Hablaba con una chica. Era guapa, pero estaba flaca como un palillo, de una forma que parecía arrebatarle la juventud del rostro. El vestido rojo de látex se pegaba a ella como la piel de una cereza. Llevaba unos guantes a juego que le alcanzaban la mitad del brazo. Los dos se hallaban debajo de una farola amarilla pegada a la pared del edificio. Ese era el escenario de Rob. Reía mientras gesticulaba sobre la chica y movía los brazos por el estrecho diámetro del haz de luz, con la enorme cara llena de expresión. Sabía el tipo de cosas que decía. ¿Conoces a Tom? Es mi mejor amigo. ¡Y es gay! En el puto sur las copas están carísimas, ¿verdad? ¿Alguna vez has hecho un trío? Si te paras a pensarlo, es una forma muy natural de acostarse con alguien, ¿no crees? La chica se rio. A Rob nunca le hacía falta decir mucho más.

—¿Ese es Rob? —preguntó Ming.

—Sí.

—Está con mi compañera de piso, Cass. Cree que está bueno.

—Lo está.

—Pero tú más.

—No, qué va.

—Que sí.

—Que no.

—Para —dijo Ming.

—¿El qué?

—No hay nada más aburrido que una persona sexi que no sabe que lo es. —Me apretó el antebrazo. La polla se me movió contra los muslos. Musité un «gracias» mudo—. Es la verdad. Además, no has salido tarde del armario. Intenta no preocuparte demasiado. Volvamos dentro.

Me sentí a la defensiva de repente, aunque yo había sacado el tema. ¿Quién dice que esté preocupado? ¡No estoy nada preocupado! Me levanté del césped. Ming dio otro trago a la petaca y extendió la mano libre. Lo levanté del suelo.

Dentro, la multitud en la barra había menguado, así que Ming se puso en primera fila y nos pidió dos copas. Sarah y Lisa no se habían movido. La espalda de Sarah seguía apoyada en el marco de la puerta, con las rodillas dobladas ligeramente para que Lisa se inclinara sobre ella. Mi mirada recayó en las caderas de Sarah; movía la pelvis hacia adelante y hacia atrás. Sarah delante. Yo detrás. No se fijaron en nosotros cuando pasamos a su lado, hacia el sonido de la segunda sala. Vigilé por si había seguratas y eché las últimas gotas de la petaca en las copas.

Una drag queen daba vueltas en el escenario con una falda hecha de vasos rojos de plástico. Ming y yo bailamos juntos entre la multitud. Le rocé la cadera con los nudillos y luego moví la mano por su espalda hasta que le toqué con los dedos la parte más estrecha del corsé. Nos miramos mientras nos balanceábamos, primero al ritmo de la música, después a nada en concreto.

Mientras nos contemplábamos, sentí ese miedo del verano que acababa de pasar. El mismo miedo que cuando me tiré a ese tipo cerca de la casa de mis padres. Vivía con su abuela y me invitó a ir un día que ella no estaba. Había fotos de su familia por todas partes y nos sonreían con aprobación mientras me lo tiraba en el sofá. Era el mismo miedo que intenté echar por la garganta de ese banquero pelirrojo, el que esperaba que se lo tragara, pero me lo dejó dentro. Tosió, apoyó las manos en las caderas, se sentó de cuclillas y resopló. ¡Eso han sido al menos dos gramos de proteína, muchacho! Le aparté los hombros de un empujón y casi se cayó al suelo. ¡Puto tarado!

Ming y yo bailamos cada vez más y más cerca hasta que su sonrisa me rozó los labios. Las puntas de nuestras lenguas se dieron la mano. Se apartó un poco y luego me acercó la boca al oído.

—¿Quieres venir a mi casa?

Caminamos agarrados de la mano hacia su casa. La suya estaba fría, desconectada del calor del cuerpo. Le froté despacio el dorso con el pulgar para transferirle un poco de calidez. Tomamos una de las carreteras principales que atravesaba la ciudad, bordeada de escaparates cerrados para la noche. Al otro lado de la calle, un grupo de hombres borrachos se rieron de nosotros desde el pub. Tenían pinta de que para divertirse rompían sillas en la espalda de los demás. Me había olvidado de cómo iba vestido. Uno de los hombres salió a la carretera. Los musculosos muslos le abultaban en los vaqueros ajustados. Su bronceado era artificial. Incluso en la oscuridad le distinguí las cejas en forma de bumerán, producto de la cera caliente y de una mano demasiado entusiasta.

—¿Me dais un beso, señoritas? —gritó.

Seguí andando, pero Ming ralentizó el paso para lanzarle un beso al hombre. Este se rio, Ming se rio y los hombres al otro lado de la calle se rieron. Me sentí el blanco de sus bromas. Seguimos andando.

—¿No te parece interesante? —dijo Ming—. En plan, ese hombre llevaba el mismo nivel de drag que nosotros. Es como la teoría de la herradura del género. Seguramente hayan mezclado el alcohol con Armani Code. —Dejó de andar—. Dame un segundo. Me duelen los pies. —Me apoyó la mano en el hombro y se sacó los tacones uno a uno—. Iré descalzo. Y si alguien se mete contigo, le... —Alzó el brazo que blandía el tacón.

Me reí. Pasear volvía a ser fácil y dejé de pensar en el maquillaje, el vestido con estampado de leopardo y los malditos zapatos que no pegaban con nada. Giramos en una callejuela secundaria y subimos los peldaños de su casa. Me condujo por la escalera oscura a su habitación. Se encendieron las luces. El cuarto era sencillo. Un escritorio al lado de la ventana, una cama pulcra. Un espejo alto, una cómoda y un perchero de pie junto a la pared. Vi un montón de ropa en el extremo más alejado, que sobresalía por debajo de la cama. Odiaba el desorden, pero a lo mejor había una explicación razonable. Quizás había sonado la alarma de incendios cuando iba a guardar la ropa. O había sufrido una conmoción cerebral.

Contemplé el enorme cuadro enmarcado de una granada abierta sobre la cama; cada semilla rosa medía lo mismo que mi mano. Algunas se habían soltado de la membrana blanca y se derramaban de la cáscara rojiza.

Ming se quitó la peluca para revelar una mata de pelo sudado, oscuro y con la raya en medio, igual que el mío, pero más liso. Rebuscó en un cajón y sacó un paquete de toallitas.

—Te he mentido. En realidad sí que llevo maquillaje.

Me reí. Me estaba riendo mucho. Notaba tensas las comisuras de la boca y la parte baja de las mejillas. Deja de reírte tanto. Di algo interesante. No se me ocurrió nada.

Ming sacó unas cuantas toallitas y me las ofreció. Lo observé limpiarse el maquillaje. Deslizaba la toallita por los planos de piel que se formaban cada vez que estiraba y contorsionaba la cara. Las líneas que había dibujado se borraron y, por debajo del pegamento disuelto, aparecieron sus cejas negras y espesas. Se estiró los ojos para frotar el grueso delineador. Su mandíbula cuadrada emergió de las capas de pigmento que desaparecían poco a poco; los ojos parecían más pequeños en su rostro y su nariz menos delicada. Lo único que no había cambiado eran los labios coquetos. Quería besarlo y tocarlo de nuevo, aunque no me moví. Comportamiento típico de un gay virgen.

—¿Qué tal estoy? —preguntó.

—Precioso.

Me senté en la cama y empecé a limpiarme el maquillaje. Froté hasta ver que el papel húmedo había quitado el color de la cara. Miré a Ming, que señaló el espejo de pie junto al escritorio. Me levanté para ver mi reflejo. La sombra negra se había extendido alrededor de los ojos, como un moratón bien maduro. Llegaba hasta el borde de los pómulos. El pintalabios rojo formaba un cerco alrededor de mi boca ancha. Nos reímos.

—Hazlo con cuidado —me indicó. Me dio otra toallita. Me restregué los ojos cerrados hasta ensuciarla toda. Me salieron manchas rojas en la mejilla y notaba un escozor en la piel. Ming sonrió—. Mucho mejor.

Me condujo al baño del rellano. Echó una gota de líquido blanco en su mano y luego en la mía. La masajeó por las mejillas y la frente. Lo imité. Me eché agua del grifo en la cara y me entraron gotas en los ojos. Ming se secó y luego me pasó la toalla. Apoyé la cara en los fragmentos húmedos que habían tocado su rostro. Regresamos a su dormitorio y me senté cerca del cabezal de la cama, donde dibujé triángulos en la sábana blanca con el índice. El silencio entre los dos pesaba. Debería haberlo besado en el baño.

—¿Tienes algo para beber? —pregunté.

Ming esbozó una sonrisa de sorpresa, que se transformó en un gesto de comprensión amable. Me sentía un poco tonto. ¡Siempre hay que besar al chico en el baño!

—Iré a por unas cervezas —se ofreció.

Salió por la puerta y regresó con dos latas y dos vasos vacíos, donde sirvió las cervezas. Di un sorbo y él se sentó en el otro extremo de la cama; solo conseguí beber espuma y la masa se disolvió en gotas de líquido y gas. Tragué, pero se me quedaron pegadas en la parte superior del pecho. Señalé el cuadro a mi espalda.

—¿Lo has pintado tú? Es precioso.

—Sí, en verano. Cuando estaba en casa con papá.

—¿Dónde está tu casa?

—En Kuala Lumpur.

—No suenas malayo.

—¿Y cómo suena un malayo?

Me reí sobre el vaso. En ese momento, el mundo parecía pequeño y bochornoso.

—¿Tus padres aún viven allí? —pregunté.

—Mi padre sí. Mi madre murió hace seis años.

—Lo siento. —Asintió con una sonrisa dulce y subió las dos piernas a la cama para acercarse a mí. Encorvó los hombros alrededor del vaso que sostenía entre los muslos. Su mirada recayó en el pozo ámbar de su regazo—. ¿Volverías allí?

—No.

—¿Por qué no?

—No es que sea un sitio de moda para gente queer. Me aislaron de lo peor, pero tampoco podría, no sé, ir de la mano de un hombre. Me gusta vivir en un sitio donde pueda hacerlo.

Estiré los dedos y extendí el brazo para agarrar a Ming de la mano. Suave. Con el pulgar, le acaricié los nudillos, donde la piel se arrugaba sobre el hueso. Dejé la cerveza en la mesita de noche a la derecha. Agarré su vaso y lo dejé a la izquierda y luego me acerqué a él.

Ming se tumbó bocarriba mientras nos besábamos. Nuestras lenguas se volvieron enérgicas. Él se levantó para apartarse un poco. Alzó los brazos y me pidió que le aflojara el corsé. Había muchos nudos. Tiré de la masa de cuerdas negras hasta que el entramado de cordones quedó colgando. Los paneles del corsé se partieron con la lentitud tectónica de los continentes y su espalda era el manto por el que se abriría el mundo. Se dio la vuelta y le quité los ganchos de delante. Ming soltó un largo suspiro cuando se liberó del corsé. Las costillas se le expandieron al respirar.

Me saqué el vestido por la cabeza y luego le quité los pantalones de terciopelo. Le recorrí el cuerpo con la boca; la punta de su pezón se deslizó por la ranura de mis dos dientes frontales y aterrizó en el interior de mi boca. Ming sonrió.

Me pasé casi todo el polvo sonriendo. Los titubeos fueron más divertidos que torpes y, cuando por accidente Ming me propinó un codazo en la cara, me acarició la mandíbula y la besó para que no doliera.

Después, cuando me quedé tumbado sin aliento sobre Ming, noté un sentimiento que burbujeaba bajo la sonrisa tonta de mi cara, primo hermano del miedo de ese verano y del que había sentido en la pista de baile con Ming. Era un miedo más intenso del que había sentido con el banquero o con el otro chico. Sabía que, en esa ocasión, se trataba de algo más que del dolor de articulaciones de una juventud llena de vergüenza. No quería a más banqueros ni a más chicos en sofás de viejas. ¿Y si la cosa acababa allí? ¿Y si no quería volver a verme?

Arreglamos la cama y nos tumbamos uno al lado del otro debajo del edredón. Ming curvó la espalda en perpendicular a la mía y apoyó la cabeza sobre mi pecho para luego deslizarse sobre las costillas y acabar en la barriga.

—¿Qué haces? —le pregunté.

—Aquí se oye todo. No de un modo asqueroso, sino relajante. Cuando era pequeño, me tumbaba sobre la barriga de mi madre. Pruébalo.

Levantó la cabeza y se enderezó. Coloqué la oreja sobre su abdomen y escuché los gorjeos graves bajo su piel. El sistema subyacente parecía más grande y potente que el estómago de un chico. Ming me acarició el pelo y me cubrió la oreja con la mano. Cerré los ojos. Era un cañón oscuro e infinito. El mar profundo, profundísimo; el espacio exterior.

—¿Crees que volverás a hacer drag de nuevo? —preguntó. Levanté la cabeza y me tumbé a su lado.

—No sé. No me ha gustado. ¿Tú sí?

Cerró los ojos y bostezó; una mano se aferraba a la mía y la otra la apoyaba sobre el pecho.

—Sí. Me siento más seguro en mi cuerpo cuando hago drag.

—¿Normalmente no te gusta tu cuerpo?

—¿A alguien le gusta?

Mi silencio sirvió de respuesta. No me gustaba mi cuerpo, pero, en mi opinión, un cuerpo solo era eso. Un cuerpo. Me acordé de que Sarah solía ponerse delante del espejo para pellizcarse los michelines y quejarse sobre sus piernas cortas. Le respondía con comentarios tranquilizadores, como debe hacer un novio. ¡Tienes unas piernas largas y preciosas! ¡Puede que sean las piernas más largas que he visto en mi vida! ¡No cambies, por favor!

—¿Y qué pasa cuando haces drag? —pregunté. Ming bostezó de nuevo y movió el pulgar de un lado para otro sobre el mío.

—Es como si dejara de ser mi cuerpo. En plan, no me siento tan acomplejado.

—Qué raro —dije. Ming guardó silencio. El pulgar se quedó quieto. Me arrepentí de haberlo dicho con ese tono—. Tienes un cuerpo precioso.

Ming abrió los ojos y me sonrió. Lo besé. No apartamos la cara.

—Vamos a dormir —propuso.

Sus dedos agarraron el interruptor de la lámpara y nos sumieron en la oscuridad. Nos arropamos más debajo del edredón. No soñé con nada.

Cuando desperté a la mañana siguiente, Ming se removió en la cama. No nos tocábamos. La luz de la habitación se asomaba por entre mis párpados. Los abrí. Mi cara daba a la mesita de madera. Estudié los desconchones en la capa de pintura blanca. El vaso de cerveza seguía allí. Una rayita de burbujas recorría la superficie de la cerveza, sin chisporrotear ni disolverse, sostenida en estasis. Entró una ráfaga de brisa por la ventana, que me acarició la mejilla y se estampó contra el vaso. Las burbujas bambolearon.

2

CORAZÓN

Cuando llegaron las vacaciones de Navidad, me preocupó que dejáramos de hablar, pero nos escribimos todos los días. Me despertaba en plena noche para ver mensajes desde Malasia. Cuando Ming regresó en enero, lo retomamos con normalidad.

Empecé a saltarme clases para pasar las mañanas con Ming; luego me ponía al día con los apuntes de Rob o ni me molestaba. Ming nunca iba a clase. Pocas cosas le importaban, excepto el teatro.

—Me gusta hacer reír a la gente —me contó—. ¡Y hacerles llorar! Que sientan cosas, ya sabes. O puede que lo que me guste sea controlar la sala. Denúnciame.

Ming se estiró por encima de mí para llegar a mi portátil sobre la mesita. Tecleó la contraseña y abrió el navegador.

—Tengo clase en media hora —dije.

—Tom. —Me miró con los ojos y la boca bien abiertos—. Tenemos los días contados. Estamos en segundo. Disfruta de ser un vago mientras puedas. Dejar de lado tus responsabilidades acaba siendo deprimente al cabo de un par de años.

Fingí suspirar y me acerqué más a él. A Ming no le hacía falta estudiar. A veces, cuando iba a su casa, lo descubría haciendo cosas que no hacían otros estudiantes. Lo encontraba leyendo en voz alta uno de sus guiones de pie sobre su silla, preparando pasta fresca o encorvado sobre un cuenco de metal para hacer kimchi.

Ming buscó un vídeo. Solía ser él quien los elegía. En una ocasión, le hice ver un videoensayo sobre el comunismo de lujo totalmente automatizado, pero se quedó dormido a la mitad. A mí me daba igual lo que viéramos, me gustaba que Ming me enseñara cosas. Puso una actuación de Britney Spears en los VMA y colocó el portátil entre los dos, una mitad sobre cada muslo. Lo rodeé con un brazo. Su mirada pasaba de la pantalla a mi cara. Lo hacía a menudo. Se ponía nervioso por si no me gustaban los vídeos, así que, cuando Britney Spears levantó una serpiente por detrás de su cuello, ahogué un grito y miré a Ming boquiabierto.

—¿A que mola? —exclamó.

Vimos un par más y luego me habló sobre los vídeos veganos que le gustaban, aunque él no fuera vegano. Clicamos en el de una mujer vegana que comía cosas altas en hidratos y bajas en grasas. Peló la piel manchada de dos docenas de plátanos y los licuó para comérselos de una sentada. Tenía el cuerpo de una supermodelo y la cara curtida de una pensionista. Al parecer, solo tenía treinta y cinco años. La mirada de Ming estaba fija en mí mientras en la pantalla la batidora removía la carne amarilla hasta formar una bebida pálida y viscosa. Echó mano del teclado.

—Lo siento. Es una tontería.

—No. —Le agarré la mano y se la aparté—. Veámoslo hasta el final.

Nos quedamos inmóviles mientras la mujer bebía litros de zumo de plátano. Se dio una fuerte palmada en la tersa barriga para demostrar que no estaba hinchada. Cuando terminó, Ming apagó el ordenador y me besó.

—Ayer lie un par de porros. ¿Quieres uno?

Asintió. Enrosqué un calcetín en el detector de humo y me senté en una de las viejas sillas junto a la ventana de mi cuarto. Desnudo, con los codos separados, una rodilla arriba y otra abajo. Encendí el porro. Ming se puso unos guantes y se envolvió con el abrigo antes de sentarse en la otra silla. Se le enfriaban demasiado las manos incluso dentro de casa. Era una bola temblorosa de tela. Quería apretarlo con fuerza. Sostenía el porro entre los dedos, engordados por una capa gruesa de lana negra. El extremo incandescente del canuto se acercaba a las fibras sueltas.

El tiempo nunca transcurría a la misma velocidad que cuando estaba con Sarah, pero nunca me había gustado Sarah del modo que me gustaba Ming. No me había gustado nadie tanto como Ming. Nunca había deseado ofrecerle tanto tiempo a una persona y me sentía igual de ansioso lejos de él que feliz a su lado. Nos pasamos el porro mientras mirábamos por la ventana del piso que compartía con Rob. Daba a una calle adoquinada. Al otro lado había un enorme campo, donde unos chicos construidos como camiones jugaban al rugby en la parte más alejada. Siempre me asustaba lo mucho que comían esos chicos. Un pollo asado para desayunar, otro para comer y otro para cenar. Sus pedos podían matar a un niño pequeño.

—¿Te gustan los chicos así? —pregunté.

—No. Prefiero el tuyo.

—¿Mi qué?

—Tu cuerpo —contestó. Me miró y examinó mi desnudez de arriba abajo. Contuve el aliento durante el proceso. A veces creía que me descifraba demasiado bien—. ¿Te gustaría estar así de macizo?

—No lo sé. ¿Y a ti?

—No. Qué asco. No tengo los problemas paternos necesarios para estar así.

Se puso a mirar de nuevo por la ventana y algo en sus ojos pasó de enfocado a desenfocado. La tensión en las cejas. Los hombros alzados. Se llevó dos dedos al cuello y los mantuvo allí hasta que su cuerpo pareció relajarse. No era la primera vez que lo veía hacerlo, ni la primera que me refrenaba para no preguntarle nada al respecto. Le devolví el porro.

—En el colegio era colega de chicos como esos. Pero ya no.

—¿Por qué no?

—Esa amistad siempre se me antojó superficial. Y quería empezar de cero.

—¿De cero y gay?

—Sí, puede. Algo así, pero Rob y yo terminamos por trabar amistad con algunos chicos como esos en primero.

—¿En serio?

Ming alzó las cejas y echó humo por la comisura de la boca. Parecía mayor, cansado de mi historia sobre amigos de mierda.

—Sí, pero nos acabamos alejando. Eran idiotas pijos o idiotas pijos que fingían no serlo, y decían cosas como: «Esta canción es la polla en vinagre» o afirmaban ser del sur de Londres cuando en realidad se habían criado en Surrey.

Ming se rio con malicia.

—¿Qué crees que te llamó la atención de Rob?

—Tenemos mucho en común. Como la música, creo. La semana que nos conocimos fuimos a un concierto de Flying Lotus. Y los dos queríamos ser DJ. —Ming asintió y yo seguí hablando—. Y luego juntamos pasta y compramos las mesas de mezclas del salón, para poder aprender y tocar alguna noche de fiesta.

Ming asintió de nuevo, porque ya había oído una versión de la historia. Era menos impresionante de lo que parecía, y eso que ya no era impresionante de por sí. El listón estaba bajo para el house y el techno, porque la mayoría de discotecas de la ciudad aún ponían *Cha Cha Slide*. Y no a todo el mundo le gustaba. Cada vez que actuábamos, al menos una pija nos pedía que pusiéramos *Temperature*, de Sean Paul, y tenía que explicarle que ese no era nuestro rollo. Las palabras salían de mi boca cargadas de repelús.

—También fuimos a una escuela pública —añadí.

—Meeeeec. —Ming imitó el sonido que ponen en los concursos cuando das una respuesta equivocada. Agachó un poco la cabeza y alzó los ojos—. Tu escuela no cuenta.

—¿Qué?

—Es una de las mejores del país.

—¿Cómo lo sabes?

—La he buscado —rio. Dio unos golpecitos al extremo del porro con el dedo índice y la ceniza cayó en las baldosas—. Todo esto es una farsa muy británica. O al menos una de clase media.

—Tú fuiste a una escuela privada. Y encima internacional.

—Pero no finjo lo contrario.

Me ruboricé. Joder. Sabía y no sabía a la vez lo que estaba haciendo: optaba por forma en vez de por sustancia, elegía la narrativa que favoreciese la imagen que tenía de mí mismo. No sabía si era un hábito humano o británico. Me reí a pesar de la vergüenza. Quería cambar de tema.

—¿Qué me dices de ti? ¿Alguna vez has sido amigo de chicos como esos?

Dio una última calada y tosió; luego machacó el porro en el cenicero del alféizar. Subió las rodillas a la silla y las sujetó con los brazos tapados por el grueso abrigo.

—No. Seguí mis instintos masculinos y me aferré a un grupo de chicas populares para sobrevivir. Supongo que es casi lo mismo.

—¿Y qué me dices de Rob? —pregunté—. Ahora es amigo tuyo.

—Solo soy el paquete de expansión del mejor amigo gay.

Solté una carcajada. Como tenía frío, me levanté de la silla y me puse la ropa. Me quedaba ancha. La ropa de Ming tenía líneas definidas y etiquetas caras. Yo vestía pesados vaqueros gruesos de una tienda vintage, una chaqueta de ante que había comprado en una tienda benéfica cerca de la casa de mis padres y, debajo, una sudadera con un logo en el pecho. Era un pájaro carpintero bordado con delicadeza que pertenecía a una sociedad ornitológica de Maine. La gente que no lo entendía a veces me preguntaba por su significado. No, no soy de Maine. Sí, es un pájaro carpintero. No, la verdad es que no me van mucho los pájaros. Pero había aprendido a vestir así, había aprendido a encontrar ropa así; porque, si lo hacía de ese modo, entonces otras personas pensarían que tenía buen aspecto, uno relajado, y eso me daba igual, pero al mismo tiempo no. Me senté en el borde de la cama.

—¿Vamos a comer? —preguntó Ming.

Asentí. Fui a lavarme los dientes. En el baño, la espuma blanca se me acumuló en las comisuras de los labios. La limpié y luego me arranqué unos cuantos pelos aislados entre las cejas, del mismo modo que me había enseñado mamá. Hace unos años, encontré unas pinzas en mi mesa de su parte. No te voy a decir que debes hacerlo, Tom. Yo estoy aquí para darte las herramientas, pero no es una obligación. No debes sentir vergüenza, es solo por si quieres. A veces veía cómo sus instintos maternales y sus instintos de psicóloga negociaban entre sí a tiempo real.

Me froté la piel de alrededor de la cara como si amasara. Ming me había dicho en una de nuestras primeras citas que me parecía a Anna Karenina. Bueno, cuando era joven y si fuera un hombre. Es por el pelo oscuro, los grandes ojos azules y los labios más grandes aún. Y porque tienes cara tristona. Cara de Anna Karenina enfadada. Y Rob igual. No se parece a Anna Karenina, sino a Jean-Paul Belmondo. Un avión podría aterrizar en su nariz. Y sus labios lo mantendrían a flote si se cayera de un barco. Y ese pelo negro y la cara alargada... ¡Exquisito!

—A lo mejor por eso pasáis tanto tiempo juntos —dijo.

En ese momento, fingí que lo entendía. ¡Ah, sí! Ya lo entiendo. Cuando fui al baño del pub, me senté en el cubículo y busqué a esas dos personas.

Regresé al dormitorio y me encontré a Ming poniéndose algunas prendas que había dejado en mi armario. Observé el inicio suave de los músculos en su espalda y sus muslos, largos pero definidos, y el modo en que desaparecieron cuando se subió los pantalones y volvieron a asomarse por encima de la camisa y el jersey. Salió del cuarto para lavarse los dientes.

Regresé a la ventana. Me quedé mirando a los chicos de rugby y me pregunté si Ming diría la verdad al asegurar que prefería mi cuerpo. Era difícil discernir lo que la gente quería en realidad. Nunca he sido musculoso y no sé si podría serlo. Ming regresó, con gotas de agua en las mejillas y el cepillo de dientes en la mano.

—Podrías dejar un cepillo. —Junté las dos manos y me froté la punta de los dedos—. Porque pasas mucho tiempo aquí.

—Guau, un cepillo —exclamó Ming y su rostro se comprimió en una seriedad forzada—. Creo que estamos yendo demasiado rápido. —Me reí—. ¿Seguro que a Rob no le importará?

—Qué va. Ni tampoco se dará cuenta.

Regresó al baño y salió con las manos vacías. Nos pusimos una capa tras otra de ropa y dejamos el dormitorio. Al acercarnos a la puerta principal, oímos risitas procedentes de la habitación de Rob, a mano izquierda. Risitas de chica.

—¿Cass? —le pregunté a Ming en voz baja.

Asintió. Rob había empezado a acostarse con su compañera de piso, Cass. Era una chica rara. Citaba cosas de un programa de televisión muy nicho que nadie, excepto Ming, entendía. Editaba selfis borrosos en cuadros de Goya y capturas de *The Only Way Is Essex* encima de las cuales ponía citas de Hemingway o a veces parte de la letra de una canción de Destiny's Child. No sabía si quería incluirla más en mi vida. De todos modos, Rob se acostaba con muchas chicas y no era difícil ver que ella estaba más interesada en la relación que él. Desconocía por qué Ming no había dicho nada sobre que Cass pasaría la noche aquí.

Ming sacó el móvil. Sonreía cuando me enseñó un mensaje de Cass.

Iré a casa de Rob después de unas cuantas copas. Te veo allí. Me ha preguntado si he oído hablar del libro ese, Sapiens. Sigue obsesionado con eso. ¿Qué cojones me pasa?

Fuimos andando a un local cercano de una cadena de restaurantes. Notaba el paso ligero, la cabeza en las nubes. Flotábamos juntos por las calles. Tenía veinte años, pero en instantes así era como si recuperase la levedad que no tuve en la adolescencia. En aquella época, me emborrachaba en las fiestas y mantenía conversaciones despreocupadas mientras otros adolescentes se enrollaban en los dormitorios del piso superior. Luego ayudaba a recoger los vasos y las latas sin que nadie me lo pidiera. Los profesores me decían que era concienzudo y sensato, porque tampoco tenía espacio para ser mucho más.

Dos chicos con jerséis de Hollister pasaron a nuestro lado. Los suéteres eran de dos tonos distintos de granate. Uno estaba descolorido, pero podrían haber sido la misma prenda en una pared tecnicolor.

—No juzgues la ropa de otra gente —dijo Ming y me arañó el centro de la palma con el dedo.

—Son como una valla publicitaria andante para una fábrica de explotación laboral —repuse. Ming chasqueó la lengua—. Solo es cuestión de gusto, ¿no? —dije; sabía que sonaba superficial—. Y de ética.

—No es solo gusto. —Ming me soltó la mano para gesticular—. Estás siendo muy londinense. Entiendo lo de la fábrica, pero no lo de que es cuestión de gustos. Tus gustos no se han formado alrededor de una calle moribunda de Coventry.

—¿Desde cuándo te has convertido en un experto en calles de Coventry?

—¡Mira, lo acabas de hacer! Fíjate en cómo has dicho Coventry, como si estuvieras tosiendo flemas.

—Soy amigo de Rob, Ming. Él no es de Londres.

—¡Yo no soy esnob! —me imitó Ming, con una mano en el pecho—. ¡Mi mejor amigo es de Manchester!

Suspiré y puse los ojos en blanco, aunque me reí cuando entrelazó el brazo con el mío. Estos intercambios eran fáciles. Ming solía llamarme la atención enseguida por mis opiniones malpensadas, pero también perdonaba con rapidez, aunque no tuviera por qué disculparse de parte de Coventry. Seguía siendo vergonzoso, otro sello en el pasaporte de mi marxismo Moët, pero no había nada de tensión.

El restaurante era a mitad de precio para estudiantes si ibas a comer entre las doce y las seis. Llegamos a las doce y media. Nos sentamos en un reservado con bancos de polipiel roja. Nos dieron pan y pedimos dos pizzas y dos macarrones con queso para compartir. Nos miramos y reímos de los ojos inyectados en sangre de Ming. Agarró una botella de aceite de chile para rociar el pan, pero se soltó la tapa y ahogó las rebanadas en una mancha del color del coñac.

—Mierda —exclamó con las manos empapadas de aceite y luego se rio—. Mírame los dedos.

—Mira el pan.

Había caído un poco de aceite en la mesa. Agarramos servilletas y lo limpiamos antes de que lo viera alguien. La madera brillaba donde se había derramado el aceite. Una pareja de ancianos, sentada en el reservado contiguo, nos sonrió. Parecían muñecos de plastilina. Muñecos muy viejos. Llegó la comida.

Ming clavó el tenedor en la cazuela de macarrones y tiró. El tenedor subió y subió, pero un cordón cabezota de mozzarella se alargó hasta volverse fino como un cabello. No se rompió ni siquiera cuando Ming estiró el brazo todo lo que pudo. Me miró boquiabierto antes de darle otro tirón. El hilo se rompió hacia arriba y Ming lo atrapó con la punta enroscada de la lengua. Nos echamos a reír, primero por lo bajo y luego sin control. Las miradas de la pareja de ancianos se convirtieron en ceños malhumorados. Nos reímos más. Ming lloraba y encorvaba la espalda, que movía arriba y abajo. Me limpié lágrimas de los ojos. Agarramos los trozos de pizza con las manos y los codos apoyados en la mesa.

—Me encanta comer con las manos —dijo Ming.

—A mí también.

Mientras masticaba el extremo de una corteza sobrante, la voz de mi madre me atravesó la mente. Tenía once años y me había burlado de Krish por comer con las manos, aunque a esa edad yo también me lanzaba trocitos de queso Babybel y pavo Peperami en la boca con los dedos sucios. Mis padres se quedaron mortificados cuando Krish se chivó. Mamá me llevó a la silla de sus clientes y se sentó delante de mí. Inspiró hondo y me habló con su voz de madre-psicóloga. Tom, por favor, no te burles de la gente por su procedencia o sus prácticas culturales, porque los comentarios desconsiderados duran toda una vida en la mente de la víctima y llamar a alguien «comepuños» no es tan inteligente ni divertido como te crees. De hecho, creo que no tiene ni sentido. Si no puedes dejar de decir esas cosas por ti, ¿al menos podrías hacerlo por nosotros? La gente creerá que lo has oído en casa. Nos perjudica a papá y a mí, porque, en nuestra profesión, intentamos ayudar a la comunidad, no hacer daño. ¿Y si el colegio de papá se entera? ¿Y si se enteran mis clientes? El resultado sería muy, muy malo. ¿Lo de «comepuños» se le ocurrió a Peter Reynolds?

Decidí guardarme el recuerdo; sentí un cosquilleo cálido en las mejillas y la nuca. Tomé otra porción de pizza y me comí dos lonchas de pepperoni a la vez. Ming sostenía un trozo con las dos manos y, tras morderlo, lo dejó en la mesa mientras masticaba. Se llevó los dedos otra vez al cuello. Al apartarlos, dejaron una pequeña mancha brillante.

—¿Qué es eso? —pregunté.

—¿Qué?

—Lo que haces. —Me llevé dos dedos al cuello y noté el pulso—. Esto.

—Me compruebo el pulso.

—¿Por qué?

Guardó silencio un momento y luego apoyó los antebrazos en la mesa.

—Tengo TOC.

—¿Qué?

Me lanzó una mirada inquisitiva, como si valorase mi estupidez.

—Trastorno obsesivo-compulsivo.

—Sé lo que significa TOC. Pero diría que no sé lo que es el TOC exactamente. Lo siento, debería saberlo, por mi madre y todo eso.

—No hago cosas en plan ordenar las galletas Oreo cuando las meto en un tarro —respondió Ming y se reclinó en el asiento del banco—. Leí un artículo sobre una persona de veinticuatro años que se murió de un ataque al corazón. A veces noto como si el corazón dejara de latirme, por eso me compruebo el pulso. Y entonces late con fuerza. Como un juez con su martillo. Y me entra el pánico. —Se llevó los dedos al cuello—. Tengo que dejarlos ahí hasta que todo regresa a la normalidad. —Miró con fijeza el plato—. Ya sé que, bueno, la ansiedad hace que el corazón palpite raro, pero cuando me pasa esto parece muy real. Como si, durante unos segundos, creyera de verdad que me voy a morir y para convencerme de que no moriré tengo que comprobarme el pulso.

Preocupación. Recordé los dedos de Ming en el cuello y la quietud imperturbable de su rostro cada vez que lo hacía. Tres meses para enterarme de que ocultaba pensamientos de muerte inminente.

—¿Cómo se arregla?

—Y yo qué sé. Has oído hablar de la TCC, ¿verdad?

—Terapia cognitivo-conductual.

—La he probado, pero no la terminé porque no me gustaba mi terapeuta. Se quitaba cosas de entre los dientes con el dedo meñique. Pero no pasa nada, me las apaño. Antes era mucho peor. Y cuando estoy contigo lo hago menos.

Una calidez agradable me envolvió el pecho. Estiré el brazo por encima de la mesa pequeña para apoyarle los dedos en el cuello. Le acaricié la mandíbula con el pulgar. Sentía que el pecho le latía despacio. Los latidos se suavizaron y fue como si sostuviera su vida entre mis manos. Al cabo de un momento, me aparté. Ming tomó otro trozo de pizza y dirigió la mirada hacia la pareja de ancianos.

—¿Cuál crees que es su historia? —preguntó.

—No sé.

—¡Venga ya! Es una buena práctica.

—¿De qué?

—De escritura.

Miré a la pareja. Permanecían sentados en silencio y sostenían el menú con las dos manos. Sobre el pecho les colgaban cadenas a juego, enganchadas a sus gafas de carey. Me devané los sesos para ver quiénes podrían ser.

—Se casaron jóvenes —propuse—. Les encantan las antigüedades.

—¿Y?

Arrugué los labios. Estaba azorado y frustrado con mi imaginación, superficial y aburrida. Pensé en qué podría tomar prestado de la vida. Tenía un tío al que le gustaba coleccionar mierdas varias. Se me ocurrió una idea.

—Ella colecciona adornos de vidrio en forma de gato, pero nunca ha tenido un gato. Una vez, él le rompió su favorito. No hablan sobre el tema.

Ming rio.

—¿Qué gato era?

—Uno egipcio.

—¿Y qué pose tenía?

—Pues… —Callé un momento—. Meditaba.

—Muy buena.

Qué alivio más dulce.

—¿Tú cuál crees que es su historia? —pregunté.

—Son swingers de caravana desde hace tiempo. A él le va el pegging. A ella las mordazas, pero como es alérgica a la silicona, usan una de madera.

Bajé el cuello mientras me reía por la nariz. Al lado de Ming, mi mente parecía plana, una autopista urbana y no una carretera sinuosa con giros bruscos y desvíos. Los pensamientos de Ming parecían un lugar emocionante, uno que me gustaría visitar. Mis padres no vivían en un sitio remoto, no se me ocurrían juegos divertidos ni tenía los cojones de actuar y que me vieran.

En una ocasión gané cien libras en una tarjeta de rasca que encontré en la calle. Otra vez, presencié cómo Shia LeBeouf le propinaba un cabezazo a otra persona en un pub de New Cross. Eran cosas superficiales. No decían nada sobre mí como persona. No era como si Shia LeBeouf me hubiera dado un cabezazo a mí, aunque me habría gustado que lo hiciera.

Ming carraspeó.

—¿Puedo hacerte una pregunta personal? —dijo. Asentí y le di un mordisco a la pizza—. ¿Cómo era el sexo con Sarah? No sé cómo conseguías que se te levantara.

Tosí. El bocado de pizza no quería bajar. La expresión de Ming siguió siendo desenfadada mientras aguardaba con paciencia a que dejara de ahogarme. Habíamos llegado a mi represión. Deposité la pizza en el plato, convertida en un trapezoide fofo. Me imaginé sobre Sarah: nuestros gemidos sintéticos competían en volumen y engaño, la sangre abandonaba mi cuerpo para subírseme a la cabeza mientras mi mente corría en círculos.

—¿Por qué quieres saberlo?

Ming se encogió de hombros.

—Se me acaba de ocurrir. O sea, no sé cómo lo conseguías. Pero no hace falta que respondas.

—Tranquilo, puedes preguntarme lo que quieras. Soy un libro abierto. —Tosí de nuevo en el puño apretado—. No se me levantó en muchas ocasiones. Si salía a correr un rato, entonces no me costaba tanto. Lo mismo si tenía resaca. También me venía bien cerrar los ojos.

—Joder.

Alcé los hombros hacia las orejas. Ming apartó las manos del regazo y las colocó delante de sí en la mesa.

—Pensaba que tenía disfunción eréctil —añadí—. Hace un par de años, cambié mucho mi dieta.

—¿Cómo?

—Pues a ver. La leche y el queso eran malos porque los productos lácteos absorben el estrógeno de las vacas. El atún era bueno. Empecé a comer latas de atún entre las comidas, incluso en Navidad.

Ming abrió la boca del estupor.

—¿Creías que la leche te hacía gay?

Le conté la reacción de mamá cuando fui a bajar la bolsa de basura de mi cuarto. Ella estaba sacando la compra de Tesco de una bolsa de arpillera que consiguió en Whole Foods. Tom, suena como si llevaras una bolsa llena de latas y veo que llevas una bolsa, así que deduzco que está llena de latas. Es atún, mamá. ¿Atún? Latas vacías de atún. Sus rasgos (las cejas, los ojos, los labios) se separaron los unos de los otros con consternación.

—¿Y funcionó? —preguntó Ming.

—Sí, ahora soy hetero.

Los dos nos echamos a reír. Ming apartó el plato unos centímetros. Solo se había comido cinco porciones.

—¿Cómo es que seguiste siendo amigo de Sarah? —inquirió.

—No sé. Rob y ella nunca dejaron de serlo, supongo que por eso. —Di un mordisquito a una de las cortezas y mastiqué—. Pero me alegro. Sarah es muy divertida, aunque también es como la vocecita en tu cabeza que te dice cosas que no quieres oír. Puede ser un puto incordio, pero lo dice con amor.

—Amor duro —añadió Ming.

Terminé el último trozo de mi pizza y luego me comí la de Ming. Después de comer, el colocón se había pasado y un dolor de cabeza se abría paso por mi cráneo. Era un día invernal sin nubes; Ming sugirió que fuéramos al jardín botánico. Le escribí a Rob para preguntarle si quería venirse. Respondió que sí y me pasó, sin venir a cuento, un enlace a unas canciones de Kaytranada, como solía hacer.

Rob llegó antes que nosotros y nos lo encontramos apoyado en los portones de hierro de la entrada, ataviado con una vieja chaqueta de borrego y vaqueros claros. Ya había dejado la bicicleta en el aparcabicis. Atravesamos la puerta y mostramos nuestros carnets de estudiantes al anciano sentado en un pequeño pabellón de cristal. Nos indicó por señas que accediéramos al estrecho camino cubierto por las copas de unos árboles perennes. Llegamos a una encrucijada y giramos por un sendero más estrecho aún, flanqueado por narcisos de un intenso amarillo, crocos púrpuras y arbustos secos de color verde, crema, rojo y naranja sin saturación.

—No os he oído esta mañana —comentó Rob.

Me pregunté si Ming mencionaría las risitas o si se lo tomaría con calma por Cass.

—Nos marchamos bastante temprano —respondió—. Estarías dormido.

—¿Has llegado a clase? —pregunté.

—¿A nuestra clase? Sí, justo a tiempo.

Rob entrelazó el brazo con Ming. Me retrasé un par de pasos para observarlos mientras charlaban. Ming daba zancadas largas y lentas. Se metió las manos en los bolsillos de su chaqueta bomber, con los codos separados.

—¿Qué tal va la obra? —inquirió Rob.

—Ya es una realidad. La representación será el mes que viene.

—¿Y de qué va?

Ming sonrió.

—Trata sobre una lesbiana adulta llamada Dorothy que decide casarse con su amigo gay como tapadera, pero luego lo deja plantado en el altar.

—¿Cómo se llama?

—*Un amigo de Dorothy.*[1]

—¡Mi abuela decía eso!

—¿En serio? Entonces es real. Se le ocurrió el título a Lisa. Yo estaba escéptico.

---

1. «A friend of Dorothy» en inglés, esta expresión apareció a mediados del siglo xx para referirse de forma encubierta a otras personas queer. Surge a partir del icono gay Judy Garland y de su papel de Dorothy en *El mago de Oz* (1939).

—Lo es. Tú eres amigo de Dorothy, ¿verdad?

—Pues claro —replicó Ming—. Nuestras madres iban juntas a clases de Lamaze.

Rob giró la cabeza hacia mí.

—¿Y tú, Tom? —preguntó.

—No la conozco.

Se rieron. Ming también se giró para mirarme con una sonrisa amplia y dulce.

—¿Por qué deja al amigo? —preguntó Rob—. Aparte de por ser lesbiana.

—La verdad es que es por eso. La obra habla sobre que sublimar nuestros auténticos deseos para cumplir con unas comodidades banales nunca es sostenible. Dorothy es la primera en darse cuenta.

—¿Te cuesta? Escribir obras y tal.

—Creo que la idea siempre es lo más complicado. No sabes si vendrá a ti. Pero, en cuanto tienes una idea, puedes confiar en que todo lo demás acabará por encajar en su sitio.

—Tiene sentido. Qué guay que sepas hacer todo eso.

Ming se apoyó en el hombro de Rob, que le plantó un beso en la coronilla. El sol me dio en la cara mientras observaba una mata de tallos de color óxido, como un nido de dedos que señalaban el cielo. Había cúmulos de pensamiento en el sendero sinuoso y compartían frontera con unos cuantos arbustos de dafnes que rodeaban una fuente de varios metros de ancho. El agua goteaba por unas tazas escalonadas en el centro. Ming y Rob se acomodaron en un banco a unos pasos del agua y yo me senté junto a Ming. Rob bostezó.

—¿Hay baños en alguna parte? —preguntó—. Necesito mear con urgencia.

Ming señaló un matojo espeso de campanillas blancas. Rob se rio.

—Antes hemos pasado junto a unos baños —le respondí—. A mano derecha.

—Vale, papá.

Se levantó del banco y se fue por donde habíamos venido.

Ming me agarró la mano.

—Me alegro de que hayas dejado el cepillo de dientes en mi casa —comenté.

—¿De verdad?

—Podrías dejar otras cosas.

—¿Como un douche?

Solté una carcajada y nos relajamos contra la dura madera del banco. Hablamos sobre Lisa, sobre que a Ming le costaba manejar la ansiedad de la chica por la obra. Le pregunté si sentiría más compasión por ella debido al TOC.

—Cualquiera diría que sí —rio—. Pero cuando estás convencido de que vas a sufrir un infarto, un gasto extra de veinte libras en el presupuesto para la decoración no parece tan malo. Es un fastidio preocuparse por eso.

—Entiendo.

Guardamos un silencio cómodo que Ming rompió.

—Lisa me ha enseñado una cosa que se llama técnica Meisner.

—¿En qué consiste?

—Te sientas delante de otra persona y observas lo que está haciendo. Luego lo dices en voz alta y la persona tiene que repetirlo. Y luego hace lo mismo contigo, cada vez que haya algo que observar. ¿Lo probamos? Ponte delante de mí.

Metí las manos en los bolsillos y me levanté del banco. Me situé a un metro de él. La gravilla crujió debajo de mis zapatos. Ming dejó las manos sobre el regazo. Nos miramos.

—Estás sonriendo —dijo—. Ahora di: estoy sonriendo.

—Estoy sonriendo.

—Cambias el peso de un pie a otro.

—Cambio el peso de un pie a otro.

—Ahora comenta algo sobre mí —propuso Ming.

—Estás temblando.

—Estoy temblando. Pareces feliz.

—Parezco feliz.

Me sentía feliz. Tenía la pregunta que quería hacerle en la punta de la lengua. El corazón empezó a latirme con rapidez, el miedo me recorrió todas las arterias, me cosquilleó en el pecho, traqueteó en los dedos de los pies. Ming habló de nuevo.

—Hay gente que lo hace durante mucho rato. Te saca de tu cuerpo y sintonizas con la otra persona. A veces solo necesitas escuchar y que te escuchen. Te mantiene receptivo.

—¿Quieres ser mi novio? —pregunté.

Ming abrió la boca de par en par y luego la curvó en una sonrisa. Asintió. Doblé las rodillas hacia el banco para besarlo mientras se reía. Nos apartamos al cabo de un momento.

—¿Seguimos con la técnica? —preguntó con una sonrisa.

Asentí y me aparté de nuevo. Ming me miró los pies.

—Estás moviendo los dedos de los pies.

—Estoy moviendo los dedos de los pies. Estás jugueteando con los pulgares.

Oí pasos a mi espalda. Miré y saludé a Rob con la mano.

—Estoy jugueteando con los pulgares. Estás mirando hacia atrás.

—Estoy mirando hacia atrás. Estás moviendo el culo.

Rob se sentó y nos observó sin preguntar nada, como si tuviera todo el sentido del mundo que Ming y yo nos estuviéramos describiendo.

3

CONTROL

Me despertó el sonido de alguien vomitando. Miré el reloj. Eran las dos de la madrugada. Levanté el torso con una sacudida. Ming se removió, sin despertarse. Aparté la colcha y, de puntillas, rodeé su cama hacia la puerta. Enrosqué los dedos alrededor del pomo y lo giré para abrirlo despacio y amortiguar el chirrido de la madera. Me quedé inmóvil en el umbral. Más vómitos y un grifo abierto. Procedía del baño. Tardé un segundo en darme cuenta de que era Cass. Pensé que estaría borracha, o enferma, pero esa noche se había quedado en casa y parecía bien. Luego recordé que Ming había mencionado de pasada que tenía problemas con la comida. Me pregunté si dichos problemas cobrarían ese aspecto.

Me aparté de la puerta y la cerré con toda la suavidad posible. Regresé a la cama con Ming. Cass tuvo un par de arcadas más antes de que yo cerrara los ojos. El sonido se repitió en el fondo de mi mente. Tuve pensamientos injustos.

Por la mañana, Ming y yo nos despertamos a la vez. Se estiró en la cama con un bostezo cavernoso. Me gustaba el sonido que hacía al flexionar la mandíbula, el chasquido húmedo de su lengua al separarse del rosa de las mejillas y del paladar. Por lo general, Ming respiraba sin hacer ruido; su nariz y su boca eran una carretera fluida. La única señal de vida en él consistía en el sube y baja de su pecho. Me permití fijarme en esas cosas, visto que se había convertido en mi novio.

El brazo de Ming aterrizó en mi vientre desnudo y la protuberancia huesuda del interior de su codo se alojó en mi ombligo.

—¿Qué has soñado? —pregunté.

—Con mi padre, qué raro. No dejaba de gritarme Michael dentro de nuestra casa en Malasia, pero yo no podía encontrarlo.

—¿Michael?

—Me llama así.

—¿Por qué?

—Nací Michael. En mi certificado de nacimiento, es mi primer nombre. Eso es lo que quería mi padre. Ming es mi segundo nombre y así me llamaba mi madre.

—¿Me estás diciendo que he tardado cuatro meses en saber tu nombre?

—Soy todo un misterio.

Le hice cosquillas. Ming rio y se retorció; el susurro de las sábanas era como ruido blanco. Su cuerpo se desplomó sobre el mío cuando paré las cosquillas y apoyó de nuevo el brazo en mi vientre y la cabeza en el hombro. Cuatro meses se me antojaban mucho tiempo. Sabía que, cuando empezabas a conocer a alguien, los detalles pequeños se escurrían, que el tiempo tiraba de los fuelles del acordeón hasta revelar las cosas grabadas en los pliegues de cartón. Pero cuatro meses era mucho tiempo. Cuatro meses para descubrir el nombre de mi novio, otro nombre, un nombre viejo. Cuatro meses no eran una mentira, pero me ponía de los nervios. Me pareció un pensamiento presuntuoso, así que lo enterré.

—¿Era algo cultural? —pregunté.

Ming tarareó pensativo. El sonido me vibró por el brazo y el cuello.

—No, diría que no. O es posible. Me llamaron Michael hasta la adolescencia. No sentí que encajara conmigo. Cuando pienso en Michel, me imagino a, no sé, un hombre mayor enfadado.

—Algún día todos seremos hombres mayores.

Silencio. El cuerpo de Ming se movió en la cama. Exhaló y el aire me recorrió el esternón.

—Debería haber añadido: y hetero. Pero bueno, me cambié el pasaporte cuando mi madre murió.

A veces, Ming racionaba la información sobre su madre, como pequeños paquetes de detalles y recuerdos. Tenía el pelo negro largo y en las fotos sonreía con la boca estirada y los dientes separados, como en plena carcajada. Ming sonreía del mismo modo. Había heredado la anchura de sus rasgos. Apenas hablaba sobre ella; más bien hablaba dando rodeos. Me había contado que, de pequeño, había pasado mucho tiempo en hospitales, tanto que el olor a desinfectante aún le provocaba arcadas. Conocía lo básico para diferenciar un lunar bueno de otro malo. Me contó que nunca hay que mover a alguien si sufre convulsiones. La muerte de su madre se había convertido en una estrella a partir de la cual había cartografiado otras cosas. Su lugar favorito en Malasia era el jardín del lago en el pueblo natal de su madre, no muy lejos de donde habían esparcido sus cenizas. Su padre volvió a casarse dos años después.

Ming se levantó de la cama y subió los estores de la ventana de guillotina. El mecanismo inundó la habitación de luz. Me tapé los ojos con las manos. Ming regresó a la cama. Observé el árbol de fuera. Las ramas acariciaban el cristal. Ming apoyó el lado derecho de la cara en mi pecho. Noté el lento latido de mi corazón en su mejilla y el latido del suyo en la costilla. Iban descompasados.

Bajó la cabeza hacia mi vientre. Cuando su oreja aterrizó, me rugió el estómago de hambre. Nos reímos. Su cabeza regresó a mi pecho y apoyó la mano plana sobre mi cuerpo.

—Creo que anoche me pareció oír a Cass vomitando. No supe qué hacer.

Ming se enderezó, con lo que apartó la mano y movió el culo hacia el cabezal de madera. Su semblante parecía pensativo.

—Gracias por decírmelo.

—Fue bastante asqueroso.

Arrugó las cejas, con el rostro hacia mí. Sabía que había dicho una tontería.

—¿Asqueroso? Cielo santo, Tom. ¿Seguro que tu madre es psicóloga?

Sentí vergüenza. El fantasma de mamá flotaba detrás de Ming y se masajeaba las sienes mientras negaba con la cabeza.

—Lo siento —dije—. ¿Cómo puedo ayudar?

Ming soltó aire por la nariz y curvó la espalda contra el cabecero.

—No lo sé. A veces solo hay que estar a su lado.

—Vale. Siento haber dicho que era asqueroso.

—No pasa nada. —Me dio un beso en la mejilla—. Pero no se lo cuentes a nadie, ¿vale? —Extendí el brazo por detrás de él y sobre la cama. Ming se tumbó de nuevo de costado y apoyó la cabeza en mi codo—. Llevo un tiempo queriendo decirte una cosa.

—¿El qué?

—¿Te gustaría venir a Malasia este verano? Mi padre caga millas de viaje y creo que me dejará usar unas cuantas. Podemos conseguir vuelos más baratos.

Noté un temblor en el pecho que irradió hacia el estómago, como una preocupación cálida. La invitación me puso nervioso y me emocionó a partes iguales. A lo mejor Ming se lo ofrecía a mucha gente. ¿Y si no lo decía en serio? Quizá solo lo había mencionado de pasada.

—Me encantaría —respondí—. Pero no te preocupes por las millas.

¿Cuánto costaba un vuelo a Malasia? No lo sabía, pero dejar que su familia me lo pagara me parecía raro. Tenía dinero ahorrado por haber trabajado el verano anterior en el pub que había en la calle donde vivían mis padres. Si iba con cuidado hasta después de los exámenes, a lo mejor me bastaba con ese dinero. Nos pusimos de lado para quedarnos tumbados en paralelo durante unos minutos.

—Llegaré tarde —dijo Ming—. Tengo que ducharme.

Saltó del colchón y salió del cuarto. Me di la vuelta para enterrar el rostro en la almohada de su lado de la cama. Oí su voz, que contrastaba con el ligero trino de la de Cass. La madera de la puerta se tragaba la definición de las palabras, pero oí mi nombre en medio del ruido. Me gustaba cómo revoloteaba entre sus bocas.

Oí el goteo del agua procedente del baño. Cuando se detuvo, Ming regresó al dormitorio envuelto en una toalla, que sujetaba por debajo de las axilas. Se apartó del espejo y la dejó caer al suelo para elegir la ropa del perchero de pie. El agua que le caía por la espalda oscureció la camisa verde claro. Los pantalones le quedaban altos en la cintura.

Ming se comprobó el pulso antes de agarrar el bolso de la silla y colgárselo del hombro. Luego recogió un abrigo largo de lana del perchero.

—Te veo luego, después de *Un amigo de Dorothy* —dijo—. ¿Puedes salir solo?

Asentí. Me besó antes de marcharse. Me revolqué un poco más y luego me vestí. Hice la cama de Ming, agarré la bolsa y bajé las escaleras. Cass estaba en la cocina, de pie con el móvil apuntado hacia los zapatos. Se dio la vuelta y sonrió; llevaba las trenzas recogidas en un moño.

La abracé. Me inundó su perfume, que olía a madera barnizaba. Siempre se empapaba con él.

—¿Qué haces? —pregunté.

—Estoy sacando fotos de mis pies con zapatos viejos. —Estiró la pierna de nuevo y echó el torso hacia atrás—. A veces vendo zapatos viejos por eBay. Es un fetiche para algunos compradores. Mi préstamo estudiantil se ha retrasado.

Me apoyé en el marco de la puerta y la observé mientras sacaba fotos con el talón estirado sobre la mesa y el resto de la pierna al descubierto.

—¿Los vendes por mucho dinero?

—Acabo de vender cinco pares andrajosos por doscientos pavos.

—Pero ¿qué dices?

—Es cierto. —Se mordió el labio—. ¿Podrías ayudarme con las fotos? Ming me suele echar una mano. Desde este ángulo no salen bien.

Me ofreció el móvil, pero me quedé inmóvil. No quería aceptarlo de un modo que pareciera entusiasta. Me pregunté cómo me implicaba aquello. No en un sentido legal, aunque no sabía si lo que hacía Cass se consideraba trabajo sexual. ¿Era Cass una trabajadora sexual? ¿En qué me convertía eso a mí? Agarré el teléfono y me agaché junto a ella. Saqué la foto. Cass se inclinó para ver el resultado.

—Vale… —dijo, alargando la segunda sílaba—. Has sacado el zapato. En plan, el zapato se ve bien en la foto.

—¿Qué he hecho mal?

—Parecen piernas de peluche —respondió y con el dedo rodeó sus piernas largas en la pantalla—. La longitud vende. Quiero que las piernas parezcan rascacielos.

—¿Como el Gherkin?

Se rio y me devolvió el teléfono.

—Ni por asomo.

Saqué unas cuantas fotos más. Se quitó las zapatillas y me dijo que aguardara un momento. Un segundo más tarde, regresó con otro par. Me puse a hacer más fotos.

—¿Cómo acabaste haciendo esto?

—Fue sin querer. Pensé que podía conseguir cinco libras por unos zapatos viejos, pero la gente no dejaba de pujar. No sabía por qué, hasta que empecé a recibir mensajes de gente para pedirme que describiera el olor. Ahí ya me encajó todo.

Le devolví el teléfono y se puso a examinar las fotos.

—¿Por qué tienes tantos zapatos?

—No tengo tantos. A veces compro un par en una tienda benéfica y los ensucio con algo de tierra o me los pongo un par de días sin calcetines.

Quería hacerle más preguntas. ¿Te avergüenza? A lo mejor era ofensivo pensarlo, pero quería saberlo.

—¿Sientes vergüenza a veces?

Cass me miró boquiabierta, como si al decir la palabra «vergüenza» esta empezara a existir. Me estremecí. Imbécil. Miró el teléfono y luego los zapatos. Cuando fijó los ojos de nuevo en mí, fue con el semblante decidido.

—¿Por qué debería sentir vergüenza? —preguntó.

—No lo sé. Lo siento. Ha sido una pregunta absurda.

—Mi madre me daría una paliza —dijo con suavidad—. Pero no pasa nada. Lo que no me gusta es que a veces me toca flirtear. Me preguntan cuán sucios tengo los pies y esas cosas.

—¿Y qué respondes?

—Que están muy sucios. —Sacudió la cabeza y luego sacó la cadera y ladeó la cabeza, como si se dispusiera a regañarme—. Soy una chica sucia con los pies sucios. —Me reí—. Pero bueno, es una forma muy sostenible de reutilizar zapatos viejos. Estamos tan alejados de la cadena de suministros que me alegra contribuir en algo y venderlo.

—¿Con suciedad?

—Algo es, ¿no?

Sonreí. Trabajo sexual o no, que Cass me contara aquello como si nada y me pidiera que sacara las fotos era propio de alguien a quien todo le daba igual. Y no lo decía solo por los zapatos, sino también por la ropa llamativa. El maquillaje. Aquello era síntoma de la falta de preocupación, comorbilidad con confianza. Me costaba conciliarlo con los sonidos de la noche anterior. Y entonces me acordé de Ming. De su corazón, de cómo la elegante bravuconería podía esfumarse con la amenaza de la preocupación; a veces, esas dos mitades de su ser tampoco tenían sentido para mí. Por primera vez entendía a Ming y a Cass como amigos. No sabía cómo me sentía al respecto.

—¿Qué vas a hacer hoy? —pregunté.

—Iré a ver la obra de Lisa y Ming —contestó con cierta ligereza.

—Ah, yo también.

—Me lo mencionó Rob. Creo que luego vendrá aquí.

Me sonrió, pero con intensidad, como si intentara localizar las palabras privadas de Rob en mi rostro. Cass es divertida, ¿verdad? Aunque espero que no piense que esto va a algún lado. ¿Ming te ha dicho algo? No es por ella. Eso lo entiende, ¿no?

Me sentía mal por Cass, porque sabía y había escuchado todo eso de Rob, pero no era culpa de mi amigo que Cass estuviera tan apegada a él. Me obligué a hablar con un tono monótono y le dije que nos veríamos más tarde.

Mientras atravesaba el puente y el río hacia el piso que compartía con Rob, me fijé en que el sol se reflejaba en la superficie del agua, partido y dividido por las suaves ondas como una partícula en cadenas. Cuando llegué al otro extremo del puente, el viento arreció al pasar por el túnel que formaban la estrecha carretera y las hileras de viejas casas torcidas. El aire me presionaba la piel de la cara y unos fríos zarcillos de viento se colaron por debajo del jersey. Al llegar a la casa, pasé el llavero por el lector y subí las escaleras anticuadas hasta el piso.

Dentro, Rob estaba tumbado en el sofá, con el cuerpo largo debajo de una manta de punto. La tenue lámpara de pie se cernía sobre él. El cuello colorido de una de sus camisetas compradas en una tienda benéfica asomaba por debajo de la sudadera negra. Unos dibujos animados se movían dentro del rectángulo de luz de su portátil en la mesita de café. Giró la cabeza hacia atrás y esbozó una sonrisa que reveló el hueco entre los dos dientes delanteros.

—Hola, guapo —saludó—. ¿Dónde estabas?

—En casa de Ming. Cass dice que te verá después de la obra.

—Ya, puede. Veré cómo estoy después.

Dejé la bolsa junto al sofá y fui a la cocina estrecha, al lado del salón. Era demasiado pequeña para que cupieran dos personas de lado. Los electrodomésticos eran de un blanco roto, con manchas y cercos de color marrón, mezcla de suciedad, óxido y grasa. Ya estaba así cuando nos mudamos. Rob había dejado un plato en el fregadero. Lo fregué por él. Había una mancha de algo en un cuenco que se estaba secando, así que lo limpié también.

Llevé un vaso medio lleno de agua al salón y me senté en la otra punta del sofá. El florero en la mesita estaba lleno de tulipanes amarillos, naranjas y rosas.

—¿Te gustan las flores? —inquirió Rob.

—Pues sí. Gracias por comprarlas. —Un pinchazo de afecto resonó en mi pecho. Guardamos silencio unos minutos más—. Creo que anoche oí a Cass vomitar en el baño.

El semblante de Rob se iluminó de la sorpresa. Boca abierta, cejas arqueadas.

—Joder, ¿estaba enferma?

—No. Ni tampoco había bebido demasiado, vamos. Creo que estaba vomitando la comida.

—Hostia. —Rob apretó los dientes—. No sabía que estaba tan mal. Porque eso es malo, ¿verdad?

—Sí, pero no le digas a nadie que te lo he contado.

—Claro que no.

Rob arqueó las comisuras de la boca en una sonrisa amplia, pero con los labios cerrados. Se le curvó el ojo hasta que fue como un dumpling cerrado y los iris desaparecieron detrás de la piel condensada. Mis labios y ojos lo imitaron. Nos reímos.

Me tapé con la manta y puse las piernas sobre las de Rob. Acercó las manos a mi pie para masajearme el tierno arco. Sus manos eran fuertes y la presión de los anchos pulgares suavizó los nudos que habían formado los pasos matutinos. El ritual me hizo sentir normal, de una forma que no sabía que necesitaba, ahora que, más mayor, estaba fuera de casa; pero me sentí bien. En el colegio, nadie, ni siquiera yo, quería cambiarse de ropa junto al chico que todos creían que era gay. Inhalé la sospecha que colgaba en el ambiente del vestuario, junto con el olor a cloro, sudor y el desodorante Lynx Africa. Ese olor se aferró a mis entrañas como si fuera plomo. El masaje de Rob drenó los viejos abscesos. También se comportaba así con sus hermanos. Lo había visto cuando fui de visita a la casa de sus padres en Manchester, el verano anterior. Me impactó lo tiernos que podían ser. Cómo se tumbaban encima del regazo de los demás o se sentaban abrazados. Conmigo, Rob era incluso más tierno, no recibía manotazos sin provocación. A veces me preguntaba si se sentía cómodo haciendo todo aquello conmigo o solo fingía, pero a lo mejor la única forma de cerrar la distancia entre la persona que eres y quien finges ser es seguir fingiendo. Dejó de masajearme el pie al cabo de unos minutos y lo aparté de su regazo para reemplazarlo por el otro.

—No tientes a la suerte. —Sacudió la cabeza y se rio, pero me masajeó también el segundo pie. Arrugó el ceño—. ¿Sabes eso de que a veces estás con alguien y ves que le brillan los ojos y sabes que está pensando cosas como: «Qué es esto» o «Qué somos»? Cuando estoy con Cass, sé que lo está pensando y es en plan, joder.

—¿Podría cambiar?

—No lo sé. Me gusta estar con ella. Es inteligente e interesante. Me presta libros. ¿Has leído *El mito de la belleza*, de Naomi Wolf? —Negué con la cabeza—. Es muy bueno. Me voló la cabeza, la verdad. Pero bueno, si Cass está triste no me siento bien y si me necesita para algo acudiré enseguida a su lado. Pero en general estoy bastante contento, ¿sabes? No sé bien qué necesito de alguien. Y, si vamos en serio, no sé qué sacaré de ahí. —Movió los dedos para masajearme la espinilla—. A lo mejor la intimidad no me resulta natural.

—Mmm. Ve con cuidado. Parece un poco frágil.

—No sé. ¿Lo dices por el tema de la comida?

—Sí, pero también en general.

Rob ladeó la cabeza, pensativo, como si observara el tablero de un detective, una red de fotos sin sentido, chinchetas e hilo. A lo mejor estoy relacionando cosas sin necesidad. Rob no es responsable de la mierda de Cass.

—Ming me ha invitado a visitar su casa en Malasia —añadí.

—Joder. —Rob me miró alerta—. ¿Vas a aceptar?

—Sí, claro. Será guay. Nunca he estado. En Asia, quiero decir.

—Seguro que la casa de Ming es la hostia.

—Es bastante grande, sí. Mira, me envió unas fotos durante las vacaciones de Navidad. Ahora te la enseño.

Nos acercamos más para sentarnos codo con codo mientras pasaba las capturas de pantalla y las fotos de las noches de fiesta hasta llegar a diciembre. Rob se tomó su tiempo para hacer zoom en los muebles y luego en el padre de Ming. Amplió la foto en Cindy, la mujer que tenía la misma edad que la madre de Ming si estuviera viva; le sobresalían los dientes blancos en la boca. La mujer llevaba gafas enormes de Chanel, sombreros de paja y joyería dorada de tamaño desmesurado. En una ocasión le dije a Ming que parecía una adolescente.

—Por ahora —contestó—. Dale diez años más y encogerá treinta centímetros y se hará la permanente.

Mientras hablaba sobre Malasia con Rob, me planteé qué necesitaba de Ming y si él necesitaba algo de mí. Recordé lo desorientado que me sentí tras romper con Sarah, aunque lo hiciera para ser yo mismo. Estar con Ming me había hecho sacar la cabeza de la arena. No sabía si yo podría o había hecho lo mismo por alguien que se sentía tan seguro y cómodo consigo mismo como él.

Rob y yo dimos vueltas por la casa el resto del día. No teníamos clase. Abrí unas cuantas pizzas para cenar y las metí en el horno.

Después de comer, me senté en la cama para ver una entrevista que me gustaba, pero paré a mitad para ver una actuación en Boiler Room. No sabía si aquello me convertía en un mal socialista. No, claro que no. Mucha gente no había leído *El capital en el siglo* XXI, de Thomas Piketty. Me quedé dormido y, cuando desperté, Sarah estaba en la puerta del dormitorio, vestida con pantalones y chaqueta de cuero. Sostenía una botella de vino blanco por el cuello.

—¿Te has quedado dormido viendo una Rhythm Section, Tom? —preguntó. Detrás de ella, Rob se rio desde el sofá.

—Para que lo sepas —bostecé—, antes de eso estaba viendo una entrevista a Mark Fisher.

—Eso es peor. —Sarah regresó al salón—. Ahí dentro huele a biblioteca.

Salí rodando de la cama y abrí la ventana del salón. Sarah y Rob estaban sentados en el sofá y yo me aposenté en el sillón con agujeros en los reposabrazos. Cada uno tenía una copa de vino.

—¿Qué tal le va a Lisa? —pregunté, frotándome los ojos.

—Se preocupa mucho —contestó, exasperada—. Cree que todo va a salir mal, pero no quiere soluciones. Esta mañana ha dicho que nadie iría a ver la obra, así que le he contestado que, si tanto le preocupaba eso, podía hacer algo en redes sociales en el último momento para promocionarla. Y entonces ha montado un marrón tremendo. Lo único que quería era que le dijera que todo saldría bien. —Sarah se enderezó con el ceño muy fruncido, una imitación de Lisa—. «Ah, joder, entonces ¿crees que debería hacerlo de verdad?».

Rob y yo nos reímos.

—Supongo que solo tienes que apoyarla —comenté—. No puedes quitarle la preocupación racionalizándolo todo, ¿verdad?

—Qué astuto, Tom —respondió Sarah. Su tono era receloso, como si insinuara que mi sabiduría era un plagio, que lo era—. Tienes razón. Pero es muy frustrante, porque, si hiciera lo que le he sugerido, seguramente se sentiría mejor.

—Pero ¿estás segura? —preguntó Rob.

Sarah no respondió y se dedicó a mirar por la ventana.

Pedimos una pinta en la sosa barra poco iluminada antes de pasar al teatro en forma de ele. Había dos grupos de sillas colocados en cada extremo de la ele, con el escenario en medio. Saludamos con la mano a Ming y a Lisa, sentados en el otro conjunto de sillas. Lisa se había cortado el flequillo y se había dejado el borde recto. Corte de pelo a lo Lego. Parecía nerviosa, como si acabara de hacerse una raya.

La actuación comenzó. La mujer que interpretaba a Dorothy era una Gillian Anderson más joven y de marca blanca. Ming observó el reparto con los codos sobre las rodillas y el mentón sobre las palmas. Su concentración me cautivó; el alivio le inundaba el rostro cada vez que una broma hacía reír al público. Rob y Sarah se rieron durante toda la obra. Ming controlaba la sala. El orgullo me llenó el vientre y me percaté de que nunca había estado tan orgulloso de nadie o, por lo menos, no por las trivialidades habituales. Lo que sentía por el éxito de Ming era más grande.

La obra concluyó cuando Dorothy, ataviada con el velo blanco y el vestido de novia, atravesó el público y salió por la puerta. Todo el mundo se levantó y aplaudió.

Sarah, Rob y yo aguardamos en el vestíbulo atiborrado con unas cervezas a las que nos había invitado Rob. Por el rabillo del ojo vi a Cass con algunos amigos, de pie en la barra y a mano derecha.

—Tenía muchas capas —comentó Sarah.

—Sí, supongo —dijo Rob y arrugó las cejas pensativo mientras observaba el techo—. Cuando lo hablé con Ming, me pareció que Dorothy no quería casarse con su amigo gay. Pero ha sido lo más justo para ella, ¿no?

—Ya, bueno, pero iba sobre la carga contradictoria de la comphet en las mujeres, Rob. —Sarah tomó aire—. Dorothy renunciaría a mucho más si los dos formaban familia y, pese a todo, quería casarse con él para huir de sí misma. Más que él, de hecho, hasta el final.

—Eso lo entiendo —dije.

—¿Qué es comphet? —inquirió Rob. Sarah lo miró con una sorpresa fingida.

—Significa homosexualidad forzada.

—¿Y por qué es forzada?

Sarah puso los ojos en blanco.

—Te mandaré cosas para leer.

Cass merodeó por donde estábamos antes de acercarse a saludar. Nos abrazó a Sarah y a mí y luego a Rob. Dejé un poco de espacio para ella en nuestro círculo. Las mangas peludas de lana de su chaqueta estaban manchadas con pintura en espray de color verde lima. Seguramente lo habría hecho ella misma.

—¿Qué te ha parecido la obra? —pregunté.

—Ha estado genial —contestó Cass—. ¿Y a vosotros?

—¡Es buena!

—¡Muy buena!

—¡Buenísima!

Una pesada incomodidad ocupó el espacio entre los cuatro. Rob no se esforzaba por invitarla a participar en la conversación. Cass no parecía cómoda. Jugueteaba con la pajita de su bebida transparente con hielo. Daba un sorbo y luego apuñalaba con cuidado los cubitos.

—¿Has oído hablar de la homosexualidad forzada? —pregunté.

—¿Cómo dices?

Antes de poder explicar nada, Ming y Lisa atravesaron las puertas del teatro. Les aplaudimos y un pequeño coro de gente que los conocía se acercó a ellos. Sarah y Lisa se colocaron una al lado de la otra. Me fijé en cómo su apariencia había empezado a fusionarse: el nuevo piercing de Sarah en la ceja, las uñas negras y el cuero por doquier, aunque la melena de Lisa era una desviación decidida de la cabeza rapada de Sarah. Ming invitó a una ronda. Cass y él estaban cerca, entrelazaban los brazos y las manos como enredaderas mientras bebían. Ming le susurró algo al oído y ella pareció recuperarse un poco mientras se reía. Sarah y Lisa se agarraban de la mano.

—¿A que te dije que todo iría bien? —le preguntó Sarah y levantó sus dedos entrelazados.

—Ay, Dios mío, sí —contestó Sarah—. Es un alivio que ya haya terminado. Todos lo han hecho genial. Me han salvado, sin exagerar.

Ming sonrió. Nos quedamos un rato, hasta que bostezó y me dijo que quería regresar a casa después de esa cerveza. El bajón de la adrenalina. Recogimos los abrigos y nos preparamos para irnos.

—Nos vamos a casa, Cass —dijo Ming.

Cass miró a Rob, con los hombros ligeramente encorvados. Él la miró a los ojos un momento y luego nos habló a Ming y a mí como si no la hubiera visto:

—Estoy bastante cansado. Creo que me iré solo a casa.

Le di un abrazo de despedida. Rob abrazó a Ming, luego a todo el mundo y, por último, a Cass. No pude evitar mirar.

—Te escribiré —le dijo Rob.

Ming arrugó los labios y luego me miró con los ojos entornados. Los tres salimos del teatro y fuimos andando hacia su casa. Cass iba entre los dos y se arrancaba la piel alrededor de las uñas. Cuando llegamos a la casa, nos dio las buenas noches en un susurro y cerró la puerta de su cuarto tras ella. Ming se quedó en el rellano un momento y luego me lanzó una mirada cargada de inseguridad. Yo ya tenía un pie en su dormitorio. Me encogí de hombros. Echó un último vistazo a la habitación de Cass antes de acercarse a mí. Cerramos la puerta.

Nos besamos desnudos en su cama y luego volteé su cuerpo para que estuviera bocabajo. Le gustaba cuando apoyaba el peso en él. Coloqué los brazos y los muslos sobre los suyos, con la barriga encima de la parte inferior de su espalda. Mis costillas formaron un mosaico con los huecos que existían entre las de Ming y mis manos se aferraron a las redes de entre sus dedos. Al terminar, me tumbé a su lado y le sostuve la mano.

Nos quedamos acurrucados un rato, hasta que sentí que me soltaba. Sabía que iba a comprobarse el pulso. Su respiración cambió. Se estaba obligando a respirar despacio. Me levanté para encender la lámpara de la mesita. Le vi la cara desde arriba.

Ojos cerrados y lágrimas acumuladas en las comisuras; dedos apoyados con tanta fuerza en la piel que casi la podrían atravesar. Lo agarré por el brazo.

A veces solo tienes que estar a su lado. Me resultaba muy fácil compararme con él y dejarme llevar, sentirme pequeño junto a Ming. Si es así, entonces ¿qué soy yo? ¿Qué le ofrezco? A lo mejor basta con que esté aquí. Aguardé a que su respiración regresara a la normalidad. Abrió los ojos, húmedos y relucientes. La habitación se relajó; solo la llenaban nuestras respiraciones. Parecía ansiosa de palabras.

—Te quiero, Ming.

Un pequeño minuto de silencio.

—Yo también te quiero, Tom.

Ming se acurrucó contra mí; sus respiraciones eran largas y acompasadas, cada vez más regulares, más autónomas, a medida que su cuerpo se destensaba. Cuando empecé a dormirme, oí puertas abriéndose y cerrándose, y luego Cass vomitando de nuevo. Tensé el cuerpo, inmóvil. Ming no se agitó. Estaba dormido profundamente. Yo no me moví, no quería despertarlo. ¿Esto tiene que ver con Rob? Los acontecimientos del día hacían que fuera difícil separar ambas situaciones, aunque no mantuvieran relación alguna. Me desconcertaba que ella estuviera a merced de él, pero a lo mejor no hacía falta gran cosa para estarlo. Mírame. ¿Estoy yo a merced de Ming? A lo mejor no soy tan distinto de Cass. Al cabo de unos minutos, las arcadas guturales disminuyeron y solo oí el ruido de un grifo abierto. Mi cuerpo se relajó y abracé a Ming con fuerza.

4

NADAR

—**M**e acaba de escribir —dijo Ming mientras examinaba las filas de coches—. Ha dicho que ya están aquí.

Aterrizamos un miércoles por la mañana. Ming me había advertido sobre el bochorno. El aeropuerto tenía aire acondicionado, pero la humedad nos tragó cuando se abrieron las puertas de la zona de llegadas. Era como si estuviéramos en el calor húmedo de la boca de una persona.

Nunca sabía cómo vestirme para el calor. Al quitar las capas de tela, revelaba unos hombros huesudos y estrechos; los zapatos y calcetines que llevaba parecían infantiles al lado de los pantalones cortos que tenía desde el colegio. Se lo había confesado a Ming, lo de que a veces no sabía vestirme para el calor. Me dijo que los chicos blancos de Camberwell eran como medusas, enteras en invierno pero pólipos en verano. Me regaló unos pantalones cortos nuevos y me los puse para el avión.

—Allá están —dijo.

Señaló una berlina color champán que se detuvo. Tenía las ventanillas tintadas. Al acercarnos, el maletero se alzó. Dejamos las maletas ahí y abrimos las puertas traseras. Saludamos a la vez. Al volante, un hombre curtido se giró para dirigirnos una sonrisa blanca. Nos vi reflejados en sus gafas negras de aviador.

—Soy John. —Soltó la mano del volante para estrecharme la mía—. Es un placer conocerte al fin, Tom.

Ming deslizó el brazo junto al asiento del conductor para abrazar a su padre.

—Gracias por venir en coche a recogernos —dijo.

—¿Cómo no voy a tomarme la mañana libre para mi único hijo?

Cindy, sentada en el asiento del copiloto y más pequeña que en las fotos, me sonrió. Tenía un bolso de cuero enorme y con pinta de caro en el regazo; me imaginé que lo escondería cuando la gente le preguntaba qué hacía todos los días.

—Encantada de conocerte, Tom. Soy Cindy. —Se giró hacia Ming y le apretó la mano—. ¡Es muy guapo! —chilló—. ¡Qué desperdicio!

Sonreí. Lo decía de buenas. John pisó el acelerador. El coche salió disparado hacia la amplia carretera.

—¿Qué tal el vuelo? —preguntó.

—Tom nunca había estado en un vuelo tan largo —contestó Ming.

—¿Es tu primer viaje a Malasia?

—El primero a Asia, de hecho.

John compartió con nosotros comentarios no solicitados, que me recordaron que el colonialismo seguía vivito y coleando. El problema de Asia es. Lo que debes entender de Malasia es. Te resumo Kuala Lumpur en unas pocas palabras: lluvia fuerte, sol fuerte, atascos, petróleo, amabilidad, baches. Y ya está.

—Aiyah —protestó Cindy y le propinó una palmada en el brazo a John.

Ming puso los ojos en blanco. Yo solté una carcajada incómoda y miré por la ventanilla las filas de palmeras a ambos lados del asfalto, todas bien altas y anchas. Agradecía la estrategia de John, no porque fuera divertida, sino porque no me hizo sentir tanta vergüenza por los deslices de mis padres cuando conocieron a Ming. La gentrificación es un auténtico problema aquí, Ming. Antes todo era mucho más colorido.

—¿Michael te ha hablado de la comida? —preguntó John.

—La verdad es que sí. Yo quería ir a un restaurante malayo para hacerme una idea, pero me dijo que mejor esperar a probar la comida auténtica.

—Típico de Michael.

John aceleró todo el trayecto. La aguja del indicador de velocidad subía cada vez que pasábamos una cabina de peaje y rondaba los ciento sesenta kilómetros por hora. Dejamos atrás a muchos coches. John conducía con las piernas lo más abiertas posible, como si todo lo que tuviera delante surgiera de su entrepierna. Observé las carreteras de gravilla. El sistema hidráulico amortiguaba su textura.

Las palmeras desaparecieron pronto y las carreteras se llenaron de tráfico. Nos rodeaba una red de pasos elevados y túneles, acordonados por altos edificios de pisos y centros comerciales, que a su vez estaban separados por trozos de verde, enclaves de insurgente naturaleza que se resistían a las zonas edificadas. Las autopistas empezaron a menguar y fundirse con carreteras más sinuosas. En el carril de la derecha, un coche adelantó a John cuando giró hacia la izquierda en una colina. John hizo sonar la bocina, bajó la ventanilla y sacó la cabeza mientras seguía al destartalado cochecito.

—¡Imbécil! —le gritó con otro bocinazo.

—Papá.

—Esta puta gente no sabe conducir. —Subió la ventanilla y resopló por la nariz—. Es una cuestión de seguridad.

—Papá.

Me retorcí. Puede que fuera la primera vez que veía a Ming avergonzado. Me estremecí al oír las palabras de John. No las dijo con buena intención, sino como un cretino.

Mantuve la mirada fija en la ventanilla. Los badenes obligaron al coche a circular con suavidad. Los árboles altos proyectaban entramados de sombra y luz sobre nuestras cabezas. John giró dos veces a la izquierda y los árboles aumentaron de tamaño; había casas de varios pisos, algunas alejadas de la carretera, escondidas detrás de caminos de entrada alargados y filas de coches caros. Giró de nuevo a la izquierda y, al acercarnos a una calle sin salida, las puertas de una casa empezaron a abrirse. El coche entró. Sobre el largo sendero se cernían árboles con troncos retorcidos.

John condujo hasta una expansión de baldosas de terracota delante de una puerta de caoba. Esa misma cerámica rojiza cubría el tejado inclinado de la enorme casa. Ming ya me había contado que por dentro estaba todo al revés: los dormitorios se hallaban en la planta baja y la sala de estar en el piso superior, porque recibía más luz. La construcción era tan grande e impresionante como en las fotos que había visto, aunque de cerca la pintura color crema estaba desgastada, algunas tejas tenían grietas y había un único Toyota polvoriento al lado del coche del que nos habíamos apeado. Sacamos el equipaje del maletero y subimos las maletas a la casa. Una serie de puertas pesadas cerradas impedían que la brillante luz entrara en el vestíbulo.

—Por favor —dijo Cindy y señaló un zapatero.

Me quité los zapatos y los guardé en la fila inferior; comprobé dos veces que estuvieran limpios. Bajo los calcetines, noté frías las baldosas blancas. También sentí el sudor de mis pies.

Ming abrió una de las puertas cerradas a mano izquierda. Dejé la maleta al pie de la cama y recorrí el perímetro de la habitación. Había cuadros de frutas, como me había dicho, pero también uno de su madre sobre el tocador. Unas plantas altas protegían la pared de cristal desde fuera. Me pregunté qué habrá pensado Ming de mi dormitorio cuando lo vio, con las paredes llenas de pósteres con bordes arrugados, todos de cosas que había descubierto en el instituto. Unknown Mortal Orchestra. Frank Ocean. Four Tet. Una parte de mí incluso se sentía un poco orgulloso. ¡Mira! ¡He tenido gusto desde siempre! La habitación de Ming, que evocaba el poder sencillo de un diseño depurado y moderno, me hizo sentir juvenil.

Ming se tumbó bocabajo en el colchón. Yo lo imité, acostado de lado.

—Estoy muy emocionado de tenerte aquí —murmuró con los ojos cerrados.

—Sí que lo pareces, sí.

—Es verdad.

Su mano atravesó la sábana para agarrarme la mía.

—¡Chicos! —bramó Cindy—. Subid cuando estéis listos.

Ming resopló con los labios.

Subimos la única escalera al piso superior de la casa. Era de planta abierta, con una fila ininterrumpida de enormes ventanales cuadrados que recorrían las paredes de la sala. El techo seguía la forma del tejado, una pirámide de listones sobre vigas de madera. Un gran ventilador de techo colgaba en el vértice. Ming me había contado que habían diseñado ese espacio para que fluyera el aire y que no hacía falta tener el aire acondicionado puesto, aunque a veces lo encendían de todos modos.

Cindy trajo una bandeja con bultos del tamaño de dumplings de colores brillantes. La depositó en una mesa baja de cristal y nos sentamos a su alrededor. John agarró uno envuelto en hojas y las desplegó para revelar un pegote gelatinoso verde. Se lo metió entero en la boca. Cindy eligió un pequeño bloque tembloroso hecho de capas alternas de blanco y rosa.

—Prueba uno, se llaman kuih —me animó Cindy. Tomé uno que tenía una forma similar al suyo, aunque con un rectángulo verde sobre una capa igual de gruesa de arroz.

—Ese es kuih seri muka.

Noté con sorpresa que el kuih estaba aceitoso. Atravesé con los dientes delanteros la capa verde superior y los clavé en el dulce arroz glutinoso de abajo. Vaharadas con aroma a coco emanaron de los gruesos granos y me llegaron al paladar.

—Mmm —gemí—. Creo que nunca había probado nada igual.

—Este es mi favorito —dijo Ming y agarró una bola azul pálido que tenía forma casi de pirámide. Clavó los pulgares en ella para revelar los filamentos del interior—. Es coco seco con azúcar.

Mordió una mitad y sonrió. Era una de esas sonrisas que procedían del corazón.

El viernes por la mañana hacía el mismo calor que el resto de la semana. Ming apretó un botón en su llavero para abrir el portón. Había pedido un taxi. En Kuala Lumpur había demasiadas colinas como para andar, aunque tu destino estuviera a la vuelta de la esquina, porque implicaba conducir por una autopista y un paso elevado.

En los últimos días había sido un pasajero entusiasta en la vida de Ming, que me ponía delante de cosas que debía saber. Luego yo sacaba fotos y llevaba una lista de los lugares que visitábamos y las cosas que comíamos para no olvidar nada.

Nos apoyamos en el coche de su padre mientras esperábamos el taxi.

—¿Sabes conducir? —pregunté.

—Sí, pero ya no. ¿Te he hablado de la vez que estampé el coche de mi padre?

—No.

—Lo estrellé mientras salía de la casa.

Señaló unos arañazos negros en un pilar junto al portón.

—Tampoco parece para tanto.

—Choqué con mucha fuerza. Antes tenía peor pinta.

—¿Tu padre se enfadó?

—La verdad es que nunca se enfada.

Arqueé una ceja, porque no me acababa de creer que la rabia en la carretera de John fuera amor.

—Cuando estrellé el coche, puso una cara… Entre adusto y feroz. Yo estaba llorando y me entró el pánico y no dejaba de disculparme, como si pensara que me iba a pegar o algo. Pero entonces se desinfló. Me pidió con tranquilidad que le explicara lo que había pasado y, tras contárselo, se alegró de que estuviera bien. Dijo que practicaríamos juntos un poco más.

—A lo mejor vio que te sentías culpable.

—Es posible. Pero es siempre igual, incluso cuando me comporto como un imbécil integral. Es como si algo le borrara la rabia y expusiera lo que hay debajo.

—¿El qué?

—Creo que miedo.

—¿Miedo de qué?

—No sé. De perderme, quizá —dijo. El final de la frase se unió al sonido de un motor que se acercaba—. Ya está aquí el taxi. Yo iré delante. Tú siéntate detrás con Alissa.

El pequeño coche cuadrado se acercaba por el sendero. Subimos. Se me puso la piel de gallina por el aire acondicionado. Ming se giró hacia el conductor.

—Al número cinco de Lorong Bukit Pantai, por favor.

El taxi condujo unos minutos hasta llegar a una casa palaciega de la que salió Alissa. Bronceada y de piernas largas, tenía pecas por la nariz y las mejillas. Un par de años antes habría fingido que me gustaba. Su belleza era obvia, del tipo que aprendí a distinguir con tal de sentirme normal. Cuando tenía diez años y los chicos empezaron a pegar pósteres de mujeres en sus dormitorios, yo no lo entendí del todo, así que puse uno de Joanna Lumley. Unas semanas más tarde, lo cambié por otro de Megan Fox.

Alissa abrió la puerta y se sentó a mi lado en el asiento de atrás.

—Hola —chilló—. ¡Encantada de conocerte!

Abrazó a Ming desde detrás del asiento. Yo me incliné a por un abrazo, pero el cinturón de seguridad me pegó las caderas al asiento. Retorcí la espalda para alcanzarla. Nos pusimos a charlar de cosas nimias, como me había pasado con el resto de amigos de Ming que había conocido en el viaje. ¿Cómo os conocisteis? ¡Qué monos! ¿De qué zona de Londres eres? ¡No la conozco! He visitado Londres un par de veces. Fui a unas cuantas discotecas. ¿Creo que estaban en Mayfair? ¿Nunca habías estado en Asia? Eso es lo más triste que he oído en mi vida.

¿Ming te ha hablado de mí? ¿Qué te ha dicho? No, lo pregunto en serio.

Me devané los sesos en busca de hechos y los recité de forma vaga: eres coreana, Ming y tú fuisteis juntos al colegio, erais amigos de la infancia, vas a la universidad en California y perteneces a una sororidad. Alissa asintió, satisfecha; sonreía con una calidez sintética. No le dije que me la imaginaba con un megáfono gritando a las aspirantes de la sororidad para que metieran la cabeza en la puta gelatina antes de que las ahogara en ella.

El coche salió a las afueras de la ciudad. Las casas perdieron estructura y grosor; se tornaron más bajas, más estrechas, más oxidadas.

—¿Qué vamos a comer? —preguntó Alissa.

—Yong tau foo —contestó Ming.

—Típico de Ming. ¡Qué asiático!

—Mmm.

El restaurante era una casa junto a una carretera remota, rodeada tan solo por gravilla y vegetación. La entrada se situaba en la planta superior y, al ingresar, un hombre con pantalones cortos y chanclas se levantó de un salto de la silla. Parecía sorprendido de vernos. Agarró un mantel rojo de un podio junto a la puerta y lo extendió en una mesa.

—Eso es por ti —dijo Ming—. Los manteles rojos solo hacen acto de presencia para la gente blanca.

—Pues entonces también es por ti, Ming —dijo Alissa y me miró como si presintiera que yo también lo estaba pensando.

Ming recibió la broma con una sonrisa plana. Me percaté por primera vez de que las personas en Malasia quizá lo vieran de un modo similar a como me veían a mí. Ming pidió y la comida salió en fuentes. La pasta de pez salado se derramaba de los trozos de berenjena y okra, del mismo color que el pegamento, hasta reventar las costuras de su huésped vegetal. Mojamos las verduras en un caldo oscuro de hierbas. Mis dudas se disiparon cuando mordí un trozo y, aunque la textura era gomosa, las verduras tenían un gran sabor. Ming insistió en que me comiera los rectángulos de tofu con bordes redondeados, con la pasta de pescado en el centro, como la pupila dilatada de un ojo.

—¿A que está delicioso? —preguntó Alissa mientras se metía un trozo hinchado de okra en la boca.

—Me encanta.

Era cierto. Me encantaba todo lo que Ming pedía.

—No es tiquismiquis —comentó.

Alissa me miró con aprobación y la mayor sinceridad que le había visto hasta el momento. Me sentí bienvenido. Quería tocarle la rodilla a Ming, pero recordé que me había dicho que no lo hiciera. No estaba bien visto ni entre los extranjeros. Íbamos por la ciudad como amigos. Lo máximo que hacía él fuera de la casa era ponerme comida en el plato. Enterraba su afecto en sopa y grano.

La noche después del yong tau foo fuimos saltando de un bar ruidoso y estrecho a otro, llenos sobre todo de gente blanca. Nos apiñamos alrededor de mesas altas junto a la pista de baile. Las bebidas salían en grandes jarras heladas. Ming estaba tan borracho como yo, pero seguía pendiente de mis lapsus de memoria: intenté agarrarle de la mano y sentí que se le tensaban el cuello y los hombros. No me gustaba el cambio, la forma en que su cuerpo hablaba en palabras que empujaban en vez de atraer. Me inquietaba. Me entró el pánico.

Alissa nos invitó a chupitos. No entendía por qué tenían que prenderles fuego a todas las bebidas. Brindó por nosotros. Era sambuca. El anís me quemó la garganta. Nos reímos, pero cuando mi brazo bajó del hombro de Ming a su cadera, tensó el cuerpo una vez más. Me aparté de su lado para pedir más copas. En la cola, el calor inmóvil de la barra se pegaba a las hendiduras de mi cuerpo. De la frente me lloraban gotas de sudor que formaban goterones hasta que el pelo se me quedó en gruesos mechones chorreantes. Traje la jarra de nuevo al grupo. Los amigos de Ming, ataviados con vestidos ceñidos, camisetas, bermudas y gorras, me dieron las gracias mientras se servían copas de margarita. Ming miró la hora y me acercó la boca al oído.

—Son las tres de la madrugada. ¿Podemos irnos?

Al salir de la discoteca, miré el dinero que había desperdiciado en la jarra, pero esperaba que al menos me recordaran por ella. Fuera, Ming señaló una luz sobre un taxi local, un coche rojo cuadrado con el techo y el capó blancos. Nos acercamos y subimos al asiento trasero. Ming recitó la dirección como siempre hacía, en la cadencia con altibajos del malayo.

El conductor llevaba un sombrero con la forma de un cono truncado. El día anterior, Ming me había dicho que se llamaba songkok. Incluso en la oscuridad de la noche capté la marca de nacimiento en su mano, una manchita con la forma de Italia en el hueco entre el pulgar y el índice.

—Me ha jodido que brindara por nosotros —dijo Ming.

—¿Quién, Alissa?

—Ha cambiado. O sea, todos han cambiado, pero cuando era joven se portaban como capullos con este tema. —Bostezó, con la cabeza apoyada en la ventanilla—. Sé que dije que mi escuela era liberal, pero era liberal para Malasia, lo que no dice nada, la verdad. No me daban palizas ni nada, pero me cabreaba.

—Entonces, ¿por qué sigues siendo su amigo?

—Porque en esa época lo aguanté y la gente cambia y la gente se olvida y no se disculpa —dijo, con los ojos cerrados y los brazos cruzados—. Y forman parte de mi vida aquí.

—No tienes por qué aferrarte a nada que no quieras. Si te causa dolor, quiero decir. Me tienes aquí para lo que sea.

—Gracias —respondió y bostezó de nuevo.

Miré hacia la autopista vacía, iluminada por farolas naranja. Ming se quedó dormido; la cabeza se le movía con la vibración de la carretera hasta que aterrizó en mi hombro. Me planteé empujarlo de vuelta a su lado, pero me gustaba. El conductor nos miró y rio. Supuse que pensaba que a Ming le daría vergüenza esa ternura. Acertaría, en cierto sentido. Me reí con él.

En el taxi, reconocí el cambio que había percibido en Ming desde que estábamos en Malasia. Una persona más plana, empequeñecida, como si, además de distancia, también hubiéramos volado a través del tiempo a una época en la que el Ming que yo conocía aún no se había formado por completo, a una hostilidad que lo apagaba para reducirlo a una sumisión muda. Y ese Ming no se alejaba mucho de cómo me percibía a mí mismo cuando estaba con él en casa. Hacía que su genialidad pareciera más frágil, pero no por ello me parecía menos maravilloso, ni yo menos espectacular. Solo me daban ganas de protegerlo.

Lo desperté en cuanto el taxi paró delante de la casa. Se levantó de mi hombro y se limpió la comisura de la boca. Lo seguí dentro. Nos metimos juntos en la ducha. Nos recuperamos con el agua caliente. El humo de cigarrillo que se pegaba a mi piel se fue por el desagüe en una espiral. Nuestros cuerpos húmedos se tocaron mientras nos besábamos. Ming se echó a reír. Le aparté dos mechones de pelo, empapados por la ducha, a cada lado de la cara.

—¿Qué pasa? —pregunté.

—Me hace gracia. Me solía meter en la ducha y pensaba en chicos.

El agua nos caía en la cara y se colaba en nuestras bocas abiertas; las gotas se pegaban a los vórtices entre las lenguas que se retorcían. Salimos de la ducha y Ming se aseguró de que me secara el pelo con la toalla. Su madre siempre le decía que no debía acostarse con el pelo mojado.

Tumbados en la cama, lo busqué. Me dio la espalda, me agarró el brazo para que le rodeara el cuerpo y reculó hacia mí. Lo abracé con fuerza, le besé primero el hombro y luego el cuello. Ming se dio la vuelta para besarme. Le mordí el labio. Le chupé la oreja como le gustaba. Hundí la lengua en ella.

Ming tenía orejas sensibles. En una ocasión, me contó que su madre solía quitarle la cera de dentro. Usaba un fino bastón de metal, como el diente de un rastrillo, largo, recto y con una pequeña curva en el extremo. Los médicos le dijeron que no lo hiciera. Todo el mundo sabe que no se debe hurgar en el interior del oído, ni siquiera con un bastoncillo de algodón, pero ella siguió haciéndolo. Ming suele contar que en esos momentos se sentía muy cerca de ella y que a su madre le gustaba hacerlo. Se entregaban a la mentira de que así mantenían sus oídos sanos y limpios. Unos días después de que me contara la historia, le chupé la oreja por impulso y me empujó más dentro de él.

A la mañana siguiente, Cindy trajo roti canai para desayunar; John se había ido a jugar al golf. Nos sentamos en la encimera de la cocina. Tiré de los discos crujientes, que se deshacían como masa cruda. Acaricié las frágiles motas de marrón y negro donde el roti se había quemado. Lo mojé en curri de pescado, cubierto por una capa bermellón. El sabor amargo del tamarindo suavizaba el picor de los chiles. Tras el primer mordisco, me lamí por instinto el pulgar y el índice, pringados de curri. Cindy estaba encantada.

—¡Le encanta! —gritó—. Típico ang mo.

Cindy se marchó a comer con unas amigas. La masa me pesaba en el estómago y extrajo de mi sangre el alcohol de la noche anterior. Ming y yo pasamos el día flotando en la pequeña piscina que había en un lateral de la casa. Entrábamos y salíamos del agua para aliviarnos del calor. Ming me controlaba la piel. Cada dos horas, me echaba crema de protección cincuenta.

—Eres un imán para los melanomas, en serio —dijo.

Se sentó en un dónut inflable; nadé por debajo de él y lo empujé. Ming gritó y luego me tiró de los hombros hacia el agua y se alejó nadando entre risas. Apoyó los codos en el borde de la piscina. Al acercarme, me fijé en los puntitos negros de su barbilla. Toqué la baldosa a su lado con el torso.

—Tienes más barba que de normal —comenté.

Se la frotó como si fuera una mancha.

—En Malasia tengo que afeitarme cada día. Es por el calor.

Acaricié la piel áspera con un dedo. Me apartó con suavidad la mano.

—Pero si casi no tienes. Podrías dejártela larga.

—No quiero. De hecho, he pensado en hacerme el láser por la zona.

—¿Y si algún día quieres tener barba? —pregunté—. ¿No puedes afeitarte sin más?

Se apartó para flotar bocarriba en el agua, con los brazos y las piernas extendidos. Cerró los ojos para protegerse del sol.

—Es por el azul —contestó—. Cuando el vello crece debajo de la piel y es lo bastante oscuro, la colorea de azul. Aunque te afeites, la sombra sigue ahí. No me gusta. ¿Me imaginas con barba?

—Creo que un poco te queda bien. Te da un aspecto más rudo —dije. Ming no respondió. Las orejas le flotaban fuera y dentro del agua—. ¿Me oyes?

—Sí.

—¿Qué he dicho?

—Nada.

Sonaba tenso.

—¿Es porque he dicho lo del aspecto rudo?

—No es por nada.

—Solo quería decir que el pelo no me molesta y que no tienes que hacerte nada ni pasar por nada. Intento decirte que estás bien así. Si me hubieras dicho que quieres perder peso o ganar músculo, también te diría que no hace falta. —Callé un momento—. Si quieres, te acompaño.

Nadé hacia él, pero, al acercarme, Ming se zambulló en el agua. El rechazo dolió. Salió a varios metros de distancia, en el otro extremo de la piscina. Me quedé de puntillas sobre las baldosas, manteniéndome a flote con los brazos.

—Aún no sé si me voy a hacer el láser.

—Vale, bien, pues no te acompañaré.

—Vale.

Salió del agua y se envolvió con una toalla. Se acostó en una tumbona y agarró un libro. Me molestaba su tozudez críptica. Salí para secarme también y me encaminé hacia la casa; sentí que me seguía con la mirada. Me tumbé en la cama de Ming y poco después lo vi apoyado en el marco de la puerta.

—Estaba irascible —dijo.

Las palabras suaves me derritieron. Estiré los brazos para recibirlo. Ming se lanzó encima de mí y me besó las mejillas. El cloro del agua nos había dejado la piel pegajosa. El blanco de sus ojos se había enrojecido.

—¿Estás bien? —pregunté.

Rodó para tumbarse bocarriba. Yo me senté en la cama.

—Es lo mismo de siempre. Estoy bien. Distraído.

—No he visto que te compruebes tanto el corazón.

Se enroscó para mirarme.

—Tienes razón. Todo ayuda.

—¿El qué?

—No sé, estar en Malasia. Estar aquí contigo.

Estar aquí conmigo. Yo estando aquí con Ming. Se levantó y me besó. Luego entró en el baño y se quedó de pie bajo el resplandor amarillo de la luz. Le veía la cara en el espejo. Se extendió crema de afeitar por la piel. Una cuchilla segó líneas pulcras a través de la espuma azul; la lavó y luego la dejó en un lateral del lavabo. Me miró a través del espejo.

—Cindy tiene una máquina de karaoke —dijo.

Sonreí.

Nos vestimos y subimos la escalera para llegar al salón. Me senté en el sofá. Ming se agachó delante de la máquina y toqueteó los botones hasta encender el televisor.

—¿Cómo lo hacemos? —preguntó.

—¿Por qué no pedimos canciones para el otro?

—¿Qué quieres que cante?

—*Everytime*, de Britney Spears.

—Vale. Cuando te diga que le des a reproducir, dale.

Ming regresó a la escalera con el micrófono en la mano. Lo dejó en la parte superior y luego bajó corriendo.

—¡Dale!

Apreté el botón. La enorme pantalla mostró un inmenso campo con largas briznas de hierba que se mecían al viento y flores radiantes. Me giré para mirar a Ming, que apareció en la escalera envuelto en una manta de su dormitorio. Subió despacio los peldaños, con los ojos cerrados y la cabeza gacha. Agarró el micrófono y empezó a cantar sin mirar la letra de la pantalla. Caminaba despacio, con pasos exagerados, mientras actuaba. En el estribillo, bramó la letra con su voz de karaoke. Alta, sin afinar, con un semblante lleno de indefensión que, en el fondo, estaba bien guardado. Énfasis en el volumen y no en la calidad, porque la calidad implica exponerse y resulta vergonzoso esforzarse demasiado.

—¡Canta en serio! —grité.

Ming estalló en carcajadas y la bola que saltaba sobre el texto del estribillo pasó de rosa a amarilla.

—¡La puntuación! —dijo.

—¡Canta en serio!

«Canta en serio» era el juego que Cass y él jugaban a veces cuando bebían. Se turnaban para cantar lo mejor posible, aunque seguía siendo de un modo nefasto, durante periodos de un minuto, como si estuvieran en una audición delante de un jurado a ciegas. Me permitieron presenciar el juego en una ocasión. Cass cantó *Call The Shots*, de Girls Aloud, sobre una pista instrumental que encontraron por internet, una sugerencia de catálogo sorprendente de la que aún se sabían la letra. Cass se partió de la risa con la primera palabra. Ming detuvo la canción. ¡Canta en serio, Cass! La chica cerró los ojos y empezó a dar lo mejor de sí. Mientras Cass cantaba, Ming se encorvó; le temblaba la espalda. Vi que le salían lágrimas por el rabillo del ojo. Había algo extraordinario en la actuación de Cass. No su voz (cantaba como una puerta chirriante), sino su dolorosa sinceridad. Ese era el objetivo: servían su orgullo en bandeja mientras el otro temblaba con una vergüenza indirecta. Ser sincero era difícil.

Ming se concentró en el televisor. «Canta en serio» le despojaba de su confianza; ya no era el chico que hacía drag. No podía esconderse detrás de nada. Se quedó inmóvil, con aspecto tímido, y movió las caderas en la gruesa manta. Una sonrisa se extendió por su semblante.

—Deja de sonreír —pidió.

La imagen del televisor cambió a una pareja con camisas blancas que se daban la mano mientras caminaban junto a un arroyo. Ming se unió de nuevo a la canción en el puente. Cantaba con suavidad, con cuidado de acertar las notas, y dejaba entrever el timbre ronco pero débil de su voz.

Le falló la voz en el estribillo y me eché a reír. Ming agarró un posavasos de corcho de la mesita de café y me lo lanzó. Siguió cantando el estribillo con los ojos cerrados. Apoyé el posavasos plano sobre mi vientre mientras intentaba enterrar las carcajadas. Cuando Ming terminó la canción, los dos teníamos lágrimas en los ojos, él de tratar de forzar la sinceridad y yo de intentar ocultarla.

Me echó la manta por encima y con ello tiró una botella de cristal con un cierre a presión. Me puse el borde de la manta por debajo del mentón y lo miré mientras sostenía el mando a distancia; buscaba una canción para que la cantara en serio. Eligió *I Gotta Feeling*, de Black Eyed Peas. Un acto de crueldad. Me ofreció el micrófono.

Alcé los hombros y ladeé la cabeza hacia las puertas abiertas del balcón. Ming puso los ojos en blanco y las cerró. Empecé a cantar con desgana, a caballo entre un discurso y una canción. ¡Canta en serio! Me puse a cantar de un modo más melódico, pero con inflexiones artificiosas en las palabras. Ming no estaba satisfecho. ¡Canta en serio! Suspiré, él se rio, y luego cerré los ojos para intentar cantar en serio, como si fuera un imbécil con un sombrero de fieltro junto a una hoguera tocando una guitarra. Ming estalló en carcajadas y no pude evitar imitarlo.

En mi última noche en Malasia, nos sentamos a cenar con tres botellas de vino y nos servimos de un gran cuenco de hokkien mee. La calidez de mi lengua derritió la grasa de cerdo y, a su vez, disolvió el pequeño chicharrón que liberó la sal en toda mi boca. John y Cindy me hicieron preguntas sobre lo que haría el resto del verano. Hablamos del vuelo del día siguiente. John me explicó por qué nunca debería ir a Singapur.

—Es estéril. Y materialista. —Dejó el tenedor y envolvió un puño con la otra mano. Se estaba preparando para soltar un chiste—. Pero a lo mejor yo también sería tan estirado como ellos si tuviera que meterme chicles por el culo en aduanas.

El rostro de Ming enrojeció del disgusto. Ofrecí una risa educada, que John recibió como una gran carcajada. Una semana en la casa de Ming y mi primera impresión sobre John no había cambiado, aunque fuera majo conmigo. Aun así, no había tardado en acostumbrarme a las comodidades de su vida. ¿Quería lo que John tenía? Una parte de mí pensaba que sí, aunque me avergonzara admitirlo.

Bebí tres copas de vino. Ming y yo fregamos los platos después de cenar. Nos retiramos al dormitorio, nos lavamos los dientes y fuimos a la cama. No podía dormir. Mi mente no se tranquilizaba; repasaba a toda prisa los acontecimientos de la última semana (los bares que habíamos visitado, las comidas que habíamos devorado, los amigos de Ming), pero no podía seguirlos en detalle, como si viera coches de carreras a través de unos prismáticos. El tiempo desapareció ante mí y dejó arrepentimiento en su lugar: ojalá me hubiera quedado más tiempo. Antes de comprar los vuelos, había pensado en proponer pasar dos semanas allí, pero no quería molestar. Mi mente daba tortuosas vueltas.

Alcé el brazo del cuerpo de Ming, que siguió dormido profundamente. Me puse una camiseta y unos pantalones cortos y fui al piso superior a por agua del grifo con filtro. Empezaba a dolerme la cabeza. La media botella de vino se alejaba como el reflujo de la marea. Vi a Cindy fumar uno de sus finos Marlboro. Luces en el balcón. Estaba sola. Deslicé la puerta de cristal.

—¿Problemas para dormir? —preguntó.

—Sí. Creo que estoy un poco agotado.

—Ven. Lepak. —Dio unos golpecitos a la silla de ratán a su lado—. Esos dos siempre están durmiendo.

Me senté y me ofreció un cigarrillo. Lo encendí yo. La luz amarilla que colgaba sobre nosotros afilaba los pómulos de Cindy como el borde de un precipicio. Parecía mucho mayor que durante el día. Succionó las mejillas al inhalar y estiró las piernas delgadas lejos de la silla para enganchar los tobillos en la barandilla del balcón. Había bebido más en la cena y medía la mitad que yo.

—Tienes una cara muy bonita, Tom. Igual que Ming —dijo. Asentí sin saber cómo recibir el cumplido—. ¿Kamu cinta dia? O, como decís en inglés, ¿lo quieres? Ja.

Inhaló una vez más y tosió.

—Sí que lo quiero.

—Bien. Ese chico —se señaló la cabeza con un dedo— siempre piensa demasiado, ya sabes. Se entristece, pero contigo parece feliz.

Sostenía el vaso de agua en la mano y acariciaba la base con el pulgar derecho. La tristeza se me antojaba pesada y permanente. Nunca había pensado que Ming estuviera triste. Con ansiedad, sí, pero apenas se había comprobado el pulso durante las vacaciones. A veces entender a Ming era como dar palos de ciego, sin saber dónde estaba el suelo, y eso me avergonzaba. Esbocé una sonrisa incierta.

—¿Kamu cinta dia? —pregunté.

—Aiyah. —Me dio un manotazo en el brazo y soltó una carcajada salvaje que desapareció en un canturreo—. ¿Sabes? Cuando empecé a salir con John, tenía mucho miedo. La madre de Ming había muerto dos años antes. Y ahí estaba ese chico adolescente, igualito a su padre. Me quedé con cara de... alamak. —Se dio una palmada en la frente—. Cindy, mira que te lo tienes merecido. Un día este chico estallará delante de ti y te dirá que eres una hiao po que intenta reemplazar a su madre.

—Creo que nunca te ha odiado.

—Es posible que no, lah. Pero esperé, esperé y esperé y nunca ocurrió. John vendió la vieja casa y Ming lo entendió. Nos mudamos aquí y Ming no dijo nada. Nos casamos y Ming no dijo nada. O sea, John le pidió que hablara en la boda, ya sabes, que dijera unas palabras o algo, y Ming se negó, pero apareció en las fotos y sonrió. Y nos regaló un cuadro, a John y a mí, como regalo de boda. Es una jaca en un cuenco, como los cuadros occidentales con manzanas y naranjas, pero con trozos de jaca. Un amigo nuevo vino y dijo: ¡guau! ¡Jilei ho sui! Y yo le contesté que mi hijastro lo había pintado para mí. Es lo más cercano que tengo a un hijo, no porque sea madre, lah, pero ya me entiendes. —Calló un momento y acarició el borde de la copa con el dedo. Si hubiera ido más rápido, la habría hecho cantar—. A veces me preocupo. Lo quiero como a un hijo, aunque no sé lo que se siente al tener hijos, pero su mente siempre está tutup. Ya sabes, cerrada. Cuando me mudé aquí, lo oí llorar en su cuarto y tuve tanto miedo que me quedé plantada junto a su puerta. Aiyah, fue como esa mujer, ya sabes, la que tiene serpientes en la cabeza.

—¿Medusa?

—Sí, como si al mirar a Medusa me dejara de piedra. —Se sacudió y estiró los brazos como si la hubieran petrificado—. Me preocupaba que fuera por mí, por mí y por John, y por su madre. Y entonces me di cuenta de que a lo mejor no decía nada, pero... —Alzó la mano en forma de garra hacia el cielo, como si intentara invocar una palabra, pero entonces se rindió y la bajó—. Ming a menudo se aferra al dolor y se lo traga, lo sé. Es como John. Pero a veces hay que ser un poco kiasu cuando eres joven... egoísta y consentido, para soltarlo todo, lah. Y por eso me preocupo y por eso deseé y recé para que me gritara, o que le gritara a alguien, porque cuando lo miro, a veces la veo.

—¿El qué?

—Está atascada. —Cerró la mano derecha en un puño y se golpeó con suavidad el esternón—. La tristeza, lah. Pero ¿qué voy a decir? No soy su madre y aún tengo miedo.

—¿De qué?

—De que me diga que no es mi lugar.

Asentí. Los dos respiramos profundamente.

Tutup. Ming cerraba su mente a Cindy y, a veces, yo sentía lo mismo. Nunca sabía cuánto le gustaba o cuánto me quería, aunque lo dijera, y cuando se apartó de mi roce en la discoteca me costó creerlo. Y entonces tenía que confiar en otras cosas. Decía que notaba el corazón mucho mejor cuando estaba conmigo. Eso es que me necesita. Y entonces me preguntaba por qué ansiaba tanto esa garantía, por qué me permitía llegar a un lugar donde me sentía tan incómodo, por qué no podía sentirme feliz sin más de que Ming me transmutara en una versión más tolerable de mí mismo.

Y entonces pensaba de nuevo en todas las cosas que no sabía. Tres meses para enterarme de su TOC. Cuatro para descubrir su nombre. Ocho para pensar en él como una persona triste. Cosas que me obligaban a reconocer que había un abismo en esa totalidad que ansiaba tener entre Ming y yo. A lo mejor estábamos cada uno en un extremo del acantilado, dos riscos separados por las cosas que yo no sabía. Los expertos son conscientes de lo poco que saben, solía decir papá. Aun así, no saber puede ser doloroso.

Pensamientos turbulentos llenaban el largo silencio entre Cindy y yo. Recordé lo ligera que parecía mi relación con Ming cuando dormía a su lado. Cindy dejó la copa de vino en la mesa y estiró los brazos por encima de la cabeza. Bostezó y yo bostecé poco después.

5

SUDOR

No debería usar la palabra «loco», pero creo que puedo. Del mismo modo que me puedo llamar «marica». A veces un zapato encaja cuando te lo pones tú mismo. Tengo el teléfono en la mano mientras doy vueltas por mi cuarto. El dedo revolotea encima del botón de llamada. Tom tiene el último examen mañana, pero estoy que doy puta pena. Este último año ha sido bueno. El TOC ha disminuido. Se me pasó lo del corazón. En los diez meses desde que visitó Malasia, Tom y yo hemos ido tirando de una forma tranquila y bonita. ¡Diez meses! A un mundo de distancia. Se mudó a una casa con Rob y Sarah y aceptó quedarse con la mierda de ático porque él es así. Ha visto mis obras. Yo he visto las actuaciones mensuales de Tom y Rob; tocan delante de un público escaso pero comprometido en la única discoteca de la ciudad que no pone *Mr. Brightside* en bucle. He dormido en su nueva casa, a veces me quedaba hasta bien entrada la mañana, después de que Tom y Sarah se marcharan a la biblioteca, para desayunar con Rob en la cocina. Tom y yo nos damos la mano en el supermercado. Hasta he visto de buena fe un videoensayo que establecía una defensa socialista de Hegel. No sé por qué hacía falta defenderlo, pero lo he visto sin recordarle a Tom que su familia son gentrificadores de clase media en Camberwell que le rezan al cocinero Ottolenghi y a los cárdigan tejidos con lana de alpaca. Algo en mí estaba cada vez más presente. A lo mejor fue el láser. Sé que parece una tontería, pero cada vez que me acaricio la cara lampiña, me siento más tranquilo.

Sin embargo, empecé a notar la presión de *La muerte se viste de drag*. En ella, Lisa y yo nos disfrazamos de nuestros progenitores muertos para pontificar sobre si estarán decepcionados con sus hijos queer. Verás, Ming, creo que es una oportunidad que podemos explorar y, no sé, a lo mejor usurpar las expectativas que la sociedad deposita en los padres no blancos y sus hijos queer. La idea me pareció brillante. Lisa es brillante, aunque le cueste verlo. Escribimos fragmentos de soliloquios que luego editamos para que fueran diálogos. Esto le trajo paz a Lisa y, aunque a mí me encantaba y podía hacerlo sin parar, por algún motivo empecé a romperme. Y entonces llegaron los exámenes y las disertaciones para los que no había preparado una mierda. El TOC aumentó. Al principio fue manejable, hasta que dejó de serlo.

Me siento en el borde de la cama y bloqueo el móvil. Hace unas semanas, un médico me recetó una pequeña dosis de citalopram, pero me ponía inquieto y, en la primera semana, me cagué vivo. Aún tardará un tiempo más en hacer efecto, si es que lo hace, así que por ahora sigo en las mismas. Cierro los ojos y me abrazo las piernas. Siento un espasmo en la pantorrilla. Y luego en el ojo. Me entra el pánico. ¡Me muero! Es esclerosis lateral amiotrófica, más conocida como ELA. ¿Tengo ELA? Ay, Dios, tengo la puta ELA, ¿verdad? Me rindo y abro el portátil en la mesa y me dirijo a los foros. ¿Veintiún años es demasiado pronto para tener ELA? Es una enfermedad muy rara, no es probable que la tengas. Un poco de alivio. ¿El espasmo de la pierna es ELA? Es una enfermedad muy rara, no es probable que la tengas. Más alivio. ¿Hacerse láser en la cara incrementa las posibilidades de ELA? Sin resultados. ¡Vale! ¿Persona más joven en tener ELA? Ocho años. ¡Mierda! El ciclo empieza de nuevo e investigo e investigo por la madriguera de conejo de la improbabilidad y la muerte. Esto es lo que hago en vez de estudiar. Paso los días en foros de apoyo y me examino los músculos en el espejo en busca de atrofias, algo que me jode porque odio mirarme el cuerpo desnudo en el espejo. Cuando Tom y yo vamos a la biblioteca, me escabullo al baño para buscar cosas en privado. Se ha pispado de que pasa algo, porque nadie necesita mear cuatro veces en una hora.

Podría acudir a Cass o a Lisa, pero Cass tiene sus propios problemas y no sé qué haría Lisa. Lo entendería, pero también se pondría de los nervios. Ehm. ¡Ah! Vale. Bueno, Ming, antes que nada quería decirte que, bueno, que lo siento mucho. Ay, es horrible. ¡Estoy muy preocupada por ti, Ming! Creo que eso me dejaría peor. Nada de esto es culpa de Tom, obvio, aunque fuera él quien sugirió que viéramos el puto biopic de Stephen Hawking, el origen de todo esto.

El pánico se revuelve en mi estómago y alarga los brazos hacia la mandíbula. Todo es demasiado. Me muerdo el labio y lo paso por la fila inferior de dientes. Si Tom la pifia en sus exámenes, no conseguirá el trabajo. No creo que sea lo peor del mundo, pero sé lo que sería para él y eso es lo importante.

Gente a la que consideraba guay ha buscado empleo en lugares como el Caco Goldman o en Imbéciles Pricewaterhouse. Es decepcionante que Tom y Rob hayan hecho lo mismo. Mientras Tom me hablaba de una de sus entrevistas, me quedé mirando el ejemplar de *Realismo capitalista* en la estantería detrás de él. La disonancia cognitiva me fascinó y, cuando se lo dije, Tom me recordó que Engels era un magnate del textil. No me molesté en decirle que él no era Engels. Además, era lo que quería hacer, y quién era yo para juzgar. ¿Qué oficina me aceptaría? ¿Qué habilidades tengo? Lo único que quiero hacer es escribir. Vestirme como mi madre y representar *La muerte se viste de drag* a cualquier precio.

Cierro el portátil y me pongo a mirar por la ventana. Una farola solitaria se enciende en la calle. Agarro el móvil y llamo a Tom. Noto un temblor en la garganta y sé que la voz me temblará como ondas en un charco.

—Tengo miedo, Tom.

—Puedo ir a verte. —Calla un momento—. Llevaré los apuntes para repasar.

—¿Estás seguro? Mañana tienes el último examen.

Silencio en la línea.

—Te veo enseguida.

—Te quiero.

—Yo también te quiero.

Dejo el móvil en la cama y me tumbo a su lado. Me restriego la cara con las manos. Está suave, pero noto que abultan unos cuantos folículos, cierta resistencia, como los ganchitos ralos del velcro. Esto me provoca otro ramalazo de incomodidad. Me echo a llorar. El mundo es demasiado. Pedir otra sesión de láser es demasiado, aunque me haga feliz.

El láser es caro y, para pagarlo, tuve que echar mano del dinero especial que mi madre me dio en el último año nuevo chino antes de que muriera. Me dio un ang pow completamente lleno con dinero británico. Me pareció absurdo, tan grueso como *Guerra y paz*. A esas alturas, sabíamos que iba a morir. Estaba débil por la quimio, iba en silla de ruedas, con una botella de oxígeno a la zaga. Recibí el sobre con ambas manos y le di las gracias, como en cualquier otro año. Ella dijo que era para el futuro, por lo que papá se lo llevó para ingresarlo en una cuenta bancaria de Reino Unido a la que solo tendría acceso cuando me mudase aquí.

A veces intento adivinar cuál era la intención mi madre, qué sensación o tranquilidad le dio esa herencia informal, porque sabía que papá seguiría a mi lado y, si le pasaba algo a él, yo recibiría mucho más de lo que había en el sobre. Gastar ese dinero es como exhumar y borrar su recuerdo, pero no tengo otra forma de pagar el láser y sentir a la vez que es decisión mía.

A lo mejor necesito comer. Voy corriendo al piso inferior. Las luces están apagadas. Cass sigue en su habitación. Abro las alacenas blancas de la cocina y meto seis galletas digestivas y un poco de chorizo en un cuenco. Luego me sirvo leche de anacardo en un vaso. No hay leche de almendras en la casa porque mata a las abejas y no quiero sangre en las manos. Me siento en la encimera; las alacenas se me clavan en la nuca. Mojo cinco de las galletas en la leche, una a una. Me como el chorizo, la última galleta y lo que queda de leche. Me enjuago la boca con agua, dejo el cuenco y el vaso en el fregadero y me siento en la mesa de la cocina. Durante un segundo, me siento tranquilo, pero entonces noto otro espasmo en la pierna. ¿Y si tengo ELA? Miro directamente hacia la luz del techo y le ruego a mi mente que pare.

Suena el timbre. Es Tom. Voy a la puerta. Me abraza con fuerza y apoyo la mejilla en su clavícula. Lo quiero tanto. Tiene el pelo un poco mojado. Huele a limpio. Como a fruta de la pasión. Me pregunto si yo huelo a chorizo.

—Has venido —digo.

—¿Cómo te sientes?

—Mejor desde que te he llamado. He comido.

Vamos al piso de arriba, a mi habitación. Echo un vistazo al escritorio desordenado e incómodo. Tom odia que mis pertenencias se desparramen sobre cualquier superficie como si fueran mermelada.

—¿Quieres que aparte algo? —pregunto.

—Me sentaré en la cama.

Se quita los zapatos. Saca un libro y un lápiz de su bolso y se tumba bocabajo sobre mis sábanas negras. Al ver que está cómodo, me siento en el escritorio y abro el portátil. Cierro las pestañas de los foros. Otro espasmo en la pierna. Los «y si...» regresan, pero no abro de nuevo las pestañas. Notar su mirada ayuda. Sé que no es una cura permanente, pero a veces, cuando lo tengo cerca, la paranoia se derrite y es como si pudiera tragar el miedo. El pánico reaparece un par de veces, pero no abro el navegador, no voy al espejo.

Anoto cosas en los márgenes de un libro mientras oigo el chirrido del subrayador sobre sus papeles. Me pregunto qué aspecto tendré por detrás. ¿Los hombros parecerán anchos? Me siento cruzado de piernas en la silla y juego con los dedos de los pies. Me imagino la cara de Tom. La punta de la lengua le sobresale por un lado de la boca cuando estudia. Siempre tiene el ceño arrugado encima de la nariz.

Leo hasta que mi mente se calma y una fatiga seca empieza a cubrirme los ojos. Las curvas y líneas de las letras en la página engordan. Tom bosteza. Doblo la esquina de la página y me giro.

—¿Quieres acostarte temprano? —pregunto. Tom alza la mirada del libro y sonríe.

—Claro.

Estira los brazos por encima de su cabeza y le crujen los huesos de la espalda. Su cuerpo es largo. Hojea las tarjetas de apuntes como si barajara cartas; luego las deja sobre el libro y mira una esquina del dormitorio.

—Ya veo que ha llegado el ventilador —comenta.

Gracias al cielo. El citalopram me hace sudar por la noche. Da puto asco que mi cuerpo llore en las sábanas de esa forma. El sudor por el sexo es sexi y salado, pero el sudor por cortisol huele a culo. Me levanto y nos quitamos la ropa. Tom dobla la suya al pie de la cama y yo cuelgo la mía en el perchero junto al escritorio. Me dejo la camiseta puesta. Tom se queda desnudo. Sube a la cama y mete las piernas debajo del edredón. Enciendo el ventilador y lo encaro hacia él. Gira el pulgar hacia abajo para indicarme que no le gusta. Lo muevo un poco hacia la derecha. Alza el pulgar. Me arrastro a su lado y apaga la luz de la mesita. Nos acurrucamos y nos dormimos.

Miro el reloj cuando Tom se despierta. Son las tres de la madrugada. Estamos empapados de sudor. Sudor de cortisol. Noto la humedad en todas partes. En el borde de la oreja y en el vello de la nuca. Lo he empapado también a él. Todo esto ha salido de mi cuerpo y es por culpa del puto citalopram que tengo que tomar porque estoy loco. Me echo a llorar. No puedo evitarlo. ¡Joder!

—Lo siento mucho, Tom, es el puto citalopram —digo—. Pensaba que el ventilador iría bien, de verdad. Es asqueroso. Lo siento mucho.

Me siento como un animal, como uno de esos profesores blancos de educación física del colegio que sudaban bajo el sol ecuatorial. Todo me horroriza. Tom se acerca para abrazarme y exprime más sudor de los poros de mi camiseta mojada.

—No pasa nada. Nada de nada. Ve a lavarte. Cambiaré las sábanas.

Enciendo la lamparita y me levanto. Lo veo retirar el edredón. Quita la sábana, saca una nueva del armario y estira las esquinas sobre el colchón. Sus movimientos son precisos y metódicos. Es desconcertante. Implica que hay una respuesta a un patrón de comportamiento. Tres veces basta para que haya un patrón. La camiseta que llevo para dormir está fría y me pesa. Tengo que quitármela, pero no puedo moverme.

—Ve a lavarte —repite.

Eso me da el empujón que necesito. Cruzo los brazos hacia el doblladillo y me la quito en un movimiento fluido. Entro al baño del rellano. Entorno los ojos. El brillante halógeno me ataca como si me clavaran un dedo en los ojos. Entro en la ducha blanca y me froto la barriga con una pastilla de jabón. No corro toda la cortina porque tengo miedo de estar demasiado encerrado. El agua gotea desde el cabezal y me cae por el vientre y las piernas. También salpica el suelo del baño. Tom entra al cabo de unos segundos y mea en el retrete. Se olvida de levantar la tapa. No es propio de él y esto me indica que debe de estar cansado. Recuerdo que tiene un examen mañana y me siento tan culpable que quiero llorar de nuevo. Desenrolla el papel de baño y limpia las gotas de orina que han rebotado en la tapa. Lo lanza al retrete, lo cierra y se sienta. Noto otro espasmo en los ojos. ¿Y si es ELA? Me aprieto la cara con las manos y gruño.

—¿Qué pasa? —pregunta Tom.

—Noto espasmos en los ojos. Tengo miedo de que sea ELA.

Guarda silencio. No dice que no tengo que preocuparme de nada. Una parte de mí lo odia por eso, aunque sé que es bueno para mí. Sé que ha leído los blogs. Una vez busqué una cosa en su portátil y, por impulso, tecleé TOC y vi lo que salía. Visitas infinitas a foros sobre cómo apoyar a tu pareja. Apoya a tu pareja de otra forma. Apoya a tu pareja de un modo que no le proporcione tranquilidad. Ser una buena pareja es contradictorio. Ser una buena pareja a veces es como ser mala persona. Todo el mundo prefiere caramelos en vez de brócoli. Pero yo a veces prefiero los caramelos.

Cierro la ducha y salgo de la bañera. Tom agarra una toalla del toallero, pero cuando echo mano hacia ella me ignora y me seca él mismo. Luego me abraza a través de la tela. Un espasmo en la pierna. ¿Y si es ELA? ¿Y si me estoy muriendo? Tom parece notarlo y me abraza más tiempo. Cuando el pánico desaparece, me aparto de él y me aferro a la toalla.

Entra en la bañera y corre la cortina hasta el final. Lo espero y, cuando acaba, me quita la toalla y se seca. Miro el reloj. Ha pasado media hora. Si no se duerme enseguida, pasará una hora entera.

Cuando regresamos al dormitorio, Tom se sienta con las piernas cruzadas sobre la cama. La punta de la almohada le roza la espalda. Curva la columna y bosteza. Parece cansado, el cuerpo arrugado como pétalos mojados. Da unas palmaditas en el hueco delante de él y me dice que me siente.

—Hagamos lo del Meisner ese —propone—. ¿Te acuerdas?

Me quedo desconcertado un momento, pero luego me siento delante de él sin decir nada. Nos miramos a los ojos.

—Pareces preocupado —dice.

—Parezco preocupado —repito—. Arrugas el ceño.

—Arrugo el ceño. Alzas los hombros.

—Alzo los hombros —digo e intento relajarlos de nuevo—. Pareces soñoliento.

—Parezco soñoliento. Has movido la mano.

—He movido la mano. Frunces los labios.

—Frunzo los labios. Respiras hondo.

—Respiro hondo. Estás sonriendo un poco.

—Estoy sonriendo un poco.

Seguimos con la técnica Meisner durante mucho rato. Intento no pensar en que Tom tiene el último examen mañana. Por primera vez en toda la noche, consigo salir de los confines de mi mente. Me pregunto por qué Tom sabe con tanta facilidad qué hacer. Nunca he sido capaz de imaginarme con otra persona así. Hace un mes, cuando me dijo que sus padres habían dicho que podíamos mudarnos a su casa durante una temporada después de la graduación, no supe qué decirle. No porque vivir en el dormitorio de su infancia sea raro, sino porque nunca pensé que sería el tipo de persona a quien alguien pudiera querer tanto como para vivir con ella. Al menos por voluntad propia. Pero, mientras narramos y repetimos los movimientos y expresiones del otro, casi me lo creo.

6

VACÍOS

Estoy sentado en el baño del gastropub. Necesito un respiro del hostigamiento al que me está sometiendo mi padre durante la cena. ¿Por qué nos has mentido sobre tus notas, Michael? ¿Piensas tener un trabajo de verdad? ¿Vas a vivir para siempre con los padres de Tom? ¿Qué pensaría tu madre? Esa última ha sido como una pedrada. Cindy parecía horrorizada. ¡Aiyah, John! Nunca usamos la palabra que empieza por eme. Es como si se hubiera cagado en la mesa. Papá, tú no sabes qué demonios pensaría y, por cierto, llevar tantos botones desabrochados en una camisa blanca hace que parezcas un turista en busca de sexo.

Me he bajado los pantalones por los tobillos, pero no sale nada por ningún agujero. Tenso el suelo pélvico y caen unas cuantas gotas de orina en el retrete. Pliego un único cuadrado de papel de baño para limpiar el exceso de humedad. Dos zapatos de cuero marrón pasan caminando por la parte inferior del cubículo y, cuando entran en el de al lado, me levanto y me abrocho los pantalones. Me remeto la camisa amplia en la cinturilla que me queda por encima del ombligo. Apoyo la mano en el cerrojo y aguardo un momento.

Se ha acabado el trimestre. Terminamos los exámenes. Es hora de celebrar, pero no hay ganas. Tom la cagó en el último y, aunque a su trabajo no le importó, tampoco consiguió la nota que quería. Yo tampoco, pero yo no me la merecía e incluso estoy exagerando al decir que deseaba sacar buenas notas. Tom dice que no fue culpa mía, pero los dos sabemos que no es cierto. Lo peor es que, cuando terminé mis exámenes, pedí cita en el médico para hablar sobre los espasmos y, nada más hacerlo, las preocupaciones sobre la ELA se redujeron a nada. A veces es así: una obsesión se abre paso a cañonazos por la ventana del salón, pero un par de meses más tarde sale pitando por el otro lado. Ahora veo que es obvio que no tengo ELA y todo el dolor que sufrió Tom fue en vano.

Cuando dejé de preocuparme por el corazón, empecé a preocuparme por la ELA. Ahora que he dejado de preocuparme por la ELA, me estoy preocupando por otra cosa. No se lo puedo decir a Tom. Apenas me lo puedo decir a mí mismo.

Descorro el cerrojo y regreso al pub, rebotando por el corto tramo de escaleras que da a la zona llena de asientos junto al río. Mi padre y Cindy están sentados juntos en silencio mientras miran el móvil. Me acomodo delante de Cindy, que reconoce mi presencia. Papá pasa de mí. Miro por la ventana.

Tom y sus padres se hallan en el puente junto al restaurante; se han detenido a admirar las vistas. Una suave ráfaga de viento alborota la melena color chocolate de Janice y expone las entradas de Morris. Creo que no nos ven. Janice y Morris apoyan los codos en el parapeto; Janice gesticula, con su expresivo rostro angular en plena explicación. Morris asiente conforme, una sonrisa le redondea los hoyuelos de las mejillas. Tom da vueltas en círculos. Parece intranquilo y sé que es porque sus padres están siendo lentos adrede y llegan unos minutos tarde. Al final dejan el puente y entran en el restaurante.

Cuando se aproximan, todos nos ponemos de pie para presentarnos. Miro a Tom a los ojos y luego de reojo a mi padre, que les dice que ha pedido una botella del menú. Es el tipo de persona orgullosa a la que Janice y Morris no prestan atención. Tom se sienta a mi lado y sus padres uno enfrente del otro en el extremo de la mesa.

—Qué collar tan bonito —le dice Janice a Cindy y señala con la cabeza la gargantilla gruesa de oro que lleva la mujer.

—¡Gracias! —Cindy esboza una sonrisa resplandeciente—. ¡Es Dior! ¡Estaba a mitad de precio!

—Aah.

Un camarero joven trae una botella de vino. El delantal y la camisa le quedan grandes en su cuerpo desgarbado. Es como si jugara a disfrazarse. Mi padre examina la etiqueta. Me pregunto si así consigue algo o también juega a disfrazarse. Da un sorbo y asiente. El camarero le llena la copa, luego la de Cindy, Janice, Morris, la mía y por último la de Tom. Le tiembla la mano cuando sirve el vino en la copa de Tom y caen unas gotas en el mantel. Se le quiebra la voz al disculparse, con las mejillas de un rojo ardiente. Todos fingimos que no ha pasado nada.

Hay malas vibraciones en la sala. Mi padre y yo seguimos sin mirarnos a la cara.

—Ming me ha dicho lo de tu trabajo, Tom. Enhorabuena. —Mi padre se gira hacia los suyos—. Estaréis muy orgullosos.

A Morris parece sorprenderle el entusiasmo de mi padre. Janice y él fingen que odian los bancos casi tanto como cualquier lector blanco de clase media del *Guardian*. Morris arquea las cejas antes de relajarlas en una sonrisa conforme.

—Tom parece emocionado por empezar —dijo.

—Gracias —contestó Tom mientras jugueteaba con la manga de seda.

Lo de su trabajo desconcierta tanto a sus padres como a mí. Habían pasado años escuchando el socialismo Fisher-Price de Tom, pero se quedaban de piedra cada vez que mencionaba los impuestos para los ricos. Sí, impuestos para los millonarios. No, no nuestro tipo de millonarios. ¡No el millonario que lo es por accidente a causa de sus propiedades! Cuando estalle la guerra de clases y empiecen las purgas, serán los primeros en enterrar su aspiradora Dyson sin cable en el jardín.

—Para ser tu primer trabajo, te han ofrecido condiciones estupendas —comenta mi padre—. No suena nada mal, ¿verdad que no, Michael?

Lo fulmino con la mirada.

—Aiyah, John. —Cindy le apoya la mano en el hombro—. Deja a Ming tranquilo.

—Tendrá que buscar trabajo en algún momento. No puede estar molestando a Janice y a Morris para siempre.

—No te preocupes por eso. —Janice alza las manos y expone las palmas a modo de protesta. Eso despeja la incomodidad que se estaba acumulando en la mesa como sarro—. Estamos emocionados por tenerlos a los dos en casa, más de lo que Tom nos deja admitir.

Le sonrío a Janice. Adoro a esta mujer, pese a que en una ocasión me presentó como el novio malayo de Tom. Entiende la mierda que escribo. De hecho, ha visto mis obras, mientras que papá es un ignorante. Es el tipo de hombre que mira un cuadro de Pollock y dice que él podría haberlo hecho. Su actor favorito es Nicolas Cage. Decido ser diplomático y repetir lo que le he dicho antes, quitando el ataque personal.

—Encontraré trabajo, papá. No es una cuestión de ser banquero o nada, ¿sabes? Estoy pensando en apuntarme a una cosa que consiste en vender flores de puerta en puerta. Lisa también lo hará. Es algo muy popular en Londres. Se puede ganar una cantidad sorprendente de dinero.

—¡Ah, estupendo! —dice papá; el veneno reluce en su voz—. Un uso fantástico de tu carrera. Una forma genial de recuperar la inversión.

—Yo no podría conseguir un trabajo como el de Tom por las notas.

—Ah, sí. Las notas. Esa es otra conversación distinta.

—Papá, para.

Mi madre estallaría al verlo airear nuestras mierdas en público. Siempre dijo que debíamos guardar las apariencias. No grites, no eres un mocoso ang mo. Sonríe sin más si tu tía Melinda te dice que estás gordo. No hace falta que le digas a la tía Jasmine que has suspendido el examen de flauta.

Mi padre agarra los cubiertos. Su mirada pasa de Janice a mí. Está a punto de decir algo, pero toma un sorbo de vino. Hace lo de siempre: recapitula en plena rabieta, pero su enfado es obvio. Resulta un tanto patético.

—El vino está rico —señala.

—Muy rico —contesta Morris.

Miro por la ventana. Algunos pensamientos regresan. Esos «y si…» duelen. Doy unos golpecitos en silencio sobre el mantel. Tom me mira. Me pregunto qué ve, a cuánta profundidad llega su mirada, si sabe que oculto algo. ¿Lo sabe? A lo mejor lo sabe. ¿Tan malo sería? Sí. Intercambiamos una pequeña sonrisa.

—Ming es un dramaturgo excelente —dice Janice a mi padre y a Cindy. El cumplido me devuelve a la sala—. Se le da bien. Seguro que ya lo sabéis. Morris y yo vinimos a ver *La muerte se viste de drag* a principios de año. Tiene una premisa preciosa, esa tal Lisa y él se visten con esa ropa…

—De drag —la interrumpe Tom.

—De drag. Fue fenomenal, de verdad. El maquillaje, las actuaciones. Hasta lloré un poco.

Miro a mi padre, que finge estar distraído con algo que hay al otro lado de la ventana. Nunca le ha gustado la idea de *La muerte se viste de drag*. Se lo conté una noche cenando en Malasia, mientras comíamos curris y pepinillos que rodeaban como lunas una cúpula de arroz, todo servido sobre una hoja de plátano. Esperaba que lo conmoviera, pero se quedó sentado en silencio, así que me puse a explicárselo. Es una forma de sentirme cercano a ella. Lisa siente lo mismo sobre su padre. Ya la hemos escrito. A veces sigue doliendo mucho y escribir reduce el dolor. ¡Creo que a ella le haría gracia! No dijo nada durante unos segundos. Agarró el tallo de un chile crujiente, conservado y secado en sal, con la piel negra y escamas doradas donde se reflejaba el halógeno del restaurante. Mordisqueó la punta y lo dejó de nuevo antes de fijar la mirada en mí.

—Los muertos no pueden decir que no, Michael.

Agarró el tenedor y la cuchara y amontonó arroz en su boca. Habló con tono grave. No solía soltar aforismos, solo eslóganes baratos, con lo que no pude achacarlo a las mierdas típicas que hace papá. Mi madre no podía decir que no, pero era yo quien tenía que vivir sin ella. Guardé silencio y, cuando volé de vuelta a Inglaterra al inicio del trimestre, seguimos con la obra. Al contárselo a papá por teléfono, solo musitó algo y me deseó buena suerte. Y ahora está sentado aquí con los ojos fijos en la ventana, fingiendo que nunca ha pasado.

—He visto fotos —comenta Cindy—. Ojalá la hubiera visto en persona. Era clavadito a... —Se calla. Siempre ha sido un sacrilegio que Cindy use la palabra que empieza por eme, pero esta vez casi me entristece que no la diga—. Estaba muy guapo, ¿verdad? ¡Mucho más guapo que yo! Cantiknya. Y esa chica, Leslie. ¡Guau! ¡Qué masculina! Ming me enseñó fotos de su padre. Murió en un accidente de coche. ¡Qué triste! Su viva imagen cuando se disfrazó para la obra, lo digo en serio.

Llega la comida. Lubina para las mujeres. Filetes para los hombres. Pescado frito con patatas para Tom y para mí. Mi padre ya parece menos amargado. Pido más kétchup.

—¿Habéis visto mucho de la ciudad? —pregunta Morris.

—A Cindy le gusta comprar —respondo.

—Solo un poco. —Cindy chasquea la lengua y pone los ojos en blanco con una sonrisa. Se gira hacia Janice—. En serio, en Malasia la ropa importada es mucho más cara, ¿sabes? Aquí puedes conseguir al menos un diez por ciento de descuento. —Se anima más a medida que habla—. Y luego otro veinte por ciento cuando pasas por aduanas, por el tema del IVA. ¡Haiya, es barato! ¿Cómo no voy a comprar?

—Cualquier excusa para comprar es buena —dice mi padre—. Cindy hasta ha comprado una cosa hoy de Royal Selangor.

Me eché a reír. No me han contado la historia. Cindy agacha la cabeza con una vergüenza juguetona. Janice también se ríe, aunque diría que nunca ha oído hablar de Royal Selangor.

—¿Qué es eso? —pregunta Morris.

—Venden adornos de peltre —responde papá—. Es una tienda malaya. Cindy ha comprado peltre importado a Reino

Unido desde Malasia y ahora lo traerá de vuelta al país el doble de caro.

—¡No vale el doble! Y hay diseños distintos para las tiendas de aquí, lah —replica Cindy y se gira hacia Janice—. Tú lo entiendes.

Estoy seguro de que Janice no lo entiende.

—No puede valer el doble, papá —intervengo—. No con el reintegro del IVA.

Todo el mundo ríe. La broma no es graciosa, pero hay un ansia colectiva por cambiar el ánimo. Las sacudidas de nuestras costillas bastan para conectar los huecos vacíos entre las sillas y la mesa. La conversación se aligera. Janice y Morris comparten sus opiniones sobre la ceremonia de graduación. La de Tom fue ayer. La mía es pasado mañana. Cindy junta las manos en rápidas palmadas prietas que aumentan de velocidad cuanto más antediluviano es el detalle. Terminamos de comer. Los camareros retiran los platos y los adultos se pelean por la cuenta. Mi padre gana porque tiene que ganar. Los seis nos trifurcamos fuera del restaurante, donde aún hay luz.

Tom y yo avanzamos en silencio hasta llegar al camino que conduce a mi casa.

—Qué ganas de que acabe todo —comento.

—¿El qué?

—Esto. —Señalo los edificios góticos que tenemos delante y al lado—. Tengo ganas de marcharme.

Parece que el comentario ha herido a Tom. Tiene las manos en los bolsillos. Me siento mal. Los lugares se instalan en las personas igual que las personas se instalan en los lugares, pero no me refería a eso. Quiero irme, de verdad. Tom baja la mirada hacia los pies.

—Solo quedan un par de días —dice.

—¿Mañana pasarás el día con Rob y Sarah?

—Sí. El último día en la casa.

Giramos en mi calle y entramos en la casa. Cass y Lisa están sentadas en la mesa de la cocina, bebiendo. Cass lleva un mono de rejilla y Lisa un top cruzado que le tapa las tetas. Nos saludan con ganas. Lisa es la única persona que he visto que consigue parecer saludable debajo de la sobria luz de la cocina. Cass está encorvada. Se le marcan las clavículas. No mejora, pero sigue siendo la mujer más hermosa que conozco y la más lista; ha conseguido la nota más alta de su clase y un trabajo pijo en un gran laboratorio de ideas.

—¡Estáis muy guapos! —exclama Lisa—. ¿Qué tal ha ido la cena? ¿Se han llevado bien vuestros padres?

—No ha ido mal. Todos se han llevado genial. —Tom se gira hacia mí—. ¿Verdad?

—Sí, claro. —Me acerco a las alacenas y saco dos copas—. Más de lo que esperaba. ¿Vais a ir a casa de Rosie?

—Cass me estaba hablando del premio —se apresura a decir Lisa.

—¿Del qué?

Me doy cuenta de que Lisa ha pasado por alto mi pregunta, seguramente porque no quiere decir que no viene. Le recuerdo a Tom que en una ocasión Rosie ganó un premio de dos mil libras por los resultados de su examen, se lo gastó todo en ketamina y la revendió hasta obtener ganancias. Fue nuestra camella, la de Cass y la mía, durante un periodo breve en segundo curso.

—¿Qué hará después de graduarse? —pregunta Lisa.

—Capital de riesgo —responde Cass. Lisa se ríe—. ¿Vosotros vais a venir?

—Claro. Tom y Rob tocan en la fiesta —digo. Cass se queda mirando su copa. Me siento mal. Sirvo bebida para Tom y para mí y luego miro a Lisa.

—Tú vienes, ¿no?

—Iba a ir. Tengo ganas, la verdad, pero Sarah acaba de escribir para decirme que quiere quedarse en casa. Hemos quedado en la mía.

Me gustaría decirle que Sarah se puede quedar sola, pero en algunas relaciones una persona se planta y la otra se agacha. Ojalá Sarah se plantara para divertirse. Me giro hacia Tom.

—Dejemos las cosas arriba.

Salimos de la cocina y Tom me sigue al dormitorio. Me siento en la cama. Se pone unos pantalones anchos a rayas y una camiseta grande que ha dejado en un cajón. Se tumba en la cama, con la espalda sobre el edredón.

—Creo que tengo una pastilla en alguna parte —digo—. La podemos compartir.

—Vale.

Me levanto y rebusco en los cajones hasta encontrar una bolsita con una pastilla roja que parece una pila. Se la lanzo por debajo del brazo a Tom. Aterriza en su pecho, pero él no se mueve. Sostiene la copa sobre el ombligo y mira el techo.

—¿Va todo bien? —pregunta—. Ha habido un momento durante la cena en el que me ha parecido que pensabas en algo. Mirabas por la ventana, un poco ido, creo. Como cuando te entra el pánico.

Miro a Tom, pero él no me devuelve el contacto visual. No sé cómo responder.

—¿Ah, sí? Llevo tiempo sin pensar en lo de la ELA. O no de una forma que dé miedo.

—¿Era otra cosa?

Remuevo unos cuantos objetos en el cajón abierto.

—Qué va. Solo estaba pensando.

Tom arruga el ceño y abre la boca, pero luego se muerde el labio inferior. Relaja el rostro. Se endereza y agarra la bolsita que le ha caído en el pecho.

—¿Con una pastilla bastará para los dos? —pregunta.

Estoy bailando con Cass junto a las mesas de mezclas y altavoces que han puesto para la fiesta. No hemos visto a Rosie. Al parecer, ya se ha quedado inconsciente en el piso de arriba. Tom y Rob están actuando. Rob lleva una llamativa camisa con un estampado irreconocible, hecho con rayas y líneas en tecnicolor. Cass, colocada, usa una app para buscar los nombres de las canciones con un éxito dispar. En medio de la actuación, me tomo mi mitad de la pastilla. Rob termina con una versión remezclada de *My Neck, My Back*. La multitud los vitorea. La pastilla me sube tan rápido que no puedo valorar la política de esa elección. Una persona que se parece a Tom y a Rob los reemplaza en la mesa de mezclas. Tom se viene con nosotros. Rob desaparece. Le doy la mitad de su pastilla.

Siento una adrenalina cálida en el pecho. Enrosco la lengua y pesco unas migas con sabor metálico de entre los dientes. Retuerzo las manos y flexiono los dedos en garras. Estamos en un rincón del salón. Cass y Tom mantienen una conversación. Ella se ha puesto sentimental.

—Sabes que te quiero. Y no solo porque seas el novio de Ming. Él es muy especial, pero tú también. —Se lleva la mano de Tom al pecho y la aprieta contra ella—. Os llevo aquí cerca.

Me pregunto si sabrá que la puedo oír. Suelta las manos de Tom y lo abraza con fuerza. Luego me arrastra a mí también al abrazo. Nos bamboleamos en tándem y, tras soltarnos, Tom me sonríe. No es que le caiga mal Cass; le cae bien, pero creo que no acaba de entenderla. Le parece que a veces mira a la gente de una forma condescendiente porque baja el mentón, aunque yo sé que es por vergüenza y no una forma de juzgar. A lo mejor todo lo que ha pasado con Rob no ayuda. Tom se marcha y me pongo a bailar de nuevo con Cass. Sé que estamos jodidos porque citamos a Tiffany Pollard en *Flavor of Love* mientras bailamos. ¡Eres la única zorra de la casa a la que respeto! ¿Beyoncé? ¿Beyoncé? ¡Si eres como el puto Luther Vandross!

Tengo que cagar. Me alejo de la multitud y subo las escaleras. Cierro los ojos mientras asciendo. Acaricio con los dedos el pasamanos de madera. Las muescas parecen mucho más grandes y las hendiduras mucho más profundas. No hay cola en el baño. ¡Milagro! Las luces no van y el suelo está mojado. Hay unos trapos empapados por el agua que sale de una fuga en la parte inferior de la pared de detrás del baño. Por accidente, piso uno que hay junto al lavabo. Noto el chapoteo y el agua me atraviesa las deportivas. Es asqueroso y para que lo diga yo ya tiene que dar puto asco. Me siento y hago mis cosas. Me limpio, tiro de la cadena y miro mi rostro borroso en el espejo, el contorno oculto en las sombras. Me lavo y seco las manos y luego me palpo la mandíbula. Hay un par de pelos. La ansiedad me revolotea en el pecho. Me toca otra sesión de láser.

Tengo que tumbarme durante un segundo. A veces, cuando me agobio, solo quiero encerrarme en un sitio alejado. Pero no siempre. Otras veces quiero a Tom, aunque ahora mismo prefiero buscar un lugar oscuro y vacío. Encuentro un dormitorio pequeño junto al rellano. Es el único de donde no salen voces. Una parte de mí espera encontrar a la comatosa Rosie, pero descubro a Rob tumbado en la cama.

—Rob. ¿Qué haces aquí?

—Necesitaba un momento a solas. Ha empezado a darme el subidón mientras tocábamos. Mala idea, ¿verdad?

—¿Puedo quedarme?

Levanta los dos pulgares. Me tumbo a su lado en la cama individual. Rob lleva colonia. El olor me recuerda a las gotas que me rociaban las manos cuando pelo una mandarina, con ciertos toques de sándalo. Observo nuestros zapatos. Me acuerdo del agua del baño y me siento mal por el propietario del dormitorio.

—Lo habéis hecho genial —comento. Rob me mira.

—¿Sí?

—Sí. ¿Por qué te has drogado durante la actuación?

Se ríe.

—No sé, creía que sería divertido. —Guarda silencio un momento—. Y me he puesto nervioso por si la pifiaba y decepcionaba a la gente, porque es la graduación y tenían muchas expectativas, así que me he tomado la pastilla para relajarme.

Pero, menuda tontería, porque solo es una fiesta en una casa, ¿sabes? Es una estupidez, ¿no?

—¡Rob! —exclamo, abrazándolo—. No lo es. Es muy humano. No queremos decepcionar a nadie.

—Tengo mucho esa sensación con mis padres —prosigue y el cambio brusco de tema me sorprende—. Están tan orgullosos de mí que a veces duele. Orgullosos de que esté aquí. ¡Rob va a hacer esto! ¡Rob va a hacer aquello! Me agobia un poco, ¿sabes?

—Ya. Te entiendo.

No sé si lo entiendo. El orgullo de mi padre siempre me ha parecido más moderado, más perspicaz, como si diera por sentado los éxitos pequeños. No siempre ha sido un orgullo cálido y últimamente es frío como una piedra.

—Por eso creo que a veces vale la pena vivir por ti mismo —añade Rob—. No por otras personas.

Nos sumimos en un breve silencio. Rob apoya la cabeza en la mía.

—Tu familia se ha ido esta mañana, ¿no? —pregunto.

—Sí. Estábamos un poco apretados. Menos mal que a Tom y a Sarah no les ha importado. Aunque sus familias tampoco querían quedarse en la casa. Pero ha estado bien. Les ha gustado la ceremonia a todos, incluso a mis hermanos.

Hablamos más sobre la cena y sobre los padres de Tom. Rob saca el móvil del bolsillo y nos hacemos una foto. Tenemos los ojos saltones.

—¿Ha venido Cass? —inquiere.

—Sí.

Me pregunto si debería decir algo. Joder, es que Tom no lo hará. Seguramente sea lo único que no haga por mí. Sé que a Rob le preocupa decepcionar a la gente, aunque no es una excusa para hacer daño a otra persona. Cass se moriría de la vergüenza, pero estoy colocado y es urgente que Rob sepa cuánto daño le ha hecho. Con este asunto se comporta como un tonto. Cosa de hombres heteros. Tampoco es que lo entienda. Lleva más de un año tentándola. Se acuesta con ella, se distancia y luego regresa justo cuando Cass empieza a sentirse bien de nuevo. Los hechos son hechos, aunque Cass les reste importancia. Rob no es la causa de su trastorno alimentario, pero tampoco ayuda y sé que le vendría genial que Rob admitiera que ha obrado mal.

—Creo que sería muy importante para ella si te disculparas.

Rob gira el cuerpo para tumbarse de lado y ponerse de cara a mí. Parece preocupado.

—¿Disculparme por qué?

—Le gustabas mucho, ¿lo sabías? —Noto la lengua aturdida en la boca—. Llevas demasiado tiempo arrastrándola detrás de ti. Entiendo que no quisieras una relación con ella y puede que Cass dijera que no le importaba, pero no siempre es así de fácil. Sobre todo cuando una persona está enferma.

Sé que es una estupidez por mi parte y que no debería haberlo hecho. ¿Y si se lo cuenta a Cass? ¿Quién soy yo para decir que otra persona está enferma? Tampoco sé si ella se ve así. No quiero que piense que yo la veo de esa forma. Espero que nunca se entere. Rob suelta aire y se vuelve a tumbar bocarriba. Aprieta las palmas contra el vientre, con un codo apoyado en el mío.

—Vale. Será lo correcto, ¿no?

—Sí.

Llaman a la puerta. Se abre. Es Tom.

Se tumba encima de nosotros. Su peso es reconfortante. No hablamos sobre Cass, sino sobre la cena de nuevo. Tom menciona que Morris le ha escrito para decir que Cindy le ha parecido simpática y divertida. Rob baja de la cama y nos atrae hacia sus brazos.

—Venga, hora de pasarlo bien, ¿vale? —dice. Tom y yo nos quejamos—. Típico de hijos únicos. Qué cabezotas.

Regresamos al piso inferior, al salón abarrotado. Nos apiñamos delante de las mesas de mezclas. Los tres bailamos juntos. A lo mejor es el subidón, pero sí que parece que seamos tres, Tom, Rob y yo, como cuando Rob nos abraza como hermanos o vemos películas con mi cabeza apoyada en el regazo de Tom y las piernas sobre las de Rob.

Llega Cass y bailamos en medio de la multitud hasta que se va con Rob. Los veo en un rincón de la sala. Rob se cierne sobre ella. Se dan un abrazo largo. Estar enfermo es una mierda. A lo mejor Cass pensó que el afecto de Rob la curaría y a lo mejor la disculpa le sienta bien, pero una parte de mí también sabe que el efecto no estará a la altura de las expectativas. A veces una persona, un éxito o un lugar (sea lo que fuere que falte) parece que tiene la forma perfecta para llenar un vacío, tanto que su ausencia es como la causa del problema y su presencia la solución. Pero, de cerca, los vacíos siempre son más grandes. Tom y yo bailamos pegados. No le suelto la mano.

7

DESECHOS

Estaba guardando las cosas del ático. El sol entraba por las ventanas. Ni a Rob ni a Sarah les gustaba el techo inclinado. A mí tampoco, pero Sarah había elegido la primera porque de lo contrario no se habría mudado con nosotros. Yo elegí el segundo porque había encontrado la casa, pero Rob necesitaba una habitación con más luz. Dijo que en el ático se las apañaría bien, aunque ocultó su decepción. Puedo ponerme unas cuantas lámparas, ¿verdad? Y siempre puedo trabajar en el salón, ¿no? Pero sabía que Rob no lo decía en serio, así que fingí que el ático me entusiasmaba. ¡Mira cuánto puedo ver desde aquí arriba! ¡Tengo ventanas en ambos lados!

Me dejé caer en la cama para estirar y hacer rodar el cansancio de mi cuerpo. Era por la tarde y, pese a la hora, no había bajado aún. Me levanté para mirarme en el espejo. Me veía pálido y demacrado, últimamente más. Me rasqué el cuero cabelludo, que me picaba, por debajo de la mata de pelo despeinado.

Me cambié y bajé por la moqueta verde bosque, que pasaba junto a las puertas cerradas de Sarah y Rob. Era un color terrible. Hacía que la casa pareciera atestada y húmeda, y sus zarcillos oscuros y ásperos sepultaban manchas de vino rojo y tierra.

En la planta baja, la puerta del salón también estaba cerrada. Oí murmullos y por el hueco de abajo capté la luz parpadeante del televisor. Asomé la cabeza. La blancura de la pantalla destacaba en la habitación a oscuras y con las cortinas corridas. A la izquierda, Rob estaba enroscado en posición fetal en el sofá, con los brazos cruzados y la cabeza en el regazo de Sarah, que miraba el móvil. Rob se giró para sonreírme. Desde ese ángulo, le veía el rostro aplastado, como un bebé feliz en un cuadro del Renacimiento.

—¿Qué estáis viendo? —pregunté.

—Rob nunca había visto *Thelma y Louise*. —Sarah dejó el móvil detrás de la espalda de Rob y giró la cabeza hacia mí—. ¿Abrimos la botella?

La saqué de la nevera, en el otro extremo de la habitación; la habíamos pagado entre los tres y reservado para la última noche en la casa. Fue idea de Rob. Nos trasladamos al jardín, a los muebles que habíamos encontrado en un contenedor a principios de curso. La lluvia había coloreado el hierro debajo de la pintura desconchada con musgo y óxido.

Sarah abrió la botella. El corcho salió volando por el extremo del jardín y desapareció en el del vecino. Rob ocultó los ojos cansados detrás de unas gafas de sol. Serví la botella en un frasco de cristal, la única copa de champán que teníamos y una copa de vino pesada que al golpearla sonaba a plástico. Brindamos.

—¿Cómo te sientes después de la fiesta de Rosie? —me preguntó Sarah.

—Muertísimo.

—No me extraña. —Se enderezó en la silla—. ¿Has visto a Rosie de fiesta? Es como ver a Ms. Pac-Man. Traga todo lo que se le pone delante.

—Estaba desmayada en su propia fiesta y solo era medianoche —contesté. Sarah rio y luego se encorvó con las piernas estiradas hacia el suelo—. ¿No os parece que estamos retrocediendo con lo de mudarnos de nuevo a casa?

—Solo será una temporada —repuso Sarah y se puso la mano delante de los ojos como una visera para tapar los últimos rayos del sol vespertino—. Por lo menos para Rob y para mí. Si me hacen fija en la fundación benéfica, me podré mudar.

—Cuando estoy con mis padres, cada vez que atravieso la puerta es como si volviera a tener doce años —comentó Rob.

—¿Se te agudiza la voz? —pregunté.

—¿Se te caen los vellos del pubis, Rob? —dijo Sarah.

—Sí, joder, básicamente. Sin pelos ahí abajo y la voz chirriante —rio Rob—. No, es todo lo demás. Compartir espacio con mis hermanos. Las peleas tontas que tengo con ellos. Conoces todos los puntos de presión de los demás.

—¿Cuáles son los tuyos? —preguntó Sarah. Rob se cruzó de brazos.

—Las burlas por mi acento. Dicen que se ha vuelto pijo.

—Pues a mí me suenas norteño, Rob —dijo Sarah.

—Ese es el problema. Estoy en medio.

—Creo que de ahí saldría un poema.

Nos reímos y luego suspiramos en una calma colectiva. Sabía que el cambio sería diferente para los otros que para mí, porque cada paso hacia atrás o hacia delante podía ser más largo, escarpado o difícil. Ir a la universidad había sido como dejar que todo ocurriera, como fichas de dominó cayendo una detrás de otra.

Sarah se inclinó hacia delante y juntó los omoplatos, que crujieron. Soltó un suspiro y se relajó de nuevo en la silla.

—Yo me convierto en una adolescente imbécil cuando estoy con mis padres —comentó—. Hay muchos gritos.

—No recuerdo cuándo fue la última vez que mis padres o yo alzamos la voz —dije.

—Pues claro que no, Tom.

Me encogí de hombros. Sarah acercó las rodillas al pecho y se llevó la copa a los labios. A menudo comparaba a nuestras familias y ponía los ojos en blanco ante la simplicidad de un hogar blanco de clase media. ¿Tu madre te llama «gordo» y te dice que tienes el culo plano como una plancha en la misma frase, Tom? ¿Tu madre fingió desmayarse cuando le dijiste que eras gay y justo abrió los ojos para decirte que podías llamar a una ambulancia antes de fingir que se desmayaba de nuevo? No siempre sabía separar las críticas del humor.

—Aun así, no quiero volver allí.

—Ming se va contigo —dijo con ligereza, aunque con tono burlón—. Será distinto.

Moví el culo en la silla. Las curvas del hierro duro se me clavaban en la espalda.

—No es para toda la vida, claro. Pero ahora tiene sentido. Así no nos estresamos mucho por todo a la vez. Será hasta que hayan presentado la obra a los festivales de Londres.

—Lisa dijo que podría tardar.

—Mmm.

No quería que tardase. No lo quería en absoluto. Ansiaba tener nuestra propia casa. Una vuelta a la normalidad. Pero la sugerencia de mis padres se había convertido en mucho más y, aunque Ming estaba indeciso, también le entusiasmaba la idea, así que cedí.

—La verdad es que la idea de mudarme a Londres me estresa más que volver a casa —dijo Rob.

—Londres no es el único sitio adonde puedes vivir, Rob —repuso Sarah.

—Ya, ya, lo sé. —Capté una chispa inusual de irritación en la voz de Rob—. Pero nadie quiere quedarse atrás. Por eso tengo que mudarme y no podría hacerlo sin el bono inicial de mi curro. Para vosotros es diferente porque crecisteis en Londres.

—St. Albans no es Londres precisamente. —El tono de Sarah fue áspero—. Y yo tampoco es que vaya a recibir ningún bono, Rob.

—Pero sabes a lo que me refiero. No todos disfrutamos de una beca de tres meses en una organización benéfica LGBT mientras pensamos en qué hacer con nuestra vida.

Sarah sabía a lo que se refería. Todos lo sabíamos. A veces yo intentaba hablar de ello, en cómo la diferencia resultaba frustrante, pero él siembre lo ignoraba con una carcajada. Me removí un poco más en mi silla. La postura de Sarah se suavizó.

—¿De verdad crees que te dejaremos atrás, Rob? —preguntó.

—Un poco sí. Tú tienes a Lisa y Tom tiene a Ming. La mayoría crecisteis en lugares parecidos. Y yo estoy bien y tal, pero a veces me preocupo.

Sarah se levantó, se situó detrás de Rob y lo abrazó por la espalda. Yo me estiré para darle un apretón en el brazo.

—No tienes que preocuparte.

Nos relajamos de nuevo en nuestras sillas y miramos el patio como si hubiéramos plantado algo de lo que sentirnos orgullosos, aunque la hierba estaba crecida, irregular y sin flores. Miré el cobertizo de madera en el fondo del jardín. No nos habíamos atrevido a abrirlo por si algo de dentro se convertía en nuestra responsabilidad. Rob se quitó las gafas y se giró hacia mí. Arrugó los labios y luego fijó la mirada en el tallo de su copa.

—Anoche Ming me habló sobre Cass —dijo—. Cuando estábamos en la cama. Me dijo que significaría mucho para ella si me disculpaba por todo. La verdad es que ni siquiera se me había ocurrido disculparme.

—¿Te alegras de haberlo hecho? —pregunté.

—Lo cierto es que sí —contestó y alzó los hombros—. Como si fuera un peso que no sabía que cargaba. Es raro, ¿no? —Guardó silencio y, con la boca abierta, se acarició el labio inferior con un dedo—. Cuando dejé de acostarme con ella el año pasado, pensé que ya se había acabado. Y cuando nos enrollamos de nuevo hace unos meses, y las otras veces, no le di mayor importancia. Pero hay personas que piensan en ti y tú no piensas en ellas, ¿sabéis? No me olvidé de Cass, pero un poco sí. No sé. Me siento mal, pero me alegro de haberme disculpado. No quería joderla tanto. A lo mejor fui un ingenuo. Seguramente sabía cómo se sentía, ¿no?

—¿Lo sabías de verdad? —preguntó Sarah.

—No lo sé. O sea, ¿vosotros lo sabíais?

Sarah me miró, pero evité sus ojos. Yo sabía que Cass quería a Rob, o que pensaba que lo quería, porque Ming me lo había dicho, aunque no había hecho falta. Era obvio. Le podría haber dicho a Rob que no se acostara de nuevo con ella. Ming quería que lo hiciera. Le respondí que eran personas adultas, que no era asunto nuestro. A lo mejor lo único que hacía con eso era proteger a Rob, impedir que se sintiera mal.

—Pensaba que todos lo sabíamos —contesté—. Que era algo implícito.

Rob titubeó.

—Ya, es posible. ¿Ming está mejor?

Se me hundió el alma a los pies. Respiré hondo. Supuse que estaba mejor, pero confirmarlo parecía una conjetura.

—Sí, está mejor, creo. Por ahora. Me contó que el TOC ha desaparecido.

Sarah empezó a decir una palabra, pero entonces se reclinó en su asiento. Me pregunté en qué estaría pensando. Seguramente en que no lo sabía con seguridad. No sabía nada. Ni si el citalopram era una medida a largo plazo, ni si el TOC podía desaparecer sin más, ni si haría la TCC como había dicho, ni si yo lo ayudaba de verdad. ¿Cómo puedes estar seguro, Tom?

Recordé lo que había visto durante la cena de la noche anterior. Ming había negado que le pasara algo. Conocía sus hábitos, conocía sus expresiones. Y era mentira. Pero ¿qué haces ante una mentira? No era tan sencillo como decirle algo. Tenía preguntas. ¿Qué significaba para nosotros que Ming no contara la verdad? ¿Por qué no quería contármela? Pero plantearle esas preguntas parecía egoísta y poco razonable, por eso dejé pasar la mentira. Quise darle un nuevo rumbo a la conversación.

—Lisa se mudará dentro de unas semanas, ¿no? —le pregunté a Sarah.

—Sí. Al piso de su madre. Lo tendrá para ella sola.

Rob soltó una carcajada breve y aguda con la boca cerrada. Sarah la ignoró.

—¿Cómo se siente?

—Creo que Londres la estabilizará. Le falta un poco de confianza. Incluso cuando interaccionamos las dos. No siempre tenemos que hacer lo que yo diga, pero ella lo hace sin más. Sé que puedo ser un poco autoritaria…

—¡Qué me dices! —exclamó Rob.

Los tres nos reímos y guardamos silencio de nuevo. Las burbujas saltaban por el borde de las copas y subían hacia su muerte en la línea donde el champán se encontraba con el aire. Sarah me rellenó la mía, luego la de Rob y luego atendió su propia copa vacía.

Me levanté de la silla y caminé por la hierba. Miré hacia la casa. A través de las ventanas se veía el interior con claridad. La escalera que conducía a mi ático y a la habitación de Sarah. Me pregunté si la gente de enfrente nos vería movernos como figuritas en una casa de muñecas y si se fijarían en que nos habíamos ido. Resultaba eclipsante que un lugar pudiera estar tan repleto de recuerdos y, pese a todo, que no contuviera trazas visibles de mí. Partículas de piel, pelo o tela caerían por las rendijas de la madera y se hundirían en la moqueta, en lugares donde las cerdas arrolladoras de una escoba o la boca jadeante de una aspiradora no pudieran alcanzarlas. Pero, incluso entonces, cuando llegara el momento, esa moqueta verde oscuro sería arrancada, cambiarían el suelo y, al final, nuestros pelos y nuestra piel se descompondrían hasta que los reemplazasen los pelos y la piel de las personas que ocuparan nuestro lugar.

8

HOGAR

El trabajo era tan malo como había dicho todo el mundo. Trabajar hasta tarde. Y volver en taxi a casa. Y una jefa, Judith, que controlaba mi vida y que, en palabras de Ming, parecía una señorita Trunchbull sexi.

Subí a la línea Northern. Eran las siete de la mañana, no lo bastante temprano para conseguir asiento. Me quedé encajonado entre los cuerpos pegajosos de unos viajeros lobotomizados tras una noche de mirar hojas de cálculo y comer otro sándwich de pollo, ensalada César y beicon de Pret. La monotonía era insoportable. Me imaginé a Ming riéndose por el melodrama. Pero lo era. Un trayecto constante entre la casa y la oficina. Uno era el lugar donde Ming y mis padres cocinaban y reían sin mí, el otro era el lugar donde gente enfadada lanzaba perforadoras a analistas principiantes. Bajé del vagón, empujé los tornos y fui al gimnasio.

Las personas, aunque sobre todo mis padres, tenían fuertes opiniones sobre el trabajo. ¿Por qué lo pediste? Rob me ayudó con las solicitudes y luego todo cobró sentido en cierta forma. ¿Ahora Rob toma decisiones por ti? No, papá. Las horas se te harán muy largas, Tom, y nunca te he visto como banquero y, además, ¿no dijiste una vez que los bancos eran el mal? Lo son, pero necesito un trabajo, mamá, y este es muy bueno. El problema del dinero es que a menudo condena a quien lo tiene a la miseria. Entonces, ¿papá y tú tenéis la cantidad justa de dinero?

Jason estaba esperándome fuera del gimnasio. Sostenía con su enorme mano la bolsa de cuero y llevaba un abrigo de lana gris que le llegaba por las pantorrillas. Siempre me esperaba, incluso cuando unos zarcillos de invierno habían empezado a helar el viento de noviembre. Alzó la mirada del móvil, sonrió y fue a abrir las puertas.

—Buenos días —dijo.

Me dejó entrar primero y, al pasar, apoyó la mano en la parte inferior de mi espalda a modo de saludo. Esperaba con ganas las mañanas con Jason. Alcanzamos los vestuarios bien iluminamos y nos desnudamos uno al lado del otro. Intercambiamos historias del fin de semana conforme nos íbamos cambiando de ropa. Capté atisbos del cuerpo de Jason mientras hablaba. Los músculos le abultaban la espalda. Me fijé de nuevo en lo peludas que tenía las piernas; esos enjambres de pelo aparecían de nuevo en su pecho, con una línea gruesa que subía desde la parte inferior del abdomen y estallaba en los pectorales como una nube volcánica. Quería y no quería tener un cuerpo como el suyo. Me pregunté qué se sentiría al poseer el tipo de poder y tamaño que tenía Jason.

Fuimos a la habitación oscura llena de bicicletas estáticas. Unas líneas fluorescentes a lo largo del suelo dividían el aula de spinning en tres secciones. Jason y yo nos colocamos en bicicletas contiguas.

La instructora patrulló el frente de la clase como si corriéramos el riesgo de huir.

—¿Estáis listos para dar el ciento diez por ciento? ¿Estáis listos para dar el ciento sesenta por ciento? —Saltó a su bici en un movimiento fluido y empezó a pedalear con fuerza—. Escuchadme bien. Es martes por la mañana, pero estáis aquí. Estáis listos para esta clase. La mitad del camino es sentarse en la bicicleta. A partir de ahí, nos quedaremos solos con la carretera. ¡Vamos! —Levantó el culo del asiento y todos la imitamos enseguida—. Hace falta valor para añadir resistencia. Pero ¿sabéis qué? ¿Sabéis qué? Sois mis héroes de los martes por la mañana.

La gente más valiente que conozco. Así que subid esa puta resistencia.

Empujé los pies contra los pedales y sentí que se me tensaban los tendones. El sudor de la frente llovió sobre el panel de control y amplió los números. Hacia el final de la hora, la instructora nos guio en unos ejercicios de recuperación. Pedaleamos despacio. Estiramos las piernas aprovechando los pedales de la bici.

Después de la clase, Jason y yo nos desnudamos en los vestuarios y entramos en duchas separadas. Terminé antes que él, que salió de la ducha con la toalla atada baja. Dos surcos descendían curvados desde los huesos de la cadera hasta el inicio del vello púbico. Nos cambiamos codo con codo en las taquillas y mi mirada vagó a las venas gordas que sus músculos empujaban hacia la superficie de su piel. Me puse la ropa interior sin quitarme la toalla para enterrar el inicio de una erección debajo de dos capas de algodón.

La primera vez que le hablé a Ming sobre Jason me hizo muchas preguntas. ¿Está bueno? Sí, pero de un modo estereotípico. No parece tu tipo, ¿no? Creo que es el tipo de todo el mundo. ¡Pues no sabía que te gustaban así!

Después de eso, dejé de mencionar a Jason, porque sabía que Ming estaba muy irritable con su aspecto. Había empezado a forzarlo para parecer antipúber. ¿Seguro que te parece bien que no tenga vello facial? Sí. ¿Te parece bien que me depile las piernas? Claro. ¿Te parece bien que lleve el pelo más largo? Por supuesto. Siempre era «te parece bien» y no «prefieres», y lo agradecía porque así no tenía que mentir. Las pequeñas preferencias no importaban. La atracción iba y venía. Las preferencias se ajustaban. De todos modos, no íbamos a tener tanto sexo en casa de mis padres.

Jason me esperó en el borde de las taquillas. Salimos del gimnasio y nos dirigimos a la oficina en un silencio agradable. Unos jirones de frío se mezclaron en mi pelo húmedo. Me vi reflejado en el cristal tintado de un edificio de oficinas: las piernas flacas envueltas en azul marino se doblaban por la rodilla. Ming se había burlado del traje. ¡Es por el contraste! Es diferente. Yo me reí con él, pero las carcajadas débiles revelaron mi resignación. No se había burlado de mi primer traje, que encontré de segunda mano. La chaqueta me quedaba amplia por los hombros y los pantalones sobre las piernas también, pero, tras una semana en el trabajo, vi que los demás parecían envasados al vacío en sus trajes y yo encogido en el mío, como un adolescente que hubiera tomado prestado el traje de su padre para ir al baile de final de curso. Y por eso el segundo traje se adaptó a la situación y cuando fui a cortarme el pelo pedí algo más pulcro y elegante; lo dejé un poco largo por el centro, aunque más echado hacia atrás. Se suponía que debían ser cosas superficiales, pero el cambio parecía mayor que la suma de sus partes. ¿Cuán endeble es la personalidad si la cortas con tijeras de acero? Me preocupaba que siempre hubiera estado próximo a los chicos de la universidad que querían ser banqueros y asesores, que llevaban chalecos Patagonia y pantalones cortos color salmón y tenían novias que eran relaciones públicas, iban ataviadas con vestidos florales y se llamaban Emily o Sophie. ¿Acaso soy un imbécil pijo más?

Todo eso parecía más fácil para Jason. Era uno de esos hombres gay empeñado en hacer que el Londres corporativo fuera más queer, lo que para mí tenía el mismo sentido que intentar hacer más queer una guerra de drones. Ya había organizado eventos para Prisma, el comité LGBT del trabajo. Nadie parecía percatarse de lo mucho que la palabra se parecía a prisión. Jason ni se inmutó cuando le sugerí que el capitalismo y la liberación de la gente queer eran incompatibles. Ya, Tom, seguro que a Prisma le gustaría oírlo.

Doblamos la esquina en la calle de nuestro edificio de oficinas. Alcé la mirada hacia las ventanas, que perforaban el entramado color arena como los agujeros de un rallador.

—He comprado los vuelos para Miconos —comentó.

—¿No acabas de ir?

—Nunca hay suficiente Miconos para un gay de Clapham. Tengo que aprovecharlo de algún modo.

No sería amigo de Jason si no fuera por la sexualidad y las circunstancias. Su presencia en internet me informó de que era el único amigo gay de muchas rubias heteros de los condados del este. Jason representaba el tipo de hombre gay del que siempre me había sentido alienado, uno distintamente anticuado.

No creía que Jason lo entendiera. En cualquier caso, él pensaba lo mismo de mí. Eso me provocaba una angustia existencial completamente ridícula, y sabía que lo era, pero podía ignorarlo todo en el trabajo y el gimnasio. Yo también trabajaba en el sector financiero, con lo que me habían arrebatado cualquier argumento en el que hubiera podido apoyarme. Tal vez fuera mejor poner arcoíris en las paredes si pensabas someterte al sistema sin miramientos.

Entramos por las puertas automáticas del personal y deslizamos los pases por encima del sensor, que abrió unas puertas más pequeñas al atrio de ocho pisos. Estaba repleto de columnas de cristal, ascensores y despachos que daban al interior, encarados hacia nosotros y entre sí. El panóptico capitalista. Giramos a la derecha, hacia la cafetería del personal, y recogimos el desayuno en la barra de autoservicio.

Nos sentamos uno delante del otro. En su plato había un montón de huevos revueltos y un par de salchichas de pollo. Apuñaló la cabeza de una con el tenedor. En un único movimiento, la atravesó con el cuchillo. El aceite de la carne hizo relucir el acero.

—¿Cómo está Judy? —preguntó.

—Muy Judy. —Las puntas del tenedor de Jason atravesaron la piel tersa de la otra salchicha. Se la llevó a la boca. Moví las manos para imitarlo, pero con una combinación de judías con un hash brown—. Odio seguir órdenes a ciegas. Es por las fechas de entrega que pone. Son arbitrarias. Envié una presentación porque me dijo que era para ya. Pero creo que no la ha tocado en tres días.

—Te juro que siempre está en la oficina. ¿Tiene a alguien en su vida?

—Está casada, así que supongo que sí. Pero discuten mucho.

Jason rio. Sus dientes eran demasiado blancos. Me pregunté cuánto le habrían costado.

—¿Y eso cómo lo sabes? —preguntó.

—Me lo dijo ella. Empezó a contarme cosas después de que le dijera que era gay. ¿Sabes que solo nos saca unos años?

—¿En serio? Joder, ¿qué pasa con el aire de este sitio? —Jason sacó el teléfono del bolsillo—. ¿Te gusta esta foto?

Era una foto de él sin camiseta, de pie junto a una piscina y con el pecho mojado. Sostenía un cóctel. Me pregunté con qué me tendrían que amenazar para que subiera una foto como esa. Un piercing Príncipe Alberto. Intolerancia a la lactosa. Bajé la mirada hacia sus abdominales.

—Estás cañón.

Movió el pulgar por encima de la pantalla y le dio al botón de publicar. Terminamos de desayunar y dejamos las bandejas en la zona de recogida; luego subimos en ascensor hasta nuestras distintas plantas. Me senté en el escritorio junto a la ventana en la que intentaba sentarme todas las mañanas. Daba a la calle del gimnasio, repleta ahora de gente como hormigas que correteaban a sus oficinas. Noté los ojos de Judith desde el otro lado de la sala. Alcé la mirada cuando se acercó hacia mí en su vestido turquesa ajustado, uno de su escaso armario que, según descubrí, comenzaba en azul oscuro y terminaba en verde. Me habló a borbotones durante gran parte de la mañana. ¿Puedes tomar apuntes en esta reunión? ¿Puedes enviarme las diapositivas? ¿Las has terminado? Mira a Fatima. Asegúrate de sacar tiempo para salir con alguien, Tom, o acabarás como ella. Ni siquiera se le da bien su trabajo. Y está soltera. No acabes como ella. Judith padecía ese tipo de autodesprecio que la hacía cagarse en los demás todo lo posible.

Pasé de las diapositivas a las hojas de cálculo y a los correos. En la comida, me zampé una ensalada niçoise con atún ya preparada y un poco de pan en el escritorio. Cada bocado me pasaba por la boca y la garganta como una planta rodadora. Copié gráficos de hojas de cálculo en las diapositivas y los revisé.

Dediqué la tarde a darle toquecitos a la pantalla, sin darme cuenta de que el sol poniente transformaba el cielo gris en negro. La luz azul del ordenador se me clavó más en los ojos. Terminé a las ocho, pronto, y regresé a casa.

Oí las voces de mis padres y de Ming desde la puerta principal. Gritaron mi nombre sentados a la mesa. Dejé la cartera junto a las escaleras y me acerqué al salón. Ming había trabajado ese día. Me había escrito para decirme que había preparado curri verde. Había porciones de tarta en una caja sobre la encimera; Ming solía comprarla en la pastelería de la calle cuando había tenido un buen día vendiendo suscripciones de flores. Las familias de clase media de todo Londres mostraban un interés renovado en las suscripciones «de la granja al jarrón» que vendía la gente joven encantadora y Ming se había subido a la ola. Nos saludamos. Besé a Ming en la cabeza. Me senté en el sitio que me habían preparado. Los platos de todos estaban vacíos. La botella de vino estaba casi vacía. Mamá estaba masticando el último bocado y gemía de una forma que me puso los pelos de punta. Absolutamente delicioso. Espectacular. ¡Los sabores! Siempre hacía lo mismo con la comida asiática. Ming había usado la pasta de curri comprada en el supermercado del frigorífico.

—Has acabado pronto hoy —dijo papá.

—No lo bastante pronto —repliqué.

—¿Qué tal el trabajo? —inquirió Ming y se estiró para masajearme el hombro.

—Ha estado bien.

Me serví un poco de curri de la cazuela azul en el centro de la mesa. Trozos de pollo, guisantes, zanahorias y maíz tierno nadaban en el cucharón de salsa verde brillante. También me eché arroz blanco del enorme cuenco.

—Estaba a punto de recitarles a tus padres el discurso de las flores —dijo Ming.

—Pues adelante.

Tomé un bocado y Ming carraspeó. La calidez de la comida era esquiva y desapareció nada más tocar la lengua. Ming movió los hombros en círculos y se enderezó.

—¡Hola! ¿Qué tal está? —dijo con efusividad. Casi articulé las palabras mientras las decía. Le había ayudado a practicarlas—. Mi amiga Bella...

—¿Has conocido a alguna Bella en tu vida? —preguntó papá.

—Qué va. Mi amiga Bella ha empezado un nuevo negocio y lo ha llamado Bella Ramos. —Papá no pudo contener la risa—. Entregamos flores todas las semanas en esta zona, aunque no hace falta que sea tan a menudo, porque nuestras flores duran un montón. El doble que las flores de los supermercados. Puede cancelar su suscripción en cualquier momento. ¡Yo tengo una para mi casa y me encanta, la verdad!

—Muy astuto —comentó mamá.

—No quiero presionarla para que se apunte, pero si lo hace ahora tengo un código de descuento para que el primer ramo le salga gratis.

Mis padres estallaron en carcajadas.

—Tocado y hundido —dijo papá.

—Completamente aterrador —dijo mamá.

Me reí por la nariz, con la boca cerrada. Mamá fijó la mirada en mí durante un momento. Los tres habían comentado que irían a Margate un día del fin de semana siguiente para visitar la galería Turner Contemporary, algo para lo que no había podido comprometerme por si tenía que trabajar. Papá le explicó a Ming los periodos cortísimos en los que cada baya estaba de temporada. Con la mandíbula, hice rodar despacio trozos de pollo de un lado a otro de la boca. A medida que hablaban de todo y de nada a la vez, empecé a sentirme excluido.

Encorvé los hombros sobre el plato. No era una molestia que pudiera mencionar, porque, si lo hacía, entonces saldría de nuevo el tema del trabajo. No dejaban de repetirme lo mismo una y otra vez. Si eres infeliz, entonces búscate un trabajo que te deje salir un poco más temprano. Solo llevo cuatro meses, papá. La gente tiene muchos trabajos y el primero no suele ser con el que acabas al final. Lo único que te digo, Tom, es que explorar durante una época puede venirte muy bien. No quiero dejarlo, mamá. Ming hacía lo mismo, pero dentro de los confines del dormitorio. ¿A lo mejor tenían razón? Siempre guardaba silencio, aunque me enfadara. ¿Qué trabajo cubriría gran parte del alquiler si nos mudábamos juntos a otro sitio? ¿Qué trabajo tiene sentido si él quiere escribir obras de teatro? Y sabía que pensar así era absurdo. Sabía lo que Ming diría. Pero qué cojones, Tom, ¿por qué estás planeando tanto? Tenemos, literalmente, veinte años.

Me comí el último trozo de pollo y lamí la fina capa de salsa del fondo del plato. Deposité el tenedor y la cuchara tocándose en paralelo y eso hizo que su conversación terminara.

—Estaba muy bueno, gracias —dije.

Recogimos los platos juntos y los llevé al fregadero de la cocina. Ming me siguió con las cazuelas. Fregamos y secamos uno al lado del otro. Algunas verduras se habían caramelizado y pegado en el fondo de la olla. La froté con un cepillo hasta que vi el esmalte de abajo.

—Lisa y yo hemos presentado hoy la solicitud para el festival —comentó Ming—. En el Vault. El que está en Waterloo.

Aguardé una fracción de segundo y arqueé de forma imperceptible una ceja, a la espera de que dijera algo más. Que se ofreciera a buscar un sitio donde vivir o admitiera que ya había estado buscando y quería enseñarme un piso. ¡Mira este! Está junto a ese restaurante tailandés en Peckham, ese en el que no entran personas asiáticas. Ming cerró el hueco entre sus labios sin añadir ni una palabra más.

—Eso es genial —dije y le pasé la olla. La dejó en el fogón mientras la secaba con un paño y luego abrió una alacena debajo de la encimera para guardarla.

—Estoy un poco de los nervios —dijo mientras secaba un montón de cubiertos a la vez. Me fijé en que quedaba algo de agua en la punta de un cuchillo mientras lo dejaba en el cajón—. Por si no la aceptan, quiero decir.

—La aceptarán. —Cerré el grifo y me apoyé en la encimera—. Y recibirás una barbaridad de reseñas tan buenas como las anteriores.

—¿Una reflexión hilarante y esperanzadora sobre la pérdida y la identidad queer?

—Exactamente.

Ming dejó de secar durante un momento y dio un golpecito con el dedo en el borde de la encimera, con los ojos fijos en los azulejos. Me había fijado en que llevaba haciéndolo de nuevo durante meses, desde la cena de graduación con nuestros padres. La mirada en blanco fija en el jardín oscuro mientras comíamos, frecuentes visitas al baño con el móvil en la mano. Mentiras que esquivaba con una sonrisa tranquila y un «nada». Se lo había preguntado todo. ¿Qué buscas? Nada. ¿En qué piensas? En nada. ¿Va todo bien? No es nada. ¿Es por la obra? No. Bueno, si fuera algo, sabes que me lo puedes contar, ¿no? Lo sé.

Terminamos de fregar y nos dirigimos arriba. En el trayecto entre la planta baja y el primer piso y en el cambio de ropa de trabajo a una sudadera y pantalones cortos de deporte, esas cosas que Ming no decía me inquietaron. Presentar la obra iba a ser un logro en sí mismo, uno que no comentábamos, pero que sí compartíamos. Uno que había ansiado. Y luego estaban los secretos. Me tumbé en la cama y respiré hondo. Inhalar durante seis segundos, exhalar durante otros seis, como mi madre me había enseñado. Aquello era peor que sus preocupaciones por el corazón y la ELA. Esas cosas tenían forma, un nombre. Lo de ahora era un cuerpo sin identificar en la habitación. Uno que solía rodear de puntillas.

Inhalé durante seis segundos y exhalé otros seis, hasta que me sentí calmado.

—¿Todo bien? —preguntó Ming. Abrí los ojos y lo vi junto a la puerta.

—Sí.

Se puso el albornoz y salió del dormitorio. Lo oí abrir los grifos. Cuando los chapoteos terminaron, llamé a la puerta, anuncié que era yo y entré. Ming estaba en el borde de la bañera y se ponía montones de crema de afeitar en la pierna. Había metido el otro pie en el agua clara. Tenía el vello rasposo e irregular desde la última vez que se había depilado.

—¿Puedo mirar? —pregunté.

Ming asintió. Bajé la tapa del retrete y me senté totalmente vestido con las piernas abiertas para ver cómo extendía la espuma sobre las pantorrillas. Durante el verano había adquirido la costumbre de depilarse. Lo hizo durante todo un mes, cada dos días o así. Ahora no lo hacía tan a menudo, pero decía que prefería el tacto de la pierna limpia, de la piel desnuda contra la sábana.

Dobló la columna y acercó la pierna a la bañera. Se pasó la cuchilla hacia arriba, por encima de la crema, para limpiarla y revelar trozos de piel morena. Cada dos líneas sacudía la cuchilla en el agua con tal de quitar la espuma de la hoja. Unos pelitos negros flotaban en el agua turbia, como cuerpos después de un naufragio o líneas de células muertas y sueltas.

—¿Crees que deberíamos buscar otro sitio donde vivir ahora que habéis enviado la obra?

Ming levantó la cara hacia mí. Detuvo la cuchilla. Una gota de agua se deslizó desde el borde de la hoja por su pierna y abrió un camino a través de la espuma blanca. Aquello me molestó. Ming hacía lo que le salía en gana. La irritación que creía haber reprimido en mi interior empezó a hervir. Estaba listo para defender mi derecho a marcharnos.

—Vale, mudémonos —contestó.

Guio la cuchilla de vuelta a su pierna y empezó de nuevo junto al tobillo, en la columna adyacente de espuma. Mantenía el rostro indiferente.

—¿Qué pasa? —pregunté—. ¿No estás emocionado?

—No pasa nada. —Esa vez no paró la cuchilla—. ¿Debería pasar algo?

—Es que pensaba que estarías un poco más entusiasmado, no como si te pidiera un favor y estuvieras claudicando.

—No sé cómo quieres que reaccione, la verdad.

—Con entusiasmo —repetí—. Pensaba que te emocionaría mudarte para no seguir como okupa en casa de mis padres.

Me arrepentí de las palabras elegidas, aunque mi rostro permaneció impasible. La cuchilla se detuvo de nuevo y Ming me miró. Su expresión transmitía un profundo dolor, como traición. Dejó la hoja en un lado de la bañera y metió la pierna en el agua contaminada. Estiró las rodillas y se hundió por debajo de la superficie, hasta que todo su cuerpo estuvo sumergido menos la cabeza. Se apartó el pelo con una cinta. Las puntas rozaban el agua.

—¿Crees que estoy aquí de okupa? —preguntó con tono tranquilo. Tiró del tapón de la bañera con los dedos de los pies.

—Ming, no quiero vivir en casa de mis padres con mi novio.

—No me estás convenciendo para que me mude contigo.

—¿Qué significa eso?

—Que te estás portando como un imbécil.

—¿En qué sentido? —Me torné desafiante, aunque sabía a qué se estaba refiriendo exactamente: mi tono era agresivo, había interrumpido su baño tranquilo. Ming no respondió. No se movió. El nivel del agua fue bajando por su cuerpo y le dejó restos de pelo y espuma en el pecho—. Todo el mundo piensa que es raro.

—Sarah no es todo el mundo, Tom. —La voz se le tornó pastosa, más mordaz—. Si quieres mudarte, lo hacemos. He dicho que estaba de acuerdo. No sé qué cojones quieres de mí, y lo digo en serio. —Movió los brazos y me aterrizaron gotas en la cara—. He dicho que me parece bien, pero estás como loco. No entiendo por qué debemos mantener esta conversación ahora mismo.

Sus manos regresaron a los bordes de la bañera. Había cosas que quería decirle, pero no podía. Estoy nervioso y enfadado porque algo va mal. Apenas nos acostamos y no se debe a que vuelva tarde a casa. Ocultas algo, Ming. Tú eres el que está nervioso. Llevas así meses. ¿De verdad va todo bien? ¿Qué ocurre dentro de tu cabeza?

Pero ¿cómo podía exigir acceso? Estaba yendo a terapia de nuevo. Ya lo estaba solucionando. Y a lo mejor era bueno que no me necesitara de esa forma. Sabía lo del corazón y lo de la ELA, pero no qué era aquello. Sabía que la casa lo empeoraba y que, si viviéramos en la nuestra, mejoraría. Pero no sabía cómo compartir esto con él porque, cuando intenté coser de nuevo los hilos de pensamientos para formar palabras, se me antojaron pálidos y ridículos. A lo mejor solo estoy paranoico. A lo mejor no confío en él. Seguro que este lío debo desentrañarlo yo.

Toda el agua ya se había escurrido por las tuberías y los pelitos formaban una línea en el centro de la bañera hacia el desagüe.

—A ver, lo siento. Está claro que puedo esperar un poco —me disculpé—. Es que quería reflotar de nuevo la idea.

—No hace falta reflotar nada. Estamos en la misma página. Voy a limpiarme.

No me moví cuando corrió la cortina de la bañera y abrió el agua. El vapor bailó a mi alrededor y se posó en mis piernas. Los remordimientos me recorrían entero. Cuando Ming cerró el agua y abrió la cortina, pareció sorprenderse y molestarse de encontrarme allí. Tenía preparada esa reacción. Sabía que no me había ido. Le acerqué una toalla y lo envolví con ella. Su semblante se suavizó.

—Lo siento —repetí—. No eres ningún okupa. Creo que me está dando claustrofobia. No he sido razonable.

—Da igual. Empecemos a mirar pisos.

Lo abracé a través de la toalla. Salió al baño, atravesó el rellano y entró en el dormitorio. Lo seguí y cerré la puerta a mi espalda. Cuando se mudó, mamá se aseguró de que le dejara suficiente espacio para la ropa y me hizo cambiar cosas para que no pareciera tanto la habitación de un adolescente. Retiramos los libros de texto y los viejos apuntes del instituto para que Ming tuviera espacio donde dejar sus cosas. Hasta me hizo pintar los raspones y arañazos del Blu-Tack endurecido encima de la pintura.

Ming soltó la toalla y yo me senté en la cama. Luego abrió un cajón y sacó una camiseta y ropa interior. Le miré los pies. Siempre me habían gustado sus tobillos, definidos más por el espacio negativo que por la piel y el tendón. Las curvas a cada lado del tendón de Aquiles eran como cuencas de ojos vacías. Ming dejó la ropa en la cama y recogió la toalla del suelo. Se frotó la cabeza con ella vigorosamente y luego la dejó de nuevo en el suelo.

—La verdad es que ya he mirado unos cuantos sitios —confesé—. No he ido a verlos, solo los he mirado en la app.

—¿Cómo son? —preguntó mientras se ponía la camiseta.

—Están bien. Solo tienen un dormitorio y están por el sur, no muy lejos de donde vive Rob.

—¿Seguro que queremos un único dormitorio?

—¿Dónde si no vamos a vivir?

—No sé. Pensaba que buscaríamos una habitación en una casa. Pero lo que dices suena bien.

Ming se puso la ropa interior. Recogió la toalla del suelo y se la pasó de nuevo por la cabeza antes de colgarla detrás de la puerta.

—Yo podría pagar la mayor parte del alquiler —dije. Ming se dio la vuelta con desconcierto.

—¿Y por qué vas a hacerlo?

—Porque tú no ganas dinero.

Se quedó boquiabierto y luego entornó los ojos.

—¿Esto se va a convertir en una costumbre? O sea, ¿te mamonean en el trabajo y luego vienes a casa a mamonearme a mí?

—Venga ya, Ming. —Quería llevarme las manos a la cara. Todo estaba saliendo mal. Me levanté de la cama para acercarme a la ventana. A lo mejor Ming tenía razón. A lo mejor solo estaba intentando controlarlo más. A él no le hacía falta nada de aquello. Respiré hondo. Inhalé seis segundos, exhalé otros seis—. Lo siento.

Guardó silencio. Miré hacia la oscuridad. Siempre me había gustado ver la parte posterior de otras casas y sus jardines, fronteras con la forma de paneles finos de madera. Las casas en la manzana parecían contenidas en su propio mundo. No podía ver nada más. No conocía a muchos de los vecinos y, pese a todo, nuestras casas compartían ladrillo; probablemente habría raíces que pasaran de nuestro jardín al suyo.

La cama chirrió cuando Ming metió las piernas por debajo de las mantas. Me apoyé en el alféizar.

—Mañana tengo la última sesión de terapia —dijo con naturalidad.

—Lo sé. ¿Cómo te sientes?

—Bien. Pero últimamente no la he necesitado mucho. Me siento bien.

Las cosas que había visto decían lo contrario y quizás él sabía que yo lo sabía. Nos miramos durante un segundo de más. Le devolví la sonrisa incierta. En cada sonrisa había una mentira. En la suya, pero en la mía también, la que decía que lo creía.

Me aparté de la madera blanca. Me quité la ropa y la colgué detrás de la puerta. Luego apagué la luz principal y me metí debajo de las mantas. Ming se sentó apoyado en el cabezal con el libro de la mesita y leyó con la luz de la lámpara amarilla.

Me alejé un poco, aún en la sombra de su cuerpo.

—Puedo dejar de leer —dijo—, si quieres que apague la luz.

—No, no me importa.

Me di la vuelta y apoyé el brazo sobre su cuerpo. Sonrió con amabilidad. Me acurruqué a su lado y escuché el susurro de las páginas.

9

CENIZA

Ming quería ir a la fiesta, pero los analistas júnior no podían llevar acompañantes. Me planté delante del espejo del dormitorio para enrollarme la corbata en el cuello. El lazo estaba tenso, cada extremo se doblaba por la mitad en el prieto nudo. El cuerpo de la corbata estaba descentrado y supe que en algún momento se giraría para enseñar las costuras y la etiqueta.

Había llegado pronto para cambiarme, aunque el código de vestimenta no se alejaba de lo que ya llevábamos a la oficina. Según Judith, todo el mundo lo hacía para ese día. Ming y yo estábamos solos en casa. Mis padres se habían ido esa semana.

Él permanecía tumbado en la cama con el portátil sobre el pecho.

—Estás guapo —comentó—. ¿Podrás llevarme el año que viene?

—Claro —contesté y me agaché para volver a atarme el zapato—. ¿Has firmado el contrato de alquiler?

—Sí.

Dos semanas para mudarnos. Habíamos esperado un mes para empezar a ver pisos, justo después de que el festival aceptara *La muerte se viste de drag*. Luego Ming se puso tiquismiquis. ¿Hay suficiente luz? Imagínate cuánto se calentará en verano. Estaremos un poco apretados. Este es muy caro. Después de un poco de tira y afloja, Ming había aceptado hacer una oferta por un piso en un sótano con un pequeño jardín en Peckham.

Me guardé las cosas que necesitaba en los bolsillos. Móvil, tarjetas, llaves. Me giré hacia la cama. Ming estiró las piernas sobre la colcha y las abrió y cerró, como si hiciera la parte inferior de un ángel de nieve. Me dio un vuelco el corazón al verlas. Estaban inflamadas y cubiertas con unos puntitos rojos uniformes.

—Ming. ¿Qué te pasa en las piernas?

Cerró el portátil y se sentó.

—Me hice el láser hace unas horas.

—¿Eso es algo que te estás haciendo ahora?

—Sí.

—¿Es caro?

—Sí.

—¿Lo paga tu padre?

—No. Lo paga mi madre con el dinero que me dejó al morir.

Suspiré por la boca. Sabía lo que ese dinero significaba para él, lo culpable que se sintió cuando lo usó para quitarse el pelo de la cara. Ming tardaba en olvidar sus errores, lo que significaba que aquello era importante para él. Le importaba mucho. Apoyé los antebrazos en el hierro negro a los pies de la cama.

—¿Por qué no me lo has dicho?

—Es mi cuerpo, Tom —replicó. Tensó las piernas y apartó el portátil aplanado de su regazo—. No tengo que decirte nada.

Me temblaron los labios del desaliento y se me encogió el estómago. No tenía por qué contarme nada, pero la gente tampoco tenía por qué contar nada a nadie y aquello era importante. Acerqué los hombros a los antebrazos. Respiré hondo. Inhalé seis segundos, exhalé otros seis.

—Lo entiendo —dije y levanté de nuevo la cabeza hacia él—. Pero es algo que sueles compartir.

—Solo es el láser, Tom. —Se inclinó hacia delante, pero hablaba sin pasión—. Si no te gusta, no me haré más sesiones. Con una apenas se consigue nada, ¿vale? Ya me depilo las piernas de forma habitual.

Me levanté con las manos en las caderas.

—No es por eso, Ming.

Él suspiró y se masajeó las sienes con el pulgar y el índice.

—Entonces, ¿por qué es?

—Si yo me fuera a gastar cientos de libras en un tatuaje que ocupara todo el brazo, seguramente te lo comentaría antes.

—Pues no haría falta.

No debería hacer falta, pero la gente lo hace. Alcé los brazos por encima de la cabeza. Respiré hondo. Inhalé seis segundos, exhalé otros seis. Cerré los ojos y me paseé en círculos.

—¿No te parece que estás exagerando?

A lo mejor lo estaba, pero aquello parecía más importante que las piernas y no podía decir el motivo, porque sabía que Ming no cedería. Nada. Es Nada. Es Nada, Tom. Me planté delante de él de nuevo, con los brazos y la espalda relajados y las palmas hacia él. Su postura era implacable.

—Quiero un novio —dije, sin poder desterrar la crueldad—. No un topo pelado.

—Que te den, Tom.

Parecía tanto enfadado como herido.

—¿Por qué finges que esto no es raro?

—¿Con qué quieres compararlo? ¿Con hacerte la octava parte de un tatuaje? —espetó—. Si lo odias, crecerá de nuevo. Es mi cuerpo. ¿Tengo que pedirte permiso cada vez que quiero ir a cagar?

Aparté la mirada. Era infantil, lo de intentar sonar como un adulto, y sabía que él lo sabía por el tono sarcástico de su voz. Miré la hora. Agarré el grueso abrigo del armario y metí cada puño por las mangas. Rebusqué de nuevo en los bolsillos. Móvil. Cartera. Llaves.

—Llegaré tarde —dije.

Ming se levantó de la cama cuando salí del dormitorio. Sentí su cuerpo en la parte superior de las escaleras mientras las bajaba corriendo y dejaba la casa. Me detuve en la parada del autobús y le escribí.

Nos vamos a mudar juntos. Guardar secretos como ese no me parece un buen punto de inicio.

Ming respondió enseguida.

Ya vivimos juntos. No nos pondremos de acuerdo nunca con esto. Déjalo estar.

Tomé el autobús número doce y me senté en el piso superior.

Eres un imbécil, escribí.

Ya, y tú un caballero de mierda.

Puse el móvil en modo avión. Puto Ming. El trayecto se me hizo largo. Había tráfico. ¿Por qué cojones había tomado el autobús? Miré la hora. Si el tráfico no disminuía, llegaría tarde. Estaba agitado. El balanceo del vehículo me formó un bulto nauseabundo en la garganta. Cerré los ojos y apoyé la cabeza en la ventanilla hasta que oí que el bus paraba en Oxford Circus. Quité el modo avión. Ming no me había escrito. Puto Ming. Escribí a Jason para decirle que llegaría al cabo de unos minutos.

Al bajar del autobús, el mareo se me pegó al cuello y empezó a expandirse hacia la cabeza. Respiré una bocanada de aire fresco, aunque de poco sirvió para atemperar el calor de mis mejillas. Me dirigí hacia el hotel.

Sabía que necesitaba calmarme, así que encendí un cigarrillo junto a la entrada y lo apagué tras un par de caladas. Atravesé el vestíbulo y subí hasta la sala de baile de la última planta, donde entregué mi abrigo. Había un altillo sobre un foso repleto de mesas redondas. Las mujeres lucían largos vestidos vaporosos y peinados intricados que se cernían por encima de hombres corpulentos con el mismo atuendo que se ponían para trabajar. Jason dijo que estaba en la barra, en el extremo más alejado del balcón. Lo encontré esperándome en una esquina.

El cuerpo abultado le arrugaba el traje. No llevaba gafas.

—¿Estás bien? Pareces estresado —dijo con una mano firme apoyada en mi hombro. Me masajeó la base del cuello con el pulgar—. Estás tenso.

Me limpié el sudor de la frente y con ello me alboroté el pelo. Respiré hondo.

—Me preocupaba llegar tarde. He tenido un día duro —respondí y volví a respirar profundamente—. No esperaba que fuera tan elegante.

Jason agarró dos copas de champán de un camarero y me entregó una.

—Toma. Relájate. Será una noche agradable. Yo me encargo.

Entrechocamos las copas.

Sonó una campana para invitarnos a ocupar las mesas de abajo. El hambre resonaba entre las paredes de mi estómago. Seguimos el sonido por encima de una alfombra de art déco que engullía la sala. Jason me colocó de nuevo el brazo sobre el hombro cuando nos acercamos a la escalera curva. Luego lo deslizó a la cintura, por las costillas, antes de bajarlo del todo. La electricidad estática de su roce me encendió los nervios. La entrepierna me palpitó. Joder. Mientras nos encaminábamos a la mesa, fue cotilleando sobre los otros analistas. Poppy y Rupert se acuestan juntos. Felix vomitó en un evento de BAME. Durante un momento, me agarró por la cadera para guiarme a nuestros asientos. Enderecé la espalda. Me tragué el resto del champán y tomé otra copa de una mujer que sostenía una bandeja.

Llegó un entrante durante el primer discurso de la noche. Una sopa sosa. Un socio principal anestesió a la multitud con anécdotas de sus cuarenta años de carrera. Hemos llegado lejos. Qué orgullo estar aquí hoy. La mujer alta y delgada que se sentaba a mi lado era la esposa de un socio y se parecía a Olivia Olivo. El rostro de su marido se fundía en una barbilla doble, incapaz de resistirse a la fuerza del trabajo que lo envejecía. En una ocasión, me dijo que estábamos en una época terrorífica para los hombres blancos heteros. La mujer se reía con cada broma floja del discurso y le sonreía al marido, que no le habló, y luego se dirigió a Jason y a mí.

—Ha sido encantador. Qué hombre tan gracioso —comentó. Jason y yo asentimos—. Lo conozco desde hace años. De hecho, yo antes trabajaba en la firma. Ya no lo hago, pero seguro que conocéis a mi marido. —Asentimos de nuevo. El hombre no se giró a mirarnos, sino que dirigió su atención al otro socio sentado a su lado—. ¿Quién de los dos trabaja aquí?

—Los dos —contesté.

—Ah, pensaba que erais pareja. Perdonad.

—No iría desencaminada —dijo Jason y se reclinó en la silla. Giré la cara hacia él. Apoyó la mano izquierda en mi rodilla y me guiñó un ojo mientras le imbuía más peso. Sentí que me sonrojaba y, por debajo, un susurro de culpa.

—Ah, ¡maravilloso! Cuánto hemos avanzado, ¿verdad?

Jason y yo reímos conformes, pero él no apartó la mano. No la quitó hasta que los camareros nos sirvieron el plato principal. Mantuve una conversación educada con Olivia Olivo mientras saboreábamos un solomillo de ternera sangrante y verduras asadas fofas. Tenía dos hijas de once años que daban mucho trabajo. ¡Ya sabes cómo es! Me dijo que antes no era tan habitual como ahora que las mujeres llevaran pantalones. Me explicó su pauta reformadora de pilates. Preferiría que la torturaran antes que dejar la cetosis, y en ese momento deslizó el rectángulo sedoso de puré de patatas hasta el borde de su plato. Jason estaba ocupado charlando de forma encantadora con la pareja que tenía al lado. Los oía reír por encima de la cháchara de Olivia Olivo. A lo mejor, si pensara que era hetero, me habría ahorrado todo aquello. Si Gwyneth Paltrow le dijera que lamiera la suela sucia de una chancleta, ella lamería las de diez. Olivia Olivo siguió hablando. ¿A qué colegio fuiste? Ah, no lo conozco. ¿Y la universidad? Ah, qué bien.

Cuando retiraron el plato principal, la mano de Jason regresó a mi rodilla y se quedó allí durante el postre. Se comió la tarta de chocolate con una mano. De vez en cuando, me miraba y sonreía con un contacto visual que me tranquilizaba, pero que también duraba un segundo de más. Me bebí el vino de la mesa.

Cuando quitaron los platos, me giré hacia él. Le rocé el muslo con los dedos y sentí la fuerza de su pierna dura. ¿Qué consigue uno siendo guay? ¿Qué significa ser guay? Recordé el aspecto que tenía sin pantalones, la curva de su muslo cuando se ponía de cara a la taquilla y se quitaba la toalla en el gimnasio. Pensé en el vello salvaje, en los pelos gruesos que brotaban de los fuertes folículos, que evadían el láser y las cuchillas que habían arrasado con el pelo de Ming. Apoyé la mano en ellos.

Después de la cena, la mayoría de los socios sénior dejaron las mesas y subieron al altillo. Una banda empezó a tocar en el escenario y el resto de invitados migraron hacia la pista de baile, en el centro del foso.

—Ven conmigo —dijo Jason. Me condujo a una de las mesas de atrás, directo a por una botella de vino que sobresalía de una cubeta. La alzó en alto—. ¡Tachán!

Nos sentamos allí detrás y nos reímos de unos socios que se habían quedado abajo y bailaban torpes con sus parejas. Jason imitó sus brazos desmañados mientras nos terminábamos la botella. Se inclinó más cerca de mí y me habló en un suave susurro, aunque no hubiera nadie por la zona.

—He traído una bolsita, por si quieres.

—¿Esa es la vibra de hoy?

—Podría serlo.

Tal vez. A lo mejor sería divertido. Lo seguí al piso superior, a un baño para personas discapacitadas al final de un pasillo tranquilo junto al vestíbulo del hotel. Entramos juntos. Me senté en un reborde debajo del espejo que unía el lavabo con el retrete.

—¿Te sientes mejor? —preguntó y sacó unas llaves del bolsillo.

—¿Cómo?

—Antes no eras tú, cuando llegaste.

—Ya. Me siento mejor. Gracias.

—Me alegro.

Con las llaves se puso un poco de cocaína en el dorso de la mano y lo esnifó de una. Me dio la bolsita. Esnifé un poco con la llave de casa. Cuando alcé la cabeza para devolverle la bolsa, se echó a reír.

—¿Qué pasa?

—Tienes un poco en la nariz.

—Mierda. Jason.

Me giré para examinarme la nariz en el espejo. El corazón me latía más rápido, como un torrente en el pecho y los hombros.

—Espera. Relájate. Siéntate otra vez.

Me di la vuelta y me senté de nuevo en el reborde. Jason se acercó. Se situó con su enorme muslo entre mis rodillas y el cuerpo a escasos centímetros de distancia. Se estiró hacia el grifo para mojarse el dedo y limpiarme la nariz. Miré hacia el techo. Notaba una presión creciente en los pantalones del traje. Recé para que Jason no bajara la vista. Cuando terminó, me miró a los ojos.

—Perfecto. ¿Qué tal estoy yo? —preguntó.

Le sobresalían un par de pelos por la nariz, pero ni rastro de polvo blanco.

—Todo bien.

No se movió ni apartó la mirada. Mantuvo el cuerpo cerca. ¿También se había puesto duro? Tenía miedo, porque en ese momento sabía a ciencia cierta que no solo me fascinaba la fuerza de Jason y su presencia, sino que también la deseaba.

Me incliné para besarlo. Él no esperó para devolverme el beso. Acercó más el cuerpo y noté su erección contra la rodilla. Besaba con energía y cada movimiento aportaba una humedad poderosa, un diluvio viscoso. Su lengua dominó la mía, la obligó a retraerse detrás de los dientes mientras arremetía contra la boca. No parecía real. Era una secuencia de acontecimientos que, segundos antes, se me había antojado imposible, tanto si quería que ocurriera como si no. Mantenía los ojos cerrados, pero veía motas de luz en la oscuridad detrás de los párpados.

Jason se apartó, me desabrochó el cinturón y los pantalones y sacó mi polla dura de la ropa interior. Abrí los ojos, pero fijé la mirada detrás de él, en las baldosas de mármol. Movió la piel adelante y atrás con fuerza. El deseo y la culpa se peleaban en el cuadrilátero. Dejé que se la metiera en la boca. La succión me hizo levantar las caderas, extender los dedos, estirar las rodillas. Bajé la mirada hacia él. El espacio a nuestro alrededor se tornó nítido. El contorno de su cara adquirió claridad. Veía la piel seca debajo de sus nudillos, las arrugas de su frente mientras alzaba los ojos hacia mí, los pelos extraviados entre las cejas, los puntos blancos de sus uñas. Esos detalles me abrumaron. No eran cosas que existieran en una fantasía.

—No. Jason.

Me soltó y me miró durante un momento. Salí de su boca y con una sacudida me subí de nuevo el cinturón y los pantalones. Jason se levantó, atrapándome entre su cuerpo y el lavabo.

—¿Qué pasa?

—Esto pasa. Tengo novio. Ya sabes que tengo novio.

Su rostro adquirió una maldad serena, pintada en los surcos de su sonrisa amable.

—Solo estamos jugando —dijo y se inclinó para besarme. No me aparté, pero tampoco fue recíproco. Me acarició la pierna—. No es para tanto.

—Estás mal de la cabeza.

—Pero ¿qué dices? Si me has besado tú. —Se rio, pero irradiaba veneno. Enderezó la espalda—. Eres tú quien está poniendo los putos cuernos a alguien.

Me abroché el cinturón y pasé a su lado. Abrí la puerta del baño y me marché corriendo por el pasillo hacia el guardarropa para recuperar mis cosas. En la salida, vi a Judith en el vestíbulo con el teléfono del trabajo. Alzó los ojos y, aunque sonrió al verme, el gesto enseguida se disolvió en una mirada extraña de preocupación, algo diferente a la preocupación que fingía por los proyectos. Le di la espalda y me acerqué a las puertas correderas de la calle.

La casa era mi única opción. Podría matar tiempo en casa de Rob, pero quería ir a la mía, porque allí era donde estaba

Ming. No soportaba la idea de quedarme quieto en un autobús o un metro. El tiempo se arrastraría si no me concentraba en el ritmo de mis piernas y pies, así que caminé. El corazón me iba a mil por hora por la cocaína y la adrenalina. La gente se giraba para mirarme por la calle. El sudor de la frente absorbía e intensificaba el frío.

Al cruzar el puente de Westminster, una ráfaga recorrió el Támesis. Me dejó sobrio, el subidón inquieto se transformó en un terrorífico bajón. No podía contárselo a nadie antes de contárselo a Ming, así que me imaginé lo que dirían. Es obvio que se lo tienes que decir a Ming, Tom. Vale, Sarah. No has hecho nada horrible y puede que a Ming ni siquiera le importe. Solo ha sido un beso y una chupadita rápida, ¿no? Pero tengo miedo, Rob. Aunque parezcan actos al azar, hay un patrón subyacente y puede que quieras deconstruir todo lo que te ha llevado hasta aquí, tanto para ti como para Ming. No es el momento, mamá. Lo que tu madre ha sugerido parece sensato. Gracias, papá.

Me dolían las piernas para cuando llegué a Camberwell. Había regresado a casa en noventa minutos, aunque me quedé en los peldaños de la entrada durante otros diez. Había recuperado la sobriedad durante la caminata y la borrachera había menguado, pero el pinchazo agudo de la estupidez persistía. Me senté en la entrada y me golpeé la cabeza con los puños.

Ming podía arreglarlo todo. Ming podía decirme qué hacer. Ming podía solucionar cosas. Era algo más que confesar y absolverme; él sabe cosas que yo no sé. A lo mejor es un poco egoísta, pero yo soy peor. Me levanté y giré la llave. Cerré la puerta principal a mi espalda. Oí que me llamaba desde el dormitorio y subí las viejas escaleras hacia él. Estaba en la cama, con la misma ropa y postura que horas antes, cuando me había marchado. La lámpara estaba encendida. La hinchazón de sus piernas había disminuido. Sostenía un libro en el regazo, pero me miraba a mí.

—Siento lo de antes. Debería habértelo contado. Quería hacerme el láser y tenía miedo de lo que dirías —dijo. Se giró por completo hacia mí; seguía parado en la puerta—. ¿Cómo ha ido?

Has vuelto temprano. —No dije nada. Ming se quedó de piedra—. ¿Tom? —Guardé silencio, pero usé la muñeca para apoyarme en el marco de la puerta y apreté la mano contra la cara durante un momento. Cuando al fin lo miré, su semblante se tornó amnésico, como si yo fuera un desconocido—. Tom. —Su voz sonaba decidida, como si intentara mitigar una amenaza. No me moví—. Tom —repitió, no una pregunta, sino una orden. Para que me enderezara. Para que hablara. Mi cuerpo se retorció, aunque no podía apartar el peso de la puerta.

—Tengo que contarte una cosa, Ming —dije con los puños apretados.

—¿El qué?

—La he cagado.

—¿Cómo la has cagado? —Me eché a llorar. El cuerpo de Ming se tornó de piedra y a través de los ojos mojados vi que tensaba el rostro consternado—. ¿Qué pasa? ¿Tom?

—Me he enrollado con Jason.

—¿Qué?

—No sé qué ha sido, pero lo he besado y luego él me la ha chupado durante un segundo. Nos hemos emborrachado. Y, no sé, no parecía lo correcto. No sé qué hacer. Lo siento mucho, Ming. Lo siento muchísimo.

Se sentó en el borde de la cama, dándome la espalda. Suspiró. Fue un suspiro lento, una exhalación firme de aire desde la boca, no corta ni fuerte, no con frustración ni exasperación. Agachó la cabeza. Permanecimos así, en punto muerto, sin movernos, durante un rato. Y luego enterró la cabeza en las manos y se echó a llorar. No me insultó, no me gritó, solo lloriqueó y soltaba algún «mierda» y «joder» de vez en cuando. Me sentía impotente. Quería tocarlo, pero su cuerpo parecía inflamable.

Pensaba que lloraríamos juntos, pero, comparadas con sus lágrimas, las mías parecían extrañas, superficiales, inoportunas, como si hablara por encima de él. Dejé de lloriquear y lo observé desde la puerta.

Su llanto se tornó gutural, con sollozos húmedos, el tipo de lágrimas que solo había visto en películas. Ahogaban la habitación, espesaban el éter entre los dos. Se me encogió el pecho y no pude moverme de la puerta, pero sus lamentos se apagaron cuando me acerqué a él y me senté con cuidado en la cama. Me sentía como un niño que observa una emoción demasiado grande para manejarla o ayudar a controlarla.

—¿Ming? —dije. Él no respondió, seguía con el cuerpo encorvado—. ¿Ming? —Alargué una mano vacilante para tocarlo, pero él levantó la derecha para detenerme. Fue un movimiento lento, como la zarpa de un perezoso. La devolvió al regazo y observó el libro. Jugueteaba con las esquinas, acariciaba el papel entre el pulgar y el índice. Luego suspiró de nuevo. Respiró hondo. Inhaló seis segundos, exhaló otros seis—. ¿Ming?

—¿Cómo ha pasado? —Abrí la boca para responder—. Mira, no. Creo que no quiero saberlo. Ahora no. ¿Por qué lo has hecho?

—No lo sé. Ha sido una tontería. Estaba borracho y fue absurdo. No sé. ¿Qué quieres que haga? —pregunté con un hilillo de voz suplicante—. ¿Me voy?

Ming me miró al fin. La cabeza cayó unos cuantos grados hacia mí con una ligera arruga entre las cejas.

—¿De tu propia casa?

Guardamos silencio. Los sollozos de Ming se retrajeron. Tenía los ojos enrojecidos de dolor, pero las cejas relajadas y los labios entreabiertos.

—¿Tom? —dijo, jugueteando con los pulgares—. Tengo que contarte una cosa.

El corazón empezó a martillearme. Fuertes golpes contra el pecho. Me removí en la cama y enderecé la espalda. Creía saber que iba a tejer los meses de nadas en algo, a cerrar la distancia entre los dos. Iba a adquirir ese conocimiento, tenía las puntas de los pies al borde de un avión. ¿Quería saberlo? Ambos estados, el de saber y no saber, serían una tortura. Pero quería saberlo, porque con Ming lo único que había hecho era querer saber.

—¿Qué pasa? —pregunté.

Bajó la mirada hacia el regazo y aferró el libro. Empezó a encogerse, a tornarse pequeño, como un niño. Parecía tembloroso, pero respiró hondo y entonces dirigió la mirada a un punto próximo de mi cara, pero no a mí. Abrió la boca. Una lágrima le rodó desde el ojo hasta la mejilla.

—Creo que no quiero ser un chico —dijo—. Creo que no puedo ser un hombre.

Un miedo ansioso se irradió desde mi estómago y subió por los huesos hasta la mandíbula, donde se asentó en las bahías de mis dientes.

—¿Qué significa eso?

—Creo que me he dado cuenta ahora. Llevo mucho tiempo pensándolo. Desde antes de ir a ver a mi padre y a Cindy en Kuala Lumpur. Y más desde la graduación. Sé que pensabas que mi TOC había mejorado. O al menos eso fue lo que dije. También sé que has estado haciéndote preguntas. Ha mejorado, sí. Eso no era mentira, pero, en muchos sentidos, se ha interiorizado más —dijo, cada vez más lúcido a medida que se acumulaban las palabras. Resultaba alarmante. Movió el cuerpo hacia atrás y se apoyó en el cabezal de la cama—. Tuve una idea repentina: ¿y si eres trans? Y se quedó. Lo pensaba de vez en cuando, pero entonces me obsesioné con el corazón y con la ELA y la idea no tuvo tanta relevancia. Me asustaba, ¿sabes?, porque es algo tremendo y significa perder mucho. —Carraspeó—. No he pensado en otra cosa desde entonces, la verdad. En plan, he estado analizando recuerdos e imaginándome de esta forma o de otra para ver cómo me siento. Produce distintas respuestas. Cuando las respuestas me dicen que soy trans, me entra el pánico y lo repito hasta que me convenzo de que no lo soy. Pero la idea persiste, Tom. Y creo que es real. Es distinto a lo que me pasó con el corazón y la ELA. Era más fácil cuando creía que me moría. A veces parece que esto supera a la muerte, ¿sabes?

Tenía la boca y la mandíbula abiertas y las manos sobre mi regazo. No sabía qué significaba nada de aquello, la idea de que aquello estuviera en su cabeza pero al mismo tiempo no.

—Entonces, ¿es el TOC? —pregunté.

—Estoy intentando decirte que no lo es. Todo el mundo se cuestiona cosas, pero yo lo hago de un modo poco saludable. Cuando concluí la terapia, la parte obsesiva se terminó, pero el resto persistió. Y entonces me percaté de que no soy un hombre. De que me gustan un poco demasiado los cambios que me he hecho. Y tengo miedo, Tom.

Me di cuenta de lo lechoso que estaba mi cerebro, trozos de materia gris flotando en alcohol. Las piernas. La cara. El pelo. El drag. Las cosas previas a esa conversación llegaron arrasando como el torrente de un dique roto. Cosas que ansiaba que no tuvieran mayor significado y que ahora lo significaban todo. Ming se llevó las rodillas al pecho. Yo no me moví del otro lado de la cama. Sabía lo que quería preguntar. ¿Quieres que sigamos juntos? Pero parecía demasiado pronto.

—¿Quieres ser una mujer? —pregunté.

—A veces ni lo sé. Pero creo que sí. Aunque luego me pregunto qué significa vivir como hombre o como mujer. —Sacudió la cabeza—. Y me digo que todo es sexismo, pero al mismo tiempo este es un mundo sexista y todas esas cosas siguen significando algo.

—Ya.

Me cambié para sentarme con la espalda en el cabezal, a su lado. Le aparté una de las manos de las rodillas para sostenérsela. Estaba tan fría como siempre. Seguía sin saber qué hacer, pero ya no sentía que mi tacto fuera corrosivo. Aguardé a que hablara.

—Siento que he dibujado un contorno de mí mismo usando espacio negativo —dijo y me acarició el nudillo con el pulgar—. En plan, a lo mejor puedo ser un chico si no tengo mucho vello facial ni tanto pelo en las piernas o si me visto de un modo concreto, pero la lista no deja de crecer. Es una lista infinita de condiciones. —Hizo una pausa—. Es ridículo y nada sostenible, como las exigencias de J. Lo para su camerino. —Ming me dirigió una sonrisa débil. Solté aire por la nariz; el cuerpo seguía demasiado conmocionado para reír. Me apretó la mano—. Me he dado cuenta de que, aunque hiciera todo lo de la lista, la vida solo sería tolerable.

Miró por la ventana del dormitorio. «Tolerable» me rasgó en dos. Transmitió la verdad de mis defectos, de los límites de lo que podía hacer para cerrar cualquier brecha que había creído que existía entre los dos. Siguió hablando.

—Pero, si me lo imagino todo como si hubiera nacido mujer, entonces las condiciones desaparecen. O sea, si aparto a un lado las cosas terroríficas, pienso en términos de cosas que puedo hacer en vez de las que no. No sé dónde nos deja eso o dónde nos deja esta forma mía de ser. A lo mejor, si hubiera estado fuera de todo esto, yo también me habría enrollado con Jason.

¿Quieres que sigamos juntos? Tenía la pregunta en la lengua.

—¿Vas a transicionar? —pregunté. Ming miró al frente. Se abrió un hueco pequeño entre sus labios.

—Pensar en eso me deja sin aliento —respondió. Volvió a toquetearse los pulgares—. Creo que sí. He pedido cita en una clínica privada. Es dentro de un par de semanas. Me he hecho un montón de analíticas y cosas para eso.

Más secretos, meras gotas en la inundación. Me miró, cabizbajo. Mi corazón siempre se había tornado blando al ver su rostro. Acerqué su cabeza hacia mí y le acaricié el pelo. Mis dedos navegaron por los mechones negros; el recordatorio de su longitud me dolió.

—¿Lo sabe alguien más? —inquirí.

—No. Solo las clínicas.

Me sentí un poco mejor. Un poco más por dentro.

—¿Quieres que sigamos juntos?

Ming me miró de una forma que decía que el mundo y el destino eran crueles y que quizá yo siempre había sido un poco ingenuo para percibirlo.

—No tengo todas las respuestas, Tom. No sé cómo irá esto.

Me soltó la mano y se tumbó bocarriba, con el cuello en la almohada. Tenía los ojos secos. Agachó el mentón y fijó la mirada en el armario al otro lado del dormitorio.

—Me siento tonto por decirlo, pero lo único que siempre he querido era un chico que me arreglara —explicó—. Eso es lo único en lo que pensaba de pequeño. De que conocería a alguien y entonces me sentiría bien, ¿sabes? Y te conocí a ti y me enamoré y la vida mejoró. Pero algo sigue mal en mí y hasta ahora tenía demasiado miedo de decirlo.

Reflexioné sobre sus palabras. ¿Era el final? ¿A dónde iríamos? No lo sabía. Descubrir que mi papel era paliativo en vez de enriquecedor hizo que nuestra pareja pareciera endeble. Y, al mismo tiempo, me sentí más cerca de Ming. Era devastador y, pese a todo, me sentía aliviado. Lo que me había ocultado no tenía nada que ver conmigo, pero lo había escondido porque temía perderme, igual que yo siempre había tenido miedo de perderlo. Y de ahí que, esa distancia, esos cambios en su físico, sus secretos, no importaran.

Dormimos en la misma cama esa noche. A la mañana siguiente, no recordaba cómo ni cuándo me había cambiado de ropa, ni cuándo se apagaron las luces ni cómo acabó él entre mis brazos debajo de las mantas.

Mamá y yo estábamos sentados uno frente al otro en la mesa de la cocina. Papá estaba en el jardín.

—¿Tan diferente será? —preguntó. No respondí. Tenía una taza de té entre las manos. El vapor formaba piruetas y saltaba al aire—. Quiero decir, Ming ya parece muy femenino en muchos sentidos —añadió y entrelazó los dedos—. No creo que necesite mucho más. ¿Será un cambio tan grande?

—No lo sé. Puede que no, pero son las cosas pequeñas. Si miro las fotos de hace un par de años, se ve lo que ha cambiado ya.

—Supongo. Aunque esas cosas parecen superficiales si amas a alguien de verdad. Por ahora, su cuerpo no cambiará mucho, ¿verdad? ¿Quiere transicionar por completo?

Me levanté de la silla y abrí la puerta corredera del jardín para refrescar el ambiente. Me quedé junto al hueco.

—No lo sé. O sea, creo que no, pero las hormonas hacen que te crezcan tetas y esas cosas. Uno no siente atracción solo por los genitales. —Me estremecí cuando el viento me bailó en el cuello y la barbilla—. No es que no sean importantes, pero hay muchas más cosas.

—Es cierto, la atracción es más holística. Eso lo entiendo.

El sol se intensificó. Miré a mi madre, que soplaba la superficie de la taza. El líquido marrón ondeó por la fuerza de su aliento. Miré de nuevo hacia el jardín. Papá estaba arrodillado en el borde de una jardinera y arrancaba cosas del suelo.

—¿Tú te quedarías con papá? —inquirí.

—¿Sabes, Tom? Ya me he planteado esto. Hace tiempo, de hecho. Cuando salió todo aquello sobre… cómo se llama… La decatleta estadounidense… Carmen Kardashian.

—Caitlyn Jenner.

—Eso, Catherine Jenner. Lo estaba hablando con una amiga mía, Tia, la conoces, y ella me hizo la misma pregunta. —Bebió un sorbo y arrugó los labios al succionar el té hacia su boca—. Le dije que una parte de mí cree que no, porque, si quisiera estar con una mujer, preferiría a una más guapa que tu padre. —Mi solemnidad se resquebrajó y me reí—. Pero, ahora en serio, también le dije que me quedaría. —Bebió y suspiró, con lo que liberó el calor de su bebida en el ambiente de la habitación—. Creo que también sentiría atracción hacia él, aunque eso es menos importante ya. —Se encogió de hombros—. Pero no sé, somos mayores y nuestros cuerpos son menos maleables. Seguramente no tendría un aspecto tan distinto. En muchos sentidos, no sé si sería una alternativa para mí, porque sé que nunca conoceré a otra persona a quien quiera tanto como a él. No me quedan tantos años de vida como para compartir tantas cosas con alguien más. —Regresé a mi silla en la mesa. Mamá miraba hacia el jardín—. ¿Sabes, Tom? No sé si te lo he dicho, pero, antes de darte a luz, estaba muy paranoica. —Se rascó la barbilla con el índice—. Nos había costado mucho concebir y lo que más pánico me daba era que te intercambiaran por otro niño en el hospital. ¿No te parece interesante? —Sacudió la cabeza y se rio—. Me preocupaba que alguien te llevara y que me dieran un niño que no era mío. No sé cómo desapareció ese miedo, pero, en cuanto te trajimos a casa, me di cuenta de que sí, de que sería una historia trágica si te cambiaran por otro en el hospital y te fueras con una mala familia, pero al final yo tenía un niño a quien querer y cuidar pasara lo que pasara.

Tenía los ojos fijos en la ventana y la mirada ausente como si se hubiera perdido en la preocupación que había sentido veintidós años antes. Apoyé los antebrazos en la mesa y me incliné.

—¿Quién es el bebé en esa analogía? —pregunté.

—No lo sé. —Sacudió la cabeza de nuevo y se giró hacia mí antes de dar otro sorbo—. En realidad no sé qué estoy diciendo, pero si te hubieran cambiado por otro bebé, a lo mejor con el tiempo lo habría superado. Si alguien te cambiara ahora y me dieran a otra persona de veintidós años y me dijeran que es mi hijo, creo que no funcionaría, ¿no crees? —Se mordió el labio inferior—. Lo que estoy diciendo es que aún eres joven y que a lo mejor no sabes mucho más que Ming, pero todo irá bien. —Sonó el timbre y se levantó—. Ya voy yo. No te muevas.

Desapareció por la puerta de la cocina. Deduje que tanto Ming como yo éramos los bebés; que, según mamá, aún estábamos en una etapa en la que ambos éramos reemplazables, y en la que a lo mejor habría otras personas. Pero no sabía si eso era cierto o era una perspectiva sin sentimentalismo ni deber. Mamá regresó con un folleto, que dejó en la mesa, y se sentó.

—Los del Partido Verde —informó.

—¿Te quedarías con papá para apoyarlo?

Sonrió y agarró de nuevo la taza con ambas manos.

—Sí. Creo que ese apoyo sería importante. Lo amo e imagino que él sentiría mucho dolor, aunque ese secreto fuera, en cierto sentido, una especie de traición. —Apartó una mano de la taza y se masajeó la sien con dos dedos—. No sé si me fiaría de que pudiera apañárselas solo.

—Ya.

Estiró el brazo para rozarme los nudillos. Sus dedos me transmitieron el calor de la taza. Dejé la mano de lado para que me la pudiera agarrar. Las arrugas y las venas en la superficie le cubrían el puño. Agaché la cabeza para no mirarla a los ojos, pero ella mantuvo la mirada fija en mi rostro.

—Confía en mí, sé que a veces meto la pata en algunas cosas. No soy tonta. No siempre digo lo correcto y esta situación con Ming, la transición, es muy nueva para mí. Una clienta mía tiene una hija trans, pero bueno. —Su caricia se tornó un poco más firme—. Me tienes aquí, Tom.

—Lo sé, mamá.

Suspiró y se reclinó de nuevo en la silla. Las manos regresaron a la taza, aunque la superficie del líquido ya no desprendía vapor en la habitación.

—Ojalá pudiera solucionarlo todo para ti.

—¿Eso se lo dices a tus clientes?

Se rio.

—No con esas palabras, no, pero me gustaría.

10

AGUJERO

En nuestro piso, la mitad de las vistas desde la ventana del dormitorio es una pared de ladrillo y la otra mitad es la calle con sus barandillas y los pies que pasan. Unos barrotes negros de metal abrazan la parte exterior de la ventana. Los zapatos desaparecen detrás de ellos y vuelven a aparecer. Aparecen. Reaparecen. Se acerca el final del contrato de alquiler. Tom cree que deberíamos quedarnos otro año. No voy a llamarlo «cárcel» (estoy leyendo uno de los libros de Tom sobre abolicionismo y me parece de mal gusto), pero a veces nuestra casa parece una jaula. Una que cuesta casi lo mismo que gano yo.

Tom aún no se ha ido a trabajar. Estoy desnuda, deambulando por el dormitorio. Oigo chasquidos y golpes en la cocina. Agarro la bata rosa de detrás de la puerta. Tom está sentado junto a la isla de la cocina comiéndose un cuenco de cereales. Está inclinado sobre él y sorbe la leche como un bárbaro con traje. Me siento enfrente. Sonríe.

—No te oí anoche —digo.

—Estabas dormida.

—¿A qué hora te acostaste?

Agacha la cabeza hacia el cuenco.

—Tarde. Me quedé viendo un documental sobre gente que detransiciona. ¿Lo has visto?

Ladea la cabeza de nuevo hacia mí.

—No, Tom. ¿Por qué lo dices?

—Creo que te parecería interesante.

Esto es cruel. Y, pese a todo, me resulta imposible expresar que es cruel sin ser cruel yo también. Tom es experto en esto, en ser el chico bueno sin serlo en realidad. Es por cómo formula las cosas. No puede ocultar su incomodidad. ¿Seguro que estás cómoda? Solo quiero asegurarme de que estés cómoda con tus médicos. No tiene nada que ver con ser trans, pero pienso que te queda mejor ese peto que el vestido. Supongo que es una cuestión de gustos. ¡No hace falta que te vistas femenina para estar guapa! Esto es lo que pasa cuando te callas lo que quieres. Tom es como una fiambrera demasiado llena. El líquido se sale. Pero no quiero dejarlo pasar. Respiro hondo.

—¿Por qué me parecería interesante? —pregunto.

—No sé. Detransicionar entra en el ámbito de lo trans, ¿verdad?

—¿Por qué lo estabas viendo?

—Me salió cuando buscaba algo que ver. —Hace una pausa—. ¿Alguna vez lo has pensado?

La pregunta duele por todos los motivos que él sabe que va a doler. Levanta el cuenco, lleno tan solo con la leche de un blanco roto por el dulzor amarillo que ha emanado de los copos de cereales. Lo decanta directamente en la boca, suelta un hipido y se limpia con la manga el borde blanco que le ha quedado en los labios.

—Ha pasado un año. Estoy metida en esto hasta el moño, Tom.

—Lo sé, pero la gente que detransiciona también está igual.

No sé si debería sincerarme. Sé lo que pasará si le digo que lo he pensado, que todo el mundo lo piensa, que todo el mundo se preocupa por si no está haciendo lo correcto. Todo el mundo debe aceptar que quizá no sea el caso. Vivo en el día a día, pero, por ahora, esto es lo que quiero. Es lo que quiero. No necesito cargar con las dudas de otras personas.

—Todo el mundo se lo plantea, es lo normal.

Capto esa mirada en sus ojos, la misma que cuando está pensando. Se imagina algo; no puede contenerse y las comisuras de la boca se le curvan hacia arriba. Agarra el cuenco y lo lleva al fregadero. Lo limpia debajo del grifo y luego lo deja secándose.

—No sería tan malo, ¿verdad? —dice. Me da la espalda—. Si es lo que quieres, claro. Es bonito saber que tienes esa opción.

¿Bonito para quién, joder? No sé cómo una psicóloga ha podido criar a alguien con tan poca sensibilidad. Menuda mierda es esto. La dinámica en la que le debo mucho, la dinámica en la que me callo lo que quiero. Y luego me pregunto si yo también me voy a convertir en una fiambrera demasiado llena. ¿Lo soy ya? A lo mejor todo el mundo se calla lo que quiere. A lo mejor es normal. A lo mejor en este planeta todo el mundo es una puta fiambrera demasiado llena.

—Ya —contesto.

Se gira para agarrar las llaves de la mesa. Me da un beso en la cabeza y se marcha a trabajar. Entro en el baño del pasillo, entre el salón y el dormitorio, y me siento para mear. Cuando vuelvo al cuarto, agarro una de las pastillas de progesterona y me la pongo debajo de la lengua. Ya me pongo un gel de estrógeno, pero se supone que con esto me crecerán las tetas. Aún estoy esperando los resultados. Si la atravesara con una aguja y me la metiera por el culo, funcionaría mejor, pero no pienso hacerlo.

Las hormonas me dejan adormilada. Al principio fue por la falta de testosterona, pero me adapté. Ahora es la pastilla. Me deja soñolienta y por eso la enfermera del endocrino me dijo que me la tomara antes de dormir. Lo único que oí fue que me la tomara cuando quisiera dormir.

Hoy no trabajo. Ya no vendo flores. A veces lo echo de menos, pero el nuevo curro en el cine es más apropiado para una persona trans y los turnos son flexibles. En mañanas como esta, cuando no tengo que hacer una mierda, me meto una pastilla debajo de la lengua y regreso a la cama. Dejo que el líquido con sabor a plástico nade en la carne vascular de la lengua y me embarque en un sueño forzado. A veces me sorprende lo mucho que duermo. Pongo la alarma para la una del mediodía.

Más tarde, me pongo un bodi, una falda y unas medias. Me echo agua en la cara, un poco de maquillaje, un jersey, chaqueta, y emprendo la hora de trayecto que hay hasta la casa de Elina. Pongo música sin letra al mínimo de volumen e intento no pensar en nada. Caminar en público con cascos me pone de los nervios. Son de los grandes y creo que la forma en que me aplastan las orejas y el pelo hace que me resalten el mentón y la mandíbula. Cada vez que alguien se me acerca por la acera, me pongo ansiosa y cruzo la calle. Eso añade cinco minutos al trayecto, por lo que aprieto el paso hacia la calle ajardinada en Dulwich donde vive Elina.

Entro por la puerta del jardín en el lateral de la casa adosada de estilo georgiano de Elina. Es mi terapeuta. Nunca he entrado por la principal. Cuando Tom y yo decidimos seguir juntos, también decidí ir a terapia. No a una cognitivo-conductual, sino a una de hablar. No es por el TOC. Cuando me recetaron las primeras hormonas, todo eso empezó a desaparecer. A veces aún me da la sensación de que se me para el corazón, pero cada vez ocurre con menos frecuencia. La terapia es por todas las cosas que no puedo achacar a mi trastorno de ansiedad. A pesar de sus gilipolleces ocasionales, en el fondo sé que Tom me deja hacer lo que yo quiera, como siempre, y parece como si me estuviera cachondeando de él por quedarse conmigo. Diez meses de hormonas y aún me recuerda cosas administrativas que siempre se me olvida hacer. Me acompaña a las citas médicas. Me dice cuándo se me nota el bulto en los pantalones. Lo menos que podía hacer era ir a terapia.

Cada vez que entro en el cobertizo reconvertido en la parte trasera del jardín, intento detectar cosas que me hablen de la vida de Elina. Hay un nuevo trampolín en el patio. No me imagino a Elina, con sus botas de tacón y sus vestidos rectos de leopardo, saltando arriba y abajo en el polipropileno negro, pero la verdad es que no me imagino a Elina haciendo nada.

Es un cobertizo bonito. Las ventanas dan al jardín. Al acercarme, Elina abre la puerta. Lo hace con precisión. La imagino contando los segundos cada vez que llamo por el telefonillo. Sería propio de ella conocer el sonido de mis pasos.

Lleva las mismas botas negras con tacón, una chaqueta de cuero, mallas debajo de una falda y tops superpuestos. Cuando la gente cree que estoy trabajando, en realidad veo episodios de *¡No te lo pongas!*, sobre todo porque aún no me creo que dejaran que Trinny Woodall fuera tan mala en televisión. Elina viste como si estuviéramos en 2005 y con ese estilo se ha quedado. No es horrible. Le queda genial, pero le confiere una temporalidad que resalta la generación y media que nos separa. Lleva el pelo bien, rizos castaños que le caen sobre los hombros y le enmarcan los grandes ojos azules y las cejas Anastasia Beverly Hills. Elina me saluda con la mano y camino hasta el otro extremo del estudio con el techo bajo, por encima de la alfombra persa. Me siento en el sofá color mostaza, delante del diván de unos cuantos tonos más claro. Saco los brazos del abrigo y lo dejo detrás de mí. Elina se sienta en un sillón de caoba y relaja los codos en los reposabrazos curvos e irregulares. Me sonríe.

—¿Cómo estás, Ming?

—Mmm.

Observo la estantería a la izquierda. Hay libros populares de psicología y algunos libros de texto. A veces Elina se acerca y agarra uno para mí. He leído los que me ha prestado, como *El cuerpo lleva la cuenta*, que me dijo que mi cuerpo estaba tan jodido como mi cabeza y que debería hacer yoga. También he leído *Aunque tenga miedo, hágalo igual*, que me dijo que hiciera mierdas que me acojonaran. La semana pasada me dio uno titulado *Maneras de amar*. Para variar. Al inicio de cada sesión, miro los libros. No durante mucho rato, porque no soy como esas personas blancas de la tele que van a terapia y guardan silencio. Mi cuenta bancaria mantiene una relación inversa con el reloj que Elina tiene detrás y cada cuarenta segundos una moneda de una libra me sale del culo y rueda hacia ella.

—Estoy sintiendo mucho pánico trans —contesto. Elina arquea una ceja y relaja el rostro.

—Define «pánico trans».

—Es como una paranoia. Me ha pasado viniendo aquí. En plan, pienso que todo el mundo me mira, aunque no lo hagan. Siempre estoy de los nervios.

—¿Y por qué te entra pánico?

Elina plantea preguntas cuya respuesta conoce.

—Porque es peligroso que la gente sepa que soy trans.

—¿Sí? Si yo sé que eres trans... ¿eso es peligroso?

Suspiro. Miro el reloj. Está calentando. Siempre se toma unos minutos para recalibrarse después del idiota que ha ocupado la silla antes que yo. Supongo que esa persona no se ha leído *Aunque tenga miedo, hágalo igual*.

—No es peligroso. Pero la gente trans recibe palizas por serlo y, cuando oyes historias así, te piensas que eres la siguiente. Tenemos que prestar atención al peligro. No es algo malo. Pero cuando el instinto de lucha o huida se activa, entonces estás muy alerta y todo se convierte en una amenaza. Es algo irracional. —Respiro hondo—. Y sé que la única manera en la que puedo subvertir esa forma defectuosa de recopilar datos es seguir adelante. Hasta que, al fin, pueda diferenciar una amenaza real de otra falsa y darle cierto margen de confianza a la gente. Es un ejercicio de distinguir entre modos de pensar.

Elina sonríe. Repasamos las cosas afectadas por mi paranoia. Ir a comprar. Subir al bus nocturno. Me permite algunas, pero señala el trastorno en otras. No pasa nada por no subir en el autobús nocturno, pero debería ir a la compra de vez en cuando, aunque esté a solas. Y entonces me quejo de nuevo porque es duro. Aunque coincidimos en lo malo que hay en el mundo y en mí, no ofrece una solución inmediata más allá de que siga adelante. Quiero respuestas, pero las buenas terapeutas no te las dan sin más.

Elina descruza las piernas y las vuelve a cruzar. Imito el movimiento. Mi mirada vaga hasta sus rodillas y, cuando alzo la cara, veo que me está observando.

—¿Pides ayuda? —pregunta.

—¿En qué sentido?

—¿Le pides a otra gente que te ayude? Que te acompañen.

Tenemos un tira y afloja sobre lo que puedo pedir a otras personas que hagan o no hagan. Concluimos que, si me quieren, lo harán, pero nunca lo sabré si no pregunto.

—Sueles privarte de pedir ayuda —dice.

Ya. Sé a dónde va esto y decido cortarle el rollo.

—A lo mejor no creo que merezca ese apoyo.

Elina reflexiona sobre eso un momento.

—Piensa en cómo estabas cuando murió tu madre, llorando en el armario. Ahí hay vergüenza. Vergüenza de que te vean, de que te ayuden. Que alguien te ayude implica que te vea.

Asiento. Regresamos mucho a esa imagen. No recuerdo nada después de que muriera mi madre. Desaparecí y me escondí en un armario, donde me quedé dormido como si tuviera cinco años, aunque tenía catorce. Mi padre me encontró después de llamar a la policía. Al principio no quería contárselo a Elina. El simbolismo era tan potente y ridículo que cualquier terapeuta sufriría un aneurisma. Lo saqué a colación durante la quinta semana. Lo menciona a menudo, como cabría esperar, pero de formas que no habría imaginado. Tienes que conectar con esa Ming acurrucada en el armario. Tienes que hablar con la Ming agazapada en la oscuridad. Tienes que pensar en lo que esa Ming necesita. ¡Considérala tu amiga!

—Cuando necesitas a alguien, te apartas. Es algo que te restringe. Que no te alimenta. ¿Por qué no quieres confiar en Tom?

—Confío en Tom. Me acompaña al médico.

Estoy segura de que, durante un instante, aparece una sonrisa minúscula en la comisura de su boca.

—¿Se lo pides?

—No.

—¿Tienes miedo a los médicos?

Suspiro.

—No.

Tom es un tema que quiero evitar, pero le permito sondear los motivos por los que no confío en él para las cosas que me asustan de verdad. Al principio lo hace con amabilidad, pero luego da un puñetazo. Me abro. Le cuento que soy una carga. Le cuento que, para él, estoy destruyendo mi cuerpo, que soy un bicho raro, un grifo hormonal. Elina no mueve el rostro, pero no puede ocultar la compasión y la tristeza en sus ojos. Sé que quiere decirme que abrace a la Ming del armario, pero ha usado el cupón para esta sesión. Me pregunta si Tom me ha dicho algo sobre esto.

—No. Pero es gay.

—Su sexualidad y lo que diga de ti parecen ser cosas distintas.

Las dos sabemos lo que significa eso. Bajo la mirada a los brazos. La vergüenza me recorre entera, como si viera moratones nuevos por primera vez. Me siento imbécil. Elina sonríe de nuevo. Recuerdo que suele estar tres pasos por delante de mí y que por eso me cae bien. Puede que yo maneje mejor las estrellas, pero ella dibuja las constelaciones: los cuernos del toro, las pinzas del cangrejo.

—Las soluciones suelen ser sencillas —dice.

—¿Me hago un lifting de glúteos brasileño?

Las comisuras de su boca se curvan en otra sonrisa suave.

—Conecta con la gente. Confía en esas conexiones.

Me pregunta si me estoy esforzando con el grupo de apoyo trans al que voy. Le digo que han cambiado la sesión de la semana a esta noche. Terapia doble. Hablamos sobre qué tal va. La sesión acaba. Le doy las gracias y salgo del cobertizo-despacho.

Estoy esperando el Overground para ir a casa de Lisa. Estamos pensando en la siguiente obra. Todas mis ideas son una mierda. Me estoy alejando de lo trans. Mi última idea fue sobre un hombre que dejó a su pareja después de que descubriera a su madre amamantándolo. Lisa dijo que se parecía a *Un amigo de Dorothy*, una forma amable de decir que era una locura.

Me alegro de no haberle contado a Elina que ya tengo cita para operarme la nariz ni lo de detransicionar. Eso me lo guardo para el grupo de apoyo. Ahí cuento todas las cosas ligeras porque los traumas fuertes me los dejo para terapia. Por eso tampoco contaré en el grupo de apoyo cómo voy a pagar la operación, ni que ya he usado todo el dinero de mi madre. Esta forma de controlar la información me ayuda a sentirme más segura. A sentirme a salvo con Elina. Soy consciente de este problema.

Cuando llega el metro, subo y me siento delante de una chica que me sonríe. Lleva pantalones anchos y un top a rayas con un cárdigan. Se ha recogido el pelo en un moño. Parece aliada. Del tipo que no conoce a nadie queer, pero obliga a su novio a ver *Drag Race*. Me pregunto en qué pensará cuando me mira. Seguramente sean tonterías. ¡Olé reinaza hermana sashay away extravaganza echá p'adelante!

Bajo del metro y subo en otros dos hasta llegar a Angel. Atravieso la puerta con un pitido. El piso de Lisa está a unos minutos de la estación. Le da mucha importancia a ser una mujer racializada que se ha educado en escuelas públicas, pero durante nuestro primer año de amistad descubrí que en realidad es rica, pero rica, rica. El piso tiene dos habitaciones, aunque su madre la deja vivir sola. Sarah vive entre aquí y su casucha en Catford. Llamo al telefonillo. Se oye el zumbido de la puerta y atravieso el pasillo y subo las escaleras. Sarah abre la puerta justo cuando voy a llamar con el puño. Lleva una sudadera gris y unos pantalones de chándal a conjunto, pero parece que se acaba de cortar el pelo a lo pixie. Me abraza y me dedica esa sonrisa que los ingleses intercambian cuando se encuentran por el pasillo. ¡Venga ya, Sarah! ¡Si somos chinas!

—Conque hoy estás aquí.

—Trabajo desde casa. Bueno, desde el dormitorio extra. Lisa está en el baño.

Me quito los zapatos en el pie de la escalera, piso la moqueta de posidonia y sigo a Sarah hasta el salón, que tiene el suelo de goma. Los techos son altísimos. Creo que me podría morir si cayera desde tanta altura. De cabeza seguro. Los ventanales son altos y finos y dan a un balcón francés. Dejo el bolso en el sofá que hay enfrente y me siento en el reposabrazos.

—¿Qué tal está Tom? —pregunta Sarah como si no hablara con él todo el tiempo.

—Bien.

—Mmm.

Sirve dos vasos de agua del grifo a mi espalda. Me ofrece uno y le doy las gracias. No sé si Sarah y yo seríamos amigas si no fuera por Lisa y Tom. No sé si somos amigas de verdad ahora. Se sienta en el sofá y, como mi culo ocupa todo el reposabrazos, tengo que girarme de un modo incómodo para hablar con ella.

—¿Qué tal el trabajo? —pregunto.

—Va bien. La organización está recaudando dinero ahora mismo. Pronto tendremos una gala cómica.

—¿La lesbiana?

—Sí, la lesbiana.

—¿Quién actúa?

Enumera una serie de comediantes. No conozco a nadie, pero me dice que hay una invitada sorpresa que ha hecho un especial para una gran plataforma de streaming y esa la adivino. Se hace el silencio en la conversación. Sarah es muy dura. Me ha tratado con frialdad desde que Tom le dijo que iba a transicionar. O, mejor dicho, la frialdad que siempre he percibido en ella se ha intensificado. Culpar a la política transexclusiva sería conveniente y me ayudaría a centrar en ella la responsabilidad, pero no hay pruebas de nada. Trabaja para una organización benéfica LGBT. Diría que es cautela por su parte. O recelo. Se produjo un cambio al año de estar saliendo con Tom, cuando las cosas dejaron de ser divertidas y se complicaron porque me volví tarumba. Sarah sabe más sobre mí de lo que está dispuesta a admitir. Lucha por Tom y sé que en parte eso significa que pelea en mi contra. Yo soy la difícil. Rob es distinto a Sarah. Rob aceptó sin cuestionar el oxímoron de mi transexualidad y de que Tom y yo siguiéramos juntos. Tom le dijo que era lo correcto y él pareció apoyarlo. Sarah no y, sentada en el sofá, lo leo en su lenguaje corporal. Las piernas cruzadas con rigidez. La sonrisa plácida. La tensión de su frente.

Lisa entra en la habitación. Lleva una sudadera verde salvia y pantalones a juego. Sarah y Lisa son como esas parejas a conjunto en Kuala Lumpur que van a comprar al centro comercial, excepto porque no creo que lo planifiquen.

—¡Lo siento! Estaba haciendo caca.

Sarah se levanta del sofá.

—Os dejo con ello. Buena suerte.

Se despide con la mano y sale del salón.

—Estás muy guapa —dice Lisa—. ¿Cómo vas?

—Bien. Acabo de salir de terapia.

—¿Maria Therapova?

Asiento. Me levanto del sofá y sigo a Lisa hasta la mesa de madera, que tiene sillas incluidas en uno de los extremos largos y en uno de los cortos. Me siento en una blanca.

—¿Qué tal va Bella Ramos? —pregunto.

—Voy a dejarlo. Ahora de verdad.

—¿Qué ha pasado?

Estoy sorprendida. Al principio, a Lisa no se le daba bien, pero cuando dejó de disculparse por llamar a la puerta de la gente, le empezó a ir mejor. Duró más que yo. Pensaba que nos sobreviviría a todos.

—Ha llegado el momento. Daré un salto y buscaré más trabajo en teatro.

—Me alegro por ti. De verdad.

Nos ponemos a hablar sobre algunas ideas que hemos tenido. Han pasado tres semanas desde la última actuación de *La muerte se viste de drag* en el Battersea Arts Centre. Hemos exprimido la idea hasta dejarla seca. Es una ubre polvorienta y hemos decidido que se acabó. Ahora toca trabajar en algo nuevo juntas. Lisa abre un cuaderno en la página donde ha escrito las palabras LLUVIA DE IDEAS en mayúscula y rodeadas de líneas. Veo que debajo solo ha escrito cinco palabras. *Sinceridad. Viaje de Ming. Transexualidad.* Suelto un suspiro inaudible. En momentos como este, me pregunto si soy el cerebro de la misión.

—Bueno, tengo unas cuantas ideas.

Apoyé un dedo en el cuaderno.

—¿Una obra sincera sobre el viaje sincero de Ming por la transexualidad?

Lisa se queda mirando boquiabierta la página de rayas.

—No. Bueno, o sea… En plan, ¿has pensado en lo bueno que tenía lo de antes?

Siempre habla con las mismas indirectas, salpica sus frases con palabras de relleno y referencias vagas.

—¿Lo de antes?

—Sí, bueno, verás… —Tiene el bolígrafo sobre el pulgar y usa el dedo índice para dar golpecitos en la página al lado de la mano—. He reflexionado sobre por qué a *La muerte se viste de drag* le fue tan bien y creo que es porque era vulnerable y honesta. Y luego he pensado en… no sé… en algo que sea nuevo y honesto para las dos.

Centra los ojos oscuros en mí y me mira por entre su melena crecida.

—Entonces, ¿deberíamos escribir sobre mi transición?

—No hace falta que lo escribamos juntas. Yo podría asumir un papel ligeramente distinto. Pero podríamos probar a escribir algo. Eres maravillosa, Ming, y has emprendido un viaje tan increíble…

—¿Qué aspecto de la transexualidad?

Propone la cirugía. Le contesto que quizá no valga la pena escribir una obra sobre operarme la nariz. No es para tanto. Y tampoco me he operado aún. Además, muchas personas trans no pueden permitirse las operaciones. ¡Vas desencaminada! Sugiere algo sobre Malasia y le digo que no soy la voz adecuada porque nunca volveré a vivir en Malasia. Sugiere algo sobre la sanidad trans y le digo que me he saltado la cola porque podía pagar para ir por lo privado. De nuevo, desencaminada.

—¿Y si hacemos algo basado en Tom y tú?

—¿A qué te refieres?

—No sé, pero, vamos, seguro que es una perspectiva interesante.

—¿Sobre qué?

—Sobre las relaciones. Habéis pasado por muchas cosas.

No hay nada digno de un escenario en la intersección entre mi transexualidad y mi relación con Tom. ¿Qué se podría aprender de eso? No hay ningún *El viaje de Ming* en nuestra relación. Tom se ha atado a un avión con un motor defectuoso y el asunto no resulta interesante porque el avión aún no se ha estrellado.

—No sabemos a dónde va todo esto, Lisa.

Leo algo en su semblante: arquea las cejas y abre los labios, pero se curvan hacia abajo. Es como si hubiera caído en algo. Aunque puede dudar de sí misma hasta el fin del mundo, posee un optimismo clínico sobre otras personas y supongo que, por ende, sobre otras parejas. Me pregunto si Sarah y ella han discutido alguna vez sobre Tom y yo. Si Lisa ha defendido la relación. No, pero, o sea, creo que están bien, ¿no?, quiero decir, parece que están genial juntos, ¿verdad? Eso no es cierto, Lisa.

—Vale —dice—. Entonces, la idea sobre operarte la nariz no es tan mala, ¿no?

Lanzamos ideas durante la siguiente hora sobre una operación de nariz. Pensamos títulos. *La nariz de nadie*. *Osas nasales*. *Transplastia*. Ella sugiere *Guardando las apariencias*, pero le digo que ya es una película. Estamos fingiendo. Las dos sabemos que nunca vamos a escribir una obra sobre alguien que se opera la puta nariz.

—¿Quieres quedarte a cenar? —pregunta.

—No, tranquila. No tengo hambre. Hoy el grupo de apoyo empieza pronto. —Me callo un momento—. ¿Estarás luego en casa de Cass?

—Aún no lo hemos decidido.

¿No lo has decidido tú o no lo ha decidido Sarah? Quiero preguntárselo, pero no debería interrogar a nadie sobre su relación, y menos sobre una que, aparte de un desequilibrio de poder bien arraigado, aún parece funcionar bien. Me despido con un abrazo y le grito mi despedida a Sarah. Me ignora. Salgo del piso y me dirijo al metro, donde dejo pasar unas cuantas paradas antes de bajar en Elephant & Castle para ir a pie al grupo de apoyo. Me ruge el estómago. Tengo mucha hambre. Me detengo en un Pret y compro una ensalada de pollo con arroz integral. Les digo que es para llevar y luego bajo para comérmela en el sótano. Me siento en uno de los taburetes altos y me acomodo.

De joven, me daban ganas de llorar al ver a cualquier persona adulta comer sola. Ahora me veo en los muros negros reflejantes del restaurante y me pregunto si las dos adolescentes en el otro rincón se sentirán mal por mí. Saco el móvil y le envío a Tom un mensaje absurdo para demostrar que estoy comiendo sola por voluntad propia. ¡De hecho, tengo montones de amigos! Y un novio. ¡Y una terapeuta! Unos granos de arroz se pegan a los laterales de la caja. Uso el tenedor de plástico para recogerlos uno a uno y los sorbo de los dientes del cubierto.

Termino de comer y miro cuántas calorías hay en una remolacha y una mazorca de maíz. Las mujeres tienen una silueta de reloj si hay al menos treinta centímetros de diferencia entre la cadera y la cintura. A mí me faltan casi ocho centímetros. No más arroz después de esto.

Vacío la bandeja en la basura, voy de nuevo al piso superior y me dirijo al grupo de apoyo. Todo el mundo me animó a unirme porque no tenía amigos trans, pero estoy segurísima de que no haré ninguno aquí. Noah es la excepción. Entro en el centro comunitario, un infierno del brutalismo en el código postal SE1, y me encamino hacia el polideportivo reacondicionado. A pesar de llegar con tiempo de sobra, soy la última. Me siento en la silla vacía y le sonrío a Noah. Lleva un gorro amarillo, que habla por sí solo.

Somos doce sentados en círculo. Hay once personas blancas y yo. Flynn dirige las reuniones. Es un consejero de cuarenta años, un hombre trans corpulento con gafas y una barba espesa. Lleva una camiseta a rayas multicolor y un pin pequeño con la bandera trans. He visto cientos de personas como él en películas y en la televisión, o al menos la versión cis de Flynn: los Seth Rogen y Zach Galifianakis del mundo. El tipo de hombre que consigue mujeres buenorras de un modo que no tiene sentido, pero al mismo tiempo lo tiene.

En general, odio mucho de lo que se dice durante la hora semanal de tranólogos. Suelo clasificar la irritación que siento jugando a un juego llamado «¿Odio eso o me odio a mí?», pero hoy estoy demasiado cansada. No presto atención durante los primeros cuarenta minutos y miro sin ver a los demás, aunque mantengo un contacto visual apropiado con Flynn. Pienso en lo que Lisa ha dicho sobre una obra trans y entonces lo pienso de verdad por primera vez. Veo la decoración. El dormitorio en el escenario. La mecánica y la luz y toda esa mierda. Y, aun así, me imagino una obra que contará la historia de algo que aún no ha ocurrido y me parece muy jodido. Pero me permito aventurarme hacia allí durante el resto de la sesión y aplaudo solo cuando oigo que los demás lo hacen. ¿Sería raro si me interpretara a mí misma? ¿Qué podría hacer Lisa? ¿Habría sexo?

Decido prestar atención durante los últimos veinte minutos. Esta semana solo faltamos por hablar Abby, Sophie y yo. Flynn se gira hacia Sophie. Se ha rellenado los labios hace poco. Si pudieran pagarle con Juvéderm, sé que aceptaría cinco jeringas a finales de mes.

—Sophie, ¿qué tal tu semana? —dice Flynn.

—Ha estado bien —contesta y se examina las uñas. Luego se alisa la falda de PVC con las manos—. De camino aquí, unos chicos me han señalado. Estaban en plan: ¿es una mujer? Me he levantado del asiento y me he ido al otro extremo del vagón.

Pero se han reído de mí. Les he dicho que se fueran a la mierda y se han reído más.

Los semblantes del círculo se derriten con lástima.

—Siento que te haya pasado eso —dice Flynn.

—No es nada. —Sophie pone los ojos en blanco—. Un día más.

Todo el mundo se remueve en la silla. Me fijo en que la ropa y el maquillaje de Sophie la envejecen. Me pregunto si sabrá que tanto drag la hace reconocible. Un pensamiento que comienza con *Bueno, si no lo hiciera, a lo mejor...* irrumpe en mi mente como un rayo. Es un firme «Me odio a mí misma».

—¿Cómo estás esta semana, Ming? —pregunta Flynn.

—Voy bien. Ya tengo fecha para operarme la nariz. Es dentro de un par de meses. Un poco menos, en realidad.

Abby aplaude con ganas desde el otro lado del círculo, el tipo de entusiasmo ciego y afectuoso que afecta a los progenitores de más de cincuenta años. Otros aplauden con ella. Sophie esboza una sonrisa forzada.

—Eso es importante. ¿A ti te lo parece? —inquiere Flynn.

—Sí y no a la vez, ¿sabéis? Es algo que ya quería hacerme desde antes de saber que era trans. No creo que mi aspecto cambie tanto. Solo es el ángulo de la punta.

—Pero seguro que es como un paso adelante.

—Sí, supongo.

—¿Cómo se siente tu novio? —interviene Sophie.

Capté la crueldad enfática en la palabra «novio». Flynn la mira, pero hablo antes de que pueda intervenir.

—No lo sé. Seguramente me habría operado igual, aunque no fuera trans, pero algo ha cambiado entre nosotros. —Jugueteo con los pulgares—. Siempre está en constante cambio, aunque he hablado con él sobre detransicionar. En plan, que es natural a veces pensar sobre volver atrás.

—Yo no pienso eso —dice Sophie.

—No interrumpas, por favor —interviene Flynn.

—Bueno —contesté y centré los ojos en Sophie—, pues yo a veces pienso en volver atrás. No creo que haya nada malo en

eso. O sea, una nunca está segura al cien por cien sobre algo.
—Oigo esas palabras con la voz de Elina—. Pero, de todos modos, Tom no sabe ocultar lo que siente. Y no creo que sepa que se le ve mucho en la cara.

—¿Qué ves en ella? —pregunta Flynn con las palmas abiertas sobre el regazo.

Recuerdo a Tom en la cocina, con la espalda recta, cuando hizo preguntas capciosas con esa puta sonrisa. Intentaba ser discreto, pero es más fácil leerlo a él que a un cartel de neón.

—Vi esperanza.

—¿Y cómo te hizo sentir eso?

—Como una mierda. Sentí miedo de sincerarme con él. Su apoyo parece condicional, o forzado. No sé. Me hizo comprender que queremos cosas distintas, ¿sabéis? Pero bueno, en esas estamos ahora.

—Gracias por compartir. —Flynn se gira hacia Abby—. ¿Qué tal va todo, Abby?

—Mi mujer sigue sin querer hablar conmigo. Los niños se comportan como críos con todo este asunto. Pero es cosa de su madre. Les suelta frases en plan: papá se va a cortar el pito. Eso se lo he oído al de diez años. —La habitación guarda silencio, pero todo el mundo se estremece. Abby baja la mirada hacia su vestido. Yo me quedo mirándole las tetas nuevas. Se las operó hace seis semanas—. Lo siento. Está siendo muy, muy duro. Aunque he tenido suerte con algunas afirmaciones positivas. Me lo digo al espejo: Abby, eres una mujer. Naciste mujer. Siempre serás mujer. Y me siento un poco más valiente para afrontar el día.

La sala aplaude. Yo acerco las manos, que se juntan y se separan sin producir ningún sonido. Me pregunto si una palmada es una palmada si nadie la oye. Lo que más me molesta sobre Abby, creo, es su forma de hablar. Parece una antigüedad, pero muy nueva, como si se hubiera despertado de un sueño criogénico de mierda que le congelara la mente pero el cuerpo no. Habla mucho sobre sentirse como una mujer y el destino. Me imagino que toma apuntes mientras ve episodios de *POSE*. Sé que este es un «Me odio a mí misma» y sé que se debe a que odio mi proximidad con Abby y a que lo único que nos separa es el tiempo. Pienso en las cosas que la exesposa de Abby dice sobre ella y me duele imaginar a Tom diciendo lo mismo.

—Bueno, pues hemos terminado esta semana —dice Flynn.

Aplaudimos una vez más, nos levantamos, plegamos las sillas y las llevamos a la pared. Examino la habitación desde un lateral y me fijo una vez más en cómo la mayoría de la gente del grupo ha caído en la Gran Regresión, en el retroceso involuntario del habla y del comportamiento que ocurre cuando una persona transiciona, el profundo deseo psicológico de revivir toda la juventud que los prejuicios y el odio propio les robaron. Son trans en el sentido psicosomático, pero también trans porque son adolescentes atrapados en cuerpos de adultos. Doy gracias por haber podido escapar de eso.

Noah se acerca a mí.

—Hola, guapa —saluda.

Lo dice de broma, pero también con sinceridad y con ese tono nasal de un adolescente gay. Me abraza. Mis brazos se enroscan alrededor de su espalda, por encima de su sudadera extragrande y la chaqueta. Me impresiona la ilusión de anchura en sus hombros. Noto su barba incipiente en la mejilla. No tardará en tener más vello facial que Tom.

—Siento lo de Tom. Hoy estás preciosa.

Sonrío. Ese flirteo trabajado es su propia versión de la Gran Regresión, pero siento un cosquilleo en el cerebro y en el cuello. Supongo que eso es lo que queda de la mía.

—¿Vas a ir al pub? —pregunto.

—Sí, ¿por qué no? Tomémonos un par de copas.

Seguimos al grupo hasta el pub elevado a la vuelta de la esquina. No sé si saldría con Noah, pero me hace gracia porque seríamos una pareja hetero sin importar qué postura mantuviera cada persona sobre esa cuestión ontológica. Pido un vodka con refresco para mí y una pinta para Noah. Nuestro grupo ocupa tres mesas bajas de caoba en un rincón. Noah y yo nos sentamos juntos en el extremo. Para cuando nos hemos terminado nuestras bebidas, algunos están tomándose chupitos. Miro la hora. Son las ocho.

Noah señala con la cabeza dos melenas unidas de cabello marrón y rosa-azul. Son Amber y Anarchy, que se están comiendo los morros con tanta fuerza que me planteo la posibilidad de un prolapso oral.

Intento no mirarlas. Capto que una pareja mayor sí que las mira con espanto. Luego centran sus ojos en Noah y en mí, lo que me incomoda. Noah se va a por otra ronda y entablo conversación con Abby. Me habla sobre la ropa que se ha comprado, pero no me puedo concentrar en nada que no sea su peluca. Es de las caras, hecha a mano con flequillo, pero no se la ha pegado bien. Reprimo el impulso de tirar del borde para ponérsela en el punto adecuado. Noah regresa con un refresco con vodka y me lo da. Dice que sus padres lo acaban de llamar y que debe marcharse. Le doy un abrazo de despedida.

Dejo que Abby me hable sobre cómo la malgenerizan en el trabajo mientras doy sorbos lentos y continuos a la copa.

—Les echan la bronca, pero luego no pasa nada —dice con un encogimiento de hombros—. Así es la construcción.

—Suena horrible.

—No es para tanto. Como se suele decir, todo mejorará.

¿Mejorará, en serio? Espero que sí. Para Abby, al menos. Me resulta desolador que la gente pueda acostumbrarse tanto a la crueldad. Miro el reloj y le digo que debo irme. Abby me abraza. Capto una ternura inesperada en el abrazo y la seguridad que noto me desarma. El gesto significa más de lo que me gustaría admitir. Intento devolverle esa calidez.

—No tienes por qué aguantar la mierda de todo el mundo, Abby.

—Lo sé —dice—. Lo sé.

Me estrecha con un poco más de fuerza y me suelta. Al salir, miro hacia atrás y veo que está mirando el móvil. Siempre se queda hasta el final. Creo que no tiene muchos más amigos. La soledad que percibo en ella duele.

Compruebo mis mensajes cuando salgo a la calle. Tom me ha escrito para decir que trabajará hasta tarde, pero que me verá en la fiesta en casa de Cass. Subo al autobús y voy al piso superior. Un hombre con una cicatriz en el mentón me mira; también hay una veinteañera sentada hacia atrás que mira por la ventanilla. El hombre tiene los brazos cruzados y se reclina con las piernas extendidas más allá del asiento. Sostiene una lata de sidra Strongbow Dark Fruit. Fija la mirada en mí durante demasiado tiempo. Sonríe con malicia. Me siento cerca de la ventanilla delantera y me pongo los cascos. El aire detrás de mí se remueve. Se me encienden los nervios de las mejillas y me noto mareada. Echo un vistazo y veo que el hombre se ha sentado dos asientos por detrás de mí. La frente le hace sombra en los ojos, pero curva los labios en una mueca cruel. Recojo mis cosas y bajo las escaleras. Oigo que me dice algo, pero los cascos ahogan el sonido. Salto a la acera y noto el viento frío alrededor de las pantorrillas.

Llega el siguiente autobús y me subo. Me siento cerca del conductor. Desbloqueo el móvil y miro las réplicas en 3D de la operación. Subo la imagen a una aplicación que feminiza la cara y me muestra con el pelo más largo y las mejillas mucho más regordetas. Ya lo he hecho antes, pero nunca guardo el resultado porque creo que ver el antes y el después me hace sentir mejor. Como si todo fuera posible. Sale la foto. Soy clavadita a mi madre y eso me hace sentir bien por gastarme todo el dinero, como si hubiera cambiado una representación por otra.

Sé que no debo enseñarle estas fotos a papá, aunque es el único que entendería lo raro que es. Pienso en cuando lo vi durante mi viaje a Malasia. Fue justo después de haber pagado por las hormonas. Para el vuelo, usé todo el dinero de las flores, algo del sueldo del cine y el que quedaba de la segunda edición de *La muerte se viste de drag*. Me quedaba todo eso porque los padres de Tom no nos cobraron alquiler.

En mi primera noche en Malasia, mi padre y yo nos sentamos en el balcón. Cindy estaba fuera. Se lo conté todo mientras tomábamos una cerveza. Había practicado las palabras y él las oyó sin moverse. Miraba el cielo y bebía despacio la cerveza. Me preguntó si eso significaba que quería ser una mujer y luego me interrogó sobre en qué punto estaba mi cuerpo y a dónde iría, como si repasara el contorno en tiza de una vieja forma para comprender la nueva. Estaba tranquilo, pero se levantó de la silla y entró en la casa. Oí que abría la nevera y el tintineo de unas botellas; luego el siseo al quitarles el tapón. El ambiente estaba en calma y el calor húmedo se me pegaba en la parte posterior de las rodillas y en las axilas. Una capa fina de sudor apareció debajo del pelo que me cubría el borde de la frente. Cuando papá regresó, se sentó de nuevo en la silla.

—Te apoyo, no hace falta ni decirlo. —Hablaba con una voz baja e impasible. Puso su enorme mano sobre mi hombro—. Pero la vida será difícil, Michael.

—Me irá mejor que a mucha gente trans.

—No siempre basta con tener suerte —dijo y dio un gran trago de la botella. El menisco se bamboleó y descendió en el cristal—. Tengo que preguntarlo, en serio. ¿Crees que tiene algo que ver con tu madre?

—No, papá. No funciona así.

—Vale. Pero tenía que preguntarlo. —Dio otro sorbo—. Creo… Creo que siempre has sido más como ella. Siempre te has parecido a ella. Más Ming que Michael.

Más Ming que Michael. A menudo regreso a esas palabras.

El autobús llega a mi parada y me apeo para ir andando a casa. Me siendo deshidratada. Cuando alcanzo el edificio, bajo las escaleras a saltos hasta el sótano. Los grandes ventanales de estilo georgiano de los pisos de arriba brillan amarillos. Dentro del piso, la cama está hecha, pero con la ropa por el suelo. Tom se enfadará si no la recojo. Me retoco el maquillaje en el espejo del salón, donde hay mejor luz. Oigo a los vecinos de arriba en su parte del jardín. Saco las cremas y los sérums de la bolsa de maquillaje. Todo es natural, para hacer que parezca que sangro ácido hialurónico y cago rocío.

Noto que se me abre un foso en el estómago. La vieja ansiedad, la que digo que ha desaparecido, se apresura a llenarlo. Hay una botella de vodka en el armario, así que me sirvo otro refresco con vodka en una taza amarilla y saco las sobras de pollo y una rodaja de limón de la nevera. Me tumbo en el sofá que nos dieron los padres de Tom porque lo tenían guardado en un trastero. Está hecho polvo, pero es un mueble de mediados de siglo. Y de cuero. Bebo, aunque el líquido frío se acumula en la parte superior del pecho y toso. Mi madre siempre me dijo que no bebiera ni comiera tumbada. Es malo para la digestión. Según ella, todo era malo para la digestión. ¡Cómete la fruta primero o se te pudrirá en el estómago y tendrás diarrea! ¡No bebas agua fría después de comer caliente o el aceite se coagulará y te dolerá la barriga! No comas goreng pisang de un puesto callejero. Una amiga me dijo que derretían plástico en el aceite para que estuviera crujiente… ¡y te dará cáncer de estómago! Me siento recta.

Doy otro mordisco al pollo y lo riego con un trago. Más Ming que Michael. Michael es algo más que el nombre por el que me llamaba mi padre. Lo hablé con Elina la semana pasada. Michael es mi yo gay, el yo que no está enfermo mentalmente, el yo que podía vivir como chico. El chico al que le gusta acostarse con otra gente como chico. Michael querría un trabajo como el de Tom. Michael no echaría a perder una educación cara porque temía estar muriéndose. Michael podría ser lo que Tom necesita. Tras salir del armario, me di cuenta de que quizá Tom quería a Michael en vez de a mí y la cuestión no era a dónde iría Ming, sino cuánto de Michael podía quedarse.

Chupo los huesos hasta dejarlos limpios y los tiro a la basura de compostaje. Luego dejo el plato y la taza vacía en el fregadero y me lavo las manos.

La casa de Cass se halla a veinte minutos. Me siento lo bastante valiente para ir andando. Llevo botellas de vodka y agua con gas en una bolsa de tela y me dirijo hacia Brixton. Los callejones me ayudan a no llamar la atención. Lisa abre la puerta cuando llego. Las botas le llegan por encima de la rodilla. Se ha adornado con piezas gruesas de joyería de plata.

—¡Hola, guapa! —saluda.

—¡Has venido!

La abrazo. Me siento más relajada. La fiesta está dividida entre la cocina y el salón. La gente sale al jardín. Me sirvo una copa en la cocina y encuentro a Cass en el dormitorio de arriba. Lleva un top de malla sin sujetador. Yo debería ponerme más malla. El olor a incienso sobrecarga el ambiente. Está hablando con una chica llamada Tabitha, con los hombros estrechos, el maquillaje prístino y el pelo en largos rizos flexibles. No he visto a Tabitha en casi un año, prácticamente desde que me tomo hormonas. Las abrazo a las dos y nos acomodamos en la colcha floral que cubre el edredón. Yo me tumbo y ellas se sientan con las piernas cruzadas cerca de la almohada.

—Cass me estaba hablando sobre su ascenso —dice Tabitha.

—No es para tanto.

—¡Sí que lo es, Cass! —protesto.

—He pasado de ayudante de investigación a investigadora política. Es el mismo trabajo.

—Suena totalmente distinto.

—Piensa en el dinero, Cass.

—Mirad lo que he comprado para celebrarlo.

Cass salta de la cama y saca un corsé de seda blanco del cajón superior, con las copas en forma de caracolas. Le cuelga la etiqueta de Selfridges. Debería ponerme más corsés.

—¿Vas a llevarlo para trabajar? —pregunto.

Las tres nos reímos. Cass se vuelve a sentar. Tabitha parpadea sus enormes y asquerosos ojos en mi dirección.

—Enhorabuena por todo, estás preciosa.

—Gracias. ¿Qué tal te va a ti?

—Ah, sigo de becaria en la galería. Vi la obra que hiciste con Lisa en el Battersea Theatre.

—El Battersea Arts Centre, sí. Terminó hace unas semanas.

—Fue espectacular. ¿Aún vendes flores?

—No, hace tiempo que no. Trabajo en un cine hasta que encuentre otra cosa.

—¿Por qué dejaste de venderlas?

Me río.

—Soy trans —respondo. Tabitha junta las cejas, ladea la cabeza y extiende los labios en una sonrisa plana—. No puedes ser trans y vender flores a domicilio.

—¿Por qué no?

—Ya estamos.

—Ahora la gente trans da miedo, del mismo modo que la gente gay solía darlo antes. Cuando eres trans y no lo disimulas, ya no resultas encantadora. Se pensaban que iba a venderles un...

—Un ramo de poppers. —Cass termina la frase conmigo. Las tres nos reímos.

—Es ridículo —añade Cass—. Ming es la persona más encantadora que conozco. Eso no desaparece sin más.

Observo la pared de fotografías detrás de su cama. Me fijo en que ha quitado las fotos previas a mi transición desde que vine la última vez, que son todas las fotos que tenía de mí. No hay ninguna de cuando Cass iba a la universidad, la época en la que estuvo más flaca. Ahora va a terapia. Parece sana. En su proceso para cuidarse, Cass me ha tratado con compasión, pero me cuesta ver si esa compasión la extiende a sí misma. Todavía me preocupo.

—Seguro que las cosas cambiarán —dice Tabitha—. No se nota que eres trans.

—Sí que se nota —contesto. Ninguna de las dos protesta. Acaricio el borde de encaje de una de las almohadas de Cass—. ¿Queréis otra copa?

Asienten y bajan conmigo. Tabitha camina por delante. Cass me agarra la mano y me susurra al oído.

—Hoy estás muy guapa.

Le aprieto la mano. Eso, viniendo de Cass, significa más que si me lo dijera casi cualquier otra persona, aunque estoy segura de que se siente en la obligación de decirlo. Desde el pie de las escaleras veo a Tom junto a la librería en la sala principal; habla con un chico que reconozco. Les digo a Cass y a Tabitha que me reuniré con ellas en la cocina. Vadeo la holgada multitud. El chico lleva unos pantalones chinos, un jersey y gafas de carey. No recuerdo su nombre. Los dos se apoyan contra la estantería. Cruzan las piernas. Tom aún va con la ropa del trabajo. Camisa blanca, pantalones azules. Me acerco rápidamente para abrazarlo y besarlo. Luego abrazo al chico, que me da un beso en la mejilla.

—Hola —saluda Tom—. Estás guapa.

—Ming —dice el chico—. Tienes un aspecto genial.

Sus rizos cortos engominados se bambolean. Me remuevo por el cumplido y le doy las gracias. Miro a Tom a los ojos, que curva los labios en una tierna sonrisa.

—¿Has venido directo desde la oficina? —pregunto.

—Sí.

—Qué tarde para ser viernes, joder —comenta el chico.

—Sí, es una locura —añado y luego le pregunto—: ¿Qué tal va todo?

—Ah, ya sabes, sigo currando en Goldman.

—¿En Goldman Sachs?

—Sí. Pero bueno, para disfrutar hay que currar.

—¿Y esta es la pinta que tiene currar?

No se ríe. Tom esboza una sonrisa. El chico se sube las gafas por la nariz y Tom se quita el bolso del hombro. Me fijo en que mi cuerpo altera su simetría, una tercera parte que estropea el balancín. Me disculpo para ir a buscar una copa y me ofrezco a traerles a ellos una. Me abro paso entre la multitud hasta la cocina y abrazo a Sarah de camino. ¡Me alegro de verte otra vez!

Es más maja en las fiestas. Cuando vuelvo, se han sentado y me acomodo en el reposabrazos duro del sofá. Mi culo huesudo aprieta la tapicería y se clava en el esqueleto del sofá. Me pregunto si a las mujeres con el culo grande les dolerá sentarse así. Voy bebiendo de la copa y entablo conversación con las dos chicas que se han sentado delante. Tom me da la espalda, así que me giro para inspeccionar los lomos de la estantería. Cass se acerca por detrás y me apoya las manos en la cintura.

—¿Quieres una raya, Mingy?

—He traído un poco de ketamina.

—¡Qué guay!

Subimos a uno de los dormitorios con uno de sus compañeros de piso guapos. Cass saca una tableta electrónica y extiende gruesas rayas de cocaína y ketamina en ella. Las mezcla con dos tarjetas. Sus gestos son grandilocuentes, como si mezclara helado con una espátula. Extraigo un billete de cinco libras de la cartera y se lo entrego para que esnife una de las rayas. El compañero de piso la imita. Soy la última y, cuando alzo la cabeza de la pantalla negra, veo a Tom en la puerta. Me limpio el borde de la fosa nasal izquierda con la uña del pulgar.

—¿Quieres? —le pregunto.

Tom se sienta a mi lado y esnifa una raya de la tableta sobre mi regazo. Le limpio un poco de polvo de la nariz y me da la mano por primera vez en toda la velada. Me fijo en lo caliente que está y eso significa que notará mi piel gélida en comparación. Cass se sienta a mi otro lado con el portátil y ponemos música por los altavoces. Tom se presenta al compañero de piso. Bailamos en el metro de zanja de la moqueta que rodea la cama.

—¿Ming es tu novia? —oigo que pregunta el compañero de Cass.

—Sí —responde Tom.

Novia. Me centro en la música. Tom y el compañero hablan mientras Cass y yo bailamos. Empiezo a notar las piernas más ligeras. La ketamina ya me está subiendo a la cabeza. Me gusta mucho. Siempre me ha gustado. Hubo escasez de ketamina en todo Reino Unido durante el primer curso de universidad. No se podía conseguir en ninguna parte. Me excuso para ir al baño y me miro en el espejo.

—Sequía de ketamina en el dos mil quince —digo, arrastrando las palabras.

Me tomo más. Ya no voy tan rápido con las drogas como antes y por eso me cuesta ir a fiestas. En noches como esta, hay un punto de inflexión en el que paso de sentirme genial a notar una barba que no existe ya y a inspeccionar el labio superior de las mujeres para ver si la cantidad de vello que me queda es natural. Me examino el ángulo de las mejillas y el tamaño de la mandíbula. Analizo la anchura de mis hombros. Las hormonas podrían disolver el músculo de alrededor, pero nunca podrán quitar hueso. No sé si los tengo así de anchos o si las drogas distorsionan o purifican. Me pregunto qué aspecto tengo de verdad y quién me lo podría decir. Es como cuando me miraba en el espejo de más joven, cuando me toqueteaba la cara y me cuestionaba si era real.

Miro mi rostro de hombre en el espejo. Me pregunto si las hormonas cambiarán algo de verdad y si tendré que tomar la mierda esa hasta que muera. Y entonces me pongo a pensar en las hormonas y en los riesgos para la salud y en la de veces que he buscado a mujeres trans famosas mayores para descubrir que, si no murieron de sida, entonces murieron de un ataque al corazón o de fallo orgánico. Y entonces me lo planteo: ¿son los estrógenos? Solo llevo minifaldas acampanadas. ¿Qué pasa con eso?

Y la única forma de superar esos pensamientos es dejar el monstruo en el espejo, así que bajo al piso inferior, hacia la multitud del salón. Tom está hablando con Sarah. Me hago una de coca. Y rayas gordas de ketamina hasta que estoy en otro lugar que no sea este. Y entonces los rincones de la habitación empiezan a alejarse, pero parece más pequeña a la vez y veo que las cabezas de mis amigos crecen y están desproporcionadas respecto a sus cuerpos, como si bailara con muñecas Bratz en un objetivo de ojo de pez.

En una ocasión, Rob tenía tal colocón que pensaba que la gente quería esnifarlo. Intento contárselo a la chica que tengo al lado, pero ella solo asiente y me abraza. No ha oído lo que le he dicho. Y entonces me pongo a bailar con los ojos cerrados y alguien me pregunta si estoy bien y Tom sale de la nada y me agarra la mano y bailamos juntos y nos balanceamos y me siento segura de nuevo y me doy cuenta de que tomaría cualquier medicación solo para que alguien me agarrara así y entonces recuerdo que estoy haciendo todo lo contrario. Tom me lleva al sofá y me tumbo en su regazo. Habla con otra gente hasta que salgo del agujero y vuelvo a estar sociable.

—¡Estoy viva! —digo. Tom se ríe. Y lo mismo hace el chico de antes.

—¡No sabíamos si te despejarías! —comenta alguien.

Bueno, pues lo he hecho y puedo bailar de nuevo. Y esnifo una raya de coca y me siento mejor, alerta, pero el agujero se abre de nuevo y veo el tamaño de mis manos. Veo las arrugas y los dedos largos y las venas azules blanduchas que se pueden apretar. Y veo las manos de Tabitha, que están regordetas y redondas, no nudosas como las mías. Mi madre tenía manos como las mías. No tiene nada que ver con ser mujer. Cualquiera puede tener cualquier tipo de manos. Cualquiera, sí. Pero la verdad es que me gustaría tener manos más pequeñas.

Le pregunto a alguien dónde está Lisa y me dice que Sarah y ella se han ido a casa pronto. Me bebo otro vodka con refresco y le echo el zumo de una lima porque aún conservo algo de respeto hacia mí misma. Quiero decir a todo el mundo en la sala que voy a tener un aspecto distinto. Así que voy contando que me operaré de la nariz.

¿Lo sabías? Ah, ¿ya parezco diferente? Gracias, muy amable. Es una locura, la verdad. Les cuento que Tom y yo seguimos juntos. Y que seguramente pueda tomar más ketamina. Saco con torpeza las llaves del bolsillo y me meto la raya en la nariz. ¿Tú quieres? Tom es maravilloso. Sí que lo es, de verdad. No, sé que no necesito operarme la nariz, pero siempre he querido hacerlo.

No tiene nada que ver con ser trans. ¡Es solo el ángulo de la punta! Quiero operarme lo mínimo posible. Esa es para mí la mejor filosofía, porque luego no sabes de lo que te vas a arrepentir. Lo bueno tiene que venir de dentro y yo estoy mucho mejor. Las hormonas son alucinantes.

Tom me abraza por la espalda. Dice que deberíamos irnos a casa porque son las cinco de la mañana. Le digo que no pasa nada y le pregunto si tiene paracetamol. Me dice que eso es malo para los riñones. Nos subimos a un taxi. Me quedo dormida apoyada en él. Cuando llegamos a casa, me quito la ropa y me tumbo en la cama, y cuando me despierto a las ocho me olvido de que he dormido. No es como si no recordara lo que he soñado, porque no he soñado nada, es como si no existiera durante un momento, como si me hubieran desconectado. Vuelvo a la cama y Tom me abraza en plan cucharita. Su madre me contó un día que el contacto puede bajar el cortisol. Abrazarse y acurrucarse con alguien reduce el estrés. Hace que nos sintamos más seguros. Tengo la cabeza embotada. Abrir los ojos es como levantar pesas, así que no lo hago. Me encanta cuando me abraza. Me pregunto si estaré bajándole el cortisol. Qué ganas tengo de operarme la nariz, pero no sé si será la gota que colmará el vaso. No vale la pena. Tom se merece a alguien con quien quiera acostarse. Se merece a alguien que le baje el cortisol. Su madre me dijo que soy guapa. Es muy maja. A lo mejor seré guapa. Me pareceré a mi madre. A mi hermosa madre. La echo de menos. Mi padre dice que estaría orgullosa de mí. Era muy liberal, dice. Le enseñó muchas cosas.

Pobre Tom. Pobre y tonto Tom. Sería una buena obra de teatro, ¿verdad?

11

FINOS ESQUELETOS

Me senté en la silla. Una centella de luz atravesaba las nubes para posarse en mi mesa. Ordené los papeles que tenía delante y coloqué un montoncito tras otro dentro de una carpeta grande de anillas. La transacción había finalizado, había conseguido financiación para una compañía energética finesa que quería construir cuatro parques eólicos en tierra. Era una de las pocas cosas que pasaban por mi mesa que no me hacían sentir fatal (no era petróleo como la última vez), pero las horas habían sido un tormento. Durante las últimas semanas habíamos empezado a trabajar temprano, a las ocho y media, y salíamos a las cuatro de la madrugada. Llevaba cinco meses trabajando en ello. Judith me lo había encargado dos días después de que Ming rompiera conmigo. El proyecto era una distracción y el horario intempestivo implicaba que no tenía tantos encuentros incómodos con Jason en el ascensor. La gente del equipo estaba falta de sueño, pero al menos más relajada.

Eran las tres de la tarde. Me vino un bostezo enorme.

Judith se acercó a mi mesa. Se comportaba con una amabilidad poco habitual en ella y ocasionada por el delirio del agotamiento. Se tocó el nuevo reloj de Cartier de la muñeca mientras hablaba, como para recordarse que seguía ahí. ¡Dios mío, Tom! Te lo has currado mucho. ¿No crees que el nuevo corte de pelo de Fatima es horrible? No hace falta que hagas gran cosa hoy. David me ha llevado a un aparte para decirme que los socios han estado hablando. Todo está enfilado para mí. El año que viene seré directora. Dios, qué bien sienta tenerlo claro, ¿verdad? He dicho que últimamente me has ayudado mucho. ¿Qué vas a comer? ¿Has oído hablar de la dieta 5:2? Consiste en ingerir quinientas calorías dos días para luego comer lo que quieras el resto de la semana. ¡Me acabo de zampar un paquete entero de galletas Hobnobs! Quiero saber qué han dicho sobre Fatima. No se merece un ascenso.

A mí me daba igual lo que dijeran sobre Fatima. Estaba agotado, pero era una especie de cansancio eléctrico, donde el cuerpo se desconecta pero los circuitos siguen chispeando, atrapados entre el apagado y el máximo rendimiento. Cuando Judith me dejó en paz, le escribí a Marco para preguntarle si estaba libre esa noche. Lo había conocido a través de una app. Era una de las pocas personas con quien me había acostado desde que Ming y yo rompimos, pero el único con el que lo disfrutaba. Era fotógrafo de moda, llegado desde Australia. Llevaba camisetas negras y joyería de plata y se creía un especialista en cualquier estética. Soltaba diatribas sobre IKEA. Se gastaría cientos de libras en boñigas de perro siempre y cuando fueran de mediados de siglo. No me quedaba claro si lo nuestro era solo sexo, pero el sexo era bueno. Marco estaba fibrado y era masculino de un modo que Ming nunca lo fue. Tenía las piernas peludas y barba. Le dejaba ponerse encima. Era la primera vez que lo hacía así. Casi nunca pensaba en Ming cuando me acostaba con Marco.

Estaba ocioso mirando el ordenador, a la espera de que el reloj alcanzara las cuatro. Marco no había leído el mensaje aún. Me había sentido muy seguro cuando lo mandé, pero tenía miedo de haber hecho algo mal. ¿Decir que me gustaría verlo con una exclamación era pasivo-agresivo? ¿O demasiado entusiasta? Esas preguntas siempre me conducían al mismo lugar angustioso. Quería hacer planes, algo divertido. Rob estaba ocupado esa tarde. Sarah no estaba en Londres.

Busqué cosas en internet para distraerme. Los dedos pasaron por las redes sociales, los ojos cansados se empaparon con las imágenes parpadeantes y los colores brillantes. El parpadeo cesó y el dedo índice apretó el botón de búsqueda. Tecleé el nombre de Ming.

No la había buscado en dos meses, pero el agotamiento me había bajado las defensas. Mientras miraba su perfil, un fuerte pellizco me atenazó el pecho, como si tuviera pinzas del tamaño de pastores alemanes. Vi un post que anunciaba *Finos esqueletos*. La obra de teatro. En el cartel aparecía una imagen en primer plano de dos cuerpos sin camiseta, sentados dándose la espalda. No salían las caras, pero éramos Ming y yo. De eso iba *Finos esqueletos*: de Ming y de mí, lo que significaba que iba sobre mí, porque durante el último año o así había sido difícil distinguir dónde terminaba yo y dónde empezaba ella.

Me había enfadado cuando, unos meses antes, me enteré de *Finos esqueletos*. Todo el mundo se enfadó. Rob y Ming habían dejado de hablar después de una pelea en el piso de Lisa. Según Rob, fue horrible. Es una puta locura, ¿no? ¿Quién cojones se cree que es? Menuda imbécil. Lo sé, Rob, pero no hablemos de ello. Según Sarah, fue muy horrible. Estaba molesta con Ming y con Lisa. Es muy narcisista, Tom. Sarah, podemos dejar de hablar de ello, por favor. No les pedí detalles a ninguno de los dos. No los quería.

Lisa había roto con Sarah poco después. Fue una sorpresa para todo el mundo, porque Sarah siempre había sido la que se quejaba: de la ansiedad de Lisa, de que Lisa no fuera independiente, de que no respetara el espacio de Sarah. Pero Lisa ya no la quería. Sarah arrugó la cara cuando me disculpé por todo el estrés que Ming y yo les habíamos causado.

—¿Lo dices en serio? —se rio—. No todo gira a tu alrededor, Tom.

Agradecí la tranquilidad de saberlo, pero bueno. *Finos esqueletos* seguro que no ayudó. Sarah odiaba que hubieran hecho la obra, que Lisa fuera de copiloto.

Cliqué en la web de las entradas. Había sesiones esa semana. La producción se había convertido en una realidad en tan solo unos meses, lo que significaba que los cimientos se habían construido antes. Marco seguía sin responder al mensaje. El ratón flotó por encima de la lista desplegable. Busqué la cartera y saqué la tarjeta de crédito. Ver *Finos esqueletos* no era algo que me había permitido plantearme. Había enterrado a Ming todo lo posible. No hablaba sobre ella. Seguía sin querer hablar del tema. Estoy bien. Sigo adelante. No me importó que se quedara un mes más en el piso ni que yo tuviera que volver a casa de mis padres una temporada. Mira a quién me he tirado. ¡Qué bien sienta la libertad!

Ir a verla me parecía poco lógico, pero introduje los detalles de la tarjeta y compré una entrada para las siete, al fondo del teatro, cerca de la salida. La confirmación me llegó a la bandeja de entrada, junto con una nueva ráfaga de ansiedad. Me levanté de la mesa para ir al baño junto a los ascensores. No necesitaba hacer nada, pero ansiaba estar solo y dormir. No podía apoyar la cabeza en la mesa aunque no estuviera haciendo nada de provecho. Entré en un cubículo y me senté en el retrete con la tapa bajada. Notaba los azulejos de la pared duros contra la cabeza, pero crucé los brazos y cerré los ojos.

Ming y yo apenas habíamos hablado desde la ruptura. Ella había enviado mensajes. *Pienso en ti, Tom. ¡Espero que te vaya bien! He oído que la casa que compartes con Rob es encantadora.* Durante un tiempo, respondí con frases sucintas: *Y a ti también. ¡Sí que lo es!* Y luego me preguntó si podía llamarme porque quería hablar de algo importante conmigo. Había pasado un mes o así desde que rompimos. La llamada era sobre la obra. *¿Puedo hacerla, Tom? Será muy buena. Creo que ayudará a otras parejas que, ya sabes, están pasando por lo mismo. O se lo explicará. ¿Tiene sentido? ¿Te parece bien? ¡Tienes derecho a vetar cualquier cosa que no te guste!*

No comprendí por qué era necesaria o qué aportaría al mundo. ¿Qué se puede extraer de los años que pasamos juntos Ming y yo? ¡No te fíes de las personas narcisistas, aunque sean trans! Pero quería una ruptura limpia, por lo que discutir por la obra me pareció absurdo. Dije que sí. No fue un: sí, pero quiero ver el guion. Ni: sí, pero quiero decidir quién me interpreta. Solo que sí. Un sí con una sonrisa carente de alegría. Presentí que aquello había decepcionado a Ming, pero ella sabía que no le ofrecería nada más. Acceder era lo obvio. Lo más sensato. Pero luego dejé de hablar con ella por completo; pasé de respuestas sucintas a no dar ninguna respuesta, y ahí quedó todo.

Planeé el trayecto para llegar justo cuando se abriera el telón. No quería tropezar con nadie ni quedarme en el vestíbulo, el bar o el pasillo. No quería que me viera nadie. Cuando entré por la puerta del fondo, vi el escenario. Un temor pesado enroscó los brazos alrededor de mi esófago.

Sorteé las rodillas de dos mujeres para alcanzar mi asiento. La de la derecha tenía el pelo rosa pálido y unos puntitos negros le cubrían el largo vestido blanco. Ese verano no había nadie que se alejara más de dos metros de ese vestido. En el escenario había una cama en el centro, iluminada por un gran foco. Tenía los pies levantados, y me percaté de que era para que el público, sentado al mismo nivel que la cama, viera los dos cuerpos tumbados en ella, como cigarrillos en extremos opuestos dentro del paquete, dos líneas paralelas sobre algodón blanco. Éramos Ming y yo, o las personas que nos interpretaban a Ming y a mí, un hombre blanco y una mujer trans asiática. Él no se me parecía en nada, con el pelo rubio y la cara como un puto carlino.

—Li, soy yo —dijo el hombre en la cama.

Me sobresalté. Era nuestro dormitorio, en el piso que habíamos compartido. No porque fuera una obra sobre nuestro final, sino también por lo que había dicho el actor rubio que no se parecía en nada a mí. Li, soy yo.

Soy yo. La escena en el telón se reprodujo en mi mente. Habían pasado unas semanas desde que se operara la nariz. Se le había curado, pero la punta seguía inflamada, tanto que el líquido la forzaba un poco hacia arriba. A esas alturas, no sabía si volvería a bajar, si su rostro se arreglaría. Justo antes de esa escena, había estado encima de Ming, penetrándola. Me había quedado mirando los bultos incipientes en su pecho, el rubor químico de sus mejillas, la longitud sintética de sus pestañas pintadas con rímel, los agujeros de la nariz que ahora veía más; algunas de sus líneas estaban trazadas en arena y otras en cemento. En ese momento, lo único en lo que podía pensar era en la primera vez que nos habíamos acostado, la noche en la que llevé el vestido de Sarah, cuando la vida parecía fácil, cuando sentía que era como bajar una colina en bicicleta, sin manos. Esa timidez de nuestro primer encuentro tan bonito, esa simplicidad que había descubierto años antes, se había disuelto desde entonces en un entumecimiento frío, un colapso lento en mis entrañas que me hizo ralentizar el ritmo y caer sobre ella y disculparme. Ming, soy yo.

El actor se levantó de la cama y caminó en círculos. Era sólido, de estatura baja. Se llevó las manos a la cadera, descalzo y con solo los calzoncillos puestos.

—Ming, soy yo —repitió.

La actriz que interpretaba a Ming se enderezó en la cama. Había estado mirando hacia un lado, lejos de su pareja, lejos de mí. Giró la cara hacia el actor rubio.

—Creo que no eres tú, George. Los dos sabemos que no eres tú.

—Es mi polla.

Eso era lo que le había dicho. En cierto sentido, era yo, era mi pene blando que había estado duro. Ninguno de mis actos lo explicaba, pero era mi cuerpo y su forma de responder al cuerpo de Ming. Era una exposición de mis límites y eso parecía otra forma de enfrentarme a las cosas que yo no podía ser: una persona atraída por una mujer que solía ser un hombre que solía ser mi novio que se había convertido en mi novia.

Li apoyó la cabeza en las manos. No recordaba si Ming había hecho lo mismo, pero, al ver a Li, me pareció que sí y eso me hizo dudar sobre qué recuerdos eran míos o de Ming y qué era simplemente la obra. Según recuerdo yo, Ming se había echado a llorar, pero a lo mejor así funcionaban las obras, así se creaba arte. Recuerdo los aforismos que Ming solía repetir sobre escribir. No hay alivio sin tensión, ¿sabes? Debe de haber una progresión y aquí no podría haberla si Li se echara a llorar en su primera frase.

—Es la nariz, ¿verdad? Sabía que pasaría. Es todo una mierda. La he cagado.

Li se levantó. Llevaba lencería. George la miró desde el otro lado de la cama, aún con las manos en la cadera. El calor de su mirada pareció arrugarle el vientre y Li se desmoronó en el suelo, agachada con los brazos alrededor de las rodillas. George se sentó de nuevo en la cama, dándole la espalda. Su desnudez me producía incomodidad.

—Solo te has operado la nariz, Li. No estás tan distinta. No en plan mal, pero tú eres la que no deja de decir que fue una rinoplastia espiritual —dijo. Li, sentada en el suelo con la espalda apoyada en la cama, jugueteaba con los dedos—. Esto puede pasar cuando bebo.

—No estás borracho, George.

—Supongo que nos hacemos mayores.

—¿Cuán mayores crees que somos?

George deslizó el culo por el lado de la cama para colocarse simétrico a Li. Recordé que en esa época la cama parecía tener dos mitades. Se sentó con las piernas abiertas y los antebrazos apoyados en las rodillas dobladas. Conversaron durante un rato más.

En ese instante con Ming, unos meses antes, todas las cosas pequeñas habían empezado a adquirir un peso insoportable. Uno superior a cuando me dijo que era trans, porque los hilos de su transexualidad se habían conformado en un miedo hipotético, en una cosa grande, presente e innegable. La tenía delante de mí, en su cuerpo desnudo y su rostro pintado y cortado. Hasta que ya no pude seguirle el ritmo y mi pene pareció medir la distancia entre la nueva Ming y la vieja Ming. Y, pese a todo, no me marché.

Li se levantó del suelo y le habló al público.

—Estoy tomando hormonas gracias a una clínica privada. Sabía que tendría que esperar cuatro años si iba por la pública y no pensaba malgastar mi juventud pareciéndome a Noel Fielding.

—Nunca te has parecido a Noel Fielding —dijo George, con la cabeza entre las piernas, todo mientras Li mantenía la mirada en el público—. Cuéntales cuándo llamaste por primera vez.

—La mujer que respondió sonaba como Jennifer Coolidge, pero si fuera de Sunderland...

—He dicho que cuándo llamaste.

—Ah. Pedí la primera cita hace más de un año.

—Diles cuándo me lo contaste.

—Se lo conté a George después de que me hicieran todas las analíticas y solo después de haber pedido cita. Sé que estuvo mal, pero para mí tenía sentido. No te importa, ¿verdad?

Siguieron así durante un rato, Li hablaba y George dirigía, juntaba y combinaba viejas anécdotas, cosas que yo recordaba y cosas que no recordaba, cosas que pensé que habían pasado semanas después, más cerca de la ruptura, y cosas que pensaba que habían pasado antes.

George se situó en la parte delantera del escenario, mientras que Li regresó a la cama y se tumbó de lado, con el brazo apoyado en el pliegue entre la cadera y las costillas. Observaba a George hablar.

—Li tiene una voz que dice que es de bazar. Habla en un registro más agudo cuando está en un bazar porque tiene miedo de que la malgenericen. Pero no solo se la oye hablar así en el bazar. Lo hace en todos lados. En los restaurantes. En el cine. Y cada vez más cuando estamos con amigos.

—Háblales del helado.

—Estábamos haciendo cola con dos tarrinas de Ben & Jerry's. El vendedor les había puesto una pegatina de dos libras. Li dijo —George carraspeó—: «¿Puedo pagar con tarjeta?». —Imitó la voz de bazar. Aguda, pero débil y forzada—. Sin embargo, cuando miró el precio en la caja, soltó —George agravó la voz un par de octavas—: «Pero ¿qué cojones?». —El público se rio—. Todo el mundo se echó a reír. El cajero. La gente detrás de la cola.

—Lo llamo hacer un Paris Hilton —añade Li.

—Ella se rio con el resto de la tienda.

—Y cuando llegué a casa me puse a llorar.

Recuerdo lo del helado. Recuerdo que, antes de echarse a llorar, se quitó la falda y la tiró al otro lado de la habitación. Mientras la abrazaba, no pude evitar reconocer que una parte de mí esperaba que nunca se la pusiera de nuevo. Que sacara unos pantalones de mi lado del armario, tirara las hormonas y regresara a como era antes.

En un punto dado, George y Li se van a dormir. Se despiertan en distintos momentos, uno duerme mientras otro habla íntimamente con el público. La gente ríe con Li. Las reacciones de la mujer sentada a mi lado eran crudas y primitivas. Movía los brazos como un metrónomo. Mis recuerdos y mi vida se habían convertido en ofrendas para mujeres cisheteros hambrientas. Sus carcajadas me pusieron enfermo. No dejaba de tener versiones del mismo pensamiento. Que le den a Ming. Que le den. Que te den.

George se levantó y explicó al público los entresijos de operarse la punta de la nariz, las diferencias minúsculas entre una nariz masculina y una femenina. Le presté más atención a él. A su físico, de nuevo, a ese bollo rancio de hombre. Formaba parte de la realidad de Tom, de mí. Sabía que habría sido intencional, pero no sabía si era un regalo o un insulto de Ming, o ambos. A lo mejor George no era yo porque no tenía por qué serlo. Hizo que me planteara si podría haber sido cualquiera, si yo podría haber sido cualquiera. No se exponían sus dificultades, su dolor. ¿Y las cosas que valía la pena mostrar? Las cosas que viví. Las cosas que hacían que George fuera yo. Que le den a Ming. Lo único que le importaba a ella era tener algo sobre lo que escribir.

Empecé a cabrearme, tanto que apreté los puños y me clavé las uñas en las palmas. Quería llevarme las manos a la cara y sacármelo todo a bofetadas. Estaba enfadado por los costes irrecuperables, por la atención que le había dado a la relación que había originado esa obra, la vida que se había convertido en carne de cañón para frases en un guion. Y allí estaba yo, pagando por verla, dejando que ella me convirtiera en un idiota en vida y en arte.

George y Li se despertaron, el clímax de la obra, y la tenue luz del escenario se tornó más brillante para señalar el paso de la noche al día. Mantuvieron la conversación que Ming y yo habíamos tenido semanas después de esa noche, en la que ella rompía conmigo, algo que yo nunca le habría hecho. Se tumbaron en la cama como al inicio de la obra.

—Ahí fuera hay más cosas para ti, George.

—¿A qué te refieres?

—Más cosas aparte de mí. Nunca lo reconocerás, pero esto no es lo que quieres.

George respiró hondo.

—Eso no es cierto.

Li se levantó de la cama, dándole la espalda a George, con las manos debajo de la cintura y los pulgares sobre las caderas irregulares.

—No quiero seguir contigo —dijo—. Quiero sentirme deseada, George. Quiero dejar de sentir que mi transición es una carga.

El desgraciado de George se puso de rodillas en la cama, con los brazos relajados entre los muslos.

—Por eso te acompañé a todo, Li. —A George le temblaba la voz—. Las citas, el papeleo. Para que no fuera una carga.

Li arrugó el gesto y miró hacia las luces del escenario, de cara al público y con los brazos cruzados.

—No estoy diciendo que sea una carga para mí, George. Lo es para ti y soy yo quien está cargando con ella. Hace que todas las cosas felices se tornen tristes. Sé que lo sabes, aunque no quieras decirlo.

George suplicó. Lloró en los brazos de Li cuando ella se arrodilló delante de él en la cama. ¡Por favor! ¡No estoy listo para quedarme solo! ¡Todo irá bien! ¡Por favor! No puedo, Tom.

La obra terminó. Se cerró el telón. Pasé entre el público exultante que aplaudía, con la cabeza gacha y la esperanza de que nadie me viera, de que Ming no saliera al escenario para hacer una reverencia y reconocerme entre la gente. Dolía. Sentí que el viejo dolor estallaba en un dolor nuevo, idéntico pero distinto, amplificado. Me hizo desear que los últimos años no hubieran ocurrido nunca. Un mundo en el que nunca hubiera conocido a Ming o, al menos, uno en el que Ming no fuera trans.

Fui a la parada del autobús y me senté en el banco. Respiré hondo. Inhalé seis segundos, exhalé otros seis. No funcionó. Oleadas de rabia se extendían desde el estómago hasta el pecho y hacia el cuello. Inhalé seis, exhalé otros seis. Saqué las llaves de la chaqueta y las apreté con fuerza. Las puntas romas contra la piel me sentaron bien, pero no fueron suficientes. Quería que la atravesaran o que las llaves se partieran por la mitad, que algo se rompiera, pero solo eran unas putas llaves. Las guardé de nuevo en el bolsillo, hice una bola con la chaqueta y miré alrededor. No había nadie cerca. Bajé la cabeza hasta las rodillas y grité con todas mis fuerzas en el bulto de tela. Al levantarla, apareció una mujer de mediana edad por detrás del anuncio de Nicole Scherzinger que cubría el lateral de la parada. Un punto ciego. Aparté la mirada. Unas cuantas personas que paseaban por la calle se habían girado a mirar. Estaba demasiado enfadado para sentir vergüenza.

Al cabo de un par de minutos, llegó el autobús y me senté en la parte trasera de la planta inferior. ¿Qué sentido tenía todo? Ming y yo pasamos más de un año sobre la tumba abierta de nuestra relación y había parecido toda una eternidad y, al mismo tiempo, mucho menos tiempo, como dividir un número entre cero. A lo mejor sí que supe que el final era inevitable, pero cuando una persona quiere a otra, no se marcha; y cuando una persona está enferma, la otra no se marcha; y cuando Ming dejó de estar enferma y quiso cambiar de un modo que resultaba doloroso y ajeno, me quedé porque ella lo necesitaba. Y no estaba listo para estar solo, con lo que la ruptura fue una traición y *Finos esqueletos* era el escupitajo en la cara por los años que había pasado sosteniéndole la mano temblorosa. Era un saqueo de mi privacidad, como ponerme bocabajo y sacudirme para que cayeran las monedas.

Cuando el autobús cruzó el puente de Waterloo, me eché a llorar. Entre sollozos, pensé en cuán inseparables eran esos años de Ming. Las líneas y fronteras que usaba para definirme se habían desvanecido, la tinta se había derramado por el escenario. Mis historias eran sus historias, pero eso no significaba que pudiera usarlas así como así. Toda la gente del autobús apartó la mirada, excepto una mujer mayor junto a la puerta que llevaba un carrito de la compra y que me miró con compasión. Se bajó del bus y yo me apeé una parada después. A lo mejor no era correcto, pero odiaba a Ming. La odiaba con todo mi ser.

12

RUBIO

Era domingo, justo después de comer. Le hice un gesto con la cabeza al estoico gorila, un hombre enorme que aparentaba, y quizá siempre lo había aparentado, tener entre treinta y cinco y sesenta años. Examinó mi carné de identidad y me hizo pasar por el toldo negro antes del paso subterráneo tapiado.

Me acerqué a un grupo de hombres completamente vestidos que aguardaban a entrar. Formaban una sola cola. Me alegré, así no parecía tan solo. Cuando le conté a mamá que era gay, me dijo que no le importaba. Mi única preocupación, Tom, es que a lo mejor nunca conozcas a alguien con quien crear una familia, pero puede que sea un estereotipo que aún conservo. O sea, mira los amigos gais que tenemos papá y yo. Todos tienen pareja y son muy felices. Es raro cómo se te quedan esas cosas, ¿verdad? Nunca volvió a sacar el tema, pero tal vez fue porque conocí a Ming. Después de la ruptura, sin embargo, empecé a preguntarme si de verdad estaba solo o si eso era lo que otros pensaban de mí.

El chico que tenía delante era alto. El blanqueador le había arrebatado el pigmento a su pelo corto y se lo había dejado áspero y sin vida. Se giró con una mirada curiosa, con los ojos brillantes hundidos encima de una nariz alta pero estrecha. Su mirada persistió un momento y la mía huyó hacia abajo. El chico llevaba unas botas grandes de cuero y un largo abrigo negro. El dobladillo revoloteó justo cuando alcé de nuevo los ojos para sonreírle.

Ming tenía los mismos hombros finos y encorvados que él. Me pregunté qué estaría haciendo; seguramente cocinando algo complicado. Me la imaginé agachada delante del horno mientras observaba cómo el suflé subía en el molde; con los dedos se enroscaba y tiraba del bonito pelo oscuro. *Finos esqueletos* había abierto algo en mí, una cavidad donde la rabia se encontraba con la obsesión. Pensaba mucho en la obra, lo que me llevaba a pensar mucho en Ming. A lo mejor era una crueldad final detrás de otra que intensificaba el no querer pensar en ella y el pensar en ella a la vez. Nadie sabía que había visto *Finos esqueletos*. No quise contarlo. Habían pasado seis meses desde la ruptura. Demasiado tiempo para que siguiera hablando de ella; cuanto más hablara, menos parecería que había seguido con mi vida. Pero aún dolía. Unas veces se extendía como un fuego por mi pecho, pero otras era un dolor sordo y persistente que rondaba por mi cuerpo.

La había silenciado en todas las aplicaciones, pero no antes de ver que se mudaba a Nueva York para hacer un máster que nunca había mencionado. Ni siquiera sabía que había solicitado plaza y lo entendí como otro secreto más entre nosotros, aunque no habíamos hablado de verdad desde que me llamó por lo de la obra. Aún me enfadaba.

Había un hueco entre el toldo y la discoteca, con barreras en los bordes que nos protegían de las miradas externas. Dos osos con chalecos de cuero vigilaban la puerta principal. Hombres con batines morados fumaban a su lado. Miré el móvil. Ningún mensaje de Marco, pero sí uno de Rob con un enlace a una lista de Kode9.

¡Escúchalo!

Cuando llegué al principio de la cola, uno de los osos me dio una bolsa de basura. El otro me cacheó y me guiñó un ojo. Sus manos duras se suavizaron cuando me dio una palmada y entré en el vestíbulo de la discoteca.

—Dieciocho libras, por favor —dijo el portero. Era mayor, pero parecía que se resistía y se aferraba con desesperación a sus años de joven marica, con su cuerpo huesudo, un top corto y la cara paralizada. Me sonrió cuando pasé la tarjeta por el lector. No podía mover ninguna parte de la cara—. ¡Gracias, cielo! —Me puso un sello en la mano—. ¿Una copa o Viagra de hierbas?

—Viagra de hierbas, por favor.

La semana pasada, Marco me había dicho que te daban a elegir, pero que todo el mundo elegía la Viagra de hierbas. El portero me dejó la cápsula de gelatina en la mano y señaló la sala intermedia. Aparté la pesada cortina de terciopelo y vi al chico rubio. Se quitó la ropa y la guardó en su bolsa. Se dejó puestos los zapatos y los calcetines. Lo imité, pero me metí la pastilla y la tarjeta de crédito en el zapato y el condón de la chaqueta en el calcetín. El borde del paquete me rascaba el pie. Antes de meter el teléfono en la bolsa, miré por si Marco había escrito. Sí que lo había hecho.

No puedo ir hoy. Lo siento mucho, tendría que habértelo dicho antes. Pero ve tú. A lo mejor te gusta.

Se me hundió un poco el alma a los pies. A veces me preguntaba si, en los últimos meses, Marco y yo habíamos adquirido una pauta. Si Marco decía Marco, yo decía Polo, y cuando yo decía Marco, él no decía nada. Me dije que era normal, que aún era pronto.

Me planteé dar media vuelta, pero había llegado demasiado lejos; ya estaba desnudo. Entregué la bolsa con mis cosas al hombre detrás del mostrador en el otro lado del vestíbulo. Me escribió un número en el dorso de la mano. El olor a gasolina del rotulador se me clavó en el cerebro.

Entré en la discoteca. Música techno retumbaba por los altavoces. Haces de luz morada flotaban sobre la colmena de hombres que bailaban.

Los cuerpos de la multitud estaban medio duros, carnosos pero sin venas. Me arrodillé para sacar la pastilla del zapato. Se había deslizado hasta el arco alto del pie para huir de la fuerza de mi peso. La tragué sin agua, pero se me quedó pegada a la garganta. Tragué saliva una vez más y se quedó atascada en un hueco. ¡Puaj! Fui a la barra a por una copa.

Tras colocarme en un espacio vacío en la parte delantera, me fijé en que estaba junto al chico rubio, que se giró hacia mí y sonrió.

—¿Quieres una copa? —pregunté.

—Claro.

Su voz era grave y ronca. Aguardamos a que el camarero nos viera. El vello de su brazo cortejaba el mío y no tardó en apretar con fuerza la piel contra la mía. Él quería un refresco con vodka. Pedí dos. Nos apartamos de la barra para apoyarnos en el muro arqueado del túnel. Sabía, sin ápice de duda, que Marco se acostaba con otras personas y que seguramente yo debería hacer lo mismo.

—¿A qué te dedicas? —preguntó el chico. El tímpano me vibró por la cercanía de su boca.

—Trabajo en el sector financiero. ¿Y tú?

—Soy modelo. —Soltó una risita tímida y estiró la mano hacia mí. Movió la piel de mi polla adelante y atrás. Yo también me estiré para tocarlo. La tenía más grande que yo—. Estás bueno. Por cierto, soy indetectable.

—Pero ¿usas condones?

—Soy indetectable.

—Preferiría usar condón, si te parece bien.

—Pues búscate a otro.

Me soltó y se alejó. Yo me quedé junto a la pared, petrificado y lleno de culpa. Su cabeza bamboleante desapareció en la masa de hombros desnudos.

Me tomaba PrEP, pero la única persona con quien había tenido relaciones sin protección era Ming. Confiaba en Ming más que nada en el mundo. Con Marco usaba condón. A él tampoco le gustaba. También tomaba PrEP, pero yo no quería hacerlo sin. A veces me sentía tonto y quería relajarme, pero cada vez que Marco lo pedía, se me tensaba todo el cuerpo. Era el tipo de miedo que te inculcan de joven, con raíces que se extienden tan lejos que no sabes vivir sin ellas. Aun así, Marco se acostaba conmigo. Quería creer que eso significaba que le gustaba.

Estudié la pista de baile. Había hombres grotescos, hombres sobrios, hombres gordos, hombres flacos, hombres mazados, hombres flácidos, hombres jóvenes, hombres como yo. La mayoría se movían al ritmo de la música, pero los que estaban en los laterales charlaban con las cabezas pegadas. Me recordó a las saunas de cuando era joven. Papá había intentado perder peso y se apuntó a un gimnasio caro. Tenía tantos pases para invitados que me llevaba un par de veces al mes. Jugábamos un partido corto de squash y luego íbamos a la sauna. Nosotros llevábamos toallas, pero algunos de los hombres mayores estaban desnudos y no les molestaba el carrusel de ojos que entraban y salían.

En el borde de la pista de baile, me acerqué el pene a la barriga. Empecé a adentrarme en ella. Rozaba con los hombros algunos brazos y espaldas sudorosas. Unas cuantas manos me tocaron el culo. Una tocó un riff corto en la curva de mi nalga. La multitud de grasa y músculo que me rodeaba fue creciendo. El corazón me martilleaba contra las costillas. Regresé por donde había venido, salí de la pista de baile y me encaminé a la entrada.

El portero me entregó un albornoz púrpura. Me lo puse y salí a la zona de fumadores. El chico rubio de la cola estaba solo mientras fumaba un cigarrillo apoyado en la pared de ladrillo. Alzó la cabeza hacia el toldo y soltó una nube de humo al aire. Me acerqué a él.

—Oye, siento lo de antes —le dije. Se dio la vuelta, apoyado en la punta del hombro derecho. Me miró sin decir nada—. No tiene nada que ver con que seas indetectable, es que no hago esas cosas. Con nadie, quiero decir.

Se dejó caer contra la pared y curvó la columna sobre el ladrillo. Apartó la mirada.

—No pasa nada.

—¿Seguro?

Me miró a la cara.

—La verdad es que al cabo de un tiempo se vuelve aburrido tener que explicar la misma mierda de nuevo. Es como volver atrás en el tiempo. —Me ofreció un paquete de cigarrillos, con los bordes arrugados y las esquinas machacadas—. ¿Quieres?

Saqué uno del paquete abierto. Juntamos las puntas y la fuerza de su aliento extendió el brillo anaranjado de su pitillo al mío.

—Gracias.

Observó el grupo que teníamos al lado. Tres hombres morenos y musculosos con bíceps como balones. Las piernas de palillo se asomaban por debajo de los albornoces.

—¿Es la primera vez que vienes? —preguntó el rubio. Echó el humo por la comisura de la boca, pero el viento llevó la nube extensa hacia mi cara.

—Sí. ¿Y tú?

—Llevo una temporada viniendo de vez en cuando. Vivo cerca y lo tengo al lado. Pero la mitad de las veces no me enrollo con nadie.

—¿En serio?

—Sí, a veces solo me tomo una copa y me voy.

—Ah.

Pellizcó un trozo de albornoz junto a mi cadera como para comprobar la calidad del tejido. El corazón me dio un brinco. No pude contener la sonrisa.

—Aunque hoy me apetece. ¿Quieres volver dentro?

Asentí y él aplastó el cigarrillo con el zapato. Lo imité; apenas había dado dos caladas. Devolvimos los albornoces al portero y el chico me condujo de la mano por la discoteca. Nos deslizamos por la pista de baile. Él apartaba a la multitud. Dejé que el pene me colgara y me concentré en la sensación de su mano contra la mía.

En el otro extremo de la discoteca había un largo pasillo sumergido en luz verde y azul. El chico me llevó hasta el final y me hizo entrar en una habitación. Estaba a oscuras, un abismo que lo engullía todo excepto las cachetadas y los gruñidos de hombres adultos manteniendo relaciones. El ángulo de su mano cambió y me acercó hacia él con suavidad. Con la mía, localicé un banco de madera y, en él, su cuerpo inclinado.

—Puedes usar condón —dijo con el aliento en mi oído—. Hay unos cuantos en una cesta en la esquina. También hay lubricante.

Señaló la cesta moviéndome la mano. Me acerqué despacio y tropecé con otro hombre. Toqué los paquetes de plástico y encontré otro de lubricante, blando como una cama de agua. Cuando regresé con el chico rubio, extraje el condón que me había guardado en el calcetín. Me di cuenta de que aún no nos habíamos besado. Me acerqué y nuestros labios se tocaron. Me metió la lengua en la boca, ancha y viscosa. Su tamaño, su calidez y la mezcla de saliva me tranquilizaron. Una mano, ni suya ni mía, me apretó el hombro. Aparté al desconocido con un manotazo y me puse el lubricante. Empecé a entrar en él.

¿Está bien así? Sí. ¿Cómo te sientes? Bien, deja de preguntar, lo haces bien. La mano del chico me apretaba el pecho con ondulaciones de aprobación. Las tenía frías, igual que Ming, que siempre había padecido de mala circulación. Seguramente me sentiría el pulso, unos golpes fuertes contra su palma que revelaban los nervios que intentaba ocultar.

Nuestros gemidos se incrementaron y ahogaron el coro de la habitación. Me corrí en el condón. Luego me metí su polla en la boca y lo acaricié hasta que se corrió. Tiré el condón al suelo. El chico me agarró la mano y lo saqué de la sala. Nos besamos de nuevo en el pasillo y fuimos al baño de al lado, donde me limpié con rapidez el pene y las manos para regresar a la puerta vacía. Observé al chico lavarse el culo, iluminado por un halógeno.

Creo que ahí fuera hay más cosas para ti, Tom. A lo mejor Ming se refería a esto. Fuera hay otras cosas.

El chico regresó a mi lado. Con cada mano se rascaba el tríceps opuesto.

—Todo limpio —dijo—. Ha estado bien.

Me apoyé en la pared.

—¿Quieres que nos marchemos?

—¿Qué te apetece hacer?

—Podemos sentarnos en el parque.

Sonrió.

Hacía calor en Vauxhall Park, pero el aire traía consigo el frescor de los primeros alientos del otoño y el frío aumentaba cuando el sol se escondía detrás de las nubes. Caminamos por la diagonal del parque. Las ramas de los árboles altos se entrecruzaban sobre nuestras cabezas. Oí que alguien abría una botella de vino. Los niños jugaban en toboganes y columpios mientras los padres observaban desde los laterales. Un pequeño terrier sin correa saltaba de un grupo a otro.

Encontramos un sitio sin ocupar junto a la alargada sombra de los árboles. El chico se sentó cruzado de piernas y yo me tumbé a su lado. Arrancaba la hierba del suelo para colocarla en un montoncito sobre mi barriga. Cerré los ojos.

—¿Te gusta ser modelo? —pregunté.

—Sí. Llevo ya tiempo con ello, pero el trabajo escasea.

—¿Por?

—No sé, no sabría decirlo. A lo mejor ya no estoy tan bueno como antes.

—¿Quieres dedicarte a otra cosa?

—No sé. Me metí ahí de casualidad y lo seguí haciendo porque me parecía emocionante, pero a la gente que le va bien es porque tienen algo más, y creo que yo no tengo nada más, ¿sabes? No en un mal sentido, pero no puedo actuar, ni cantar, ni diseñar ni nada y tampoco es que sea tan listo.

Dejó un puñado de hierba sobre mi camiseta. Abrí los ojos y tapé el sol con la mano. Miré al chico con los ojos entornados.

—A veces yo también creo que me metí en mi trabajo por casualidad. Me iba bien en la universidad y quería ganar dinero. Diría que ese era el camino que ofrecía menos resistencia.

—Ja. Pero no es lo mismo. Los cerebros ya empiezan arrugados. La piel no.

—Supongo que tienes razón.

Me rugió el estómago. No había comido.

—¿Sabes? Tú podrías ser modelo.

Me sonrojé y reí.

—Qué va. Pero bueno, si quieres buscar otra cosa, puedo mirar tu currículum, si te apetece.

Joder. ¿Por qué me había ofrecido a eso? El chico arqueó las cejas, luego las juntó y levantó una comisura de la boca.

—Ya te diré algo —contestó y me echó por encima más briznas.

Guardamos silencio durante unos minutos. Con los ojos entrecerrados, observé que el montón de hierba crecía y crecía sobre mi barriga. Me pregunté cuánto tiempo tardaría en enterrarme. A lo mejor un día o así.

Le dije que tenía hambre y respondió que conocía un restaurante vietnamita a la vuelta de la esquina. Nos levantamos y me quité las briznas de hierba de la camiseta. A modo de cortesía, él me sacudió la ropa una última vez y luego se acercó a besarme. Salimos del parque agarrados de la mano.

El restaurante estaba casi vacío, con tan solo unos pocos culos apretados en los asientos de plástico rosa. Examinamos los enormes menús plastificados durante un minuto antes de que el camarero nos preguntara qué queríamos. Los dos pedimos el pho con ternera poco hecha. Intercambiamos una mirada cuando el camarero se llevó los menús.

—¿Te sientes solo? —pregunté.

—¿Cómo?

Él sonrió con la boca entreabierta.

—Lo siento, es una pregunta rara. Muchas veces pienso que no lo estoy, pero en esa discoteca sí que me he sentido solo.

El chico reflexionó. Sus ojos se movían sobre los azulejos de la pared y alzó un dedo para recorrer los tallos de las flores pintadas.

—Bueno, ¿qué estás buscando? —preguntó, mirándome a la cara. Me reí.

—Eso solo me lo han preguntado en las apps de ligue.

Su mirada permaneció fija en mí. Quería una respuesta. Una real. Moví la mandíbula, como si fuera a hablar, pero no sabía qué decir. Podía fallar la pregunta, ofrecer una oportunidad para discrepar, para despedirnos.

—Soy bastante abierto —contesté. Él sacudió la cabeza de un modo casi imperceptible.

—Creo que eso lo dice cualquiera que quiere una relación —dijo. Me sonrojé de un escarlata incómodo. ¿Quería una relación? ¿Por qué me costaba tanto admitirlo?—. Pero ¿puedes tener una relación de verdad si no puedes decir que eso es lo que quieres? La gente cree que es algo malo. Se ve en todas partes, en las películas o en las series, donde la mujer dice algo en plan: ¡quería flores por mi cumpleaños! Y el hombre contesta que no se lo había dicho. Y ella: ¡no debería tener que decirlo! Pero ¿por qué no debería tener que decirlo? ¿Por qué no podemos decir lo que queremos y ya? ¿Por qué todo el mundo busca a alguien que le lea la mente?

—¿Qué me dices de la discoteca? Estaba bastante claro lo que quería todo el mundo.

—¿Ahora lees mentes?

Agaché la cabeza hacia los antebrazos, colocados pulcramente sobre la mesa, y me reí. Tenía razón: lo había visto con mis propios ojos. A lo mejor me equivocaba en hacer suposiciones.

—Entonces, ¿qué quieres? —pregunté.

El chico lo pensó un momento y giró la cabeza hacia los azulejos con flores.

—Creo que me gustaría tener novio, la verdad. Pero también sé que el sexo es más seguro y sencillo. Las relaciones me dan un poco de miedo.

Un cóctel de nervios y ansia me recorrió entero. Me recliné en la silla.

—No deberías decir que no eres listo, por cierto. Te expresas de una forma muy bonita.

—Pues en cambio tú suenas un poco condescendiente, por cierto —imitó con burla la cadencia de mi voz—. Incluso cuando dices cosas bonitas.

El chico sonrió y me acarició el dorso de la mano con el pulgar. Estiré los labios en una sonrisa plana.

Llegó la comida. Nos sumergimos en los fideos y los sorbimos. El caldo estaba sabroso y salado. Llenaba el estómago y me recordó a las vacaciones con Ming. Siempre dejaba que pidiera ella la comida cuando tocaba compartir porque, si no me daban otra opción, mi paladar prosaico ansiaba solo lo conocido. En una ocasión, me hizo probar unos caracoles hervidos que había encontrado en el pasillo de congelados en un supermercado asiático cerca del piso. Cincuenta caracoles. Los dispuso en una espiral sobre un plato grande de plástico, como un caracol hecho de más caracoles. No compartí ese recuerdo con el chico rubio.

—Mis padres tienen en su casa un libro sobre un artista que me encanta, Gordon Matta-Clark.

—Lo conozco.

—Entonces sabes que dividía las casas en dos —dije. El chico asintió, con los codos sobre la mesa, inclinado hacia delante—. Cuando era joven, miraba esas imágenes y pensaba que la gente había construido dos mitades de una casa. Pues así funcionan las relaciones, ¿no? Tú construyes, ciego la mayor parte del tiempo, y confías en que tu vecino también esté construyendo. Supongo que siempre existe la preocupación de que te quitarás la venda y verás un terreno vacío delante de ti.

—Mmm —dijo y apoyó la espalda en la silla—. Esa es la mierda más pretenciosa que he oído en mi vida.

Se rio y yo me reí. Sí que era muy pretencioso.

Quería preguntarle cosas, todas tan raras como la de si se sentía solo. ¿Alguna vez te has enamorado? Seguro que sí. ¿Quién fue la última persona que te rompió el corazón? Seguro que era un imbécil. Y entonces se me ocurrió que solo quería preguntarle eso porque quería que me lo preguntara a mí también. No parecía raro querer disfrazar la vanidad como curiosidad, pero ¿acaso era vanidad si todo regresaba a Ming? Aún no me cuadraba lo de no querer hablar nunca sobre Ming con lo de ansiar que la gente me lo sonsacara todo. Se suponía que ya estaba mejor. Habían pasado seis meses. Lo nuestro nunca habría funcionado.

No tardamos más de diez minutos en comernos el pho, más o menos en silencio. Él también estaría hambriento. Pedimos la cuenta cuando dejamos los cuencos limpios. Me ofrecí a pagar y él lo consintió. Tras salir del restaurante, nos dimos cuenta de que nos encaminábamos en direcciones opuestas. Le pedí intercambiar nuestros números y me agarró el móvil para escribirlo. Se llamaba Ben.

Nos despedimos con un abrazo y, con un giro elegante de los tobillos, se alejó de mí y yo de él. Los dos nos dimos la vuelta para despedirnos de nuevo, yo con la mano y Ben con todo el brazo.

Dejé las llaves en el cuenco al llegar a casa. Pensé en Ben mientras veía una película. Nos imaginé haciendo cosas divertidas, como irnos de vacaciones. ¡Salgamos de Londres este invierno! ¿Vamos a Barbados? ¡Vale! Y cosas aburridas, como comprar un poco de feta de camino a casa. ¿Tiene que ser orgánico? ¡Obvio! Al cabo de noventa minutos, le envié un mensaje.

Hola. Me ha encantado conocerte. ¿Te gustaría repetir en un lugar más íntimo?

Una hora más tarde, no había contestado, pero Marco sí. Quería quedar. Pasé del mensaje. Ben no había contestado para cuando me fui a la cama.

Decidí no mirar el móvil por la mañana mientras me preparaba para ir a trabajar ni cuando fiché. Esperé a la hora de la comida. Cuando se hicieron las doce y media, recogí mis cosas y fui al ascensor. Saqué el móvil mientras la caja de cristal descendía hacia el suelo. Había respondido a las diez y media de la mañana.

Hola. También me encantó conocerte. Lo siento, pero creo que esto no va a funcionar. Nos vemos por ahí.

13

LONA

—¿Te tiraste a alguien? —preguntó Marco, estirado encima de mi pecho en las sábanas arrugadas mientras me acariciaba la barriga con la uña. No me miraba.

—Pues sí. Se llamaba Ben.

Decir su nombre dolía, pero me alegré de contárselo todo a Marco. La uña se detuvo. Alzó la cabeza y giró el cuello hacia mí antes de apoyarlo de nuevo.

—¿En qué sala?

—La primera, la de vainilla.

—Quién te ha visto y quién te ve, diciendo que hay cosas vainilla.

—Qué gracioso.

—No, no, lo siento. —Apoyó la frente un momento en mi costado—. Me gusta. No es malo. Tienes una onda estable.

Aquí yace Tom. Tenía una onda estable. Bien podría haber dicho que era agradable. Puse los ojos en blanco.

—Vale —se rio—. Le daré la vuelta. Lo paso bien contigo, pero no eres totalmente impredecible. O sea, eres más joven que yo pero tienes un trabajo de persona adulta...

—Casi tenemos la misma edad.

—Eres un par de años más joven —contestó y siguió haciendo circulitos con la uña alrededor de mi ombligo—. Pero bueno, que lo admiro. Me gusta tenerte cerca. Eres mejor que otros fotógrafos.

—¿Qué pasa con los fotógrafos?

—¿Aún no te has enterado? —Nos reímos. Esas migajas de timidez de Marco paliaron un poco el aguijonazo de su veleidad—. Siento haberte dejado tirado. Me habría gustado verte allí. —Se separó de mi barriga y me miró a los ojos, con el espeso cabello marrón apartado de la cara—. Pero me alegro de verte ahora.

Me ofreció media sonrisa. Marco podía ser muy tierno, aunque su forma de entrar y salir de mis semanas y fines de semana volvía a sembrar viejos miedos de abandono, tanto que iba con cuidado incluso a la hora de decirle cosas bonitas. Yo nunca se las decía primero.

—Yo también me alegro de verte.

Arrugó el gesto un momento y luego se levantó de la cama. Unos pequeños músculos irradiaban de su columna como las venas de un pecíolo. No tenía vello en la espalda, algo que siempre me había sorprendido por las zonas oscuras que le salían en la mayor parte del pecho, como una cama espesa y enredada de queratina. Era como los dos lados de una alfombra. Recogió la ropa del suelo con los dedos de los pies y la dejó sobre la cama en un montón holgado. Luego me dio la espalda mientras se vestía.

Marco vivía en un almacén para ahorrar dinero, pero también llevaba perfume de Le Labo. Respiré por la nariz y capté su olor en las sábanas. Hasta que no empecé a traer a gente a casa no me di cuenta del poco tiempo que tardaba el olor de alguien en pegarse a las cosas. Siempre permanecía latente hasta que emanaba de un cojín mullido o de una tela agitada. Cada vaharada desaparecía con la misma rapidez con la que había llegado. El olor del polvo de una noche persistía durante un par de días, más de lo que cualquiera querría.

Mi cama había olido a Ming cuando estábamos juntos, y antes a Sarah, pero esos olores poseían una permanencia que les hacía cobrar sentido, hasta el punto de que había dejado de fijarme en cómo olían. Me aupé más en la almohada y otra nube de Marco flotó hasta mi nariz. Pensé en cómo había estado un instante antes, inclinado sobre mí, mordiéndome la espalda en la curva de la axila, metiéndose en mi interior.

—Voy a cocinar algo, ¿tú quieres? —le pregunté. Me sonrió al sacar la cabeza de la camiseta.

—¿Qué vas a hacer?

—Se llama char kuey teow, un plato malayo. Son fideos fritos con gambas, unas cuantas salsas y mierda rollo brotes de soja y berberechos, que es un tipo de marisco minúsculo, del tamaño de una canica.

—Sé lo que es el char kuey teow —replicó Marco con los ojos en blanco—. Y los berberechos. En Sídney tenemos comida malaya.

A pesar de todas sus maravillas, Marco tenía una forma curiosa de hacerme parecer poco interesante. Me levanté y agarré el albornoz de la parte trasera de la puerta, luego alisé la colcha, inclinado sobre el borde de la cama como un pasajero mareado. La habitación estaba enrarecida. Me arrastré por la cama hacia la ventana y abrí la persiana para luego levantar el cristal. El aire fresco entró en la habitación. Al cabo de unos segundos, olía a hojas con un toque de pollo frito procedente de la barbacoa que estaban haciendo los vecinos dos casas más para allá.

—¿Dónde aprendiste a preparar ese plato?

—De mi ex.

—¿La que era trans?

—Ming, sí.

El nombre de Ming dolía. Más que el de Ben. Como veneno en la médula. Me aparté de la ventana. Marco me siguió al salón y la cocina diáfanos y se tiró en el sofá junto al mirador. La luz entraba por el cristal y le daba en la cara. Cerró los ojos y sonrió; yo sentí una ráfaga de afecto nada más verlo. Puse música de Brian Eno por los altavoces, lo bastante baja para que pudiéramos hablar, y llené la tetera de agua.

—Tu compañero de piso nunca está —comentó.

—Es asesor estratégico. Tiene un horario horrible ahora mismo. Le han hecho ir a trabajar hoy.

—¿Qué hace exactamente?

—¿De verdad te interesa? —pregunté. Marco me indicó por señas que se lo contara—. Está en un proyecto en el que el cliente quiere comprar otra empresa que fabrica válvulas para tuberías. Él ha hecho un modelo para predecir las futuras ganancias. Creo que algo salió mal con las cifras y ha ido a arreglarlas.

—Guau. Válvulas para tuberías. Qué sexi.

—No todos podemos ser fotógrafos, Marco.

—Cualquiera puede sacar una foto —replicó. Me acerqué a las alacenas blancas y empecé a sacar ingredientes—. ¿Y cómo es tu compañero?

Le expliqué lo que convertía a Rob en especial. La forma en la que hacía preguntas a la gente sobre sí misma. La forma en que, para él, el afecto siempre era sencillo. Su recién descubierta pasión por el bricolaje. Que me enviaba canciones y listas a cualquier hora del día, con notitas sobre por qué me gustarían. Me quedé mirando el interior del frigorífico. Había espinacas de agua que había comprado en un supermercado chino. Encontré un poco de pasta de gambas secas en la alacena.

—¿Necesitas ayuda?

—No. —Le sonreí—. Tú quédate ahí.

—Eres muy generoso.

La calidez me recorrió por dentro. Con los dedos y un cuchillo de carnicero, pelé y corté ajo y jengibre. Ablandé los fideos de arroz en un cuenco con agua hirviendo, limpié los brotes de soja del paquete y les corté las puntas a las espinacas de agua. Agarré el wok que había sobre una alacena y lo puse en la cocina de gas. Los fideos no saldrían bien si no usaba el wok, porque era lo único que se calentaba lo suficiente por la base para chamuscarlos bien. Eché un par de cucharadas de aceite vegetal en el wok.

—¿Cómo fue para ti? —preguntó Marco—. Que tu novio transicionara.

Me sobresalté. Parecía una pregunta salida de la nada, aunque hubiera mencionado que fue Ming quien me enseñó el plato.

—Lo intentamos hasta que ya no funcionó —dije, sin apartarme del fogón.

—Pero sería raro, ¿no?

Resistí el impulso de contar demasiado. ¡Oye, Marco, imagínate que la visión de felicidad de una persona fuera alejarse precisamente de la versión de ella que tú querías! Rarísimo, sí. Raro de cojones. Y también es bastante raro aprovecharse del dolor y la humillación de alguien. Muy raro. Alcé los hombros hacia el cuello. Los huesos crujieron. Los bajé para relajarlos.

—Ya no hablamos —dije—. No forma parte de mi vida.

El aceite caliente brillaba y, al removerlo, giró por los laterales curvos del wok. Eché las gambas, que chisporrotearon, y el wok me escupió gotas de aceite en el brazo. Intenté no reaccionar. Fui pinchando con suavidad las gambas a medida que las proteínas azules de su piel translúcida se tornaban rosas. Las saqué y eché huevos para hacer una tortilla rápida. Cuando se solidificaron en un revuelto, introduje los brotes de soja y los berberechos junto con la salsa de soja.

—¿Dónde vive ahora? —inquirió Marco.

—En Nueva York —contesté mientras removía los fideos por el wok, con cuidado de no romperlos. No quería hablar sobre ella, pero era una guerra entre la razón y el impulso, el ansia de dejarme llevar por la espiral de pensamiento. Me mordí el labio y luego aparté los dientes—. Escribe obras de teatro. Hubo una sobre nuestra ruptura.

—Mierda. Suena a desastre. ¿La viste?

—No.

La mentira simplificaba las cosas. Una vez chamuscados los fideos, los serví en dos platos de cerámica que se estaban secando; las sobras las guardé en una fiambrera, por si Rob tenía hambre a su regreso. Los llevé a la mesa que había junto a la puerta de mi dormitorio. El vapor de los platos hizo que Marco enderezara la columna de inmediato. Se acercó y nos sentamos juntos.

Abrí los palillos como fauces y junté un poco del char kuey teow para llevármelo a la boca. El chamuscado salado de los fideos ennegrecidos, manchados de marrón por la salsa de soja, me pesó en la lengua. Mastiqué las secciones duras y quemadas hasta las colas glutinosas.

—Está muy rico —comentó Marco. Alzó la mirada del plato con un fideo roto pegado en la comisura de la boca.

Sonreí y pinché unos cuantos fideos que se habían fusionado en una bola. Los mastiqué. Salió agua de los brotes de soja y rebotó en la carne elástica de los berberechos. Miré a Marco, que me sonrió. El extremo superior de los palillos apuntaba hacia su cara. Tenía los codos sobre la mesa.

—¿Cómo se llamaba la obra? —preguntó.

—*Finos esqueletos.*

—Guay. —Terminó de comer antes que yo—. Friego yo.

Cuando le dije que lo haría yo, insistió. Crucé las piernas y me recliné en la silla, con la cabeza contra la pared, para verlo lavar los platos. Al terminar, fue al baño. Me levanté y lo sequé todo para guardarlo en las estanterías que Rob había instalado.

Cuando Marco regresó, se sentó en el surco que había dejado su cuerpo en el sofá. Me dejé caer en su regazo, con el cuello apoyado en la curva de su muslo. Me pasó el dedo por la ceja y tiró de la piel en el extremo del arco. Cerré los ojos.

—He buscado la obra de teatro mientras estaba en el baño. ¿Has leído las reseñas? —dijo. Se me cayó el alma a los pies. Guardé silencio—. Dicen que eras bidimensional y que, al parecer, diste sueño a los espectadores.

—No me hace gracia.

Siguió acariciándome la ceja, pero su roce se volvió más duro, su dedo se incrustó en los rebordes y cañones de mi frente.

—Esta dice que estabas desesperado y no eras creíble.

—Vete a la mierda —espeté y Marco se rio. Una tempestad se fraguaba debajo de mi esternón. Le aparté la mano de la ceja como si fuera una mosca. Se rio de nuevo. Esa era la parte de

Marco que podía ser cruel. Pisé el freno con el pie—. ¿Podemos no hablar de ello?

—Vale, lo siento. Intentaba ser gracioso. Lo siento.

Me acarició el pelo. Respiré por la nariz una vez, luego otra, hasta relajar el cuerpo. Inhalé seis segundos, exhalé otros seis. El muslo de Marco parecía más rígido. Abrí los ojos. Estaba mirando el móvil. La luz blanca le iluminaba la cara, como si estuviera contando una historia de fantasmas alrededor de una hoguera.

Ladeó la cabeza hacia mí.

—¿Sabes? Me gustaría sacarte fotos. En mi estudio.

—¿En serio?

—Sí. Llevo un tiempo pensándolo. Nunca has sido modelo, ¿verdad?

—No.

—Pues tienes cara de modelo.

—¿Ah, sí?

Me acordé de Ben de nuevo y me sentí un poco triste.

—Sabes que sí. ¿Lo hacemos mañana?

Noté un pinchazo de nervios en el pecho. Marco me dio dos golpecitos en la frente y empezó a levantar el muslo. Aparté el cuerpo mientras él recogía sus cosas de la habitación.

—¿Qué me pongo?

—Eso da igual —respondió con una sonrisa.

El almacén de Marco en Seven Sisters tenía suelo de cemento y techos altos. Algunos de los otros inquilinos también eran fotógrafos, por lo que usaban una de las habitaciones como estudio. De la pared colgaba una enorme lona beis para hacer de fondo. Luego se extendía por el suelo hasta encarar un enorme ventanal que daba a una pared exterior. Nunca me habían hecho fotos. No así, no por un profesional. Aunque creía que me sentiría incómodo por tener a alguien centrado en mí de esa forma, quería hacerlo de todos modos, retarme un poco, aceptar unos cumplidos de Marco.

—Estarás genial sobre el beis. ¿Puedes desnudarte? —dijo, directo al grano. Apreté los dientes. Captó mi postura insegura—. Confía en mí. —Soltó un suave suspiro y se ablandó—. Las fotografías quedarán más delicadas de esa forma. No habrá ninguna directa, te lo prometo.

Respiré hondo, asentí y me quité la sudadera y la camiseta de debajo.

—Para ti, Marco, todo empieza con un desnudo elegante.

Se rio. Me quité los zapatos y me bajé la cremallera de los pantalones para quitármelos junto con la ropa interior. Era como si desnudara a un maniquí, como despojar de ropa a un cascarón de plástico.

—¿Hace frío fuera? —preguntó Marco.

—Vete a la mierda.

Toqueteó algo en la cámara, le puso el negativo y luego se giró y disparó sin avisarme. Se iluminó el flash.

—Foto de prueba. Siéntate en la lona.

Me senté con las piernas cruzadas y las manos delante del pene. Marco sacó otra foto y examinó los botones de la cámara. Las órdenes salían volando de su boca. Cruza las piernas, pero mantén las rodillas en alto. No, eso no queda bien. Sí, justo así. Relaja los dos brazos, pero con las palmas hacia arriba. He dicho que te relajases, pareces rígido. Sacúdete la tensión de los hombros. Relájate. Tranquilo. Entrelaza las manos detrás de las rodillas. Guay. Vale, ahora mírame. No hagas eso con los ojos. Relájate un poco. Pon una expresión suave. Eso no parece suave, deja de hacer eso con las cejas. ¿Puedes abrir la boca un poco? Guay. Las órdenes eran estrictas y casi frías, pero me sentó bien que la atención de Marco estuviera tan centrada en mí, sin reservas, segura. Dejó la cámara analógica y agarró una DSLR que tenía junto al pie.

—¿Prefieres usar negativos? —pregunté.

—A veces sí, pero me he fijado en que a muchos fotógrafos de Londres les gusta hacer mierdas aburridas y etéreas a lo Taylor

Swift. El flash es bueno. Más intrusivo. Deja menos espacio para fingir.

Nunca había pensado en que Marco buscara menos falsedad. Me moví con cada orden que dio. Seguí con los ojos la lente. Intenté cambiar de postura ligeramente de una foto a la siguiente, girando un poco la barbilla o moviendo el brazo, como había visto hacer a los modelos en la tele. Deja de moverte, por favor. He dicho que dejases de moverte. Bien. Marco parecía alto y hercúleo con su camiseta negra extragrande y los holgados pantalones blancos de pana.

—Túmbate bocabajo —dijo. Me tumbé bocarriba—. ¿Eso es bocabajo? —Me giré, con un brazo en el costado y el otro por encima de la cabeza—. Abre un poco la boca. Un poco. Quédate así.

Me quedé inmóvil y miré mi reflejo curvado en el cristal de la lente; tenía el rostro transparente, consumido por el vacío envolvente de detrás. Marco apretaba el obturador una vez cada diez segundos o así y, en cada ocasión, mi rostro desaparecía en un chasquido de vacío negro. La baba se me acumulaba en la mejilla. Una gota rodó hasta la comisura de la boca y se lanzó por el borde. Me concentré en la vibración del ventilador y pensé en Ming. Nos recordé riéndonos de una historia que contó sobre una mujer a la que le había vendido flores. Pensé en el chico rubio en la mesa del restaurante mientras sorbía los fideos del cuenco. Y en Marco. Los tres se juntaron en una cadena de personas de papel y luego se arrugaron unos encima de otros hasta formar una planta rodadora de piel y hueso. Parecía que, hiciera lo que hiciera con este cuerpo, lo llevara adonde lo llevara, mi mente cargaba con el pasado y todos sus errores, incluso mientras yacía desnudo en la lona. Cuanto más trataba de ignorar a Ming, más invadía ella el presente, más la sentía en mi interior, nadando alrededor de mi vientre. Quería sacarla de ahí.

—Precioso —dijo Marco—. Eso es justo lo que quería. Creo que hemos terminado.

Me senté sin poder contener una sonrisa. Me limpié el lado de la boca. Una gota de saliva había manchado la lona.

—Quiero sacarte otra foto. Solo digital. ¿Te parece bien?

—¿Para qué es?

—Me gusta tenerlas. A veces me aferro a algunos modelos. Ponte los vaqueros, pero no la camiseta. —Me coloqué junto a una pared blanca mientras él me sacaba fotos con la DSLR. Hizo que me girara para enseñar el perfil—. ¿Quieres ver alguna? No puedo enseñarte las de la otra cámara, obviamente, pero estas sí. —Miré por encima de su hombro mientras repasaba las fotografías. Lo hizo rápido, pero amplió la imagen con mi rostro babeante cuando llegamos a las que había sacado en la lona—. Aquí estás espectacular.

Se me sonrojaron las mejillas de la ternura, aunque, cuanto más miraba la foto, más distante me sentía de la cara que aparecía ahí. En los pequeños confines de cristal en la pantalla de previsualización, tenía la mirada vacía, suplicante, pero consciente. Era como un cadáver resucitado que respira por segunda vez o como algo vivo que exhala su último aliento.

14

BECKETT

Son las ocho de la mañana y Alissa ya ha salido de casa para ir a trabajar a Blackstone. Creo que no podría haber vivido con otra persona. No porque no quisiera, sino porque Alissa no me habría dejado. ¡Hostias, que nos vamos a Nueva York, Ming! ¡NYC! ¿Te lo imaginas? Con trece años nos habríamos muerto solo de pensarlo. Vamos a tener ese Empire State of Mind. Casi cancelé los vuelos en ese instante, pero, ahora que ya estoy aquí, me gusta bastante vivir con Alissa. Es mi amiga más antigua. Siempre he pensado que, cuanto más densa es una ciudad, más atomizada se vuelve, como si la gente estuviera tan harta de otra gente que, sin pensar, virara hacia la soledad, y por eso Alissa es como un freno de mano. La familiaridad me reconforta. Somos personas muy diferentes, pero hay momentos en los que es como si aún fuéramos al colegio de Malasia, cuando nos tumbábamos en la cama para ver un MP4 pirata de *El ciempiés humano.*

Entro en la cocina-salón y saco el rodillo de jade del congelador. Voy al baño para pasármelo por debajo de los ojos, por la frente, por las arrugas de sonreír que tanto odio y por la mandíbula. El masaje frío estimula el flujo sanguíneo. Me miro en el espejo. Tengo la piel roja, pero también fetal. Echo un vistazo al congelador. Alissa se enfada si me dejo la puerta abierta. Me culpa por el hielo que se acumula en el interior. Las paredes están cubiertas de una escarcha gruesa y delicada como pelo blanco, pero no acabo de entender cómo dos minutos pueden perjudicarlo tanto y por eso sigo haciéndolo. Me recojo el pelo con el coletero que me dejé en la muñeca para dormir. Es de seda. ¡No soy un animal! Me lavo la cara con agua y me pongo un poco de crema hidratante.

El rodillo de jade regresa al congelador. Y yo al dormitorio. Hay un pequeño hueco entre el pie de la cama y el armario, con lo que, cuando abro las puertas del armario, rozan el borde de la colcha que cuelga sobre el colchón. Me pongo unas medias de rejilla, una falda escocesa, una camiseta de la fiesta del Barco del Dragón de Singapur que he acortado y un jersey verde lima con la lana tan suelta y deshilachada que ya no cumple su función. Por encima me pongo una chaqueta larga que compré en Brighton y unas merceditas tabi de imitación que, pese a todo, me costaron doscientos dólares. Estoy maravillosa. Miro por la ventana, que da directamente a otro edificio y a nada más. A lo mejor es síndrome de Estocolmo, pero no me imagino queriendo vivir en otra parte.

Es un coñazo ir a clase en el Upper West Side, pero no me quejo porque es un trayecto más corto para mí que para la mayoría de mis compañeros. Quería vivir en Brooklyn, pero Alissa estaba dispuesta a pagar el dinero extra y por eso vivimos en Chinatown. Me siento en la cama y repaso lo que escribí la noche anterior. Algunos días pienso que soy la Beckett trans y otros siento que no he avanzado más que cuando tenía dieciséis años y escribía cosas centradas en palabras que no entendía. ¡Totalitarismo! ¡Maquiavelismo! ¡Verosimilitud!

Es literalmente un milagro que vaya a Columbia, sobre todo con las notas con las que me presenté. Aquí la gente tiene repertorios profesionales que abarcan años y tratan sobre cosas aburridas que le encantan a todo el mundo; rezuman dolor existencial pero tienen el mismo argumento que un pedo vaginal. A veces pienso que he entrado porque soy trans. Una mujer trans racializada. Triple premio gordo en la jerarquía de la opresión. Al comité de admisiones cis seguramente le dio igual que no tenga que enfrentarme a dicha opresión. Soy una privilegiada de mierda.

Me preparo el bolso, cierro la puerta del piso y bajo los ocho tramos de escalera hacia la calle abarrotada. Capto el tufo a pescado. La tienda de la planta baja del edificio vende pescado seco. Las grandes pieles blancas cuelgan de un cable y los pescados crujientes plateados se amontonan en bandejas de plástico. Inhalo bien el olor. Me recuerda a los tentempiés de sepia seca que comía en casa: cuadraditos finos de naranja oscuro sazonados con chili, sal y MSG, como láminas de nori en negativo. Me encanta. A Alissa le encanta. No nos hemos molestado en explicárselo a la gente blanca. Me dirijo a la estación de metro. Hace fresco. Al bajar por las escaleras, un hombre choca conmigo.

—Macho, lo siento —dice.

No mira atrás. Noto un pinchazo en el pecho. Bajo los escalones, paso la tarjeta del metro y voy a la plataforma. Me miro los pies en las baldosas grises sucias y cambio el peso de uno a otro. Llega el metro. No hay asientos libres. Me pongo los cascos por encima de las orejas. No puedo dejar de pensar en ello. ¿Su intención era decir algo neutro? Si la respuesta es «no», entonces me pongo a repasar todas las cosas que Elina me dijo que hiciera cuando sucede algo así. No presupongas lo que estaba pensando. Ni siquiera me ha visto la cara. Voy con un jersey suelto. Soy alta y encima llevo tacones. Le podría pasar lo mismo a una mujer cis. No eres tú, es él. Puedes parecer trans y ser hermosa. Algunas personas se darán cuenta y otras no, ¡y no pasa nada! El tren avanza por Midtown hacia el Upper West Side. Los cuerpos entran y salen. Quiero quitarme los zapatos o, al menos, sentarme. Quiero ponerme la ropa que se me antoje, pero también me siento muy alta, como si asomara la cabeza por un agujero y alguien quisiera jugar al juego del Guacatrans. El metro se detiene y se baja mucha gente. Consigo un asiento. Subo el volumen de la música para distraerme y, cuando llego a la 116th Street, me levanto y bajo del vagón.

Es una caminata corta hasta el aula. Llego un par de minutos tarde. Me siento en la parte de atrás. La profesora es una mujer asiática que se llama Linda; también nos da muchos talleres. Es un pensamiento horrible, pero cada vez que veo o conozco a una persona asiática creativa me pregunto qué opinarán sus padres. Al menos ella es académica, aunque sea en teatro. El aula está llena. Tomo apuntes. Asiento con entusiasmo. Miro a lo lejos cuando dice algo interesante.

Al final de la clase, salgo por la puerta para esperar a Banderina y Malcolm. Banderina es la única británica en el curso de dramaturgia, aunque su familia materna es estadounidense. Su nombre real es Alice, pero ha mantenido el mote que le pusieron en el internado. Nadie en nuestro curso entiende lo ridículo que es. Sale por la puerta. Su pelo rubio le roza el cuello alto del jersey negro. Si mis compañeros no llevaran cuellos altos negros, entonces irían vestidos como evacuados británicos. La moda de los actores académicos es transcontinental. Malcolm va detrás de Banderina. También lleva un jersey negro de cuello alto que contrasta con su pelo rojo, así como unas gafas redondas de carey con la montura gruesa.

—Malcolm y yo vamos a desayunar —anuncia Banderina—. ¿Quieres venirte?

Asiento. Caminamos despacio a un lugar fuera del campus. El sol inunda el pavimento. Las calles son bonitas aquí. Nada huele a pescado. Tengo suerte de asistir a una universidad como esta, pero noto un pinchazo de culpa. Es la culpa que me sobreviene cuando pienso demasiado en todo. Pienso en las tasas, en que mi padre volvió a hipotecar la casa, en que seguramente no se jubile hasta que tenga que llevar de nuevo pañales, en que le supliqué como una niña, en que le dije que sería una indigente si no lo hacía. ¡Es mi oportunidad! Sé que la cagué la primera vez, pero ¡este es mi arco de redención! Es todo un poco desquiciado. Me fumo un cigarrillo mientras caminamos. No es lo que el médico me recomendó. Se supone que si tomo hormonas no puedo fumar por si se forman trombos, me da un ataque al corazón o lo que sea, pero me fumo uno de vez en cuando. Me hace gracia el miedo que tenía antes de que se me parase el corazón y lo descuidada que me he vuelto ahora que corro un riesgo real.

Encontramos una cafetería con la fachada blanca y nos sentamos dentro junto a la ventana. Malcolm y Banderina piden el desayuno, pero yo recuerdo el dinero y pido el zumo más barato que tienen sin nada de fruta. El cigarrillo me ha quitado el hambre. Me da el sol en la cara y me acuerdo de que no me he puesto protección solar. Los rayos ultravioleta atraviesan el cristal. Estoy envejeciendo por momentos.

Hablamos sobre la clase. No, yo no creo que haya querido decir eso. ¡Ah, interesante! Es una conversación de personas adultas. Una conversación culta. A veces me asombran los pensamientos que tengo y la forma en la que participo y lo bien que me siento tras decir algo, aunque otras personas lo consideren una tontería. Hace que lo de estar en Nueva York sea especial.

—Bueno, a veces en mi compañía de teatro nos lo teníamos que plantear —dice Malcolm—. Es una cuestión de praxis.

Banderina y yo asentimos. Malcolm es de Minnesota. Fue a una universidad estatal, en Minneapolis. No aparenta su edad y por eso, cuando me contó que dirigió su propia compañía de teatro durante cinco años, casi me cagué encima. Malcolm es gay y creo que se ha visto atraído hacia Banderina y hacia mí porque somos jóvenes y británicas. Puede que seamos las únicas personas en Nueva York que se interesan por su compañía de teatro, dado mi relativo desconocimiento sobre el teatro estadounidense y la amabilidad de Banderina.

Una mujer joven con delantal trae mi zumo, el batido de Banderina y el café negro de Malcolm. Bebemos y reímos. Llega la comida.

—¿Seguro que no quieres comer nada? —pregunta Banderina mientras corta sus tortitas.

—Sí, estoy bien. Me he comido unos setecientos plátanos para desayunar.

Una mentira.

—¿Quieres probar lo mío? —se ofrece Malcolm.

—No tengo hambre, en serio.

Quiero sincerarme y decir que intento ahorrar, pero algo me lo impide. Echo de menos a mis antiguos amigos. Echo de menos a Cass. Hablamos todo lo que podemos, pero es duro superar la larga distancia. También echo de menos a Lisa, más de lo que esperaba. El arrebato de Rob en aquella cena me tornó evasiva. Hacia la obra. Hacia Lisa, que había engrasado el motor. Así pues, cuando *Finos esqueletos* terminó, me distancié. Dije que estaba demasiado ocupada con los turnos del cine. Luego estaba demasiado ocupada preparándome para Nueva York. Y luego vine a Nueva York. Pero echo de menos a todo el mundo.

Aun así, me tendrá que bastar con Malcolm y Banderina. Son nuevos y brillantes. En Londres no tendría paciencia para chicas ultrapijas como Banderina, pero en Nueva York me vale, aunque sospecho que solo se ha visto atraída hacia mí por el capital cultural de tener a una amiga trans. De todos modos, no nos diferenciamos tanto. Su escritura es íntima. Al igual que yo, canibaliza su propia vida.

—Estoy muy nerviosa por el taller de la semana que viene —dice—. No puedo ni dormir.

—Te irá bien —le aseguro—. Has trabajado muy duro.

—Tú lo tienes fácil, Ming —responde. Es cierto. La gente me ha tratado bien. Seguramente pueda sacar retellings trans hasta que me gradúe. *Medea* trans. *El juicio,* pero trans—. Creo que estoy un poco traumatizada de la última vez.

Banderina escribió una obra sobre una mujer que accede a testificar por el buen carácter de su novio, al que han acusado de agresión sexual. Pero, mientras se prepara, se da cuenta del comportamiento inapropiado de él en su relación. A mí me pareció buena. Otra gente fue cruel. Una persona dijo que estaba escrita para ser cómoda y comercial, un insulto según las normas de nuestro curso, pero que seguía siendo aburrida. Más tarde descubrí, mientras consolaba a Banderina que lloraba en el baño, que un hombre la había agredido y que la obra era un modo de empatizar con las mujeres que lo apoyaron.

—Es muy, muy buena —digo—. En serio, creo que la última vez la gente sintió celos.

Banderina me sonríe, traga un gran bocado de tortita y se gira hacia Malcolm.

—¿Puedes venir a mi fiesta de hoy, Malcolm? —pregunta—. Ming viene.

—En teoría voy a cenar con un amigo —responde. Banderina arquea las cejas—. Es hetero.

—Pues tráelo.

Doy otro sorbo al zumo verde. Tiene un dulzor sospechoso. Habrán añadido manzana y limón. Puede que dos manzanas. Durante un segundo, me preocupo por el nivel de azúcar en sangre. Banderina me mira.

—Tú vienes, ¿no?

—Sí, claro. —Dejo el vaso sobre la mesa. Se me han mojado los dedos por la condensación. Me los limpio en una servilleta—. ¿Qué quieres que lleve?

—Algo de vino. Aunque no hace falta, la verdad. Quiero deshacerme de unas cuantas botellas. —Se gira hacia Malcolm—. Y tú trae a tu amigo.

De vuelta en el piso, abro los archivos con las obras que estoy escribiendo. Llevo el portátil al dormitorio. Me gusta el cuarto. A menudo funciono mejor en espacios reducidos. Menos espacio, más control. Me meto en la cama y me concentro en las obras.

A veces Nueva York me da libertad creativa. Aquí puedo escribir sobre lo que quiera y en casa no se tienen que enterar. He empezado a escribir una comedia sobre dos amigos que van demasiado a terapia y se hablan en clichés, pero, al hacerlo, refuerzan los malos comportamientos del otro. No sé si está inspirada en mí y en Cass, pero la distancia hace que no me lo plantee. El arte viene con responsabilidades. Eso lo sé, no soy idiota. Pero creo que la responsabilidad desaparece en los talleres íntimos, donde mucho de lo que escribimos no acaba en producción y, si lo hace, solo será para un público limitado. Aquí nadie me conoce, ni a mí ni a mi historia, y, por otra parte, la gente sobre la que estoy o no estoy escribiendo desconoce lo que hago aquí. Ni Banderina ni Malcolm saben que Cass existe. Planea visitarme cerca del verano, pero, aunque la conozcan en persona, no atarán cabos y quién sabe si al final estoy escribiendo sobre Cass. Por lo que al resto respecta, lo que escribo nace de mi mente y solo de mi mente. Por primera vez en mucho tiempo, escribo sin culpa.

Al cabo de una hora, me aburro y cambio de ventana a la segunda obra que tengo entre manos. No la entregaré hasta más tarde. He estado pensando en qué pasará cuando sea mayor y tenga demencia. A veces sueño que aún soy un chico. Eso hace que me pregunte si algún día olvidaré que he transicionado, si miraré mi cuerpo y gritaré. Es un pensamiento aterrador, sobre todo conforme están las cosas. Una seguridad social que se cae a pedazos. El hecho de que algunos estadounidenses lleven placas de identificación en las que se indica que no llamen a una ambulancia si les da un ataque porque son muy caras. Escribo un rato más. ¿Y si me vuelvo loca? Es raro pensar que quizás un día alguien tenga que explicarme que solía ser un chico, pero que me he convertido en una mujer mayor. Me pregunto si quedará alguien para explicármelo.

Banderina vive en un ático de un edificio viejo del Upper West Side. Las paredes están repletas de estanterías con libros de tapa blanda antiguos. El salón tiene puertas correderas de cristal que dan a un balcón. Veo mucha ciudad. El campus. Las luces y los bares y los coches. La gente bebe vino de tetrabrik en copas de aspecto caro. Han venido muchos alumnos de nuestro curso. Unos cuantos nos hemos sentado en una mesa del balcón. Hay quien comenta sobre el piso de Banderina. ¡Qué locura! Ella intenta restarle importancia a su privilegio. Fue de propiedad compartida y en los años cincuenta costó céntimos. Y, de todos modos, su familia no puede alquilarlo. Nos dice que la circulación de su abuela le impide volar desde Costwolds y que el hermano de su madre tuvo meningitis con ocho años y murió, y por eso no tiene primos. Encima es hija única. El piso estaría literalmente vacío si no fuera por ella. Me pregunto desde cuándo cuesta horrores dar las putas gracias y ya.

Me levanto para asomarme por el borde del balcón. Durante un momento, me imagino cayendo. Un pensamiento intrusivo. Aún tengo de esos. Desde un punto de vista conductual, el TOC ha desaparecido casi por completo, pero últimamente, ahora que las cosas salen como quiero, pienso más en la muerte. Antes, preocuparme por la muerte significaba pensar en la decadencia y el sufrimiento que llega con una enfermedad degenerativa o con la inmediatez terrorífica de un ataque al corazón. Nunca me he planteado cuánto costaría morirse, la pérdida de los años que podría haber vivido. La preocupación es primigenia, el típico instinto de no querer morir codificado en mi amígdala. Pero ahora, cuando pienso en la muerte, me vienen todas las cosas que no podré hacer, las cosas que quiero hacer, la gente con la que quiero besarme y acostarme, pero cuyos rostros aún no he visto, y las cosas que quiero escribir. No me asusta tanto morir, sino morir joven, porque, en muchos sentidos, empiezo a sentir ahora que vale la pena vivir la vida. Me estoy poniendo al día. Estoy aprendiendo lo que significa querer vivir. Nadie debería morir joven. Mi mente ya no da vueltas como antes, pero a veces no puedo evitar ir con cuidado. Miro bien antes de cruzar la calle. Bajo despacio las escaleras si voy con tacones. Sé que nada de esto encaja con fumar, pero algunos riesgos parecen menos reales.

Regreso dentro. La gente baila al son de una lista de reproducción con los 100 Éxitos y música electrónica estadounidense que suena por unos altavoces Bluetooth a un volumen demasiado bajo. Contra la pared del salón, en uno de los pocos espacios no colonizados por libros, hay dos alfombras enrolladas. Intento aceptarlo. A veces desearía que el Nueva York en el que habito yo fuera un poco más guay, o un poco más queer, pero las fiestas como estas parecen una segunda oportunidad. Aún es pronto, así que bailo pese a todo, porque este mundo es abierto y posible. Y es una fiesta sin la carga de la historia personal, sin gente que me conoció de chico y que, sospecho, en el fondo aún me ve como tal. Me río. Agarro las manos de Deandra, otra amiga del curso. Me saca unos cuantos años. Lleva el largo pelo negro en dos trenzas. Canto. Se derrama un poco de vino en el suelo de parqué. ¡Carte blanche! ¡Vita nova! ¡Dua Lipa!

Hay un hombre con barba más bajo que yo que me observa mientras bailo. Cada vez que lo miro, aparta los ojos. Creo que es el amigo de un amigo de un amigo. Paso de él. Me está fornicando con la mirada, pero a lo mejor deliro y no puedo hacer mucho más. No me acercaré a hablar con él. No quiero avergonzarlo. No quiero que me avergüencen.

Suena el timbre de nuevo. Banderina entra de un salto desde el balcón y abre la puerta. Es Malcolm con su amigo. Se quitan las chaquetas. Malcolm lleva el mismo jersey que antes. Su amigo es alto, con pelo castaño oscuro alborotado y una camisa sencilla encima de una camiseta. Me sorprende que Malcolm tenga amigos heteros. Empieza a presentarle a gente. Me acerco un poco más. Se emociona al verme.

—¡Ming! —Me saluda con la mano y luego mira al hombre alto—. Esta es la chica de la que te estaba hablando.

Malcolm y yo nos abrazamos y luego abrazo a su amigo.

—Soy Roland.

Me saca unos centímetros, incluso con mis tabi falsos. Les pregunto qué tal fue la cena. ¿A qué restaurante habéis ido? Ah, sí, he estado, vi una rata en el baño. Mientras hablamos, abro mi bolsa de Hello Kitty de segunda mano y busco los cigarrillos y el mechero, que sostengo en manos separadas. Cierro la cremallera.

—¿Queréis uno? —pregunto.

Malcolm alza una mano amable y la sacude, pero Roland asiente. Vamos al balcón. Abro el paquete, le doy un cigarrillo recto y se lo enciendo antes que el mío. Nos apoyamos en la barandilla. Es amigo de Malcolm desde que iban a la universidad. Me cuenta que creció en la ciudad. Bueno, en Hoboken. Quería probar algo nuevo y por eso fui a la universidad en Minneapolis. Le digo que conozco a Malcolm por el curso, aunque ya lo sabía. Le doy un toquecito al cigarrillo con el dedo índice. La ceniza cae hacia la ciudad.

—He escrito un guion para una película —dice, con los codos en la barrera de piedra.

—¿De qué va?

Se ríe.

—La CIA sospecha, aunque se equivoca, que una mujer es una psíquica rusa que les ofrece información falsa, pero lo cierto es que está muy mal informada. Es como una influencer. Empiezan a seguirla, pero a lo largo del guion no se deciden entre si es muy lista o muy tonta.

Abro la boca y asiento. Estoy sin palabras. Suena horrible.

—Podría estar protagonizada por Melissa McCarthy.

Melissa McCarthy no se merece esa película. Él se lo toma como un cumplido y me mira. Esboza tres cuartos de sonrisa. Es una mirada que dice: me gustas. Luego se ríe hacia sus manos. Hay cierta humildad en su confianza sin justificar y eso me parece de lo más encantador. No sé por qué. ¡Cosas del patriarcado, supongo! Me pregunta por mis obras y le hablo de *Finos esqueletos*. Mientras hablamos, nos vamos acercando. Él me pregunta si he basado alguna obra en la vida real y le contesto que no. No sé si me cree. Me doy cuenta de que lo he sacado fuera antes de que se sirviera una copa.

—¿Quieres beber algo? —le pregunto.

—Sí, me encantaría.

Entramos y vamos directos a la cocina, pero, al aproximarnos, me pregunta dónde está el baño. Señalo en dirección opuesta, por el pasillo. Me deja. Entro sola en la cocina. Hay baldosas blancas y negras en el suelo y antiguas alacenas de un marrón claro con pomos de cerámica italiana. El frigorífico es nuevo. La máquina de hielo tiene cinco opciones distintas. Saco de la nevera la botella de vino que he traído. No sé si ponerle una copa a Roland. Decido que no. No quiero pasarme de amistosa. No quiero avergonzarlo. No quiero que me avergüencen.

Cuando regreso al salón, está hablando con Deandra. Parece que han congeniado y no los interrumpo. Salgo de nuevo al balcón y me siento en una silla alrededor de la mesa baja. Me uno a la conversación entre Banderina y sus amigos. ¡Dios mío, no! ¡No fuiste capaz! ¡Lo fue! ¡No! ¡Sí! De vez en cuando, miro hacia el piso. Siguen hablando.

La noche avanza y me saco a los hombres de la cabeza para disfrutar de la compañía. Fumamos cigarrillos. Noto la garganta seca como papel de lija. La humedezco con el vino, aunque el alcohol la seca de nuevo. Sigo ese círculo vicioso mientras transcurren los minutos. Hablamos otra vez sobre teatro y estoy lo bastante borracha para explicar mi obra a la multitud. Incluso les cuento lo de la obra sobre gente trans con demencia. Se quedan anonadados.

—Suena innovador —dice Banderina.

A lo mejor lo es. A lo mejor yo soy innovadora. La Beckett trans. Una genia. Miro alrededor. Roland no está. Puede que se haya ido sin despedirse, puede que no le gusten los abrazos. Deandra sigue en la fiesta y siento un poco de alivio. Banderina se levanta. ¡Vayamos dentro! Pone reguetón. Todo el mundo baila. Habrá unas veinte personas.

Banderina enrosca el brazo alrededor del hombre bajo con barba. Él se ríe y asiente. Se abrazan de nuevo. A lo mejor se gustan. Se lo preguntaré el lunes. Regreso a la cocina y abro el frigorífico. Miro la botella fría, pero esta genia está cansada. Lo cierro de nuevo y pido un taxi. Tras abrazar a todo el mundo para despedirme, subo al ascensor sola. En el taxi, bostezo y pienso en cuánto me costará volver a casa, pero me siento feliz y segura. Saco el móvil y abro la app de ligue. La cierro de inmediato. Al menos, si la abro, apareceré en las páginas de la gente durante una hora, lo que significa que me llegarán mensajes.

Llego a casa y olfateo el aire. El olor a pescado no es tan fuerte con las tiendas cerradas. Un hombre al final de la calle me grita. ¡Oiga, señorita! Agarro con torpeza las llaves y cierro la puerta a mi espalda. Subo las escaleras y abro la puerta del piso. Alissa no está. Ha quedado con otro banquero. Tiene tres tipos: banquero, abogado o asesor. Contables no.

Entro en el baño y uso una crema fría para disolver el maquillaje de la cara. Las líneas negras nítidas alrededor de los ojos forman nubes desdibujadas y luego vetas pálidas. Me limpio con agua, me hidrato y lo remato con la tretinoína que compré en una farmacia de India. No aceptaban pagos con tarjeta por internet, con lo que tuve que hacerles una transferencia bancaria antes de que mandaran el pedido. Me meto debajo de las sábanas y miro las notificaciones de las apps. Hay muchas. Las examino. Fotos de pollas. Ofertas para pagarme. Hay quien dice que soy guapa. Un mensaje me llama la atención.

Hoy estabas preciosa.

Miro el perfil. No tiene foto, pero, según su descripción, tiene veintinueve años, es musculoso y alto.

Pero ¿qué cojones?

Lo siento. Antes estábamos en la misma fiesta.

A lo mejor no deliro tanto como pensaba.

Deberías haber venido a saludar.

Te he saludado.

Es el puto Roland.

¿Quién eres?

No puedo decirlo. Pero bueno, eres preciosa. Que pases una buena noche.

Al mover los dedos para interrogarlo, su perfil desaparece. Me ha bloqueado. Su vergüenza se filtra por el móvil. Me siento triste por él y me pregunto cómo sería el mundo si a los hombres no les asustaran sus deseos. A lo mejor no sería tan diferente, porque en general el deseo masculino pocas cosas buenas ha hecho. Miro rápido el resto de notificaciones. La valla de fotos guarras es ofensiva y vil a la vez, pero siento un hilo de satisfacción que me cuesta admitir, aunque no debería ser un crimen decir que sienta bien que me deseen, sobre todo detrás de la seguridad de internet. Abrazo el móvil, un portal a un mar de pollas.

La puerta del piso se abre. Presto atención por si oigo hablar a alguien, pero no. Solo es Alissa, sin chico. Salgo de la cama y me quedo en el umbral del dormitorio. Está rebuscando en la cocina ataviada con un vestido negro de cóctel.

—¿Qué tal la cita? —pregunto.

—Debería haber sospechado cuando me ha dicho que estaba en el sector financiero. Demasiado impreciso. Marketing financiero, ¿en serio? Peor que un contable. —Abre la nevera y me mira—. Voy a preparar tteok-bokki. ¿Quieres?

Asiento y me acerco a la encimera para sentarme en un taburete. Saca un caldo de algas y anchoas que preparó la semana pasada. Alissa podría trabajar veinticuatro horas al día que aún encontraría tiempo para hacer la compra. Lo vierte en una cazuela con gochujang, bolas de pescado, cebolleta y cilindros de arroz. Observo cómo hierve y el cálido aroma picante me llega a la nariz. Me siento mucho más sobria y quiero quedarme despierta un poco más. La salsa se espesa mientras Alissa remueve y luego lo sirve todo en dos cuencos. Saca un poco de mozzarella de la nevera porque sabe que me gusta. La echa sobre mi cuenco y me lo pasa.

—¿Quieres ver una peli? —pregunto. Ella asiente. Nos sentamos en el sofá. Acerco el portátil y lo coloco sobre la mesita de café con el cuenco caliente sobre el regazo. Vemos *Espías*. Una película digna de Melissa McCarthy.

15

EXHIBICIÓN

Sophia me ordenó que me quitara la camisa. Recorrí la longitud del estudio, delante de las cubiertas impresas de unas revistas, mientras ella me grababa con una cámara que sostenía sobre el pecho. Se recogía el pelo corto rubio detrás de las orejas. Con ese aspecto podría salir en *Zoolander*.

—Otra vez. Y otra. —Su acento alemán oscilaba; se intensificaba y disminuía con cada frase. Recorrí los mismos cinco metros hacia la cocina y luego regresé a la ventana—. Más rápido. Encórvate, como si llegaras tarde al autobús, ¿ja? —Aceleré el paso—. No, no tan rápido. Mantente tranquilo.

Reduje el ritmo. Repetí el recorrido y llegué a la ventana. No miré a Rob porque sabía que estaría conteniendo la risa. Estaba sentado detrás de Sophia, en una mesa de madera, al lado de una chica morena con flequillo. Al principio no había entrado conmigo, pero cuando le dije a Sophia que me esperaba un amigo fuera, lo hizo subir a la agencia. Vi que se derretía un poco cuando un Rob con las mejillas sonrojadas atravesó la puerta sonriente.

—Ahora mira al frente. Un poco más relajado, como si te hicieran un masaje. —Distendí la cara—. Menos relajado. Te preocupa haberte dejado el horno encendido. —Tensé las cejas—. Bien. Quédate así.

La agencia estaba en la segunda planta. Marco le había enviado a Sophia las fotos que me hizo. Me pidió permiso antes y le dije que sí. Aunque toda la experiencia en el estudio de Marco había sido extraña, una parte de mí pensaba que la perspectiva de hacer otra cosa, algo emocionante, anulaba esa sensación. Además, esa parte de mí también se fijó en que Marco me miraba diferente. Y no quería perder ese algo.

Sophia era la propietaria de la agencia y, tras ver las fotos, me escribió para invitarme a ir a Colonia. Según Marco, era para decidir si quería contratarme; si lo hacía, entonces empezaría a ofrecerme para algunos trabajos. Marco me aseguró que era de confianza y que solo proporcionaban modelos a marcas y revistas de gama alta.

Veía el parque desde la ventana. El sol empapaba la hierba y el lago con su luz. Una pareja ataviada con abrigos de color beis empujaba dos bebés en un cochecito, un aparato complejo de pliegues de plástico y palancas ergonómicas.

Sophia miró la pantalla de la cámara. Sus cejas tensas formaban un desfiladero justo encima de su nariz puntiaguda. Me la imaginé corriendo, con el sudor chorreando por esa nariz como si bajara en picado con un trineo hasta rebasar la punta hacia su muerte.

—¡Ahora mírame! ¿Puedes colocarte en el centro de la sala?

Caminó despacio dando amplios pasos de cangrejo a mi alrededor. La cámara flotaba siempre al mismo nivel. Hablamos un poco más. ¡Descríbeme tu trabajo! ¿No te gusta? ¡Qué triste!

Capté la mirada de Rob, que apoyaba la barbilla en la mano. No se reía de mí, pero sí que abría los labios con asombro. Asintió y miré a Sophia.

—Precioso —dijo—. Esto es todo lo que necesitamos. Puedes ponerte de nuevo la camisa. Vale, el plan es el siguiente. Me gustaría recomendarte a uno de nuestros clientes para su desfile. Podemos ver si le gustas y, si se da el caso, entonces te contrataré para la agencia. Elisa, ¿puedes traer el formulario?

La chica morena se puso en pie de un salto y se acercó a la impresora. Agarró una hoja blanca y me la entregó; en ella aparecían los detalles de un desfile en primavera para la colección otoño/invierno de una marca importantísima. Nadie que yo conociera se podía permitir comprar esa ropa. Mientras Sophia hablaba, miré a Rob de nuevo, que musitó un «guau».

—Con suerte, el cliente estará interesado —prosiguió Sophia—. Pídete libres esos días. ¡Tengo un buen presentimiento!

Sophia me abrazó con fuerza y se despidió de nosotros en la puerta. Bajamos la escalera oscura con nuestras bolsas y salimos al patio de ladrillo que rodeaba la agencia y luego a la calle. Habíamos ido directos desde el aeropuerto. El tráfico y los atascos nos separaban del otro lado de la carretera; por encima de los tejados de acero vi una oficina del tamaño de una casa grande y con la fachada de cristal, situada junto a una manzana con pisos de los años setenta que, a su vez, se hallaba junto a un edificio antiguo.

—Ese diseñador es muy tocho —comentó Rob mientras caminábamos por el pavimento—. No sabía que la agencia te querría para algo concreto.

—Sí que lo es, sí. Y yo tampoco. Pero aún no me han contratado.

—Ha valido la pena madrugar para verlo.

—¿El qué?

—Las fotos. Y a ti. No sé. —Se encogió de hombros—. Parece emocionante, ¿verdad? Que te hagan ir a un país distinto para algo como esto.

Los golpeteos de mi corazón me calentaron el pecho en el ambiente frío. Fuimos hacia el centro de la ciudad, hasta que llegamos al piso que teníamos alquilado. Nuestro anfitrión era un hombre llamado Viktor. El anuncio promocionaba Colonia y el piso, pero eximía a Viktor de cualquier responsabilidad. Se situaba en un lugar muy conveniente, cerca de todos los restaurantes de moda de la ciudad. Nada de ruidos después de las diez de la noche. Con bares impresionantes cerca. No se puede beber en el piso. A una corta distancia de las discotecas de moda. Nada de fiestas. No se aceptan fiesteros. Prohibido regar las plantas.

Llevamos las bolsas a la última planta del viejo edificio. Había detalles de época. Una capa reciente de pintura blanca recubría el interior y el exterior. Tal y como Viktor nos había dicho, las llaves estaban en una caja cerrada junto a la puerta principal. Abrió Rob. El piso era un estudio luminoso con una cama abatible. Lo recorrí entero. Todo era de plástico. En persona parecía más barato. Muebles de plástico. Fruta de plástico. Plantas de plástico. Entendí por qué no quería que las regáramos.

Rob bajó la cama y se tumbó en ella bocabajo. Dijo algo, pero la almohada mullida se tragó sus palabras.

—¿Qué has dicho?

Giró la cabeza hacia mí.

—¿Dejarías tu trabajo? Si esto acabara siendo algo importante, quiero decir.

—¿Tú dejarías el tuyo?

Rob se puso bocarriba para mirar el techo. Me acerqué a la pequeña isla de cocina que había junto a la puerta y me senté en un taburete.

—No sé —contestó—. No todo el mundo tiene opciones como esa. La mayoría renunciamos a cosas así cuando somos niños. La gente se centra en lo real, ¿sabes?

Jugueteé con un limón falso del frutero de madera.

—Creo que quiero un descanso del curro —dije—. Será guay probar algo distinto.

—¿Dos años y crees que ya se ha terminado tu temporada en la City?

—Pues sí. —Le lancé una mandarina de plástico. Rob la atrapó y la dejó en el suelo a su lado—. El cambio me vendrá bien.

—Te hace falta. —Se le escapó un sonoro bostezo—. Esto podría ser tu Nueva York, ¿no?

—Supongo.

¿Es mi Nueva York? A lo mejor así paso página de una vez. Sentí un escalofrío. Me avergonzaba mi transparencia, pero solo lo empeoraría si protestaba.

Rob cerró los ojos y entrelazó las manos sobre el esternón. Según Ming, Rob parecía un bebé adulto, porque tenía la cabeza más grande que el cuerpo y solía estar con la boca abierta. Le parecía adorable. Agarré el móvil y puse música de Susumu Yokota en los altavoces del piso. Las notas diáfanas reverberaron en la habitación.

—Me gusta —comentó Rob.

—A mí también. ¿Aún no estás seguro sobre la chica de las setas?

—¿Sobre El, dices? Está haciendo un doctorado en patógenos fúngicos, Tom. Ten un poco de respeto. —Se rio y luego soltó un suspiro—. Iba a verla este finde, pero lo cancelé para venir aquí. —Dejó salir todo el aire—. No sé. Es maja, está buena y es muy inteligente. Pero pensé que solo nos lo estábamos pasando bien y, por cómo me habla y tal, las cosas han cambiado. En plan, se molesta cuando no le respondo rápido. Creo que queremos cosas distintas. A lo mejor se lo podría haber dicho más claro al principio. Eso habría sido lo mejor, ¿no?

—¿Qué quieres tú?

—No sé. —Se frotó los ojos y se pasó las manos por el lado de la nariz—. Tú sí que sabes cuándo le gustas a alguien de verdad. Joder. Es como si la historia se repitiera, ¿no? Lo notaste con Cass. Y estoy seguro de que, si sientes lo mismo, es el mejor sentimiento del mundo, pero, cuando no, es en plan: mierda, ¿qué he hecho? —Rob se levantó de la cama y se agachó delante de la maleta. Mantuve los codos apoyados mientras él la abría y empezaba a sacar cosas—. ¿Te acuerdas de Lily Dowding? Era esa chica guapa y superreligiosa de nuestro curso. La que llevaba pinzas en el pelo.

—¿Nigella Piadosa?

—Sí, esa —se rio—. Se casó el año pasado y anunció que estaba embarazada con una foto en la que sale con su marido sosteniendo una ecografía. —Rob se levantó, sacó un poco la cadera y sostuvo el pasaporte delante de él con el pulgar y el índice como si fuera una ecografía—. La foto decía algo como: ¡Ups, hemos hecho una cosa! Y pensé que estaban locos de remate.

—No todo el mundo quiere niños.

—Pero a mí me da la sensación de que pasa con todo. —Se quitó la camisa. Su cuerpo iba unos años por delante del mío, fofo en los lugares adecuados—. Cuando pienso en esas cosas, me entra el pánico. Y en todo lo demás. Como hablar sobre lo que queremos cenar o qué ver en la tele.

—Así es la vida. Tiene sentido querer hacerlo con otra persona. ¿Crees que te pasa por haber crecido en una gran familia?

—Es posible, pero ¿por qué importa el motivo? —Contempló una mancha en la pared con una camiseta nueva en las manos y sacudió la cabeza—. Sé que las cosas cambian para alguna gente, pero yo no quiero nada de eso. Ni creo que vaya a quererlo nunca. —Giró el cuerpo hacia mí—. Y a veces eso me preocupa, porque es como si hubiera algo malo en mí. Pero, cuando pienso en el futuro, veo diversión. Vacaciones de la hostia, comprarles un casoplón a mis padres...

—¿Cuándo seas un criptomillonario?

—Exacto —sonrió—. Pero si todos siguen con sus vidas y sientan la cabeza, ¿qué significa eso para mí? ¿Me voy a quedar atrás? Es como si fuera un adulto jugando a ser niño. Pensar en todo eso me da un poco de miedo. Pero me gustan mis amigos. —Alzó las manos y se envolvió el cuerpo con los largos brazos—. Me gusta quedar contigo. Y también me gusta el sexo, pero siempre prefiero irme por ahí el fin de semana que salir con una chica. —Guardó silencio un momento—. Después de Ming, a lo mejor tú también empezarás a sentirte un poco así, ¿verdad?

Después de Ming. Rob se puso la camiseta blanca por la cabeza. Su ropa se había vuelto más sencilla, igual de holgada pero más a su medida. Cuando sacó de nuevo la cabeza, sonreí para ocultar mi cara de desconcierto. Se puso una camisa de pana extragrande y se la dejó sin abrochar.

Guardé silencio mientras trazaba los círculos de las uvas con el dedo. ¿Quería todas esas cosas pequeñas y tranquilas con Ming? ¿Quería eso con Marco? La respuesta obvia era que sí, pero nunca me había planteado esa pregunta, quizá porque, en algún punto, había decidido que todo iría bien si tenía esas cosas pequeñas. Rob se sentó en el borde de la cama y apoyó los antebrazos en los muslos, con las manos abiertas en el hueco entre las rodillas.

—¿Qué hora es? —preguntó.

—La una y media.

—¿Quieres que vayamos al museo que ha recomendado Sophia?

Fuimos a pie. Las paredes del museo eran blancas. Había barandillas de acero pegadas a paneles de cristal sobre una cama de baldosas rojas de terracota, iguales a las que Ming tenía en su casa de Malasia. Nos sentamos en un banco a contemplar un Rothko. Un rectángulo de óxido que contrastaba con otro verde, los dos sobre un fondo azul índigo. La sala estaba casi vacía.

—Mi profesor de arte en secundaria solía cantar y bailar a lo grande sobre Rothko —comentó Rob—. Según él, la gente se echaba a llorar al contemplar sus cuadros. Una semana nos llevó a un museo donde había uno azul enorme y todo el mundo reaccionó de una forma muy loca, de lo más teatral. Una chica se desmayó.

Mi carcajada resonó en la sala, así que intenté mantener el tono bajo.

—Pero ¿en serio?

—Raro, ¿verdad? Fue una puta locura y después nadie habló sobre ello. Creo que todos se sentían avergonzados. —Rob sonrió—. Yo recuerdo haberme sentido muy triste. En aquel momento pareció real, como las epidemias esas de baile.

—¿Qué te hace sentir este?

—Me dan ganas de mandarlo todo a la porra.

La mujer mayor que había cerca nos miró con el ceño fruncido. Le di un toquecito a Rob en la pierna y nos encaminamos a la entrada de la sala. Rob nos llevó por un pasillo de esculturas a mano izquierda. Una la había hecho un artista llamado Hans Arp. Se parecía a las esculturas de Henry Moore que había visto en casa, aunque era brillante y dorada. Se trataba de un pegote grande, con la forma de la cera en una lámpara de lava. Vi el reflejo de mi cuerpo estirándose curvo en la escultura. Según la descripción, muchas de las obras de Arp eran biomórficas, inspiradas por la forma de los vivos, del cuerpo humano. Entorné los ojos. Ahora lo veía.

—Ya lo entiendo —dijo Rob—. Muchos rascacielos de Londres podrían ser pollas.

—Y están llenos de gilipollas.

—Como tú.

—Y tú.

Fuimos a la cafetería del museo en la planta baja. Rob sostuvo la puerta abierta para mí y nos sentamos en una mesa junto a un armario expuesto lleno de botellas de vino rojo. Una camarera joven se acercó y Rob pidió cerveza. Intercambiaron miradas coquetas. La camarera regresó con las botellas abiertas en menos de un minuto. Me supo a metal.

—Creo que dejaría el curro —confesé—. Aunque antes tendría que saber si esto va a funcionar. No puedo dar un salto de fe sin más.

—Interesante.

—No es broma, pero es que tampoco sé qué me gusta o me interesa sobre el trabajo. ¿Te acuerdas de Jason?

—¿Lo dices en serio? —preguntó y tosió entre carcajadas mientras depositaba la cerveza en la mesa.

—Vete a la mierda. El caso, Jason entendía el panorama general, ¿sabes? Pero yo no puedo hacerlo. Me siento como una puta tuerca en el sistema.

—Tuerca. Como sacado de *Matrix*.

—Eso. Pero en plan mal. Como el encargo ese que hice sobre petróleo. Fue muy jodido. A veces me pregunto si puedes trabajar para empresas malvadas y seguir siendo buena persona. No sé cómo lo haces.

Rob me sonrió y fue como si enterrara una carcajada en el gesto.

—A mucha gente no le importa el panorama general. Pero hay quien no tiene elección, ¿sabes? No todo el mundo tiene tanta suerte como tú, Tom.

Me sentí avergonzado y me pregunté si mi yo de hace dos años se opondría a mi yo de ahora o si siempre había dicho mierdas como esa y la gente lo dejaba pasar. Mi campo de visión estaba limitado, así lo había descrito Ming. A lo mejor ese había sido mi problema desde siempre, que pensaba en pequeño.

—Y ser bueno o malo no se reduce a una única cosa que haga una persona —añadió—. Habrá días en que hagas cosas buenas y días en que hagas cosas malas. Nadie te pide que acabes con el capitalismo con el Bloomberg Terminal.

—¿A ti te importa tu trabajo? —pregunté—. Sé que te gusta, pero ¿te importa en serio?

—Sí, un poco, la verdad. Me gusta el trabajo y que me paguen un sueldo y disfrutar de la vida. No necesito mucho más. —Saboreó otro sorbo de cerveza—. A mí que me enchufen.

—¿A veces no te preocupa estar en deuda con una institución?

—¿Estar en deuda con una institución? Típico de Tom. —Se rio de mí otra vez y se apoyó en el marco de madera que tenía al lado. Su rostro buscó el sol—. Pero sí, supongo. Sabes que mi abuelo trabajaba para un fabricante de coches, ¿no? Dio cincuenta años de su vida a esa empresa y lo obligaron a jubilarse porque era demasiado mayor.

—Qué mal.

Me examiné las uñas y me imaginé a un anciano pudriéndose entre los muros de una fábrica, con los pulmones ennegrecidos y pesados de los vapores y los huesos desmenuzándose en hollín. Parecía una imagen muy lejana del mundo que conocía. No estaba atrapado. El mundo se abría ante mí. Por eso estábamos allí.

—Ya ves. Pero es una historia que has oído millones de veces, ¿verdad? —Estiró los brazos detrás de él y bostezó—. La gente dice que da su vida a algo y siempre acaban jodidos al final. Para trabajar duro, hay que olvidar que una empresa no te puede querer. A mí me gusta el trabajo, pero lo veo por lo que es. No es algo heroico, no trafico con armas. Y por eso estoy tranquilo.

—Te entiendo.

—Pero si tú no te sientes bien, si algo no te encaja aquí —se señaló el pecho— y tienes opciones, entonces es otra historia, ¿no?

Miré hacia el patio. Aún quedaba algo de sol. Rob entrechocó su cerveza con el cuello de la mía. Lo miré y agarré la botella.

—Creo que lo odio. Y que siempre lo he odiado.

—Pues entonces algo tiene que cambiar.

Nos quedamos en silencio, mirando por la ventana, hasta acabarnos las cervezas. Rob pidió la cuenta y pagó. Salimos del museo y paseamos por el puente sobre el río Rin. Nos apoyamos en las barandillas verde pálido. El sol permanecía bajo en el cielo.

—¿Qué querías decir cuando has dicho antes lo de Ming? —pregunté.

—¿El qué?

—Cuando hablábamos sobre no querer relaciones, ni familia ni nada de eso. Has dicho que a lo mejor me sentía así después de Ming.

—Ah. —Calló un momento y miró hacia el río—. En retrospectiva, estabas en una relación que no habría funcionado, ¿verdad? Y luego pasó lo de la puta obra de teatro. A veces aún pienso que te sientes fatal por todo, ¿no? Aunque no digas nada. Es cierto, ¿a que sí? —Cambió el peso de un codo a otro—. Pensé que a lo mejor acabarías acudiendo a mí. No sé, quizás estoy proyectando mis cosas en ti. Pero estás un poco más triste, ¿no crees? —Rob me miró y le dio la espalda al río. Aparté la cara y fijé los ojos en el exterior gris y terracota del museo—. Y oye, creo que Ming fue muy imbécil por hacer la obra, sabes que lo pienso, pero tampoco me parece que estés pasando página ni distanciándote demasiado. Tú también podrías haber hecho algo distinto. Podrías haberte negado, ¿verdad? —No respondí—. Ahora que estás viendo a Marco, vale la pena reflexionar un poco sobre Ming, creo.

—No quiero reflexionar sobre el tema, Rob. —Fruncí los labios, sin saber si debería confesarlo o no—. A veces solo pienso en ella, incluso aunque no quiera. Me cabrea mucho.

—A mí también, pero sé que tendré que dejarlo ir en algún punto. A lo mejor no volvemos a estar como antes, pero no tiene por qué ser malo para siempre, ¿eh?

Soltó un suspiro nervioso. Me pareció casi teatral. Retorció el cuerpo, con la barandilla contra las costillas. Yo abrí más los pies para apoyarme mejor. Casi parecía que Rob no estuviera de mi parte. Sabía que tampoco lo estaba de parte de Ming, pero la culpa había cambiado y la que le había asignado a Ming me salpicaba un poco. Rob me apoyó un brazo en la espalda.

Sentí que su mirada me examinaba el rostro y me centré en la barandilla descolorida, polvorienta, sucia y picada.

—¿Sabes? Hace un par de días hablé con Marco. Salió al salón mientras dormías. Vi que le gustas de verdad.

Una sonrisa se abrió paso en mis labios al imaginarme a Rob y a Marco susurrando sobre mí en la tenue luz del salón. Nos apartamos de la barandilla y salimos del puente para ir al piso. El sol casi se había puesto, pero las nubes se dispersaron de nuevo y los últimos rayos cayeron sobre el pavimento de cemento al final del puente.

—No sé si alguna vez te lo he preguntado, pero ¿qué habrías hecho tú?

—Romper con ella. —Guardó silencio—. Y seguramente apoyarla si lo necesitaba.

—Más fácil decirlo que hacerlo.

Nos detuvimos en un semáforo a la espera de cruzar. Rob me miró.

—Ya habías estado con Sarah. Sabías que no te gustaban las chicas, y aunque Ming... no sé, hubiera estado físicamente en medio, estaría lejos de lo que tú querías.

—¿Por qué no dijiste nada si te sentías así?

El semáforo para peatones se volvió verde. Echamos a andar.

—Dijiste que era lo correcto —contestó Rob—. Y no creo que lo entendiera tanto como ahora. Fue una cuestión de tiempo.

—Ya, pero yo sabía que quería a Ming. Supongo que quise poner a prueba los límites.

—Pero ya habías cruzado un límite, ¿no? Por eso casi te tiraste a Jason.

Me quedé boquiabierto. Rob mantuvo la mirada fija en mí mientras paseábamos y me percaté de que quería una respuesta. Todas las palabras habían caído por la herida que él acababa de abrir. Me pregunté cuánto habría pensado sobre aquello, cuánto había decidido reprimir.

—Creo que hubo muchos motivos para eso —contesté.

—Mmm.

Rob arqueó las cejas. El sol se había puesto para cuando llegamos al piso. Subimos las escaleras en silencio.

—Me da la sensación de que me culpas por todo —dije, sintiéndome patético cuando la voz resonó en la escalera. Respiré hondo—. Estás siendo duro conmigo. No es propio de ti.

—Lo siento. —En el rellano, me dio la espalda. Iba unos pasos adelantado, con la cabeza gacha—. Pero no es una cuestión de culpa, ¿verdad? Puedes tomar decisiones y no tienes la culpa de nada.

Lo alcancé. Me rodeó con un brazo y me plantó un beso en la cabeza. Recordé que a mamá le gustaba decir algo parecido. Es importante recordar, Tom, que aceptar la responsabilidad no significa aceptar la culpa y que puedes hacerte cargo de tu propia vida sin que admitas la consecuente culpa. Mis decisiones me pertenecían a mí. Nadie más me las iba a arrebatar. Había elegido quedarme con Ming. Fue mi decisión no romper la relación.

Acepté que hiciera *Finos esqueletos*. Era fácil maldecir y quejarme y odiar en el interior de mi cabeza, pero al final eran piruetas sobre el mismo dedo gordo: se movían con rapidez sin ir a ningún lado. A lo mejor debía dejar de odiar a Ming si lo que quería era dejar de pensar en ella, y a lo mejor una parte de eso implicaba restar la culpa de la situación. Era algo muy básico, muy obvio, y, pese a todo, difícil hasta lo imposible.

Dentro, Rob se dio una ducha y yo me tumbé en la cama abatible y me quedé dormido enseguida. Tuve un sueño que era una versión del día que habíamos tenido. Volvía a estar en la agencia. Sophia anunciaba que me habían dado el trabajo. Llamaba a Judith de inmediato. ¿Qué cojones quieres? ¡Dimitir! Y entonces me desperté con Rob a mi lado; miraba el móvil, con el pelo húmedo. Olía a naranja. Me tocó la frente con el dorso de la mano, como si tuviera fiebre, y dijo que deberíamos salir a cenar. Había un mensaje de Viktor.

He visto que habéis entrado bien. Disfrutad de la noche, chicos.

Qué mal rollo. Entré en el baño a lavarme la cara. El suelo estaba húmedo y el agua me empapó los calcetines. Me los quité, me quité también el resto de la ropa y me duché. Examiné el cabezal de la ducha en busca de una cámara oculta, solo por si acaso. Usé el desodorante y la colonia de Rob y me puse a lavarme los dientes. Me miré en el espejo mientras la espuma se acumulaba en las comisuras de la boca. Precioso. Pensé en la palabra, volando de los labios de Sophia hacia mí. Era algo que le había dicho a Sarah y a Ming. Nunca creí que fuera precioso. A veces me sentía guapo, pero guapo era distinto. Y al pensar en la cara de Rob detrás de Sophia, diría que él también lo veía. Escupí, me limpié la boca y regresé al dormitorio envuelto en una toalla. Rob estaba sentado en un taburete de cara a la cama.

—¿Alguna vez haces match con mujeres trans en alguna app? —pregunté mientras abría una maleta para sacar ropa.

—Sí, alguna vez —respondió, un tanto sorprendido por la pregunta—. Me ha pasado un par de veces en una nueva app. Aunque nunca he quedado con ninguna.

—¿Por qué no?

Ladeó la cabeza hacia el extremo más alejado de la habitación con la boca abierta.

—No sé qué puedo preguntar. O sea, sobre cirugías y cosas así. Parece algo íntimo y no debería meterme en sus asuntos, pero lo que hay ahí abajo también es importante, ¿sabes? No sé cómo me sentiría si… no sé… si tuviera que vivirlo.

Me pongo una sudadera gris y unos vaqueros ajustados. Luego cuelgo la toalla.

—¿Crees que tendríamos que esperar a ver o probar cosas?

—No sabría decirte. Todos tenemos prisa y nos falta tiempo, ¿no? Nadie quiere invertir en algo que pueda estar condenado al fracaso desde el principio. —Se encogió de hombros—. Y creo que el miedo de no saber qué eres hace que la línea del límite sea más gruesa para algunas personas, ¿me explico?

—O se borra cuando tienes miedo de perder a alguien.

—Ya, joder. Pero no puedes decirle a una persona que sus líneas son demasiado gruesas, ¿verdad? La gente tiene que verlo por sí misma.

Intenté cerrar la maleta y me costó pasar la cremallera por encima de un bulto.

—Ya. Seguramente tengas razón.

Al levantarme, vi que Rob me observaba. Apoyé las manos en la cadera.

—Siento lo de antes —dijo—. Por haber sido duro contigo, quiero decir.

—Cosas de la retrospectiva.

Rob me sonrió con comprensión. Me senté en la cama con los antebrazos en las rodillas.

—Vi *Finos esqueletos* una noche al salir de currar —confesé. Eso lo sorprendió. Las arrugas de preocupación se intensificaban en su frente—. Lo siento.

Sacudió la cabeza.

—No tienes nada por lo que disculparte. ¿Por qué no me lo dijiste?

Dirigí la mirada hacia la maleta.

—Abrió muchas cosas en mi interior, pero las emociones parecían retrasadas, como si hubiera perdido la oportunidad de sentirlas o algo así. Solo quería pasar página.

—Joder, en esta mierda no hay oportunidades ni nada de eso. Creo que no funciona así, ¿verdad? —El taburete chirrió cuando se levantó y se sentó a mi lado. Aparté el culo para hacerle hueco y me rodeó la espalda con un brazo—. Puedes hablar de estas cosas conmigo. Ya lo sabes.

Cerré los ojos. Empezó a temblarme la espalda. Rob me estrechó con más fuerza.

—¿Tan horrible fue? —preguntó.

—Fue muy, muy horrible. Tenía cara de bobo.

Me apoyó el otro brazo en el regazo y me sostuvo el codo con la mano. Descansé la cabeza en su hombro.

Más tarde fuimos a cenar a un restaurante libanés cerca del piso y luego a un bar. Rob conocía a alguien que tenía un número para pedir pastillas, así que las recogimos y fuimos a una discoteca donde sonaba techno discordante y monótono. Bailamos y fumamos con desconocidos y bailamos más.

Rob y yo no nos alejamos demasiado el uno del otro. Cuando se colocaba, se ponía muy sentimental. Dijo que siempre se aceleraba como la primera vez. Me dijo lo mucho que me quería. Le dije que lo mismo. A las cinco volvimos andando al piso. Nos tragamos unos Valium y nos fuimos a dormir.

Me desperté a las diez, atontado. Notaba el pecho vacío, como siempre me pasaba después del subidón, pero el resplandor plomizo del diazepam lo atenuaba un poco. Me levanté a beber agua y saqué los dos paracetamoles que llevaba en la maleta. Me los tragué con otro vaso de agua. Me senté en la encimera y me froté los ojos, y luego observé a Rob dormir bocarriba. Las costillas le subían y bajaban. Su cuerpo se sacudió durante un segundo, pero entonces suspiró y soltó una carcajada a medio gas. Su respiración se tranquilizó de nuevo. Durmiendo, le había quitado la manta y solo le tapaba las espinillas. Agarraba una punta con la mano.

El piso de Colonia era frío, así que subí un grado la calefacción. Me acerqué a Rob y lo tapé con la manta antes de regresar a mi lado de la cama. Se puso de costado, dándome la espalda. Me quedé mirando los pelitos cortos en su nuca mientras se me cerraban los pesados párpados.

16

SIFU

Cindy debería salir en cualquier momento de la terminal de llegadas en JFK. Intento parecer emocionada, pero estoy de los nervios, por lo que sonrío como si hubiera aprendido a sonreír en un manual. Cindy y yo no encajamos. No solemos quedar las dos solas. Papá es un amortiguador de lo más útil. Siento cierta afinidad con ella: es devota de la protección solar, su última comida en el corredor de la muerte sería Spam, huevo frito y arroz blanco y a menudo me envía fotos borrosas de ropa que cree que me gustaría. Agradezco estas cosas, pero la idea de pasar todo un fin de semana con ella me sigue intimidando una barbaridad.

Me llamó una tarde. La llamada se salía de su taxonomía básica: unas veces marcaba mi número con el culo sin querer; o me llamaba para preguntarme dónde estaba una cosa de la casa, pese a que llevaba dos años sin pisarla; o para darme un aviso urgente. Un tornado en Florida. ¡Ve con cuidado! Un joven ha pegado a una anciana por un televisor durante el Black Friday. ¡No salgas a comprar!

—Sharon tiene una fístula y necesita que la cuide después de la operación —me contó—. Pararé en Nueva York de camino a casa. Solo un fin de semana.

Sharon es la hermana de Cindy que vive en California. Su marido es geólogo en una de las grandes empresas petrolíferas. Solo la he visto una vez, en la boda. Pasó la mayor parte del tiempo gritándoles a sus hijos. ¿Quieres que te envíe a vivir con

Ah Ma? Me dijo que, por la forma del agujero de mi nariz, tendería a perder dinero y que necesitaba andarme con cuidado. No se equivocó.

—¿Quieres quedarte en mi casa? —pregunté.

—No hace falta, lah. Puedo alojarme en un hotel.

Eso era una trampa como una casa. Cindy es familia. Ella, pero sobre todo mi padre, nunca me perdonaría si dejara que se gastara el dinero en un hotel. No había otra opción.

—No —dije—. Quédate conmigo, por favor. Alissa y yo estaremos encantadas de acogerte en nuestra casa.

—¡Vale! Os llevaré pasta de curri.

Aún estoy sonriendo raro cuando Cindy sale de la terminal. Parece que está en protección de testigos. Gafas de sol gigantes. Pelo recogido en un moño prieto. Un enorme abrigo negro. Arrastra la maleta de ruedas, saluda con la mano como una maníaca y corre tan despacio hacia mí que no va más rápido que si anduviera, pero al menos de la impresión de entusiasmo. Me abraza.

—¿Qué tal la fístula? —pregunto.

—Aiyah. Le traje dátiles rojos. Y también nido de golondrina, para hacer sopa. Pero ¿te puedes creer que me lo confiscaron en aduanas? Dijeron que podía traer enfermedades. Estos mat sallehs son muy bodoh. ¿Qué enfermedad? Por suerte, escondí los dátiles rojos en un compartimento secreto de la maleta.

—¿No puedes comprar esas cosas aquí?

Le agarro la maleta y parece agradecerlo.

—Demasiado caro. Además, los estadounidenses añaden muchas sustancias químicas a la comida. No me fío. —Se acerca más—. ¡Y dicen que nosotros somos el tercer mundo!

Tomamos un taxi desde el aeropuerto hasta el piso en Manhattan, aunque será más lento que el metro. Paga Cindy. Descubrimos que el conductor es vietnamita. Duy es un hombre con aspecto juvenil, una barba negra espesa y la piel morena. Habla con un acento híbrido, en parte vietnamita y en parte estadounidense. Cindy le hace preguntas personales e invasivas y me sonrojo de la vergüenza. ¿Cuántas generaciones lleva aquí tu familia? ¿Los taxistas ganáis mucho dinero? ¿Tienes hijos? ¿A qué se dedican? ¿Tu mujer es buena cocinera? No dejo de mirarla ojiplática para intentar decirle que pare. Pasa de mí.

—Estás siendo muy kaypoh —le susurro.

—¿Qué dices? —Chasquea la lengua—. Solo estamos hablando.

Miro por la ventanilla. De todos modos, a Duy no parece importarle. Cuando Cindy le pregunta por su edad y le dice que tiene cincuenta años, ahoga un grito. ¡Qué buenos genes!

Cindy se reclina en el asiento.

—¿Te lo puedes creer? Ninguno de mis sobrinos fue a visitar a su madre. Haiya, ese es el problema de los chinos nacidos en Estados Unidos: que se olvidan de sus valores. —Centra su atención en Duy—. Esta generación más joven no nos da el mismo respeto que ofrecíamos nosotros a nuestros mayores.

Duy asiente. Me pregunto qué contacto tendrá Cindy con chinos nacidos en Estados Unidos aparte de sus sobrinos o de los niños de *Recién llegados*.

Duy esboza una sonrisa educada, pero aprieta el acelerador.

Cuando llegamos, Cindy grita por el frío. Esta semana ha refrescado, incluso para ser Nueva York. Ha nevado un poco, pero hace frío y sol, con el cielo despejado. Manejo mejor las semanas así que el clima de Reino Unido, donde el viento, la lluvia y el gris absorben cualquier gota de esperanza y alegría.

Subo la maleta de Cindy hasta mi planta. En el piso, grita el nombre de Alissa mientras se quita los zapatos. Me encanta cómo lo dice. ¡A-li-sa! Alissa sale de su habitación ataviada con unos vaqueros caros y un jersey blanco de cachemir con el cuello vuelto.

—¡Tía Cindy! —chilla. Corren y se abrazan—. ¿Cómo está tu hermana? —le pregunta mientras le frota la espalda a Cindy—. ¿Y tus sobrinos?

Alissa siempre se ha llevado bien con los padres.

—¡Se está recuperando! Por lo demás, todo igual. —Se apartan y Cindy ahoga un grito—. Qué flaca tienes la cara. Trabajas demasiado.

Alissa sonríe. No ha sido un cumplido.

Mi amiga ha accedido a acogerme en su cama durante las próximas dos noches. Compartirla con Cindy sería un poco raro. Tenemos una cama hinchable, pero me dio tortícolis la última vez que dormí en una. Apenas escribí durante dos días. ¡El mundo no se merece eso! Y encima Cindy ronca. Cuesta creer que tanto sonido salga de una mujer tan minúscula.

Arrastro la maleta de Cindy a mi habitación.

—¿Qué tal el vuelo? —pregunta Alissa.

—Me he levantado a las tres de la madrugada para ir al aeropuerto.

—¿Estás cansada?

—¡No! —dice con orgullo—. He dormido durante todo el viaje. —Se pone a mirar el piso con rostro impasible. Se pasea por la cocina y el salón. Alissa y yo la seguimos—. ¿No tenéis lavadora?

—No —contesto.

—Mmm.

—Pero en Nueva York nadie tiene —añado—. Ni siquiera la gente famosa. Una vez vi a Chloë Sevigny en nuestra lavandería.

—Vive en Tribeca, Ming —dice Alissa.

—Era ella sin duda.

Cindy nos ignora y entra en mi habitación.

—Qué armario más bonito.

—Gracias. Lo encontramos en la acera.

Alissa me da un codazo. Cindy me mira como si hubiera robado un orfanato.

Repasa el resto del piso y suelta algún que otro suspiro corto o asiente. Sé que la altera ver la realidad de nuestro hogar. Las cosas bonitas que nosotras, pero sobre todo Alissa, compramos para el piso no han arreglado las grietas, como las perchas que Alissa usa en vez de un armario de verdad o nuestro baño, en el que caben un máximo de dos personas si una de ella está sentada en el retrete y la otra dentro de la bañera. Sé que Cindy oculta su horror. El piso ha activado su instinto de lucha o huida. Le contará a mi padre que Alissa y yo vivimos hacinadas en la miseria. Intento pensar en qué cosas decir para mejorarlo. Llevamos dos semanas sin cucarachas. Los radiadores ya no chorrean. ¡El vecindario podría ser más peligroso! Todo podría ser peor.

Le dejamos tiempo para que deshaga la maleta en mi cuarto. Despejé un poco el armario para ella y llené los cajones de abajo con satén y malla.

Cindy me sorprendió la semana pasada cuando me dijo que nos había comprado entradas para ver una producción fuera de Broadway de *La tienda de los horrores*. No había tenido contacto con el musical desde los doce años, cuando interpreté los tentáculos de Audrey II en una obra de mi colegio. Cindy no la vio (fue antes de que muriera mi madre), pero hay una foto mía pintada de verde en el salón de casa. La representación es a las ocho de la tarde y he reservado para cenar en una barbacoa coreana que está a veinte minutos del teatro. Cindy sale del dormitorio a las cinco maquillada por completo. Labios rojos. Pestañas postizas. Las puntas del pelo rizadas. Sus tacones son metálicos. Esto es drag elevado a la décima potencia.

—¡Hora de makan!

Alissa, Cindy y yo subimos a la línea N y nos sentamos en una fila de tres delante de un hombre sintecho que está dormido en los asientos de enfrente.

—Qué triste —comenta Cindy en un susurro poco disimulado. Noto un cosquilleo en la nuca. Quiero decirle que deje de mirar.

—No deberías…

—Nadie debería oler así —añade—. Nadie tendría por qué oler así. Estas cosas no se ven en Malasia. En Malasia es más fácil ser pobre. En Estados Unidos, ¿cómo sobrevives?

Alissa asiente. Me siento como una imbécil. A veces estoy un poquito tensa.

En el restaurante, la camarera nos conduce a un pequeño reservado de madera. Alissa y Cindy se sientan delante de mí. Cindy apoya una mano en su brazo.

—Elígelo tú todo, ¿vale? —le dice.

Alissa se inclina hacia ella. Sus cabezas se rozan. Me cuesta estar así con Cindy, tan cálida y relajada. El motivo es obvio, es la misma culpa que achaco a otras cosas. Mi madre. Y ser trans, porque desde que transicioné me preocupa mucho que otras mujeres piensen que soy una pervertida. Pero estaría bien compartir estos pequeños gestos de intimidad, de sentirme un poco más cerca de Cindy. Cuando llega la camarera, Alissa pide ternera, lengua, pecho y costillas de cerdo. Cindy le dice que añada mandu, pulpo picante y kimchijeon, cosas que Alissa habría acabado pidiendo de todas formas. Mi amiga maneja la barbacoa y mojamos la carne en aceite y sal y la envolvemos en rollitos ssam. Cindy nos llena los platos. ¡Comed, lah! Acabáoslo todo, no malgastéis nada.

—Alissa —dice Cindy—, ¿sales con alguien?

—Lo intento, pero aquí es difícil. Parece una transacción. También estoy muy ocupada, entre el trabajo y todo eso.

—Saca tiempo. Eres muy guapa. —Cindy le pone más pulpo en el plato—. Y tú también, Ming. Sacad tiempo para salir con hombres, ¿vale?

—Ahora mismo no me interesa —contesto, y con esto quiero decir que solo invierto en transacciones con la tasa mínima de devoluciones. Soy parte del problema que Alissa ha descrito—. Disfruto escribiendo y esas cosas. Dedico mi energía a eso.

Cindy sonríe.

—Vale, eso también está bien. Estudia mucho. —Se gira hacia Alissa—. A la gente le digo que mi hijastra actúa en la Ivy League.

Alissa y yo intercambiamos una mirada. Ella esboza una enorme sonrisa y oculta las ganas de reírse detrás del entusiasmo compartido.

—No estoy actuando, solo escribo guiones.

—Ah, sé que estás escribiendo. Pero cada día pareces más y más una actriz. —Cindy hace una pausa y yo sonrío—. ¿Alguna obra nueva?

—He terminado una sobre una mujer trans con demencia que está en un asilo. Ha olvidado que transicionó y, cuando se mira la ropa, no sabe por qué viste así ni por qué su cuerpo es distinto. Saldrá a producción y es emocionante.

—Ah —dice Cindy.

—A la gente de su clase le encanta. —Alissa le da un empujoncito a Cindy—. Enfermedad mental. Gente trans. En serio, ¿qué más necesitan?

Le sonrío con malicia.

—Entonces, ¿ya no quiere ser trans? —pregunta Cindy.

—Sí que quiere, pero imagínate que tienes deseos íntimos y, de repente, aparecen en el mundo real sin que tú digas nada. ¿No sería terrorífico?

—Ja. Parece un sueño hasta que ocurre.

—¿Un sueño?

—Desear cosas y conseguirlas, lah. Sin tener que decir nada.

Doy otro bocado. No sé si Cindy no ha entendido el enfoque o lo entiende tanto que supera mi comprensión.

Dejamos limpios los platos. Me lleno hasta las trancas de mandu y me arrepiento de haberme puesto los vaqueros con la cintura más ceñida. El botón parece a punto de reventar. Podría matar a un transeúnte inocente. Pedimos la cuenta y Alissa se niega a permitir que pague Cindy, hasta que Cindy finge tanta dureza que Alissa cede. Me siento un poco pequeña, porque no tengo dinero propio y porque no se me ha ocurrido ofrecerme a pagar. Cindy paga en metálico.

Nos despedimos de Alissa y nos encaminamos al Westside Theatre, un edificio alto como una iglesia con la fachada de ladrillo. Corre brisa y ni siquiera Cindy se queja del frío. En el bar del teatro, pido dos copas de vino rojo. Ofrezco mi tarjeta de crédito sin fuerzas, pero ella insiste en pagar. Nos sentamos en nuestros asientos cerca del escenario. Me dice que ha estado escuchando la banda sonora sin parar desde que compró las entradas en Malasia.

Desde que se abre el telón, Cindy se lo pasa en grande. Cuando suena *Skid Row*, canta cada vez que suena la palabra *downtown*. En el asiento de delante, una mujer rubia no deja de girarse para mirarla con desdén. Cindy parece no darse cuenta, o finge no enterarse, pero yo no dejo de fulminar a la mujer con la mirada hasta que se gira de nuevo. A lo mejor es el vino, pero siento más ternura por Cindy. No me gusta que la gente la trate mal. Pide otras dos copas de vino durante el intermedio y, cuando llega el segundo acto, estoy un poco borracha. Durante la repetición de *Somewhere That's Green*, Cindy se lleva la mano al corazón y se balancea en el asiento. Sigue la letra y, aunque no la cante en alto, sé que lo hace, con una precisión cuestionable. Es muy tierno y me conmueve que estuviera tan emocionada por ver el musical, por verme a mí. Cindy tiene lágrimas en los ojos. Yo también lloro un poco. Por la obra. Por las lágrimas de Cindy. Es bonito sentir algo. Es refrescante no tener que pensar, solo ver una obra en el escenario y disfrutarla por lo que es. No todo tiene que hacerte pensar. De repente, me doy cuenta de lo mucho que necesitaba una noche como esta y una pequeña ola de añoranza me atraviesa el pecho. Por Malasia. Por Londres.

Cindy y yo pasamos el domingo caminando por Manhattan. Tengo la sensación de que es mejor que Cindy y Brooklyn no se conozcan. Se marcha mañana y, sorprendentemente, me siento triste por eso. Un fin de semana no es suficiente.

Entramos en una pizzería con buenas valoraciones. Aún sirven porciones grandes en platos de papel. Cindy y yo compartimos una. No le gusta la idea de desayunar pizza, pero no sabía cómo encajarla en nuestro día. Limpia la superficie de la porción con una servilleta y se lo agradezco.

—Cuánto aceite. Podemos morirnos de eso.

Después de desayunar, paseamos un poco más y nos paramos en algunas tiendas. La veo probarse ropa. Elige vestidos para que me los pruebe yo. No dejo de decirle que no. Encontramos una tienda de segunda mano y me rindo cuando saca un vestido vintage de Alexander McQueen. Es de tafetán rosa palo con escote corazón. Nunca me lo pondría. ¿Para qué me lo pondría? Cindy me sube la cremallera. Me miro en el reflejo. Tengo un aspecto absurdo, pero también estoy muy guapa. Cindy aplaude. La dependienta sonríe con un asombro practicado.

—Ves —dice Cindy mientras levanta el móvil para sacar una foto—. Como una actriz.

No permito que me lo compre. Es demasiado caro, aunque el precio no esté mal. Le manda la foto a mi padre. Me enseña su respuesta.

Preciosa.

Intento recordar si alguna vez me ha llamado «preciosa». Parece que es la primera. Sé que la belleza no lo es todo, pero a veces significa mucho.

Comemos dim sum en un restaurante cutre. Está lleno de chinos, por lo que nos fiamos. Platos y cestas humeantes se acumulan sobre nuestra mesa. Hay hojas escurridizas y brillantes de cheong fun rellenas de char siu, en un poco de salsa de soja. Cuadrados de lo bak go, con el nabo rallado caramelizado sobre la superficie. Unos pocos har gow, porque es obligatorio. Unos cuantos paquetitos envueltos en hojas de lo mai gai, que Cindy parte con los palillos. Un poco de kai lan con rodajas gordas de ajo. ¡Para la digestión!

Cindy insiste en que quiere ver algunos museos, así que bajamos la comida hasta el MoMA. No se fía del guardarropa, por lo que lleva la chaqueta acolchada con el cuello de piel atada a la cintura por todo el museo. Grita y exclama al ver una escultura de araña de Louise Bourgeois. Las largas patas de acero se estiran hasta los cuatro rincones de la habitación. Cindy se esconde detrás de mí como si fuera a atacarla. Después la llevo al

Whitney y le gusta más por las enormes vistas desde las terrazas de cristal en la planta superior. Atraviesa a toda velocidad las salas y no lee ninguna de las placas.

Me devano los sesos en busca de otras cosas turísticas y sugiero tomar el postre en Levain. Nunca he ido. Antes de mudarme a Nueva York, la gente siempre comentaba el tema de la comida. ¡Vas a comer mucho! Toneladas. ¡Qué suerte! A lo mejor es mi neurosis, pero no dejo de pensar en que querían que ganara peso. He evitado ir a Levain por ese motivo. En cada galleta hay casi seiscientas calorías. Diez salchichas veganas. ¡Once Oreos! Pero Cindy está aquí y le gustarán. Podemos ir. Vamos andando. Hay una pequeña cola delante de la tienda.

—Dicen que las galletas de aquí son muy buenas.

—Compartiremos una. Le daré un mordisquito a la tuya.

Aunque ya había planeado compartir, me debilito al oler el aroma azucarado de la pastelería. Encima Cindy nunca da un mordisquito sin más.

—Compraré dos.

—No hace falta.

Decido fingir.

—Tengo hambre. Las dos son para mí.

Al frente de la cola, pido dos galletas y las pago. Nos las dan en bolsitas blancas. Fuera, muerdo una y se la ofrezco a Cindy para que dé el mordisquito.

—Demasiado dulce —dice mientras mastica. Se inclina hacia la bolsa—. Otro mordisquito más.

Le doy la bolsa con la galleta y me como la otra.

—¿Cuánto hay hasta el piso?

—Veinte minutos a pie.

—Aiyah.

Me doy cuenta de que llevamos andando todo el día, porque no he sabido orientarme bien ni planificar el transporte; Cindy está agotada. No tiene costumbre de andar tanto.

—Siento la caminata. Podemos tomar un taxi.

—No —dice y da unos pasos levantando las rodillas—. Es bueno para la circulación.

En casa, se echa una larga siesta en mi dormitorio. Cuando voy a comprobar qué tal está, la veo tumbada con los brazos en los costados y las gafas de sol puestas. Me quedo en la puerta, observándola un rato. Hay algo en su postura que resulta ambicioso y glamuroso. Anna Wintour seguramente duerme así.

Nos sentamos en el famoso restaurante moderno de ramen en el East Village que había reservado con semanas de antelación, y eso que tuve suerte. Durante los últimos cinco años, el propietario se ha abierto paso a la fuerza en cada centímetro de televisión culinaria. Me planteé comer algo que no fuera asiático, pero la comida asiática en Nueva York es excelente y Cindy se marea si pasa demasiado tiempo sin tomar fideos o arroz blanco.

Se marcha mañana por la mañana. Ojalá pudiera ir con ella. Han pasado dos años desde que visité mi hogar, una eternidad, pero allí no me siento segura. No esperaba que la visita de Cindy me generara tanta morriña. Si se lo digo, se pondrá triste, así que no lo comento.

Muerde uno de los bao de panceta de cerdo que hemos pedido. Mastica a lo grande, con ritmo. Agarro un trozo de pepino aplastado con los palillos.

—¿Quién vendrá a visitarte?

—Cass. Un poco más tarde. Le habría gustado venir antes, pero la han contratado de ayudante para una diputada laborista muy importante en el Shadow Cabinet. Escribe la mayoría de sus discursos.

—¡Guau! —exclama y arquea las cejas, con un trocito de bao en la mejilla—. ¿Tú podrías escribir discursos?

Hubo una época en la que me ponía a la defensiva con preguntas así. Seguramente me pasaría eso mismo si me lo preguntara mi padre. ¡Papá! Ten fe en mi arte.

—Sí, puede.

—¿Y tus otros amigos? —pregunta y da otro mordisco—. ¿Lesley?

—Lisa —la corrijo. Lisa y yo llevamos tiempo sin hablar. Solo hemos intercambiado un par de mensajes superficiales desde que me fui de Londres. Cuesta explicarle a Cindy el abismo creciente entre mi vida en Nueva York y mi vida en Londres—. Me dedico a disfrutar de este nuevo comienzo y a conocer gente nueva. Aquí tengo buenos amigos. Como Banderina.

—Vale —dice y se limpia la cara con la servilleta—. Es bueno que tengas a Bandera, pero una solo puede empezar de cero un número limitado de veces. Recuérdalo.

Trago otro trozo de pepino. Es obvio que no puedo cambiar a la gente del pasado por gente nueva. No hay suficientes visados en el mundo. Mientras agarro un bao de panceta, las palabras de Cindy calan en mí y me recuerdan que a lo mejor no estaré en Nueva York para siempre, que en mi aventura de encontrar a mi gente puede que abandone a alguien. No. Es mejor que deje esas cuestiones para otro momento. Estoy disfrutando de nuevas oportunidades. Ocupo el espacio que necesito. Y lo necesito de verdad.

Llegan los fideos. Nos ponemos a comer. Cindy gime al dar el primer sorbo de caldo y probar los fideos bien consistentes.

—Qué bueno —comenta. Comemos en silencio durante un par de minutos—. ¿Hablas con Tom?

—No. ¿Por qué debería?

—No sé, solo preguntaba, lah. Yo no hablo con ninguno de mis ex. Uno me escribió el otro día para preguntarme cómo estaba.

—¿Qué le dijiste?

—¡Lo siento, cariño! —Agarra el teléfono de la mesa y me enseña el fondo de pantalla, una foto recortada en la que aparece con mi padre. Parece mayor, pero feliz—. ¡Demasiado tarde! —Me río y sorbo un poco más de caldo—. Puedes hacer lo que quieras —añade, bajando los palillos un momento—. Estás bendecida. Disfrútalo.

—Lo sé —digo y me llevo una fila de fideos amarillentos a la boca. Mastico y hablo con la boca un cuarto llena—. O sea, lo hago. Tengo mucha suerte de disfrutar de todo esto. —Callo un momento, dudando. A lo mejor, si me abro un poco, no me sentiré tan mal. Puede que así no eche tanto de menos mi hogar—. Hay épocas en las que me da la sensación de haber firmado un pacto fáustico o algo así, como un pacto con el diablo.

—Aiyah. ¿Qué diablo? Menudas tonterías.

—Lo digo en serio. Me preocupa que deba pagar un precio por todo esto, como si algo fuera a salir mal.

Cindy agita la mano.

—Fíate de mí, yo ya no me preocupo nada por ti.

—¿Por? —pregunto y me limpio la boca con la servilleta.

—Por la sifu.

—¿Qué sifu?

—La sifu en el templo de la Diosa de la Misericordia. Es como una especie de monja o experta, lah. Le dimos tus datos personales.

—¿Le disteis mis datos personales a una monja?

Estoy muy desconcertada. Es como si a Cindy le hubieran puesto en el cuerpo un generador aleatorio de palabras.

—¿No te lo dijimos?

—Creo que me acordaría, Cindy.

Agarra los palillos y da otro bocado. Luego muerde el huevo empapado en salsa de soja y la yema como mermelada. Carraspea antes de hablar. Habla con claridad, como si leyera la última voluntad y el testamento de la monja:

—Hace un tiempo, mi hermana...

—¿Cuál de todas?

—Cynthia.

—Ah.

Cynthia es la otra hermana de Cindy, la que vive en Malasia. La he visto varias veces, aunque no desde que transicioné. Es una versión más chillona de Cindy, con el pelo rojo y gafas de ojo de gato.

—Cynthia fue a presentar sus respetos a la Diosa de la Misericordia en el templo de Ipoh de camino a Penang. Conocen a la sifu, así que me pidió la hora y el día de tu nacimiento.

—¿Para qué?

—Para dárselos a la sifu, lah —dice con exasperación, como si fuera obvio—. Le dije a mi hermana que estabas estresada. No le conté el motivo, pero fue por la época en la que dijiste que querías transitar.

—Se dice transicio…

—¿Qué tal la comida?

Un camarero aparece de la nada con una sonrisa forzada y tensa. Cindy se gira hacia él y sonríe.

—¡Buenísima, gracias! —Se centra de nuevo en mí—. Bueno, mi hermana me lo pidió y le pregunté a tu padre tu fecha de nacimiento y se la di a ella. En fin, que fue al templo y se lo dio todo a la sifu, ya que ella puede ver el futuro.

—¿Y? —dije, inclinándome hacia delante.

Cindy carraspea de nuevo. Me sorprende lo interesada que estoy. Estas cosas me suelen parecer tonterías. Siempre me tapaba los oídos con las manos cuando Cass intentaba leerme el horóscopo. Deja de ignorarme… eso es muy de Tauro. ¿A lo mejor es tu ascendente? La historia de Cindy me parece diferente. Es importante, algo que necesito. Sigue hablando.

—La sifu consultó su libro de la vida…

—¿Qué es eso?

—Aiyah. —Agita la mano de nuevo—. No sé si se llama así. Pero tiene muchas tablas y las usa para determinar el camino de tu vida, ¿vale? El caso, que la sifu dijo: ¿Por qué te preocupas por esta persona? Esta persona es una chica y, cuando sepa quién es, triunfará. Tiene mucha suerte. No malgastes tiempo preocupándote por ella. ¡Preocupaos por vosotros! —Cindy sonríe y su postura se relaja—. Desde entonces, no me preocupo por ti.

—¿Tu hermana le dijo que soy trans?

—No. Mi hermana no sabía que eras trans en ese momento, pero la sifu le dijo que eras una chica. Ni siquiera que eras trans, solo que eras una chica, pero mi hermana lo entendió como que eras trans. Después me hizo sentar en una silla y me dio una lección. ¡Cindy! ¡Ming es una chica! Debes aceptarla. ¡Solo entonces triunfará!

Estoy boquiabierta. No sé muy bien qué estoy oyendo.

—¿Y qué dijiste?

—¡Me reí, lah! Fue después de que nos lo contaras a tu padre y a mí. Le dije a Cynthia: ¡Bah, Ming ya me lo ha contado! Pensé que a vosotros os costaría aceptarla. —Nos echamos a reír—. ¡Ves! La gente puede sorprenderte.

No puedo evitar sonreír. Cindy me agarra la mano por encima de la mesa y la aprieta. Dudo, pero le devuelvo el apretón. Las mantenemos ahí, solo durante un instante, hasta que ella me suelta y se centra en los fideos.

—Nunca le digas a nadie la hora en la que naciste, por cierto —dice con gesto adusto—. La gente puede usarlo en tu contra. Para magia oscura.

—No tengo ni idea de a qué hora nací.

—A las seis y nueve de la tarde —dice en voz alta. Asiento.

—¿Se lo contaste a papá?

—Pues claro. Ya conoces a tu padre, lah, no le van mucho estas cosas. Igual que a ti. Pero sonrió y se echó a reír. Sé que saberlo lo hizo feliz. Vi que se preocupaba menos. Maravilloso, ¿eh?

—Sí. Bastante. Gracias.

Cindy ojea los granizados de soju que han llegado a la mesa contigua. Se acerca para mirarlos bien. Está a punto de ponerse a hablar con la mesa vecina. Me contengo y no le digo nada. Debería dejarla que sea Cindy sin reservas.

17

BAJO EL AGUA

No tenía noticias de Sophia. Por lo que Marco me había dicho, no me honraría con un rechazo y solo me contactaría si conseguía el trabajo. Habían pasado semanas. Faltaban un par de meses para el desfile. La emoción se había disipado unos días después de haber aterrizado en Londres, al percatarme de que solo era un desfile y de que mi antiguo trabajo me esperaba. Todo parecía ridículo. Las personas a quienes se lo había contado pensarían que era mentira. Seguro que les pareció que sonaba como un niño de doce años que insistía en que tenía un novio de otro colegio que posaba para la marca Abercrombie. A medida que el subidón de la posibilidad se distanciaba de mí, la ansiedad acerca de Marco se incrementaba. Me decía a mí mismo que me tranquilizara, pero me di cuenta de que no estaba nada tranquilo y de que quizá nunca sería una persona tranquila. Había depositado mi autoestima en una única canasta. No sabía en qué otro sitio ponerla. En el trabajo nunca la conseguiría. La cerámica amateur siempre me había parecido una mierda, para fermentar cosas había que esperar mucho tiempo y los maratones eran para gente que quería huir de algo.

Mis amigos. Sabía que mis amigos eran otra canasta, pero, cuando algo siempre está presente, es fácil darlo por sentado. Sin embargo, para eso están los amigos, sujetos a las coincidencias y a los viajes en metro. Salí de la cama y abrí la puerta del salón. Un suave chisporroteo llenaba la habitación. Rob estaba junto al fogón con un albornoz. Se giró hacia mí y sonrió.

—Buenos días. ¿Quieres huevos?

—Sí, claro. Si los haces tú.

Sacó los huevos revueltos de la sartén y los sirvió en un plato. Luego tomó los últimos tres y los rompió en un cuenco uno a uno. Me acerqué a la panadera y me puse a cortar rebanadas de una hogaza redonda de masa madre de la que solo quedaba la mitad. Las tosté mientras Rob removía. Cuando terminamos, eché mano del plato más frío. Nos sentamos en la mesa redonda y comimos. Rob siempre devoraba sus huevos con kétchup. A mí me parecía bien, pero Sarah lo consideraba bárbaro.

—¿Quieres ir hoy a ver una peli? —pregunté. Negó con la cabeza con la boca llena de pan, la tostada en la mano y migas por los labios.

—Voy a ir a esa fiesta diurna en la discoteca de Canning Town. Aún puedes conseguir una entrada, si quieres. Salgo en un par de horas.

—Ah, mierda, sí, se me había olvidado.

Le había dicho que no iba porque quería mantener el día libre para Marco. Bajé la mirada hacia mi plato. Quería decirle a Rob que Marco no había contestado a mi mensaje, pero estaba avergonzado y no sabía si el análisis de mi amigo sobre la situación serviría de algo. Rob tragó la comida y me miró.

—Un momento, ¿hoy no ves a Marco?

El calor me inundó las mejillas.

—No me ha respondido.

—Ah. Pues qué mal, ¿no? A lo mejor tiene un buen motivo.

—Ya, no pasa nada. —Me encogí de hombros—. Y puede que tengas razón, quizá sea por algo.

—Deberías venirte conmigo.

Pasar un sábado de invierno de fiesta en una fábrica industrial vieja me dejaba incluso más vacío. Una parte irracional de mí me imaginaba encontrándome a Marco allí y sabía que dolería. Otra parte no quería comprometerse por si respondía. No sabía si eso también era irracional.

—Creo que no estoy de ánimo —contesté.

—Entiendo.

Después de desayunar, fregamos juntos los platos, volví a mi dormitorio y me tumbé en la cama. Agarré de nuevo el móvil. Ninguna respuesta de Marco. Le escribí a Sarah, porque sabía que no estaría en la discoteca de Canning Town.

¿Qué haces hoy?

Empezó a contestar de inmediato. Sarah la responsable, siempre puedes confiar en ella.

Voy a llevar a mi sobrino al acuario. ¿Quieres venir? Estaremos allí a la 1.

El acuario de Londres era una mierda. Tenía mala reputación, pero Marco no estaría allí. Podría sacármelo de la cabeza.

Me encantaría.

Llegué antes que Sarah y Chlo, así que compré tres entradas y los saludé con la mano cuando los vi. Sarah se estaba dejando el pelo largo. Ya le medía unos centímetros. Chlo me sonrió. Estaba más alto que la última vez que lo había visto, en la fiesta por su tercer cumpleaños. Se había disfrazado como Elsa, de *Frozen*. Ming y yo habíamos ido con Rob a ver la película.

Chlo llevaba un plumífero negro a conjunto con el de Sarah, que triplicaba el tamaño del niño. Se parecía más a su padre que a la hermana de Sarah. Dios, Tom, qué triste que Chlo parezca tan blanco. Solo ves que es chino si lo sabes. Mechones rubios se entrelazaban con los morenos y relucían en la luz azul del acuario.

—¡Hola, Chlo! —dije. Él se cruzó de brazos y puso una cara de enfado exagerada.

—Me llamo Claudius.

—Lo siento, Claudius.

—No lo llames así, Tom.

—Es mi nombre.

Sarah puso los ojos en blanco. Chlo metió los puños en los bolsillos, pero también me sonrió.

Dejamos los abrigos y accedimos al acuario con la entrada. Chlo gritó al ver los tiburones en el tanque bajo el suelo de cristal. Yo miré a un pulpo a los ojos, con el manto del mismo púrpura que un escroto; el animal iba a la deriva en la corriente sintética del tanque. Llevamos a Chlo al cristal y lo levanté. El pulpo se alejó de nosotros a rastras. La piel se le oscureció de gris a bermellón y enterró los tentáculos debajo del cuerpo antes de relajarse de nuevo y adquirir el color de la piedra.

—Creo que lo hemos enfadado —dije.

Chlo se rio. Lo arrastré por el cristal como si fuera la escalera de una biblioteca y lo bajé cuando el granito estuvo lo bastante bajo para que viera por encima.

—¿Qué es eso? —Chlo señaló el tanque.

—Anguilas, se parecen a las serpientes.

El niño chilló. Entramos en el túnel de cristal que atravesaba la parte inferior del tanque. Bancos de peces nadaban a nuestro alrededor y daban vueltas entre las hojas y los corales. Sarah y yo íbamos un par de pasos por detrás de Chlo.

—¿No ibas a esa cosa con Rob? —preguntó.

—No —dije y metí las manos en los bolsillos—. Creía que quedaría con Marco.

—¿Ha cancelado la cita?

—No, nunca lo llegamos a hablar.

—¡Eso es peor! ¿Por qué no le escribiste?

—Lo he hecho, esta mañana. No ha respondido.

Su semblante se volvió inquieto y compasivo, como si me hubiera pisado el dedo gordo del pie.

—Eso es horrible, Tom.

—Mmm.

Tal vez lo fuera, pero quería ver a Marco. No creía que estuviera dormido. No sabía qué estaría haciendo. A lo mejor un conocido suyo había sufrido un accidente. A lo mejor en su familia había habido una falsa alarma sobre un cáncer. A lo mejor no quería verme. Quise cambiar de tema, centrar la atención en otra parte.

—¿Qué tal el trabajo esta semana? —pregunté.

—Una mierda, Tom. Los despidos no se acaban nunca. Todo el mundo está quemado, incluso el equipo de recaudación, y eso que nuestros trabajos no corren peligro.

—¿Crees que la cosa se calmará? —dije y miré la rejilla de metal bajo mis pies.

—No. Hay demasiada publicidad negra sobre la organización. Demasiada mala prensa sobre las personas trans.

—Qué mal.

—Mmm. —Miró hacia el tanque. Una constelación acuática de peces amarillos pasó nadando a nuestro paso—. Vi a Lisa esta semana. En plan, quedamos.

Me giré hacia ella, sorprendido. Lisa había evitado a Sarah desde la ruptura. Los encontronazos en las fiestas eran amigables pero pasajeros.

—¿Sí? ¿Te ha dado los resultados de la autopsia?

—No. Y creo que ya no los quiero, la verdad. —Chasqueó la lengua y luego suspiró—. No hay mucho de lo que hablar, Tom. Diría que ya entiendo lo que pasó.

Sarah se detuvo cuando Chlo se quedó inmóvil para observar los peces. Nos apoyamos en la barandilla.

—¿Qué has entendido?

—Creo que sé por qué rompimos, aparte de los motivos que ella me dio. ¿Qué más necesito? Yo era siempre la que estaba en control y lo resentía. Una parte de mí, creo, la consideraba a ella un poco débil. La criticaba mucho. O sea, sé que lo hago con todo el mundo. Contigo y con Rob. Siempre encuentro cosas que machacar. Durante mucho tiempo, pensé que así conseguiría que se valiera por sí misma, pero cuando por fin empezó a hacerlo, no lo supe manejar.

—¿A qué te refieres?

Sarah arrugó los labios y movió la cabeza de un lado a otro, un gesto forzado para buscar las palabras adecuadas.

—A ver, *Finos esqueletos*. A ella le dio igual, Tom. Y eso me puso en alerta. Ya te lo conté, pero he dedicado mucho tiempo a reflexionar sobre ello y resulta obvio que lo que quería era que ella se valiera por sí misma, pero solo según mis condiciones. ¿Qué dice eso sobre mí? Primero, que soy una maníaca del control.

—¿Tú? Qué dices.

—Ya, ya —se rio—. Pero se trataba menos de ayudarla a ella a mejorar y más de ser tan dura con los demás como lo soy conmigo misma. ¿Tiene sentido lo que digo?

Asentí. Me quedó claro, aunque fuera un poco injusto.

—Yo sí creo que haces que la gente mejore. Ayudas a los demás. Y a tus amigos. Los retas de un modo favorable.

Sarah entrelazó el brazo con el mío.

—No hace falta que digas todo eso. Pero gracias.

Alcé la mirada. Los peces nadaban en círculos sobre mí. Veía la superficie del agua justo por encima de la curva de cristal del túnel. Me acordé de cuando vine al acuario con mis padres y no quise alzar los ojos ni mirar a los lados porque me daba miedo ver las ondas sobre mi cabeza. A lo mejor mi cuerpo se pensaba que se ahogaba. Chlo y los otros niños parecían relajados, sus mentes eran como plástico ante la ingeniería que les permitía caminar por el suelo del tanque. Chlo avanzó por el túnel y Sarah y yo lo seguimos, aún agarrados del brazo.

—Nunca me dijiste por qué *Finos esqueletos* causó tantos problemas —dije—. Ni siquiera cuando te lo pregunté.

—La verdad, Tom… —Hizo una pausa—. No sabía si en ese momento comprenderías que no tenía casi nada que ver contigo. Pero ahora pareces mejor.

Chlo regresó corriendo. Nos agarró de la mano a Sarah y a mí y se colgó entre los dos. Mejor. Medité sobre ese «mejor» durante un momento.

—Sí que me siento un poco mejor —dije—. Ahora parece que están ocurriendo cosas en mi vida. No necesariamente lo que pasó en Colonia, aunque eso ayudó un poco. Creo que me estoy centrando más en Marco. Y he dejado de sentir que el tiempo que pasé con Ming fue un desperdicio total.

Sarah abrió la boca para decir algo, pero la cerró y cambió de táctica.

—¿Te sientes bien con Marco?

Su nombre conjuró los susurros de muchas emociones distintas. Orgullo. Temor. Ansiedad. Alegría. Todas a la vez.

—Sí.

—¿Aunque te ignore?

—No me está ignorando.

Sarah entornó los ojos. Había respondido demasiado rápido. A la defensiva. Pero no era una mentira. Me sentía bien con Marco, pero a veces no. Era el frío y el calor. Él me había dicho que pensaba mucho en mí, pero yo seguía sin conocer a sus amigos. Una vez, en un pub, Marco me contó que la camarera le había preguntado si estábamos juntos. ¿A que es gracioso? Oye, que estaba pensando en que podríamos ir a Lisboa para escapar del mal tiempo. La suya era una opacidad tornadiza a la que, por desgracia, me había acostumbrado.

Una anciana, sentada en un banco al final del túnel, nos sonrió. Llevaba un chaleco recatado y un collar de perlas del tamaño de Maltesers. Debía de tener unos ochenta años. Tenía arrugas como desfiladeros alrededor de los ojos y la boca, pero su cabello largo y gris parecía juvenil excepto por el color. Nos sentamos en el banco contiguo mientras Chlo corría al tanque de los tiburones.

—¿Cuántos años tiene? —preguntó la mujer.

—Cuatro —contestó Sarah—. Aunque él me recordaría que le dijera que tiene cuatro y medio.

—¿Cómo se llama?

—Claudius. O Chlo.

—Es encantador, la mezcla perfecta de los dos.

—Lo es, ¿a que sí? —dije. Sarah me miró y se rio. Yo la miré por el rabillo del ojo y bajé la voz—. Esta mujer habría pensado que Lisa y tú erais muy buenas amigas.

—Ah, sí. —Puso dos dedos a los lados de la boca—. Amiguitas.

Observamos a Chlo mirar el tanque. La luz azul ahogaba los detalles de su espalda y lo disolvió en una silueta oscura. Solía imaginar momentos así mucho antes de salir del armario: ir a sitios como el acuario, parques de atracciones y fiestas con una mujer y un niño sin rostro. Esas fantasías parecían representar todo lo que no tendría si decía que era gay. Estar en el acuario con Sarah y Chlo hizo que esos deseos parecieran facilones y tontos, sobre todo porque serían a expensas de mi felicidad. Mientras mirábamos la silueta de Chlo sentados en ese banco, pensé en cómo la vida rehace y devuelve y falsifica.

—A veces quiero hablarle a Ming sobre Marco. Aunque siga enfadado con ella, sé que una parte de mí la echa de menos. O la necesita.

Sarah me miró. Era cierto. Quería hablar con Ming. No para fardar, ni siquiera para quejarme, solo para hablar. Para ver qué bromas hacía, qué diría sobre Marco que me hiciera reír. Guau. ¿Reservado y no disponible emocionalmente? ¡Parece tu tipo! Un hilo unía a Marco y a Ming, con textura y forma oblicuas. Sarah no dijo nada, así que dejé que la confesión flotara hacia el abismo.

Chlo pegó la uña al enorme panel de cristal. La punta de su dedo siguió el recorrido de un tiburón como el cañón de un francotirador.

—Yo aún estoy viendo qué lugar puede ocupar Lisa en mi vida —dijo Sarah, con la mirada al frente—. Pero he aprendido que puedes tomarte tiempo para pensarlo.

—¿Cómo te has vuelto tan sabia con Lisa?

—Es mi psicóloga nueva. Me está dejando seca.

—¿Alguna vez habláis sobre mí?

—Sí. Aunque solo durante los primeros cuarenta minutos. Los últimos diez los reservamos para mí.

Me reí. Dos niños pequeños regresaron con la anciana. Al levantarse del banco, los dos niños la empujaron por las piernas para llevarla a la siguiente sala. La mujer se giró hacia nosotros y puso los ojos en blanco con una sonrisa. Se la devolví como si hubiera visto a Chlo hacer lo mismo. Salieron juntos del tanque. Sarah miró a Chlo, aún hipnotizado por los tiburones. Al final, regresó corriendo a nuestro lado.

—¿Quieres ir a ver los caballitos de mar? —le preguntó Sarah.

El niño asintió. Nos levantamos y echamos a andar, con Chlo otra vez por delante. Sarah me agarró la mano. Chlo se giró y soltó una risita. Las manos de Sarah siempre estaban suaves. Todas las protuberancias de los huesos permanecían envueltas en piel suave. Solía ponerse crema hidratante en las manos todos los días, incluso cuando teníamos diecinueve años. Era lo primero que hacía cada mañana. Al despertar, se acercaba al tocador y se ponía una gota de crema antes de regresar a la cama. La mano se le quedaba aceitosa y percibía el olor a limones desde debajo de la manta.

Nos quedamos detrás de Chlo en el tanque principal de los caballitos de mar. Un caballito largo, de color amarillo, agitaba las aletas en vano, demasiado débil para ascender, aunque mantenía la posición. Chlo corrió a uno de los tanques más pequeños, situados frente al principal como los plintos de un museo. Miró las miniaturas que bailaban en el agua. Sarah me soltó la mano mientras lo seguíamos.

—¿Recuerdas el techo de nuestro cuarto de primero? —preguntó.

—No. Aunque no creo que fuera bonito. ¿Tú sí?

No levantó la mirada.

—Es un techo que puedo recrear a la perfección. Lo miraba cuando nos acostábamos juntos.

—Ah.

Algo pesado en mi abdomen se despertó; la tensión en mi cuerpo lo amasó como si fuera pan y lo ató en nudos. No sabía por qué sacaba ese tema. Sarah y yo, después de tantos años, nunca hablábamos sobre las veces que nos habíamos acostado. Casi nunca lo hablábamos con otras personas. Ming había preguntado, pero, por lo demás, era una cuestión que Sarah y yo evitábamos, hasta el punto de que había dejado de parecer real. Hablarlo era como deshacer todo el esfuerzo de enterrarlo.

—Había manchas de humedad —relató y dibujó la forma con el dedo en la parte superior del tanque—. Recuerdo que había una muy grande y un montón de pequeñitas. Miraba los bordes y fingía que eran nubes. Pero creo que mi cerebro divagaba porque tenía que alejarme de la situación. —Rodeó otro de los tanques y la seguí—. Creo que una parte de mí quería creer de verdad que el sexo era de una forma concreta para los hombres y de otra distinta para las mujeres. No podía durar mucho, ¿verdad, Tom? —Hablaba con humor fingido y sonreí a modo de respuesta—. Pero bueno, durante mucho tiempo no pude sacarme de la cabeza la imagen del techo. Pensaba en él y en el hecho de que podía recordarlo y sentía asco. A veces me siento avergonzada por eso. ¿No es ridículo? Y supongo que también era vergüenza. Una especie de trauma.

Guardamos silencio, cada uno en un lado del tanque. El sexo con Sarah había sido doloroso e inútil, pero al mismo tiempo fue muy importante para sostener una imagen de mí mismo que ya ni reconocía. Me dolía pensar en ello otra vez. El dolor era más reciente de lo que había esperado.

—Lo siento —dije.

—No seas tonto, Tom. Fue algo que nos hicimos a nosotros mismos.

Respiré hondo y miré alrededor. La sala de los caballitos de mar estaba vacía a excepción de nosotros dos y Chlo. El niño corría de tanque en tanque, como una pelotita de pinball, y a veces regresaba directo al que acababa de mirar. Sarah y yo seguimos paseando por la sala, dibujando ochos con nuestros cuerpos y manteniéndonos alejados de Chlo.

—Cuando terminábamos, me sentía bien por haberlo hecho —dije, bajando la voz para evitar el eco—. Como si hubiera hecho una tarea pendiente.

—Ya, yo también. Pero creo que no sentí el precio que estaba pagando hasta después de haber roto. Es como cuando plantas una semilla pero no sabes cuándo crecerá. Fue una mierda.

—Mierda —musitó Chlo para sí desde el otro lado de la sala y Sarah giró el cuello hacia él.

—No digas eso, Chlo.

Rodeé uno de los tanques más pequeños y miré la placa, en la que se explicaban las dificultades de los caballitos de mar a la hora de reproducirse. Las crías solían morir porque el plancton era demasiado grande para ellas. Un número reducido de acuarios, incluido el de Londres, lo había solucionado al alimentarlas con plancton más pequeño. No decía por qué habían tardado tanto en solventarlo.

Chlo apareció a mi lado y se puso a leer la placa. Apoyó el dedo sobre el recuadro de metal y recorrió cada línea, más rápido de lo que habría sido posible para él. Cuando llegó al final, se giró hacia nosotros y nos pidió ver los pingüinos.

Lo condujimos a la sala correspondiente. Nos sentamos en otro banco. Los niños apoyaban las cabezas en los cristales y dejaban huellas grasientas.

—¿Por qué te esforzaste tanto en que siguiéramos siendo amigos a pesar de todos los malos recuerdos? —pregunté.

—Creo que no era del todo consciente de lo que pasaba. —Se miró los brazos cruzados—. Creo que pensaba que, al seguir siendo amigos, lo podía controlar de algún modo. Pero me alegro de que lo seamos, ¿tú no? —Relajó los brazos y se reclinó con las manos sobre los muslos—. Creo que estaba amargada. Y parte de eso era por ti y otra parte por mí, y ninguna de esas dos partes se diferenciaba mucho. No fue fácil. A veces era como si existiera un enorme abismo entre la persona que se había acostado con un chico para demostrar que era hetero y la persona en la que creí convertirme. Pero tenía momentos en los que pensaba en el techo y entonces lo notaba en el estómago. —Se llevó las manos a la barriga, como si algo en su interior le hubiera propinado una patada—. Y entonces me percaté de que el abismo no siempre estaba ahí. Como si hubiera entrado en un laberinto y hubiera terminado en el punto de partida. Pero valió la pena.

—¿Sí?

Sarah resopló. Quizá fuera una pregunta patética e insidiosa, pero ansiaba una simetría emocional, que me aseguraran mi valía, que había algo bueno en mí y que el tiempo dedicado a mí merecía la pena. Ming parecía muy lejos de mi alcance, nuestra relación se había convertido en una víctima del tiempo y la negligencia. Pero Sarah estaba allí. Me incliné para apoyar los codos en las rodillas. Notaba las entrañas enredadas. Sentía una culpa que era tanto fresca como vieja, un brote nuevo de una semilla durmiente.

—Eres una buena persona, Tom. Te quiero de verdad. Hemos compartido muchas cosas y, aunque fue hace mucho tiempo, tú me conoces de un modo que no comparto con otra gente —dijo. Me eché a llorar. Me sentía muy enternecido. Sarah calló un momento y luego me empujó el hombro hacia su pecho. Sollocé sobre ella mientras me acariciaba el pelo—. Para, Tom. Esta es mi historia triste.

Me reí y, al apartarme, vi que tenía los ojos humedecidos. Miramos a Chlo y lo vimos reírse mientras un pingüino pasaba del aire al agua.

—Gracias por contármelo —dije.

—De nada, Tom. Así suelto toda la vergüenza. Te estoy enseñando el vientre.

—¿Qué?

—Es una analogía que estamos usando en terapia. Para algunos animales, enseñar el vientre da mucho miedo. Porque corren el riesgo de que los ataquen.

Asentí despacio.

—Supongo que, para otra gente, nuestras entrañas no valen mucho.

—Para otra gente. Suena a mierda hippie, pero creo que el riesgo vale la pena. Así descubres a quién le importas de verdad y te impide castigarte tanto por ser tú mismo.

Yo nunca había tomado muchos riesgos. ¿Le había enseñado el vientre a Marco?

—Chlo. Es hora de irnos — gritó Sarah. El niño regresó corriendo y nos dijo que los pingüinos se habían casado—. Mola.

Recogimos los abrigos del guardarropa. Salimos del acuario con Chlo entre los dos, agarrados de las manos. El sol, aunque estaba bajo, iluminaba la entrada del edificio y entonaba su canto antes de que la tarde invernal lo hundiera en el horizonte.

Estiré los brazos por encima de la cabeza. La oscuridad rígida del acuario me había oxidado las articulaciones. Cerré los ojos, pero el sol pintó el interior de mis párpados de naranja. Solté un bostezo estruendoso.

Me acordé de Ming estirándose por las mañanas, de pie en la lozana luz de un nuevo día. Yo me estremecía al oír los arpegios que sonaban en su columna. Sus carcajadas llenaban la habitación. Me había pasado años feliz de que la luz de Ming me nutriera, tanto que nunca me había preguntado qué podía ser para mí mismo, sino solo qué podía ser para ella. Llevaba tiempo sospechando que Ming brillaba más que yo, del mismo modo que sospeché que Sarah también lo hacía.

Al devolver los brazos a los costados, me llené los pulmones. Las notas a petróleo de la ciudad se me introdujeron en los senos nasales, pero era más dulce que el aire viciado de dentro. Chlo me agarró de nuevo la mano. Bajamos los escalones y nos alejamos de la entrada.

Miré el móvil con la mano libre. Marco seguía sin responder, pero había unos cuantos mensajes y un correo de Sophia. El diseñador me había contratado. Sophia quería mis datos para reservarme un tren a París.

Agujereé la cubierta de plástico de la lasaña congelada y la metí en el microondas. Luego regresé al sofá y observé cómo el recipiente negro giraba en la caja plateada. En general, la lentitud de la rotación y la tenue luz amarilla del microondas me habrían llenado de una insignificancia terrorífica, pero esa noche sentía todo lo contrario. Había leído una y otra vez el correo de Sophia. Y Marco me había llamado. ¡El móvil hoy me la ha liado! ¿Puedes venir a Dalston? Seguramente coma en casa, pero le he dicho a una amiga que se venga. Te caerá bien. ¿No te importa? No le había dicho a Marco que había conseguido el trabajo. Quería guardármelo para cuando nos viéramos en persona. Quería verlo sonreír.

Me comí la lasaña directamente en el envase, me lavé la boca y salí del piso. El tren Overground iba directo allí. Recorrí Kingsland Road. Habíamos quedado en un restaurante japonés que también era un bar de jazz. Eché un vistazo dentro para buscarlos. Unas lámparas en forma de globo blanco colgaban del techo. Sillas y mesas de roble ocupaban los suelos, también de roble. La gente bebía y comía sushi y hablaba por encima de la música jazz. No parecía el tipo de clientela habitual de un bar de jazz, pero fingía que lo era. Había unos cuantos jerséis negros de cuello alto, pelo corto, pantalones de campana y mucha gente mirando el móvil. No vi a Marco, así que me senté en un soporte para bicicletas.

Diez minutos más tarde, Marco se acercó desde la carretera. Llevaba una chaqueta larga de cuero, joyería plateada y vaqueros anchos. Se había recortado la barba. Caminaba con una mujer de nuestra edad con un abrigo idéntico y el pelo rubio platino recogido en un moño. Se había maquillado mucho los ojos y vestía un corsé de color champán y pantalones acampanados de color óxido. Parecía que se hubiera apropiado de algo, pero no sabía el qué. Nos saludamos. Se llamaba Thea. Marco esquivó mi beso y dirigió mis labios a su mejilla.

—¿Por qué no has entrado? —preguntó.

—He llegado hace unos segundos.

Entramos en el bar y nos dirigimos al extremo más alejado para sentarnos en una mesa.

—La verdad es que odio el jazz —comentó Thea.

Marco resopló, pero eso hizo que la chica me cayera mejor solo por admitirlo. Yo no odiaba el jazz, tampoco sabía gran cosa sobre el género, pero sabía que calumniarlo no era seguro. La gente te miraba como si hubieras dicho que odiabas la cultura.

Thea examinó el bar y luego la cabina del DJ. Un póster minimalista anunciaba una noche abierta de mesas de mezclas. Lo señaló.

—A lo mejor hemos venido la noche equivocada —dijo.

—Yo antes era DJ —solté e intenté esbozar una sonrisa irónica.

—¡Se me había olvidado! —exclamó Marco.

Thea se rio. Me preocupó que no entendieran la broma. Ella parecía a punto de preguntar más, así que cambié de tema. Descubrí que también era fotógrafa. Por eso conocía a Marco.

—¿Y vosotros de qué os conocéis?

La pregunta fue como una puñalada en las tripas. Resultaba humillante y revelaba cómo hablaba Marco de mí, o lo poco que lo hacía. Voy a ver a un chico para tomarnos unas copas, Thea. Deberías venirte. Cuando yo hablo sobre Marco, ofrezco detalles. Salimos juntos. Es un chico que estoy viendo. Estamos, en cierto sentido, juntos.

—Nos conocimos a través de una app —ofreció Marco.

Thea arrugó el gesto y asintió. Yo acepté ese punto intermedio, porque al menos reconocía cierta conexión. Le pregunté a Thea qué fotografiaba.

—Moda. O lo intento, por lo menos. Hace poco hice un par de sesiones para una revista —contestó. Por Marco sabía que eso implicaba luchar con otros fotógrafos jóvenes para tener dos páginas en una revista independiente que se llamara *Condicional* o *Húmedo*—. Hace poco me llegó trabajo comercial, lo que significa menos fiestas sexuales en Mayfair.

—¿Fiestas sexuales?

—Saco fotos del antes, cuando todo el mundo va de etiqueta. Siempre me invitan a quedarme. Las mujeres son preciosas. Los hombres son asquerosos.

La pantalla del móvil de Marco se iluminó sobre la mesa. Vi una notificación de la app de ligue por la que nos conocimos. Otro pinchazo arrollador de ansiedad. Le dio la vuelta al móvil. Yo borré las apps hace semanas, en parte porque solo entraba para ver si Marco estaba conectado, y solía estarlo. La nuestra no era una relación monógama, pero aún me incomodaba. ¡A lo mejor sigue en esas aplicaciones para ver si yo también estoy!

—¿Tom? —dijo Thea.

—Perdona, dime.

—Te he preguntado a qué te dedicas.

—Trabaja en el sector financiero —contestó Marco—. Es muy inteligente.

—¡Ah, vaya! ¿Qué haces exactamente?

—Es aburrido.

—¡No, dime!

—Soy analista en el equipo de fusiones y adquisiciones en un banco de inversión. Ahora mismo estoy sobre todo con energía e infraestructuras.

—No tengo ni idea de qué significa nada de eso —se rio Thea.

—Nadie lo sabe —añadió Marco.

Sonreí y apoyé el dedo en la punta de la pajita para dibujar círculos con ella y mover el hielo en el fondo de la copa. ¿Eso es todo? ¿Ese soy yo? Cuando hablaba sobre los libros que me gustaban, sobre los videoensayos o ser DJ, no parecían cosas que me gustase hacer, sino cosas que solía hacer, reducidas y empequeñecidas en un rincón de la habitación. Me estremecí de nuevo por haberle dicho a Thea que solía ser DJ. Me resultaba patético intentar reclamar cierta personalidad.

—Envié unas fotos de Tom a una agencia extranjera. Les gustó. La propietaria es la encargada de contratar modelos para un desfile y le pagaron el vuelo para conocerlo en persona.

—Eso es buena señal —dijo Thea.

—De hecho, hoy he recibido su respuesta. Me han contratado.

Marco pareció sorprenderse un instante, pero la expresión se fundió en una sonrisa astuta, como si no hubiera podido haber otro resultado. Thea aplaudió y brindamos. Sentía un orgullo agradable. Cuando apartamos las manos del brindis, Marco me rodeó la cadera con un brazo y apretó. Era la primera vez en toda la noche que había mostrado afecto real y casi olvidé que Thea no había sabido quién era yo hasta ese día. Pedimos otra ronda de copas y luego más. Se nos unió un nuevo amigo, un hombre corpulento con un corte de pelo mullet de color verde lima, un chaleco blanco y gafas con las lentes amarillas. Cuando me preguntó de qué conocía a Marco, le dije que estábamos saliendo. Marco me miró con una sonrisa.

Despejaron las mesas delante de la barra a las once. Más bebidas y, una hora más tarde, bailamos junto a las mesas de mezclas. El cuerpo de Marco parecía distante. Su tamaño, su energía (no como la de Jason, sino como los saltos y límites de Ming), parecían un avance. Nos pedí un taxi para regresar a su almacén. En el camino de vuelta, me dijo por qué creía que Andreas Gursky estaba sobrevalorado, aunque a su exnovio y a Thea les encantaba. Lo escuché e hice preguntas hasta que el taxi llegó al sitio. Atravesamos la zona común y la cocina a oscuras y luego entramos en su dormitorio.

Tras subir al entresuelo donde se hallaba su cama, me quitó la ropa. Le dije que era precioso. Enterró la cara en mi culo. Lo abracé con fuerza mientras lo hacíamos. Luego nos tumbamos juntos, él bocabajo y yo bocarriba, con las respiraciones fatigosas y entrecortadas. Le agarré la mano.

—¿Quieres venir a París conmigo? —le pregunté. Marco se dio la vuelta.

—Puede que esté liado con el curro. Tengo que pensarlo. —Hizo una pausa—. Pero sí, estaría genial. —Me besó en la mejilla—. Dame un segundo, tengo que mear.

Rodó por la cama y bajó la escalera. Tenía el móvil enchufado junto a la almohada. Lo agarré para mirar la hora, pero vi de nuevo el montón de notificaciones sin leer de la aplicación. Se me tensaron un poco las entrañas. Le di la vuelta al móvil y lo dejé donde estaba. Cuando Marco regresó, cerré los ojos y fingí que dormía.

18

PASARELA

La música como de trance inundaba la sala, del tipo que se oye en un festival de Bulgaria lleno de gente blanca con rastas. La notaba en los pies. Los zapatos me venían una talla grande. La mujer delante de mí llevaba un vestido con las hombreras más grandes que había visto nunca. Parecía una cortina de ducha. El espacio entre bastidores era claustrofóbico, un poco más oscuro que la pasarela al otro lado, iluminada por una luz blanca. El público apenas era visible. Bostecé. Habíamos empezado temprano y casi no había dormido la noche anterior.

Intenté recordar las palabras de Sophia cuando se reunió conmigo fuera del salón de actos. No me quedó claro por qué estaba allí, pero parecía conocer a los otros modelos. Seguramente los habría fichado a todos. Le apretó el brazo a una mujer con prótesis en los pómulos y luego se acercó a mí. Llevaba el pelo rubio engominado hacia atrás. Me agarró por los hombros y me miró fijamente con ojos penetrantes desde las sombras de sus cuencas hundidas. No levantó el mentón.

—Acuérdate de caminar —había dicho—. Con una postura decidida, no como si sostuvieras una uva en el culo. Más bien como si llevaras una sandía en las manos. No, no lo entiendes. Camina como si hubiera peso. Baja las manos otra vez a los costados.

Me repetí de nuevo esas palabras, como había hecho cuando la estilista me vistió con un traje extragrande, me abrochó los pantalones y me metió los pies en los zapatos. Uva no. Sandía.

Las repetí de nuevo mientras los maquilladores me dibujaban unos círculos negros alrededor de los ojos que me hacían parecer enfermo.

La mujer delante de mí salió a la pasarela de ónice, que estaba un centímetro hundida y llena de agua. Vi que sus pies creaban chapoteos suaves a medida que avanzaba, que su cuerpo ondeaba en el reflejo. Mi mente regresó al presente al notar la mano de un hombre en la espalda. ¡Sal, sal, sal!

Caminé detrás de ella. A cada lado había hileras de personas envueltas en sombras. Dejé de respirar. Se me tensó el cuello. Mantuve la cabeza recta. Lo único que tenía que hacer era terminar el largo bucle rectangular. Los pies entraban y salían del agua. Unas gotas aterrizaron en los tobillos y entraron en los zapatos. ¡No te detengas en las esquinas! Gira. Camina más. ¡Gira! Sandía. En el último tramo, me noté el corazón en el pecho, que palpitaba como loco, y la cabeza latía a su ritmo. Y entonces terminó el desfile. Me eché a reír y un desconocido me dio unas palmaditas en la espalda y me dijo que había hecho un buen trabajo. ¿Qué cojones había sido eso? La espera y la expectación se habían destilado en menos de un minuto en un pequeño frasco que podía tragar de una. Me reí más porque el tiempo parecía una tontería, porque en un extremo del telón había un impostor y en el otro me sentía especial, y no sabía si ese cambio era poderoso o asombroso o frágil o las tres cosas a la vez.

No fue como me esperaba. No salimos todos juntos al final como en los desfiles que había visto. Guardamos silencio mientras los demás modelos terminaban el recorrido y se reunían detrás del telón como gotas en un charco. Después del aplauso del público, nos desvistieron y deshicieron las horas y horas de trabajo. La gente revoloteaba por ahí como ratones y pájaros sacados de un cuento de hadas; sus manos deconstruían el montaje, me devolvían a mí mismo. Al cabo de un rato, vino una persona con toallitas desmaquillantes y me limpió los círculos oscuros y el resto del maquillaje.

Me acerqué a donde estaba mi ropa, dispuesta en un pequeño montón en un extremo de la sala. Me vestí de nuevo con cosas ordinarias. Los «gracias» y «hemos terminado» volaban por la sala y entonces la multitud salió del complejo de grabación. Vi a Sophia cerca de las mesas de maquillaje y esperé a que terminara de hablar con otra modelo. Se giró hacia mí con un semblante más luminoso que antes.

—Bien hecho —dijo—. Has estado genial, con el peso justo por delante. La sandía perfecta. Te enviaré un correo. Ahora mismo no, pero ¡pronto! Puede que esta noche. ¡O más tarde! Estate pendiente del móvil, ¿vale?

Le di las gracias y salí al pasillo principal. Según Marco, el edificio era una central eléctrica renovada. Las ventanas se extendían por los treinta metros de altura de las paredes y, en el centro, había una claraboya. Con cada paso, me percataba más y más del tamaño del edificio y mi cuerpo se encogía. Caminé con el rostro hacia el cielo. Sonreí. Una sensación cálida me recorrió entero e intenté ignorar la incertidumbre que la seguía, como dos peces koi dando vueltas en mi pecho. Marco estaba junto a las puertas principales. Me habían pagado el hotel. Lo único que Marco tuvo que hacer fue comprarse el billete de tren.

Se acercó corriendo y, al abrazarme, me sentí grande de nuevo.

—¿Qué tal ha ido? —preguntó—. ¿Ha dicho Sophia si te va a contratar?

—Todo dependía de este trabajo, así que sí, creo que sí.

Marco me abrazó de nuevo y su fuerte mano me apretó el culo.

—Vas a ser famoso.

Cuando me agarró la cara, el pez incierto se tragó al pez cálido y noté la frialdad de los brazos de Marco contra el cuello. Bajé los brazos a su cintura. Me dio dos picos en la boca. Llamó a un taxi y le dijo al conductor la dirección del hotel en francés.

—¿Cómo ha sido? —preguntó.

Pensé en caminar por la pasarela y en lo que había sentido. Me había costado no dejarme llevar por todo aquello, pero también había algo que no encajaba. No había sido miedo por lo que hacía, sino una sensación interior de distancia, como si me hubiera despertado para descubrir que flotaba en el espacio. Era el mismo sentimiento que había tenido tumbado en la lona del estudio de Marco, como si me alejara de mi cuerpo. Me planteé que quizá la idea de ser modelo me llamaba más que la profesión en sí.

—Ha sido emocionante —contesté—. No sé cómo describirlo. Sentí que no era yo mismo.

—Es que no lo eras, tonto. Ese es el objetivo, ¿no? Te conviertes en quien ellos digan.

—Ya.

Me esforcé por devolverle la sonrisa.

El taxi cruzó la ciudad y se detuvo delante de nuestro hotel. Atravesamos las puertas juntos, agarrados de la mano. Había dos mujeres, un poco mayores que nosotros, sentadas en el vestíbulo con sus maletas. Llevaban botas UGG y boinas. Nos miraron, sonrieron y luego intercambiaron una sonrisa entre ellas.

En la habitación, me apoyé en el papel de pared ornamental junto a la puerta del baño. Tenía pintadas enredaderas con flores de color pastel. Marco se arrodilló al lado de la neverita. Abrió la puerta plateada y sacó una botella de Veuve Clicquot.

—Eso no lo pagan.

—La he comprado antes.

—Qué astuto.

—Te lo mereces.

Quitó el alambre y sacó el corcho. Tras el pop, un chorrito blanco salió de la boca de la botella. La espuma aterrizó en el brazo de Marco y se disolvió sobre él pegajosa y clara. Marco la lamió y chupó el líquido que caía. Luego buscó dos copas. El champán salió demasiado rápido y las burbujas se elevaron dentro de los cristales, luchando por salir a la superficie y respirar. Marco aguardó a que la línea bajara y luego las llenó de nuevo y me ofreció una.

Me acerqué al balcón francés para beber el champán, con la esperanza de que acallara la inquietud que sentía por la conversación que había estado ensayando mentalmente, la que sabía que debía mantener con Marco. Se situó a mi lado y admiramos las vistas, el sol poniente, el delicado edificio color crema de enfrente, el mosaico de luz amarilla y ventanas oscuras. Por detrás asomaban edificios más altos.

Guardamos silencio mientras bebíamos; Marco me abrazó por la cintura en cuanto mi copa quedó vacía. Me apretaba con fuerza. Nos balanceamos en el silencio de la habitación, al son del sonido blanco del aire acondicionado, del traqueteo del carrito de equipajes que llegaba desde fuera. Me besó el cuello y luego la oreja.

—Te voy a dar bien duro.

Las palabras me bajaron por la nuca y los omoplatos, y los músculos se contrajeron contra el hueso. Lo besé. Fuimos a la cama y me senté a horcajadas sobre sus caderas, con los labios en su cuello. Su barba me raspó la mejilla. Le desabroché la camisa y el cinturón y me metí su polla en la boca. Él me agarró por la nuca e hizo girar las caderas.

Me quité la camiseta por la cabeza y me desabotoné los pantalones. A horcajadas sobre el cuerpo de Marco, arrastré las rodillas hacia arriba para llevar la pelvis a su cara. Me la chupó hasta que, con las manos en mis costillas, me indicó que me tumbara bocarriba. Se puso un condón y empezó a entrar. Los movimientos de su cuerpo pronto se tornaron vigorosos. Los músculos y venas en los lados de su cuello se tensaban y relajaban al ritmo de las caderas. Usó las manos para darme la vuelta: su cuerpo sobre el mío, su aliento cálido en mi oído. Se corrió, luego me hizo girar de nuevo y me mordisqueó el cuello hasta que yo también me corrí. Ató el condón y lo lanzó a la papelera.

Un tiro limpio. Tras desaparecer en el baño y regresar con una toalla, me limpió el semen del pecho y la dejó en el suelo.

Me quedé en la cama un segundo más antes de trasladarme al balcón. Escondí el pene detrás de una columna de la balaustrada. El frío se deslizaba sobre mi pecho. Marco se situó detrás de mí, en la misma postura de antes, como si no hubiera ocurrido nada, tan solo la desaparición de nuestra ropa. Me besó de nuevo el cuello.

Sonó mi móvil. Me alejé de Marco y del balcón y lo encontré en los pantalones tirados en el suelo. Era Rob. Entré en el baño y cerré la puerta corredera. Extendí los muslos sobre la madera fría de la tapa del inodoro. Carraspeé y el sonido rebotó en el mármol.

—Eh, hola.

—¿Cómo ha ido?

—Bien, ya estoy en el hotel con Marco. Todo ha sido una locura.

—Envíame fotos, ¿vale? Estoy muy orgulloso de ti —dijo. Me sonrojé—. ¿Vuelves a casa esta noche?

—Sí, volveremos bastante tarde.

—Yo voy a salir, pero te veré cuando vuelva o ya mañana por la mañana. ¿Has hablado con Marco?

—No, aún no.

—¿Y vas a hacerlo?

—Creo que sí.

—Deberías, ¿vale? Buena suerte. Lo has hecho genial. Te quiero.

—Yo también te quiero.

Colgué. El equilibrio se apoderó de nuevo de mi cuerpo. Me miré en el espejo, animado por la voz de Rob. La cara que me devolvió la mirada había hecho algo genial, algo interesante, a un mundo de distancia de mi trabajo en Londres. A lo mejor daba igual que me sintiera distanciado de mí. A lo mejor era algo bueno. Miré el teléfono y les escribí a mis padres para decirles que todo había ido bien.

Me lavé rápido, pensando en Marco y en la conversación que le había dicho a Rob que mantendría con él. Inhalé seis segundos, exhalé otros seis. Son conversaciones que uno tiene con la persona con la que está saliendo. Es normal expresar tus necesidades. Pensé en lo peor que podría decir. Estás delirando. ¿Tú? ¿Conmigo? ¡Ja! Las manos deslizaron la puerta corredera de nuevo en su ranura y salí al dormitorio. Marco se había puesto la ropa interior, así que lo imité. Me apoyé en el pequeño escritorio de caoba del rincón, junto a la copa vacía. Marco estaba tumbado en la cama, mirando el móvil, con la espalda apoyada en el montón de cojines, las rodillas dobladas y el peso de los muslos en las sábanas. Su cuerpo atrapaba los últimos rayos de luz.

—Marco —dije. Ladeó la cabeza hacia mí—. Hace tiempo que quería hablar contigo. Sobre nosotros. Me pareció que este fin de semana sería una buena oportunidad. No sé, estaba pensando en esperar al tren o más tarde, pero creo que tiene sentido hablar en privado. —Se movió en la cama. Hubo un susurro de sábanas cuando se enderezó—. Quiero que seamos algo más de lo que somos ahora.

—¿Quieres que seamos pareja?

Su semblante estaba inexpresivo, no reflejaba nada, solo una orden muda que exigía sinceridad.

—Sí. Quiero una relación.

La silueta del cuerpo de Marco pareció atenuarse, convertirse en curvas. Dio unas palmaditas a su lado en la cama y me senté, con la vista fija en la pared de enfrente. Nuestras piernas se solaparon en la rodilla, la suya encima de la mía. Evité su mirada y comparé la carnosidad de sus muslos con mi cuerpo delgado.

—Me gustas bastante. Creo que molas mucho, Tom. Disfruto del tiempo que pasamos juntos, pero no quiero estar solo contigo.

—No he dicho que quiera una relación monógama. —Las palabras salieron como migas de mi boca. Marco guardó silencio, apoyó la mano sobre mi rodilla y apretó—. O sea, no sé si la monogamia funciona para mí. Le puse los cuernos a Ming.

—¿Cuernos de verdad?

—Más o menos. Con un tipo del trabajo. Fue algo puntual.

Marco se rio. Me sentía infantil. Me imaginé a través de sus ojos. Pequeño e inocente, como si la gente y las relaciones fueran demasiado grandes para que las entendiera, como la noche en que Ming me dijo que era trans o cuando rompió conmigo.

—No quiero quitarle importancia a esa experiencia, pero estoy seguro de que fue por algo más profundo y no solo porque quisieras tener una relación no monógama —dijo. Me levanté de la cama y me acerqué al balcón. El gris cubría el cielo oscuro entre las luces de la ciudad y la luna naciente—. Creo que nos lo pasamos bien, pero ¿podemos quedarnos tal como estamos ahora? Yo no busco una relación y, si nos comprometemos, creo que habrá tensión. No vale la pena. No cambiemos nada.

—Vale.

Para mí sí valía la pena. Me dolió que para Marco no. Me había mostrado ante él y, con un gesto ciego de la mano, me había abierto en canal. Me aparté del balcón y recogí la ropa del suelo, como si recogiera mis entrañas. Fui al baño a por las cosas de aseo. Nos marchábamos esa noche y no por la mañana porque Marco tenía planes en Londres al día siguiente. Las botellas de crema hidratante y sérum entrechocaron en el neceser. Me habían dicho que usara esos productos, pero a mí me daban igual. Marco ya había guardado todas sus cosas.

Me sorprendió con cuánta rapidez había claudicado y me había negado a mí mismo lo que necesitaba con tal de aceptar lo que él quería. Y sabía que era porque una parte de mí creía que era afortunado por lo que recibía, que nunca habría otra persona. Era como una ficha solitaria en un juego y yo saldría perdiendo. Cerré el neceser y salí al dormitorio. Marco se había vestido ya y se abrochaba el cinturón. Dejé el neceser y la ropa en el tocador.

—Creo que no quiero algo casual —anuncié.

Me miró. Agarré la camiseta y me la puse para ocultarme de sus ojos detrás de la tela negra. Cuando salí por el agujero, me había liberado de su mirada.

—Y yo no quiero una relación.

—Pues no sé dónde nos deja eso.

Guardé silencio. Algo en mi interior se derrumbó de nuevo y jugueteé con los pantalones con la esperanza de distraerme de las lágrimas que se acumulaban en mis ojos, listas para salir como proyectiles de artillería. Me puse los pantalones y me abroché el cinturón. Luego me senté en el borde de la cama.

—Quiero seguir viéndote —dijo Marco.

—Yo no quiero eso.

—¿Por qué no?

—Porque me hará daño —sollocé—. Y, aunque eso parece lo más fácil, no es como debería ser. No es lo que necesito ni quiero. Eso lo sé bien. —Me caían lágrimas por las mejillas. Me las limpié con el dorso de la mano y me levanté. Me acerqué a los zapatos, en un rincón, y me giré hacia Marco después de limpiarme toda la humedad de la cara—. Creo que ahí fuera hay más cosas para mí.

Marco curvó los labios en una mueca.

—¿Más cosas para ti?

—No me refiero a alguien más que tú, sino a alguien que me dará lo que quiero. Tú mismo lo has dicho. No quieres una relación, sino todo esto. —Abarqué la habitación con las manos—. Venir aquí conmigo. Es como si quisieras que me entregara a ti sin recibir nada a cambio.

—Yo te conseguí este trabajo, Tom.

—Le enviaste las fotos a Sophia —dije, las palabras firmes pero tranquilas—. Y te lo agradezco, pero no puedes apropiarte de todo el mérito. Yo también he contribuido. Y no hablaba de eso. Ya sabes a lo que me refiero. Quiero saber que hay alguien ahí fuera para mí.

—La verdad es que parece que sigues colgado de tu ex —respondió.

—Ya, es posible, pero ¿tan malo sería? —La pregunta pareció desinflar a Marco y se sentó en la cama mientras jugueteaba con los zapatos—. Creo que necesitas tiempo para decidir lo que quieres. Porque me parece que no lo sabes. No me sentiría tan presionado si lo supieras. Es tan desconcertante para mí como para ti, pero no creo que yo tenga toda la culpa.

Movió las manos hacia los cordones de las zapatillas. Tensó las tiras blancas y enroscó una alrededor de las otras hasta formar un nudo doble.

No dijo nada.

—Deberíamos irnos —propuse.

Asintió y se quedó sentado un momento antes de levantarse.

En la estación esperamos en silencio a que llegara el tren de vuelta a Londres, separados como si fuéramos desconocidos. Cuando entramos en la sala de espera, le compré un bocadillo y lo aceptó sin mirarme a los ojos ni darme las gracias. La situación no era tan triste como había esperado; aún había lágrimas latentes, pero me sentía bien y, de algún modo, sabía que estaría mejor que antes. A lo mejor era por el subidón del desfile, pero también porque sabía que había hecho lo que podía y lo había dicho todo. El tren apareció en la pantalla de salidas.

—¿Vamos al andén? —pregunté.

Marco asintió. Se levantó del asiento y me siguió a un paso de distancia mientras íbamos al vagón. Subimos y nos sentamos en nuestros asientos, uno delante del otro. El tren iba vacío. Saqué el móvil para decirle a Rob lo que había pasado.

¡Joder, lo siento! Lo hablamos en persona, ¿vale?

Marco soltó un gruñido terco y se cruzó de brazos. Su lenguaje corporal parecía caricaturesco. Ceño fruncido, ojos fijos en la ventanilla.

—¿Todo bien? —pregunté.

—De maravilla.

—Diría que estás enfadado.

—No lo estoy.

—Vale.

Saqué el libro de la mochila y me puse a leer. Mis ojos recorrían las líneas, pero no las entendía. Seguí leyéndolas hasta que empezaron a cobrar sentido. El tren salió de la estación y, cuando alcé la mirada por encima del libro, Marco seguía con las manos debajo de los codos y el gesto agriado. Le sonreí, pero no me miró. Avancé más páginas hasta que dejé de estar pendiente del tiempo, hasta que Marco habló por fin.

—Creo que tienes razón —anunció. Lo miré. Había relajado los brazos. La tensión en su rostro se había derretido. Doblé la esquina de una página y lo dejé delante de mí—. Tiene sentido. Creo que es como un rechazo. Y he reaccionado mal por eso.

—Yo también me siento un poco rechazado, pero creo que eso significa que no nos estamos rechazando en realidad. Es duro, ¿verdad? —Respiré hondo por la nariz y los ojos me escocieron con nuevas lágrimas. Me gustaba Marco. Era la primera persona desde Ming que me había gustado de esa forma. Solté el aire y el temblor en mi interior se calmó—. Tengo la mala costumbre de aceptar cosas que no me sientan bien y solo intento hacer lo que una persona haría si se quisiera a sí misma tanto como quiere a otras personas. —La palabra «querer» casi hizo que las cejas de Marco salieran disparadas de su cabeza—. Sé que piensas que yo no podría tener una relación abierta, pero estoy dispuesto a intentarlo. En un sentido general, quiero decir. Pero bueno, no creo que este asunto vaya solo de eso… —Su semblante se tornó inquisitivo al oírlo—. La gente en relaciones abiertas tiene parejas principales y esas cosas. Creo que ese «principal», o esa primacía, es la palabra que busco. Quiero primacía.

—Más ataduras.

—Sí. Más ataduras.

Marco suspiró, pero parecía satisfecho con la resolución que habíamos alcanzado, una que le dejaba el ego intacto. Me agarró la mano y apretó. Luego cada mano regresó a su respectiva frontera.

Volvía a estar solo, pero me sentía bien. Agarré el libro y seguí leyendo. Las palabras entraron sin problemas.

Cuando llegué a casa, había una chocolatina cara en la mesa del salón. Rob había dejado una nota escrita en fosforito verde en un papel A4 diciendo que lo había hecho bien. Dejé las llaves en la nota y le escribí un mensaje para darle las gracias. Cuando abrí el teléfono, vi que me habían etiquetado en algunas fotos del desfile. Se las envié a Rob, a Sarah y luego a mis padres. En un impulso, las subí a redes sociales. Mamá respondió diciendo que estaba orgullosa de mí.

Me pregunté de qué estaría orgullosa. De sus genes, quizá. ¿De qué estaba orgulloso yo? Caminar por una pasarela parecía algo sin sentido y, al mismo tiempo, lo más importante del mundo, como una forma de huir de la norma. Me metí debajo del edredón. Me quedé dormido, pero floté en la superficie de la conciencia. Me desperté un par de horas más tarde y leí un mensaje de Rob que había enviado una hora antes.

¡Guapetón! Vuelvo a casa pronto.

No lo había oído llegar, pero seguro que ya estaba en casa. Me tumbé y cerré los ojos para volver a dormirme.

Me despertó el sonido del timbre. Miré el móvil. Habían pasado otras dos horas. El timbre era continuo y lo sentía en lo más hondo del oído. Me puse el albornoz y salí del dormitorio. La puerta de Rob permanecía abierta. Me asomé. La cama estaba hecha. Y vacía. ¿Era Rob quien llamaba? ¿Por qué había tardado tanto en llegar a casa? El pánico perforaba el repiqueteo del timbre y un instinto primigenio me dijo que algo iba mal, lo notaba en la parte superior de la espalda. Grité su nombre. No hubo respuesta. El timbre seguía. El temor se tragó mi cuerpo.

Atravesé el salón y el pasillo que compartíamos con el piso de abajo. Bajé las escaleras. El timbre seguía sonando, ahora acompañado por golpes contundentes y fuertes en la puerta principal. Cuando eché mano del pomo, la vecina de abajo se asomó. Llevaba el pelo rubio recogido en un moño alto. El cansancio le drenaba el color de la cara. Abrí la puerta.

Fuera había dos policías. La que estaba en el timbre apartó la mano, que quedó suspendida en el aire. Los rostros de las dos mujeres lucían una seriedad pétrea y eso ahogaba lo que había debajo.

—Sentimos despertarlo —dijo la policía—. ¿Robert Gray vive aquí?

—¿Sí?

La mujer soltó aire. No fue un suspiro, sino algo audible y nítido.

—¿Podemos entrar?

Las conduje al interior del piso. Me temblaban las manos.

19

MONTAÑAS RUSAS

A mi madre le encantaban las montañas rusas. Por eso consideraba que montar en una era una actividad de chica guapa, como comer Doritos en bikini o usar una cinta de correr.

Le gustaban las que tenían caídas repentinas. Había un parque temático en un centro comercial de Kuala Lumpur donde las vías naranjas de la montaña rusa se enroscaban alrededor de la amplia novena planta. Tenía un pequeño álbum de fotos de nosotras dos en las atracciones, la mayoría en esa en concreto. Mi padre nunca aparecía en las fotos porque nos esperaba al final, ya fuera con salchichas procesadas dentro de un panecillo con sabor sintético y cubierto de líneas de kétchup, mostaza y pepinillos baratos o animándonos como uno de esos hombres inflables de los supermercados estadounidenses.

Cada vez que la oruga de acero se precipitaba por las vías, el aire se movía tan rápido a mi alrededor que pensaba que me ahogaba. Después de la primera caída en picado, sentía que respiraba de nuevo y podía relajarme y disfrutar de las curvas, los bucles y la velocidad. Para cuando alcanzábamos la cámara, sonreía de oreja a oreja. Siempre accedía cuando mi madre pedía subir de nuevo, porque solo me acordaba de esa falta de aliento cuando pasaba otra vez.

Sarah me llama por la mañana, después de que Alissa haya salido a trabajar. No hemos hablado desde la última vez que la vi y sé que no llamaría a menos que fuera por algo malo. Siento esa falta de aliento de nuevo cuando me dice que a Rob lo atropelló un coche y murió en el impacto. Suena cansada. El habitual tono afilado de su voz se ha vuelto romo. Una lágrima se abre paso en mis ojos, pero lo único que queda después es pánico seco. Me arrodillo en el pequeño espacio entre la cama y el armario.

—¿Cuándo pasó?

—Ayer.

—¿Tom sigue en el piso?

—Sí. Aunque no sé si se quedará allí. Solo ha pasado un día.

Responde a mis preguntas como si las hubiera respondido muchas veces ya. No con irritación, sino con agotamiento. Me pregunto a qué altura de la lista estoy. Cómo habrán decidido llamarme.

—¿Dónde está ahora?

—Ha salido a dar un paseo. Llevamos toda la mañana llamando a sus amigos. Necesitaba un descanso. Se lo ha contado él a la familia de Rob.

—¿Tú estás bien?

—No, no lo estoy, pero tenemos que decírselo a la gente. —Se le quiebra la voz.

—¿Se lo digo a Cass?

—Sí. Puede. Aún no se lo hemos dicho. Cuesta pensar a quién llamar. —Oigo su respiración áspera a través del teléfono y noto un escalofrío por el cuello—. ¿Vas a volver a Londres, Ming?

—Aún no lo sé.

Silencio.

—Vale, bien. Hablamos pronto.

Apenas me he despedido cuando cuelga. Me levanto y doy vueltas por los escasos metros cuadrados de suelo en mi habitación. Luego por el salón. Luego por el enorme dormitorio de Alissa que paga con su dinero de Blackstone. Me tumbo en su cama e intento forzar más lágrimas. No sale nada, pero una fuerza aspira mis entrañas hacia el estómago como unos planetas en un agujero negro. Me levanto y voy al baño. Me siento en el retrete cerrado con los pies en la tapa. El suelo es lava. Miro por la ventana de la bañera exenta. El cristal más grande está escarchado, pero el de encima no. Veo un trozo sucio de ladrillo rojo al otro lado.

Llamo a papá y a Cindy. Ponen el manos libres. De fondo se oyen grillos. Estarán sentados en la terraza. Los saludo. La voz me suena débil. Como un guijarro sacado del mar.

—Acabamos de cenar, Ming —dice mi padre—. Hemos pedido comida a través de una app.

—¿Has oído hablar de ella, Ming? —interviene Cindy—. Se llama Food algo. Aiyah, ¿cómo se llamaba, John?

—Tengo que verlo en el móvil. ¿Cómo salgo de la llamada para mirarlo?

—No os preocupéis. ¿Podemos hablar?

—¿Tienes algo parecido en Nueva York? —pregunta Cindy.

—Sí, y en Londres. Existen desde hace años.

—Adoi. Y Malasia siempre con retraso.

—Vosotros también la tenéis desde hace años.

—¿Cómo estás? —pregunta papá.

—Mi amigo. —Me detengo para respirar otra vez—. El mejor amigo de Tom, Rob. Murió anoche.

Cindy ahoga un grito.

—¿Cómo?

—¿Quieres venir a casa, Ming? —ofrece papá. Me paro a pensar un momento. Respiro despacio. La palabra «casa» me abre en canal. Empiezo a enfadarme, porque preguntarme si quiero ir a casa es tanto una tontería como una pregunta bienintencionada. No sé por qué los he llamado. Tenía ganas de sentirme cerca de alguien. Pero sus voces aumentan la distancia entre el mundo y yo—. ¿Ming?

—No puedo, papá. Lo sabes.

Empieza la negociación. Es lo mismo de siempre. ¡Podemos recogerte en el aeropuerto! No. ¡No hace falta que salgas de la casa! Me da igual. La seguridad del aeropuerto ni se dará cuenta.

No sé si eso es cierto. Alamak, ¡voy a reservarte un vuelo enseguida! Cindy, por favor, para.

Espero hasta que la irritación se reduce a tristeza.

—¿Vas a ir a Londres? —pregunta papá.

—No lo sé.

—¿Has hablado con Tom?

—No.

—Entonces, ¿quién te lo ha dicho?

—Sarah.

—¿La otra ex de Tom?

—Sí.

Cindy vuelve a ahogar un grito. Creo que está tan perdida en la red de noticias que se cree que esto es una revelación.

—Deberías estar en Londres —dice papá—. Te enviaré dinero para el vuelo.

—No sé, papá.

—Ming.

—Luego hablamos.

Cuelgo. Aún es por la mañana. Me levanto y me siento en el sofá del salón y repaso mi lista de contactos.

Hay unas cuantas personas de las que creo que Tom y Sarah se olvidarán. Las llamo. Les digo lo que le ha pasado a Rob. Preguntan por Tom y repito lo que Sarah me ha dicho. Después de cada llamada, me tumbo y cierro los ojos un rato. Dejo a Cass para el final porque sé que será la llamada más difícil. Es la que más llora. El sonido de sus lágrimas acciona una palanca en mi interior. Lloro durante un rato corto y, al fin, siento que soy digna de un corazón. Me dice que puedo quedarme con ella si regreso a Londres. Le contesto que todavía no sé qué voy a hacer.

El día ha desaparecido. Aguardo el regreso de Alissa. Son las cinco de la tarde. Hoy no he comido. La comida es mi mayor placer y no me parece correcto disfrutarla. No sé cuándo volverá Alissa porque trabaja en horario de Blackstone. Me pongo el abrigo de pieles de mi madre, suave, precioso e ilícito. Solo lo llevo en casa porque no quiero dar más motivos a la gente para que me lancen huevos. Salgo a la escalera de incendios junto a la ventana de mi dormitorio; el metal está húmedo por la nieve derretida. Observo los contenedores en el callejón de Chinatown. Siempre me he preguntado si me sorprendería al ver un brazo colgando de ahí.

Enciendo un cigarrillo. Doy caladas rápidas y profundas hasta que se acaba. Deslizo la colilla entre los huecos de la escalera de incendios, aunque tengo un cenicero. Aterriza en las escaleras de dos pisos más abajo. Seguramente nunca se enteren de que he sido yo. Si salen en algún momento, planeo levantar la cabeza y gritarle al culpable. ¡Oiga, señor! ¿Qué cojones le pasa? ¡Santo cielo, cómo son los hombres neoyorquinos! ¿Tengo o no tengo razón, señoritas?

Entro en el piso y recorro el salón. Me tumbo bocabajo en la alfombra marroquí. Es rosa. La odio, pero Alissa gasta su dinero como quiere. Noto el peso del día en las extremidades con el cuerpo apretado contra la lana mullida. Me quedo dormida y me despierto cuando Alissa entra en casa.

—¿Estás bien? —pregunta.

Lleva el traje gris. Los pantalones le quedan altos en la cintura y el pelo moldeado con secador fluye por debajo de los hombros. Sostiene una caja de sushi. Reconozco el plástico rosa. Es del sitio que hay calle arriba donde los empleados con cara de deprimidos deben llevar sombreros del mismo color magenta que dicen «Ichi, Ni, San, Sushi». Me froto los ojos, me levanto del suelo y me siento con las piernas cruzadas en el sofá azul junto a la pared.

—¿Qué hora es? —pregunto.

—Las nueve.

—Has vuelto pronto.

—¿Por qué estabas durmiendo en la alfombra?

—Rob ha muerto.

El pánico le atraviesa la cara.

—¿Quién es Rob?

—El mejor amigo de Tom.

Viene corriendo al sofá y rompe nuestra regla sagrada de no llevar zapatos en la casa. Da pasos rápidos pero minúsculos con los tacones y las puntas resuenan en la madera hasta que alcanzan la alfombra. La suciedad del metro se mezcla con la lana rosa. Alissa se sienta a mi lado y deposita el sushi sobre su regazo. Tiene lágrimas en los ojos cuando se inclina para abrazarme. Me aprieta como una botella de kétchup. La caja de sushi cae al suelo. Siento celos de su capacidad por sentir. Me suelta y me agarra las manos.

—Ming, lo siento mucho. ¿Era el amigo tránsfobo?

—No era tránsfobo.

—Pero ¿no odió tu obra de teatro?

—Eso no lo convierte en tránsfobo.

Asiente y mira la alfombra un momento. Yo también bajo la mirada. El sushi está un poco revuelto, pero sigue en la caja. Los trozos de unagi se han descentrado y la cebolla frita ha caído de los rollitos.

—¿Has hablado con Tom?

—No.

—¿Y hablarás con él?

—No sé si quiere saber nada de mí.

Me acuna la cara con sus manos sucias del metro. Casi se me escapa un grito.

—¿Qué puedo hacer? —pregunta.

—¿Qué?

—¿Cómo puedo ayudarte?

Me acaricia los nudillos con el pulgar, como si fuera a suavizar el bulto del hueso. Quiero lanzar el sushi contra la pared.

—Estoy bien.

—Tu amigo acaba de morir.

—Lo sé, pero estaré bien.

—¿Has comido algo?

—No. Creo que voy a acostarme.

Recojo la caja de sushi y la devuelvo a su regazo. Necesito encerrarme. Entro en el dormitorio y cierro la puerta a mi espalda. Tumbada bocabajo en la almohada, noto que mi dificultad para llorar me pesa. Es como caminar por una cuba de melaza. No sé qué hacer. Necesito alguien a quien observar, que me dé instrucciones en vez de compasión. Pero en Nueva York nadie conoce a Rob. Conocía. No hay nadie que confirme la realidad de la pérdida. Nadie que me diga cómo debo sentirme.

Aparto la cabeza de la almohada y miro la larga mancha de humedad en la pared. Se alarga desde el suelo hasta el techo. Los músculos del cuello se van poniendo rígidos a medida que pasan los minutos. Oigo que Alissa abre y cierra la puerta del piso. Un minuto más tarde, se abre de nuevo. Llama a la puerta de mi dormitorio.

—Ming —dice, su voz ahogada por la madera—. Te he pedido comida. Es malaya.

Bajo rodando de la cama y abro. Estamos cara a cara. Ha dejado una caja de papel a mis pies. Retrocede un metro, como si fuera a morderla. No me doy cuenta de lo hambrienta que estoy hasta que noto el aroma a hierba limón y chile que emana de la caja. La agarro y la llevo a la cama. La puerta se queda abierta. Alissa entra y se sienta en la esquina del colchón.

—Gracias —le digo.

—No hay de qué.

Abro la caja. Hay dos trozos de roti canai junto a un montón de rendang de ternera, marrón y pegajoso. Tomo un trozo de roti y lo uso para pescar un pedazo de ternera. Me lo meto en la boca. Cada movimiento de la mandíbula es forzado, como si me pesara. Trago y Alissa asiente. A medida que el nudo de carne y masa se desliza por el esófago, me echo a llorar. Me tapo los ojos con las palmas y el aceite bermellón del rendang se transfiere del dedo a la frente. Me convulsiono. Alissa acude a abrazarme y, cuando dejo de llorar, corre a buscar un trapo húmedo de la cocina. Tiene sucias las suelas de los pies. Regresa y me limpia la cara.

—Es muy tarde —digo—. Deberías acostarte.

—¿Estás segura?

—Estaré bien. Te prometo que me terminaré la comida.

Me abraza de nuevo y sale de la habitación. Hago lo que le he prometido que haría y saboreo las lágrimas mientras como. Dejo la caja junto a la cama y me limpio las manos en las sábanas. Me quedo dormida de nuevo.

A la mañana siguiente hace frío fuera, así que me pongo el abrigo de pieles y subo a la escalera de incendios a fumarme otro cigarrillo. Desbloqueo el móvil y miro fotos antiguas. En la mayoría salimos Rob y yo antes de que transicionara. Tengo selfis de una noche cercana a la graduación. Tenemos los ojos caídos por las drogas. Nos pareció la monda. Ojalá tuviera más fotos con él, pero es el precio que he pagado por ser imbécil.

Regreso a mi dormitorio y duermo de nuevo hasta que oigo que llaman a mi puerta.

—Ming —dice Alissa—. Me voy a trabajar, pero volveré por la noche, ¿vale?

Ruedo bocarriba y miro la luz del techo.

—Vale.

—Te quiero.

Cuando oigo que sale de la casa, me levanto de la cama y paseo de nuevo por el salón. No se me ocurre a quién llamar. Una serie de notificaciones de papá y de Cindy me inundan el teléfono. Cindy me pregunta si he comido. Papá me dice que mire mi cuenta. Me escriben por separado, pero sé que están sentados juntos.

Preparo las cosas para ir a clase en el Upper West Side. Por la mañana viene una ponente invitada, una escritora de Chile. Me siento en el metro. En el extremo opuesto del vagón, hay un hombre que no deja de mirarme. Aparta los ojos cada vez que me giro hacia él. Tiene el pelo engominado hacia atrás y su postura es como la de un muñeco de acción, como si sus brazos fueran demasiado grandes para bajarlos a los lados. El metro se sacude y él tropieza un poco. Cuando me echa otro vistazo, parece avergonzado.

Me pongo a mirar otra vez las fotos de Rob en el móvil. Lo sostengo de forma que otra gente no pueda verlas. Cuando alzo la cabeza, el hombre de traje se ha ido. Quiero enseñarle a alguien las fotos. Mando diez a papá y a Cindy. Y a Cass una en la que salimos con él.

Al bajar en la estación en 116th Street, oigo que alguien me llama. Me giro. Banderina está a unos pasos de distancia. Me da un abrazo. No me muevo a tiempo, con lo que me abraza con los brazos pegados al cuerpo. No se da cuenta. Echamos a andar hacia clase.

—Anoche tuve una cita —dice—. Era uno de esos flipados de la tecnología. Ya sabes, el típico chico que va a Yale y luego se muda a un loft en Williamsburg.

—Estamos en Columbia.

—Es distinto. Pero bueno, dejé que pagara la cena. —Se gira y me inspecciona con la mirada mientras caminamos—. ¿Estás bien? —pregunta con el rostro cargado de compasión y asco—. Tienes un aspecto horrible.

Me pregunto si sería raro no decir nada sobre Rob. Decido que sería muy raro. Respiro hondo.

—Un amigo murió ayer. O antes de ayer, creo. Yo me enteré ayer.

Avanzo un par de pasos antes de percatarme de que Banderina no me sigue.

—¿Y por qué estás aquí?

—No sabía qué hacer.

—¿Erais íntimos?

No desde hacía tiempo.

—Más o menos.

—Deberías volver a casa, Ming. —Me agarra por el brazo—. No, lo digo en serio, se lo diré todo a Pam. Lo entenderá. ¿Recuerdas que a Deandra no le dijeron nada?

—Se murió su madre.

—En la pérdida no hay jerarquía alguna, Ming. ¿Quieres que vaya contigo? —Niego con la cabeza—. Vale. Bueno, vete a casa. Llámame si necesitas algo. Por favor. Te quiero.

¿Me quiere? ¿En Nueva York me quiere alguien, además de Alissa? Banderina me abraza de nuevo y me da un apretón en la mano antes de alejarse. Se gira cuando abre las puertas del departamento. Su semblante es incierto, como si dejara a un shih tzu atado a una boca de incendios. Desaparece en el edificio.

Cierro los ojos y me quedo quieta. Se equivoca, creo. Sí que hay una jerarquía en la pérdida. Sé que no debería despreciar la muerte de una mascota, pero no es lo mismo que perder a un miembro de la familia. Perder al mejor amigo de un ex no es lo mismo que perder a una hermana. La muerte de Rob no es tan grave como la muerte de mi madre. Rob no es lo mismo para mí que para Tom ni para su familia. Para su enorme familia en duelo.

Regreso al metro y bajo despacio las escaleras. Me detengo antes del torniquete. Noto pinchazos de dolor y espasmos en los pulmones. Capto un aroma a cítrico, a tierra. Es el aroma de Rob. Su colonia. La cabeza me da vueltas. Doy un paso atrás, luego otro a un lado y uno más al otro lado. El olor desaparece.

Una mujer atraviesa el torniquete contiguo y me mira con preocupación. Agacho la cabeza.

—Muévete, hostias —dice un hombre de mediana edad detrás de mí.

—Lo siento.

Me aparto del torniquete y subo corriendo las escaleras hasta la calle, sin saber qué hacer. Rob siempre llevaba la misma colonia y se ponía un montón. Las únicas personas a las que también reconozco por el olor son Tom y Cass. Después de que rompiéramos, me quedé con una botella de la colonia de Tom en mi habitación de Londres. Solía echar un poco por ahí, así los recuerdos no llegaban a trompicones cada vez que olía algo similar cuando iba de fiesta. Tuve que hacerlo durante una temporada. Es la primera vez que huelo a Rob. Es como un rayo de Rob y también de Tom, porque para estar con Tom también tenías que estar con Rob, y cuando perdí a Tom también perdí a Rob.

Hay unos grandes almacenes cerca de la estación. Camino a través de las multitudes y echo a correr cada pocos pasos. Entro por las puertas automáticas. Hay vendedores en la amplia sala, dispuestos como piezas de ajedrez con americanas negras. Vigilan los productos de marca.

Recuerdo vagamente que la colonia de Rob era de Armani, así que me dirijo a la vendedora que hay junto al puesto de Armani, una mujer latina que me mira con sus lentillas azules desde el otro lado de la sala. Tiene la piel cubierta de base y la hace parecer inmune a la fuerza drenante de la luz de la tienda, el tipo de brillo blanco que empeora tantísimo el aspecto de la piel de la gente que llena sus bolsas con mierdas que no necesita.

—¿En qué puedo ayudarla, señora?

—¿Puedo oler un poco de esa fragancia, por favor?

—Tiene unos toques muy bonitos —dice mientras rocía un poco en un papelito—. ¿Es usted australiana?

—Gracias. Británica.

Inhalo el perfume en el papel. No es ese. Le pido otro. Agarro los papelitos que se parecen a la colonia real en la mano izquierda. Cuando termino la ronda, tengo diez y los huelo todos y cada uno de ellos una y otra vez. Ninguno trae de vuelta el recuerdo y me olvido a qué huele cada uno. Veo cómo me mira la vendedora. Su amplia sonrisa se ha tensado. Parece enfadada con la gorrona trans que le ha causado túnel carpiano de tanto rociar papelitos. Señalo una botella y digo que quiero comprarla. Su boca se relaja. Paso la tarjeta y ella mete la colonia que no huele a Rob en una bolsa de papel. Debería haber llamado a Tom para preguntárselo. Tom lo habría sabido.

Cuando entro por la puerta del piso, me siento en la encimera de la cocina y llamo a Henry. Empezamos a acostarnos hace un par de meses y desde entonces hemos adquirido un ritmo seguro. Es un poco mayor que yo. Me dijo que sus padres lo habían llamado Henry porque a su abuelo le encantaba Henry Ford. Se apellida Hoover y cuando le enseñé fotos de Henry the Hoover[2] en el móvil, solo dijo: ¡Ah, vale! ¡Mola!

—¿Puedes venir?

—¿Ahora? —pregunta con tono alegre.

—Sí.

—Claro. Me han cancelado la audición.

—Guay.

Lo espero. Subo la calefacción y me pongo una minifalda y una blusa de seda con el cuello halter. Llama al timbre. Le abro la puerta. Me besa. Lleva su ropa de siempre: pantalones a medida que acaban justo encima del tobillo, calcetines llamativos, Doc Martens y una chaqueta bien hecha con líneas claras. Me da miedo cuando hombres que se identifican como heteros visten bien. Me gusta decir que es por su propensión a ser sociópatas, pero en el fondo tengo miedo a los hombres bien vestidos porque temo que me juzguen. Cuando retrocedo al sofá, corre hacia mí y me agarra por la cintura. Me zafo de su abrazo y me da una palmada en el culo.

—Estás muy guapa —dice—. Voy a echar una meada.

Henry desaparece en el baño. Me gusta que me llame guapa. Los hombres solo empezaron a decírmelo después de transicionar y lo considero una pequeña victoria en mi transformación de chico infeliz a mujer aberrante. Prefiero «guapa» a «preciosa». «Preciosa» es triste. Me recuerda a cómo lo decía Tom, a la forma

---

2. La palabra «hoover» significa aspiradora en inglés británico. Además, existe una marca de aspiradoras, llamada Henry, que es conocida por sus simpáticos aparatos con caras sonrientes. (N. de le T.)

en que eso cambió después de las hormonas o a cuando me dijo que me crecía el pelo rápido. «Preciosa» implica alegría y pérdida. «Preciosa» abrió una herida en los dos, como sabía que pasaría, y cada vez que Tom lo decía, rascaba la costra. «Guapa» está bien. «Guapa» significa «guapa».

Agarro la bolsa de papel que he dejado en la encimera y me siento en el sofá. Henry sale del baño. Se limpia las manos mojadas en los pantalones.

—Te he comprado una cosa —digo—. Es colonia.

Abre la bolsa y saca la botellita de la caja.

—¿Qué intentas decirme con esto?

—Es una larga historia, pero te la puedes quedar.

—Yo he venido sin nada. Te lo tendré que recompensar.

Odio que me parezca sexi que diga gilipolleces como esa, sobre todo porque me recuerda que Henry no tiene la chispa necesaria para volverse famoso. Se sienta a mi lado en el sofá y me besa. Me desata las cintas de la blusa. Me lame los pezones y me acaricia los pechos. Las curvas de sus manos son generosas, como si mis tetas fueran más grandes de lo que son en realidad. Me imagino que lo hace tanto por mí como por él.

Me quita las medias y me levanta la falda como un paraguas en una tormenta. Me roza la cadera con los dientes y me muerde las bragas para quitármelas con la boca como un perro. Me acaricia las piernas depiladas con las manos ásperas. Besa la fina línea de una cicatriz en el punto donde me corté depilándome el culo. Sus manos se arrastran por el torso hasta el cuello. Sacudo la cabeza y se alejan. Aprieta la polla contra el hueso de mi cadera. Me la chupa. Me folla en el sofá con la falda puesta. Termina en el condón, se lo quita y lo ata. Lo sostiene con dos dedos mientras se queda tumbado bocarriba sobre la alfombra rosa. Está sudando.

—Eres guapísima —dice.

Retuerzo el cuerpo en el sofá. Los dos estamos sin aliento e inhalamos y exhalamos con pesadez. Me pregunto si acostarme con hombres como Henry es mi sonata en la Gran Regresión.

—Me he enterado de que un amigo murió ayer —digo.

—Ostras —dice. Se inclina y apoya el peso del torso sobre los codos—. ¿Estás bien?

—Creo que sí. O sea no, no de verdad. Nadie en Nueva York lo conocía. Era el mejor amigo de mi ex.

—Mierda. Lo siento.

—No pasa nada. Pero es raro estar lejos de casa.

Tengo miedo de mirar a Henry. No tenemos conversaciones como esta. Henry quiere que las cosas sean sexis, fáciles y divertidas, y eso es lo que intento darle. Contárselo es inútil. Miro el techo. El casero pintó las paredes de gris, pero el techo es blanco. Lo haría él mismo. Es un tacaño. Lo bastante rico para tener un piso como este, pero demasiado avaro para pagar a un puto pintor. Cada vez que lo miro bien, veo los bordes donde se encuentran los dos colores; unas puntitas de gris colonizan el techo como estrellas.

Me giro hacia Henry, esperando verlo incómodo, pero está relajado en la alfombra y también mira el techo, puede que incluso observe los mismos puntitos de pintura.

—Mi amigo Carl murió el año pasado —dice.

—¿De qué?

—Sobredosis.

No sé bien qué decir. A lo mejor la incomodidad que pensaba que sentiría Henry es mía. Me siento en el sofá y cruzo las piernas. Bajo la mirada a los pies. Sé que no se lo he dicho porque quisiera que lo supiera, sino porque quería que hiciera o dijera algo. Sé que es injusto exigir algo que yo no puedo dar.

—¿Puedo preguntar qué ha pasado? —dice. Lo miro. Sigue observando el techo.

—Lo atropelló un coche.

—¿El coche se dio a la fuga?

—No.

—¿Vas a volver a Londres? —pregunta. No respondo y me mira—. Yo reservé vuelos para casa cuando pasó. Usé lo poco que había ahorrado para regresar a Ohio. No sabía si alguien me necesitaba, pero sabía que movería cielo y tierra para ir.

—Tengo miedo de cagarla. Más de lo que ya la he cagado.

—Te entiendo. La muerte abre espacio para el miedo y el pesar. —Se levanta de la alfombra para sentarse en el sofá. Me envuelve con un brazo. En la otra mano sostiene el condón, con el semen acumulado en la punta del látex flácido—. ¿Estarás bien?

Asiento y lo abrazo. No huele a nada. Se levanta para ponerse la ropa. Le agarro el condón y lo tiro en la basura de la cocina, escondido debajo de cajas de comida para llevar de la noche anterior. Recojo la bolsa de papel al lado del sofá.

—No te olvides de la colonia.

La acepta y me da las gracias levantando la bolsa con una sonrisa lánguida. Lo acompaño a la puerta. Pasan de las cuatro de la tarde. Miro el móvil. Tengo un correo de Pam en el que dice que puedo tomarme el tiempo que necesite, pero que la mantenga al tanto de todo. Alissa me ha escrito para disculparse porque llegará tarde a casa. Hay otro mensaje de Cindy y varios de papá. Una letanía de gente con la que no he hablado desde hace años. Uno de Cass. Otro de Lisa, que no me animo a leer entero. Hay uno de Henry diciendo que me tiene ahí si necesito hablar con alguien.

Grabo un mensaje a Tom con el móvil. Es con mi voz de bazar, que pronuncio desde la boca. Los hombres suelen hablar desde el pecho y la garganta, y por eso notan ahí las vibraciones. Para las mujeres, lo que vibra es el paladar de la boca. Algunas veces se me va, pero en otras hablo con esa voz de forma consistente.

Escucho el mensaje una y otra vez y luego lo borro. Las palabras parecen muy finas. ¿Lo siento? Increíble. ¿Pienso en ti? El pulgar ronda el botón de llamada como un buitre. Llamo a Cass. Responde al tercer tono.

—¿Estás bien? —pregunta—. Yo sigo conmocionada.

—Creo que quiero volver a casa.

20

INVITADA

Tengo una fila de tres asientos para mí sola en el avión. Me tumbo sobre ellos como una ballena encallada. Elijo una película, *Evasión en la granja*, y lloro cuando las gallinas escapan. No quiero ver otra cosa. Rebusco en el bolso y encuentro la libreta. Intento escribir recuerdos de Rob. Es temprano por la mañana.

Los recuerdos se reproducen a baja resolución, a mi mente le cuesta rellenar los huecos entre las imágenes del móvil. Fiestas y festivales. Lo único que muestran es un corte transversal en el tiempo, pero noto la memoria pesada y, sin definición, los recuerdos carecen de sentido. Cómo no, la cena, lo único que quiero olvidar, permanece nítida en mi mente. Fue la última vez que vi a Rob y recuerdo todas y cada una de las palabras que me dijo.

La cena era en el piso de Lisa en Angel, justo antes de que se separara de Sarah. Estábamos en un salón asquerosamente grande con un techo muy alto. Había otras tres personas que conocíamos de la universidad. Tom no vino, pero Rob sí. Era entre semana, así que llegó con la ropa del trabajo y una botella de vino. Habían pasado unos meses desde mi ruptura con Tom. El Soho Theatre había accedido a representar *Finos esqueletos*. No había visto a Rob en una temporada, pero pensaba que todo iba bien. Estaba ocupada escribiendo y me había mudado a una habitación en una casa ruinosa de Clapton con unas cuantas personas de la universidad. Rob no había respondido a mis mensajes. *¿Cómo estás? ¡Ojalá nos veamos pronto! ¿Has escuchado ese pódcast sobre una mujer que hacía criptoestafas?* Pensé que Rob estaba descuidando el móvil.

—¡Rob! ¿Cómo estás?

—Ming.

Pasó a mi lado y saludó a los demás. La forma en que pronunció mi nombre succionó el aire de mi pecho, como si lo leyera en un registro. Como la llama de un mechero directa al perineo. Se me tensó todo el cuerpo y me percaté de que estaba metida en un buen lío. Me bebí el vino y entablé conversación con otro amigo de Lisa, un chico llamado Jamie que llevaba un jersey estilo pescador. Trabajaba en marketing, pero también hacía comedia. No me preguntó nada sobre mí, el suyo fue un monólogo sobre nadar en las aguas abiertas del Támesis, todo mientras miraba por encima de mi hombro.

Lisa nos llamó para sentarnos en la mesa con bancos incorporados en un rincón del salón. La mujer sentada a mi lado se llamaba Flavia. La había visto en otra ocasión, pero antes de transicionar. No la había olvidado. Llevaba una boina sobre el cabello dorado. Se presentó de nuevo. No supe si era maleducado, raro o una especie de muestra de respeto. Estaba haciendo un máster en LAMDA. Me preguntó si era actriz, una pregunta típica de actores.

—La verdad es que no —reí—. Sobre todo escribo.

La mirada de Rob me quemaba desde el otro lado de la mesa, como si hubiera dicho una palabrota. Me removí en mi asiento y me fijé en lo dura que estaba la madera contra los huesos del culo. Lisa colocó un gran pastel de masa filo en el centro de la mesa.

—¡Es spanakopita!

El público hambriento aplaudió. Cortó trozos y los sirvió en cuencos. Lisa no había escurrido las espinacas marchitas y por eso nadaban en un charco de su propio jugo con trozos de queso feta vegano. La clorofila empapaba y manchaba las finas capas del pastel.

Amelia, una chica con la nariz chata y el pelo rojo, estaba sentada delante de mí. Me habló sobre sus becas en publicaciones digitales y sobre un artículo que había escrito sobre una estrella pop que hacía una colaboración con un holograma de Karl Marx. Flavia, que estaba observando su plato mientras Amelia hablaba, la interrumpió para hacerme una pregunta.

—Has dicho que escribes, Ming. ¿Qué escribes exactamente?

—Obras de teatro. También hago otros trabajos relacionados con eso. Lo que sea, la verdad.

—Maravilloso. ¿Tienes algo reciente?

—Sí, una nueva obra. Se representará cuatro noches durante un par de meses. En el Soho Theatre.

—Dios mío, Ming. Eso es increíble —intervino Amelia.

—¿Ya has cerrado el reparto? —preguntó Flavia.

—Sí. Me ha ayudado Lisa. Con el reparto y con otras cosas también.

La mesa estaba dividida en dos mitades de cabezas gachas y cabezas levantadas. Sarah y Rob observaban sus platos. Sarah ladeaba su cabeza indecisa; me miraba y la tensión en su rostro hacía que le temblaran las cejas.

—Brindo por eso.

Amelia alzó la copa hacia el centro de la mesa. La chocó con la mía, luego con la de Flavia, la de Jamie, la de Lisa y, por último, la de Sarah, que la había levantado sin alargarla. Amelia tuvo que estirarse para alcanzarla. Rob permanecía impasible y siguió comiendo.

—¡Rob! —dijo Amelia.

—No.

—Ah, venga ya.

—Estoy bien así.

Sarah tocó el brazo de Amelia y, en ese momento, se dio cuenta de lo poco que sabía. Se centró de nuevo en su spanakopita pastosa.

—¿De qué va la obra? —preguntó Jamie.

—De su relación con Tom —dijo Rob, con la cabeza aún gacha hacia el plato y un codo en la mesa—. Una putada.

—Rob —dijo Lisa—. Tom dijo que le parecía bien.

Rob la miró a los ojos y dejó caer el tenedor en el plato. Noté el estruendo en el cuello.

—Qué cojones, Lisa. —Se giró hacia Sarah—. Tú no te lo crees, ¿verdad? Sabes que Tom dice que le parecen bien algunas mierdas y luego no es verdad. —Rob me miró—. Lo conoces tan bien como yo. Por eso has podido escribir una obra sobre él, retorcer la relación en algo que te haga ganar pasta.

—No me haré rica con esto. Es teatro.

—Eso es peor, joder.

Respiré hondo.

—Mira, Rob, tú no sabes nada sobre nuestra relación y no pasa nada. Esto no tiene nada que ver contigo. Así que para el carro un poco.

—Y una porra —dijo y se reclinó en el banco—. Solo porque seas trans no significa que tengas carta blanca, ¿vale? No puedes hacer lo que te dé la gana y achacarlo a tu viaje de género o lo que sea.

—Vete a la mierda. Nadie ha dicho que tenga carta blanca por ser trans.

—Pues te comportas como si la tuvieras. —Me señaló con un dedo—. Con ese comportamiento psicótico y narcisista.

—Rob —dijo Sarah con dureza.

—Eso es un poco tránsfobo, ¿no? —intervino Amelia.

No era tránsfobo, pero la mesa guardó un silencio sepulcral. Había entrado en el salón un oso azul, rosa y blanco dispuesto a atacar.

—Tengo derecho a convertir el trauma en arte —musité. Las palabras sonaron más vacías en voz alta que en mi cabeza.

—Ah, venga ya, qué pretencioso. —Rob se rio y puso los ojos en blanco—. Te crees Sally Rooney, ¿no?

—¿Sally Rooney es trans? —preguntó Jamie.

Todo el mundo guardó silencio. Rob me miraba con un odio tan intenso que me hundió. Había expuesto mis entrañas sobre la mesa. La gente picoteaba la comida. Se giró hacia Lisa.

—Y tú, Lisa. Solo eres un peón en todo esto. ¿Te das cuenta? ¿Y para qué? —Me señaló de nuevo—. ¿Todo es por ella?

Sarah alzó un dedo.

—No le hables…

—No me hables así, Rob —replicó Lisa con tono de acero—. En mi puta casa, no. ¿En qué mundo aceptas una invitación para una cena solo para gritarle a la puta anfitriona?

La habitación guardó silencio de nuevo. Me disculpé y me llevé la copa conmigo. Subí las escaleras hasta el baño, me senté en el retrete y me bebí el amargo vino blanco. Rob me odiaba y, si Rob me odiaba, seguramente Tom también me odiaría.

No me había planteado que el odio pudiera formar parte del vocabulario que Tom y yo usaríamos para hablar el uno de la otra. Era culpa mía. Por no pensar si le seguiría cayendo bien a Tom si no podía amarme. Y porque había deducido, o llegado a creer, que Tom y yo habíamos dejado de hablar porque estábamos ocupados. Me levanté y tiré de la cadena. Me miré la cara y el cuerpo en el espejo. Las sombras de mi dormitorio me engañaban para ver curvas, pero la luz blanca del baño de Lisa las borraba por completo. Estaba recta como una tabla y el pelo, aunque largo, no disimularía la barbilla puntiaguda.

Cuando regresé al piso inferior, Sarah y Lisa no se miraban. Rob se había ido y todo el mundo fingió que nunca había estado presente.

Llego temprano, antes de la hora punta matutina. El metro me lleva en línea recta a la casa de Cass. Cuando salgo de la estación, inhalo el humo de los tubos de escape que llenan Holloway Road. La contaminación flota al nivel de los ojos, pesada por el cielo nublado. La penumbra es asfixiante.

Londres es una red cerrada y desordenada de edificios. Cuando voy por una calle en Manhattan, el cielo llena el espacio entre edificios y el terreno llano por delante hace que el azul parezca infinito, incluso en invierno. Es algo que me gusta de Nueva York, algo que me ayuda a sentir que me he mudado a un sitio mejor. ¡Ay, Señor! ¿Aún vives en Londres? Allí estás atascadísimo, ¡qué triste! Pero, en Londres de nuevo, sé que lo echo de menos, incluso mientras veo cómo un joven mea en la ventana de un Tesco Metro.

Uso el móvil para que me guíe a la casa de Cass. La maleta de ruedas choca contra el pavimento irregular. Llego a la casa adosada a un par de calles de la principal y llamo al timbre del piso tres. Cass baja a la puerta y me abraza. Tiene el pelo húmedo. Huele igual que siempre. Lleva unas mallas verdes transparentes y una falda a cuadros de Burberry que encontramos en una tienda benéfica. Es una de las pocas personas que conozco que aún viste como ella misma para trabajar. El Parlamento no se la ha adueñado. Me lleva a su piso y me lo enseña. El salón está abarrotado de plantas. Cass, como muchas mujeres de nuestra edad, cree que toquetear la tierra y regar mierdas le traerá paz. Alisa las arrugas de la cama hecha. Hay incienso, sin nada de ropa detrás de la puerta ni en el suelo y las cortinas en la ventana de guillotina ya están apartadas.

—¿Cómo te sientes? —pregunta, de pie junto al marco de la puerta.

—Cansada. —Me siento en la cama—. No he dormido en el avión.

—Échate una siesta. Yo me iba a trabajar.

Me levanto para abrir la maleta y darle la botella de Absolute Peach que le he comprado en el duty-free. Ha sido una elección rarísima. Setecientos cincuenta mililitros de desacierto me pesan en los brazos. La agarra con manos dudosas y la sostiene como si fuera un bebé. Se echa a reír. Yo también.

—Quería comprarte algo. Me entró el pánico.

—No, es un gesto muy tierno, muchas gracias. Pero bueno, ya sabes.

—Lo sé.

Me siento cómoda. Saco el pijama de la maleta y me cambio mientras Cass desayuna en la cocina. Me arrastro al lado derecho de su cama, junto a la ventana. Sé que ella duerme en el izquierdo. Se asoma para despedirse antes de ir a trabajar. Finjo estar dormida.

—Intenta llamar a Tom, ¿vale? —dice—. Te quiero. Te dejo aquí las llaves de sobra.

Me duermo y no sueño. Cuando me despierto a las doce, me ducho y luego veo la tele mientras me peino el cabello húmedo.

Cass es ordenada, pero limpia no. Me pongo una falda, un par de medias y un jersey. Encuentro limpiahornos debajo del lavabo y busco tutoriales sobre cómo limpiar un horno. Destruyo la suciedad con jabón y un estropajo de acero. Limpio el rodapié con un trapo húmedo. No entro en la habitación de su compañera de piso, pero paso la aspiradora por la moqueta del cuarto de Cass. Cuando la toco con los dedos, veo que hay mechones de pelo enterrados en el color beis. Los saco y los tiro. Compro lirios en la floristería de la esquina de su calle y corto los tallos fibrosos. La domesticidad me consume de un modo que parecería antinatural en mi propia casa. Me detengo antes de hacerle la colada. No le gustaría que le tocara la ropa interior.

Me pongo un abrigo y encuentro un supermercado asiático en Holloway Road, donde compro ingredientes para cocinarles la cena a ella y a su compañera de piso. En el camino de vuelta, hay un hombre apoyado en una barandilla fuera de un edificio. Me saluda. Bajo la mirada y aprieto el paso. Se ríe. Nunca sé si lo saben, pero creo que da igual. Esas miradas son de odio o de lujuria, y he aprendido que no se diferencian demasiado.

Lo saco todo de las bolsas y empiezo a cortar y mezclar. Encuentro una batidora en una alacena y meto chiles, tanto secos como frescos, chalotas y galangal, los ingredientes para el curri de pollo nyonya, el que solía preparar mi madre. Es la receta de Cindy. No tiene ni idea a qué sabía la receta de mi madre, pero ella nunca me enseñó y, para mí, sabe igual. Cindy nunca me dice las medidas exactas, así que he aprendido a fijarme en todo. ¿Cuánto de esto? Solo un poco. ¿Cuánta leche de coco? Deja que haga glug-glug durante un ratito, lah. ¿Uso todo el pollo? ¡Aiyah! No sabría decirte... si usas un pollo kampung, entonces uno entero estará bien. Si es un pollo hormonado, entonces menos. ¿Cuánto es menos? Adoi, no uses pollos hormonados, ¿o quieres morirte?

Cass escribe para decirme que su compañera no irá. La aviso de que estoy cocinando curri de pollo y me contesta que suena delicioso. Volverá a las seis y media. Cuando entra por la puerta del salón, me observa inexpresiva. Remuevo la olla sobre el fogón y ladeo el cuello para mirarla.

—Pero ¿qué...? Esto está superlimpio.

—He limpiado.

—Gracias, no hacía falta. No tendrías que haberte molestado.

—He preparado la cena.

Cass se acerca a la olla y yo me traslado al sofá. Abre la tapa. Su nariz flota sobre el vapor que sale. Se detiene un momento. Estoy nerviosa. Cass era quisquillosa con la comida en el sentido de que no comía. Una vez preparó una lista larguísima de cosas que, según ella, le daban alergia. Antes de mudarme a Nueva York, me fijé en que pedía cosas con chile, ajo y leche, elementos que antes estaban en la lista.

—Huele de maravilla —dice y agarra un cucharón. Se sirve arroz de la olla y lo baña con curri rojo antes de dar un bocado—. ¿Lleva coco?

—Sí, mucha leche de coco.

Se detiene un momento.

—Delicioso.

Me relajo en el sofá y ella se sienta a mi lado con las piernas cruzadas y un cuenco en la mano. Mezcla todo el curri con el arroz. Da grandes bocados, pero mastica despacio.

—Lisa dice que no has respondido a sus mensajes —comenta, con los ojos en la charca roja del cuenco. Arranca un poco del muslo del hueso con el tenedor y el cuchillo—. Quiere verte mientras estés aquí.

—No he mirado el móvil en todo el día.

—Me lo imaginaba. —Traga la comida y me mira—. Deberías intentar quedar con algunas personas durante tu visita.

—Lo sé.

—¿Has llamado a Tom?

—¿Qué tal el trabajo?

—¿Has llamado a Tom?

—No.

Mueve los labios al lado derecho de la cara. Llamar a Tom es algo que debería hacer, pero ninguna ha explicado el motivo. Corta un poco más de comida.

—La primera vez que hables con él no puede ser en el funeral.

—Eso si se me permite ir.

—Deberías llamarlo.

—No sé qué decir, Cass.

Me levanto y voy a la cocina. No he comido en todo el día. Lleno un cuenco con arroz blanco y pongo el curri en el centro como la bandera de Japón. Agarro un trozo de pollo con los dedos para probarlo. No debería haberlo dejado en el fuego tanto rato o debería haber usado más carne oscura. En la boca, el trozo de pechuga está correoso y seco. Me chupo los dedos y saco tenedor y cuchara del cajón. Cuando regreso al sofá, Cass mira los cubiertos y se ríe.

—¿Qué pasa? —pregunto.

—Acabo de recordar lo mucho que me reñías por comer comida asiática con tenedor y cuchillo. Iré a por una cuchara.

Se levanta y, al hacerlo, siento un pinchazo en el pecho. Se lo dije en la universidad. En la casa donde vivíamos. Cuando Rob venía de visita. El dolor crea dominós de pensamientos, una espiral que conduce al mismo sitio. La muerte de Rob. Respiro hondo y cuento hasta diez. Cuando Cass vuelve, se sienta de nuevo en el sofá.

—¿Sabes? Me gustaba mucho Rob. —Remueve la comida en el cuenco—. ¿Te acuerdas de aquella fiesta en una casa cuando nos graduamos?

—¿En la que se disculpó contigo?

—Sí. Recuerdo que me sentí muy reivindicada. Pero también supertriste. Me fijé en cómo se comportaba Rob contigo y con Tom. Os abrazó y os besó. Me sentí muy tonta y celosa. No sé de qué. Supongo que de esa intimidad. En esa época, llevaba muy mal lo de comer.

Algo se aprehende en mi pecho. Conozco a Cass y uso el lenguaje de terapia. Es muy importante que sientas esas emociones, cariño. Creo que ese vínculo contiene mucha ansiedad. No te disculpes por tus sentimientos, es totalmente normal. ¡Eres válida y tienes derecho a sentirte así! Las dos evitamos hablar de nuestras mierdas en frases sencillas. Cuando hablo con Cass, digo cosas como: ¿Cómo te sientes? ¿Qué tal la terapia? ¿Es una relación constructiva? No hablamos sobre comer, aunque sea algo en lo que nos fijemos. Cualquier permutación de la palabra «comer» parece una mina.

—Me culpaba mucho de que él no quisiera estar conmigo. —Mueve la comida por el cuenco un poco más—. Cuanto más se alejaba, peor me sentía y peor me llevaba con la comida. No digo que, si hubiera querido estar conmigo entonces, todo habría ido bien, porque cuando mis sentimientos por él desaparecieron, seguí sintiéndome como una mierda. Pero me costó mucho tiempo dejar de odiarlo. —Deposito mi cuenco en la mesita de café y me acerco a ella. Apoya la cabeza en mi hombro y yo la envuelvo con un brazo y le acaricio la muñeca con el pulgar—. He estado pensando en que no sé cómo llorarlo. —Se endereza—. No sé qué era yo para Rob. Si aún contaba como su amiga o algo más o menos. Estoy sintiendo de nuevo todas las cosas malas del pasado. Como cuando no me creía suficientemente buena para él. Y ahora siento que no soy lo bastante buena para llorarlo. ¿Tiene sentido?

—Sí, totalmente. —Guardo silencio un momento—. Según Banderina, no hay una jerarquía en la pérdida. Creo que tienes que permitirte sentir lo que sientes. No sé si definir tu relación con él ayudará a legitimar esos sentimientos.

Cuando le digo esas palabras a Cass, las siento auténticas. Pero, cuando me las aplico a mí, parecen falsas.

—Tienes razón. Me parece increíble que seas amiga de alguien que se llama Banderina.

—Es cierto, eh. —Nos reímos y jugueteamos con trozos de pollo con los cubiertos. Cass toma un poco de arroz con la cuchara, empapado en curri, y se lo mete en la boca—. No sé cómo lidiar con el hecho de que Rob murió odiándome.

Cass traga la comida y me mira. Se queda inexpresiva durante un momento.

—Seguro que no.

—No te molestes en negarlo, porque es posible, ¿no? —Me callo y ella no dice nada—. O sea, es completamente posible que alguien muera mientras odia a otra persona. Tenía derecho a odiarme.

—Vuestra historia es más complicada.

—No debería haber escrito la obra.

Cass guarda silencio y, al cabo de un rato, lleva los dos cuencos a la cocina.

—Ya friego yo.

—No, no pasa nada. Quiero hacerlo.

Jugueteo con el mando del televisor e intento encontrar una película que ver. Me rindo y la tele empieza a reproducir el tráiler de un programa sobre casas. La voz estadounidense suena difusa por los altavoces. Le quito el volumen. Una cámara en un dron da vueltas alrededor de casas palaciegas en bosques y desiertos.

—Lo de la obra es complicado —dice Cass, dándome la espalda. Habla por encima del ruido del grifo—. Creo que tuvo sentido escribirla y fue emocionante porque le fue bien, pero también entiendo por qué Tom cambió de idea. Y también entiendo por qué Rob vio el dolor de Tom y reaccionó de esa forma.

No digo nada. En el fondo, siempre he sabido que la gente, incluso Cass, tenía sentimientos encontrados sobre *Finos esqueletos*, aunque en aquella época me apoyaran. Me acerco al fregadero con un trapo y me pongo a secar las cosas—. Te vas a enfadar conmigo por repetirlo —me pasa unos cubiertos— y no voy a fingir que es lo que Rob hubiera querido, pero de verdad creo que deberías llamar a Tom.

Seco los cubiertos y los guardo en los cajones correspondientes. Guardo el curri en unas fiambreras junto con el arroz. Elijo las equivocadas. Me doy cuenta demasiado tarde de que mancharán el plástico.

—Deberías llevártelo para comer —digo.

Cass se acerca y me abraza por detrás. Nos sentamos a ver el programa sobre las casas enormes. Empiezo a notar el jetlag y, poco después, estoy adormilada de nuevo. Me pongo el pijama y me acuesto. Me despierto antes que Cass, pero me quedo dormida de nuevo y, cuando me vuelvo a despertar, se ha ido. Paseo por el piso y estiro la espalda. Los músculos y las articulaciones crujen y giran. Me siento en el sofá y bostezo. Busco el móvil. Una retahíla de mensajes. Los respondo uno a uno. Le digo a Lisa que la quiero.

Mientras paseo por la habitación, busco el nombre de Tom en la lista de contactos y, sin pensar, lo llamo. El corazón se me acelera. Responde justo cuando me estoy planteando colgar.

—Tom —digo con mi voz de bazar—. Hola.

—Ming.

Hay ruido en la línea, pero el sonido de mi nombre en su boca me hace regresar a mi antigua voz.

—Siento haber tardado tanto en llamar —digo. Silencio en la línea.

—Han pasado días, Ming.

—Lo sé, lo siento. —Guardo silencio y me remuevo en el sofá—. No sabía si querrías hablar conmigo. Me llamó Sarah y me dijo que estabas dando un paseo en ese momento. No la culpo, pero me lo tomé como una indirecta. Tenía ganas de hablar contigo, aunque no sabía qué hacer. ¿Sigues en el piso?

—El casero nos ha dejado… Bueno, me ha dejado cancelar el alquiler. Estoy en casa de mis padres. ¿Y tú?

—En Londres.

—¿Dónde?

—En casa de Cass.

Más silencio en la línea.

—Vale.

—¿Te encuentras bien?

Resopla y me lo imagino apartando el móvil de la cara y mirando a lo lejos.

—No. Está muerto.

—Lo sé. Lo siento mucho, Tom. Lo siento mucho. Lo siento mucho.

Se echa a llorar. Solo recuerdo que llorara en contadas ocasiones. Cuando regresó de la fiesta de trabajo y me dijo lo de Jason. Cuando rompí con él. En todas esas veces, la forma en que lloró estaba llena de contención y cada tumulto que surgía de su diafragma transmitía tensión. Este llanto es absoluto y oigo su fuerza en el chisporroteo del auricular que, incapaz de procesar los decibelios, rompe el final de sus sollozos en ruido blanco.

Yo también me echo a llorar. Es un recordatorio de la parte de mí que solía usar a Tom como guía para saber qué emociones eran las correctas. Una voz perpetua de la razón, el centro de gravedad mediante el cual medía mi propia irracionalidad. Me guía de nuevo y paro cuando él para.

—¿Estás solo? —pregunto.

—Mis padres están aquí. Sarah va y viene. No he visto a mucha más gente. Tampoco he respondido mucho al teléfono.

—Yo igual.

—Sé que suena patético, pero pensé que me llamarías para preguntarme si podías quedarte conmigo.

Algo valioso en mi interior se rompe. No sé qué decir. No hemos hablado en un año, pero pronunciar ese deseo parece cruel. Para los dos.

—No podría pedirte algo así.

—Lo sé. Pero pensé que lo harías.

Me muerdo el labio.

—Una parte de mí se siente tonta por volver a Londres.

—Puedes quedarte en la habitación de invitados, si quieres. Mis padres se alegrarán de verte.

—¿Seguro que quieres que me quede?

—Sí.

—¿Seguro?

—Por favor.

Me muerdo el labio con más fuerza.

—Vale. Se lo diré a Cass.

—Vale.

Lo oigo respirar por el teléfono. Tom siempre ha respirado con fuerza. A veces, cuando me despertaba de noche, oía el aire entrar y salir de su pecho a un ritmo estable. Me concentraba en el sonido, el ritmo estable, un metrónomo de aire, carne y hueso que me acunaba hasta dormirme.

21

BOYA

Les compro flores a los padres de Tom y una cajita de trufas. Cuando llego a la caja, me entra el pánico y corro a comprar una botella buena de Riesling. En el tren, me preocupo por el exceso y me pongo a comerme algunas trufas y acabo devorando toda la caja. Escondo el Riesling en el bolso. El azúcar, el movimiento y los nervios me dan náuseas y, cuando llego a la estación, vomito en un contenedor abierto. Me limpio la boca con la botella de agua. Me acerco la cámara del móvil a la cara para ver si se ha quedado algún trocito de vómito y chocolate entre los dientes. Los cuatro miembros de una familia cruzan al otro lado de la calle. No les culpo. Me recompongo y me encamino hacia la casa. Sé llegar con los ojos cerrados.

Tras llamar, abre Tom y sostiene el borde de la puerta con la mano. Parece sorprendido, como si me hubiera visto entre los huecos de la multitud fuera del M&M's World en Leicester Square. Durante un momento, dudo de si hemos hablado por teléfono.

—¿Tom?

Me mira con fijeza. Lleva un chándal y me percato de que me he vestido demasiado elegante. Debajo del abrigo llevo un vestido largo hasta el suelo. Estamos en invierno. Hice la maleta demasiado rápido en Nueva York. Me examina con la mirada y la fija en la maleta. Tiene unos pelos largos y ralos en la barbilla. Sé que eso equivale a una semana de dejarse barba. Su pinta es la misma que la de esos tipos que retransmiten partidas de Fortnite desde sus dormitorios.

—Estás aquí —dice. Desliza los dedos por debajo del mango de la maleta. La suelto. La entra en la casa y me mira de nuevo—. Lo siento. Lo siento mucho, es que... no sé. Hola.

—Hola.

Estamos en la frontera entre la casa y la calle, el interior y el exterior, la zona segura y la peligrosa.

—Entra, entra, por favor.

Me indica por señas que entre en su casa, el lugar donde viví seis meses y donde nuestro derrumbamiento comenzó. Todo está igual. Las cosas que esperaba que siguieran igual, por lo menos. Los suelos oscuros y chirriantes. El olor a popurrí, aunque no haya. Ejemplares de las revistas *New Statesman* y *Waitrose Food* en la barandilla de la escalera. La visión ininterrumpida desde el pasillo hasta el jardín.

Tom me lleva a la cocina.

—¿Te pongo algo?

—Agua, por favor.

Me siento en una de las sillas altas de la isla de la cocina. Acaricio la madera suave y recorro los arañazos con las uñas. Me sorprende no reconocer ni uno. Me choca no saber cuáles son nuevos o viejos, cuáles se hicieron antes de mi llegada, durante mi estancia o después de mi partida, y entonces me doy cuenta de que casi ninguno se creó mientras yo estuve en esa casa, porque no viví en ella el tiempo suficiente. Si la vida de la familia de Tom en la casa equivaliera a un día, entonces mi época allí duró escasos minutos, como la visita del lechero, de un testigo de Jehová o de una joven trans guapa que vende suscripciones de flores. Tom se traslada a la alacena sobre el fregadero, donde tienen las tablas de cortar y las básculas, y la abre para revelar estantes de vasos vacíos.

—Habéis cambiado los vasos de sitio —comento.

—Ah —dice Tom mientras abre el grifo—. Fueron mis padres. Tenía más sentido que estuvieran encima del fregadero.

—¿Dónde están?

—Han salido a dar un paseo.

Coloca el vaso transparente delante de mí, en un nudo de la madera. La superficie tiembla. Bebo el agua y miro hacia el largo y estrecho jardín. Hay muebles nuevos en el patio. Duro metal negro curvado y soldado para crear unas sillas y una mesa.

—Quería preguntarte por el funeral —digo. Tom se inclina hacia delante y apoya los codos en la encimera.

—Es en Manchester. Dentro de dos días. Deberías venir.

—¿Vas a hablar?

Mira hacia el jardín.

—Sí.

—¿Es difícil pensar en algo que decir?

—Supongo. Pero tengo que hacerlo, ¿no?

Quiero abrazarlo, pero estoy demasiado anclada a la silla. Un abrazo mío sería una violación. No sé lo que significa tocar a alguien cuando conozco tan bien su cuerpo, si empeoraría la intrusión.

—Estoy emocionada por ver a tus padres.

No lo estoy. Siento pavor.

Tom se gira hacia mí.

—Volverán dentro de un par de horas. Les he pedido que salieran de casa.

—¿Por qué?

—Tenía miedo de verte. Ha pasado mucho tiempo, Ming.

El vacío de mi estómago se expande. Los órganos se retuercen.

—¿De qué tenías miedo?

—No lo sé. —Agacha la cabeza hacia la madera y la apoya sobre los dedos entrelazados—. De todo. Sabía que quería que estuvieras aquí y tenía sentido que vinieras, pero no sé por qué, Ming. —Mantiene la cabeza apretada contra los dedos—. No hemos hablado de muchas cosas. Y estoy cabreado por otras, pero te quería aquí.

Me inunda una ola de alivio y culpa. Me levanto de la silla y me acerco a él. Apoyo una mano en su espalda y, cuando voy a inclinarme, Tom se endereza y me abraza, su cuerpo apretado contra el mío. La familiaridad de su forma me duele y eso hace que me pregunte cuán familiar será la mía para él. Sé que ese es el tipo de mierda narcisista de la que Rob me acusó. Levanto los brazos y le abrazo el cuello.

—Lo siento muchísimo, Tom.

—¿Qué sientes?

—Todo.

Janice y Morris llegan mientras estoy deshaciendo la maleta en la habitación de invitados. El sol ya casi se ha puesto. Tom y yo no hemos hablado sobre cuánto tiempo me quedaré, pero todavía no he reservado un vuelo a Nueva York. Bajo las escaleras, con los regalos en brazos, y mis pies se ralentizan antes de alcanzar la planta baja. No los he visto desde la semana en que Tom y yo rompimos. Una parte de mí quería escribirle a Janice después de la ruptura, pero no lo hice y ella tampoco, y tras la cena con Rob deduje que era porque Janice y Morris también me odiaban.

—Ming —dice Janice. Me envuelve con sus brazos y el vino y las flores quedan atrapados entre nosotras. Su maraña de pelo me acaricia la mejilla. Me suelta y me pone un mechón de pelo detrás de la oreja, algo que dejé de hacer cuando empecé a fijarme en los ángulos de mi mandíbula. Deja los dedos apoyados en el costado de mi cara—. Estás muy guapa.

Musito un «gracias» y le entrego los regalos. Sonríe con ganas.

—Me gusta tu pelo.

Ella juguetea con un mechón hirsuto. Lo lleva más corto. Y está más gris. El cambio exagera el lapso de tiempo entre el pasado y el presente.

—Decidí no teñírmelo más. Creo que llega una época en la que debes dejar de luchar contracorriente.

Morris me abraza. Nos trasladamos a la cocina y Janice se sienta en la misma silla que yo había ocupado antes. De la alacena, Morris saca dos vasos y los llena; le pasa uno a Janice y me ofrece el otro. Cuando ve que ya tengo uno, sonríe y retira la mano, quedándoselo para sí. Se echa un poco de agua en la boca. Nos sentamos alrededor de la encimera.

—Bueno —dice Janice—. ¿Habéis pensado en qué queréis para cenar?

—No —contesto y miro a Tom, en la frontera entre el pasillo y la cocina.

—Puedo cocinar —propone—. ¿O cocinamos los dos?

—Eso estaría genial, ¿no? —le dice Janice a Morris.

—Sí.

—Podemos ir andando a Tesco —dice Tom.

Subo para agarrar el abrigo. Miro por la ventana de la habitación de invitados. La vista es básicamente la misma que desde el cuarto de Tom. Me resulta un poco alienante. Recuerdo haber mirado a menudo, cuando estábamos juntos, la parte trasera y los jardines de las mismas casas, las mismas ventanas amarillas de luz que atravesaban la oscuridad.

Reflexiono sobre lo que Janice ha dicho sobre luchar contracorriente. ¿Lo estoy haciendo yo? Transicionar parece someterse a las fuerzas contra las que me resistí durante mucho tiempo. Como dejarme llevar por la marea. Sin embargo, a veces es todo lo contrario. Como si unos ganchos me alzaran en el aire en vez de nadar en el agua. Mi cuerpo queda expuesto ante doctores y cirujanos y gente con opiniones que no vale la pena compartir, pero que comparten igual. Deberíamos pensar en optimizar el crecimiento de tus senos. ¿Te has planteado hacerte un lifting de cejas también? ¿Es que va a transicionar del todo? ¿Eso es una chica? ¿Crees que tiene pene? Es una nueva lucha contra una nueva corriente.

Me pongo el abrigo y me dirijo al piso inferior. Tom sostiene la puerta abierta para mí. Lleva unas cuantas bolsas reutilizables en la mano. Salimos a la oscuridad, hacia el enorme Tesco a diez minutos de distancia. Caminamos en silencio. Sé que, si hablamos mucho, será como una simulación de nuestra antigua vida juntos. Empiezo a resentir el sonido de nuestros pasos sobre el

pavimento y mis jadeos porque me cuesta seguir su ritmo decidido.

—¿Ahora eres modelo? —pregunto—. Vi una foto de aquel
desfile. ¿De dónde ha salido eso?

Sigue con la mirada al frente y la cabeza un poco gacha.

—Hice el desfile ese, sí.

—¿Qué tal fue?

—Una locura de principio a fin. Rob me acompañó al cas-
ting —explica y aparta la vista del pavimento—. Fue muy emocionante, claro, pero pasé la mayor parte del tiempo incómodo.
No sé si fue por todo el rollo del maquillaje y tal o por la atención.

—Hay gente que mataría por esa experiencia. Estoy celosa.
O sea, vi las fotos y me sentí muy mal. Creo que nunca te he
dicho que eres guapo. O no te lo dije lo suficiente.

Estoy a punto de cruzar sin mirar cuando Tom levanta el
brazo para bloquearme. Un coche pasa a toda velocidad justo
en el cruce. El vehículo de detrás pita. Cruzamos la calle
mientras las luces traseras se alejan a toda velocidad por la
carretera.

—Tú siempre fuiste la guapa —dice con una carcajada. Es
tenue, apenas una exhalación, como la cuarta parte de una tos,
pero es la primera que suelta desde mi llegada.

—Cada vez menos. ¿Tu novio te animó a ser modelo?

—Fue idea de Marco, sí. Pero no es mi novio.

—¿No lo es?

—No.

—Y entonces, ¿qué es?

Tom no responde. No insisto. Llegamos a las puertas del
enorme supermercado. Tom va a por un carrito. Al lado de la
puerta, los ojos del guarda me siguen durante demasiado tiempo. Aguardo junto a los ramos de flores.

He visto fotos de Marco. Hice piruetas de lógica, suposiciones
a partir de un comentario en una foto. Está bueno. Marco. Fotógrafo. En una investigación exhaustiva sobre su vida, encontré

fotos suyas de drag. En ellas llevaba un vestido ajustado con el que no pretendía ocultar la musculatura de sus brazos, el triángulo invertido de sus hombros y su cintura, el vello en su pecho ni el pelo más largo que le salía de las axilas como llamas. El mérito no estaba en lo poco que la gente se fijaba en él, sino en lo mucho que lo hacía.

Recuerdo que sentí celos cuando vi esas fotos de Marco y lo mucho que me desconcertaron. Su drag era distinto al que yo hice en *La muerte se viste de drag* o a lo que hacía ahora. Un disfraz que poco a poco pasó de ser un traje de noche a la vestimenta de mi vida diaria. Una forma de vestir y de ser para aliviar una disonancia interna. A lo mejor también es subversivo, pero no puedo quitarme las ganas de llegar a esa normalidad asociada a Hertfordshire, los asados de los domingos y la recolecta de bayas. Es patético.

Tom regresa con un carrito y el guardia deja de mirarme. Entramos en los pasillos.

—¿Qué crees que deberíamos preparar?

Me planteo sugerir char kuey teow, pero aventurarme en el pasado con Tom parece peligroso. Toma, el plato que te encantaba cuando salíamos juntos. ¡Abre la boca, cabrón! Algunos recuerdos se endurecen hasta formar minas. No sé dónde están los puntos de presión.

—Pasta —respondo.

Tom nos conduce por los pasillos. Va de estante en estante, porque sabe dónde encontrar las anchoas, la pasta, los tomates y los langostinos. Yo voy al pasillo del vino y elijo una botella con tapa de corcho y descuento. Parece buena, aunque no la necesitamos. Encuentro a Tom esperando junto a la caja. Insisto en pagar y la cajera se nos queda mirando. Muestra interés, como si quisiera saber qué hace el hombre triste y guapo de chándal con la mujer trans recatada y por qué la trans quiere pagar. Si fuera ella, pensaría que Tom es mi hermano y que tengo un amante rico. Un amante rico que es un diputado Tory y apuesta por las farmacéuticas y me hace vestir como Maria von Trapp. ¿Por qué si no voy a llevar esto? Tom sopesa cada bolsa y me da la más ligera.

Salimos para la casa. Me fijo en el brillo mostaza de las farolas de la calle. El radio de sus halos se alarga hacia el cielo nocturno.

—Dejé el trabajo cuando me enteré de que Rob había muerto —dice impávido—. O sea, presenté mi dimisión.

Por instinto, aprieto los dientes, pero él tiene los ojos fijos en la carretera. Dejar el trabajo en pleno duelo es precipitado. Tom no es una persona que se precipite. Hace la cama todas las mañanas. Se lava los dientes después de salir de fiesta.

—¿Por qué dimitiste?

—No lo sé. Nunca encajó conmigo, ¿no? Creo que todo el mundo lo sabía menos yo. Rob y yo lo hablábamos mucho y me dijo algunas cosas que calaron. Cuando murió, lo supe seguro. Me pagan entera la próxima semana y me han permitido dejar de trabajar antes. De todos modos, tengo mucho ahorrado.

—Siempre se te ha dado bien ahorrar. ¿Ya sabes lo que vas a hacer?

—A lo mejor busco curro de modelo para salir del apuro. Y hablaré con la gente del pub cercano. Están buscando personal.

—Vale.

Seguimos andando a buen ritmo. Recuerdo haber buscado en Google a Tom cuando estaba en Nueva York. Apareció su foto sonriente en la web de la empresa. Me convencí de que a él todo le iba mejor, pero sin motivo. Siempre había odiado ese trabajo. No encajaba con su visión del mundo, aunque se negara a verlo. Tampoco sé si ser modelo encaja con él, pero supongo que las soluciones rápidas no existen. Quiero agarrarle la mano, porque creo que es lo que necesita, pero tiene los dedos enroscados alrededor del mango de plástico de la bolsa.

En el semáforo cerca de la casa, me duele el bíceps izquierdo. Cambio la bolsa a la mano derecha y choca contra la de Tom. Se la pasa a la otra mano. Cruzamos y subimos los peldaños de la puerta. Se detiene al meter la llave y se gira hacia mí.

—Me he sentido muy estancado, Ming. Como si algo hubiera pasado en los últimos seis meses. —Abre la puerta y la sujeta con el pie, sin dejar de mirarme—. Los primeros seis meses después de romper fue como si avanzara en piloto automático y la vida y el trabajo pasaron volando. Pero los seis meses posteriores fueron más difíciles. Y ahora Rob está muerto. No sé qué hacer y me siento muy estancado.

Calla un momento y luego va directo a la cocina. Yo me quedo conmocionada en la entrada y detengo la puerta con la mano justo antes de que golpee el marco. Lo sigo y cierro despacio. Saludamos a sus padres, que están en el salón. Empezamos a sacar las cosas de la bolsa y a mover cazos y cazuelas para cocinar. ¿Puedes poner a hervir el agua, por favor? Corta un poco de ajo. El perejil no está bueno. Hay vino para cocinar en la nevera. Treinta segundos cada lado, por favor. Escurre el agua. ¿Has guardado un poco para la mezcla? ¿Cuánta sal has puesto en el agua? La pasta está bastante salada, ¿no te parece? No tengo palabras, así que sigo sus instrucciones y solo respondo a sus preguntas.

Los langostinos les roban el blanco a las cebollas y las cebollas les roban la translucidez. Las anchoas y los tomates se disuelven en la sartén. El almidón en el agua de la pasta combina los ingredientes en una emulsión espesa. Pongo unos platos en la mesa mientras Tom llama a Janice y a Morris a cenar. Les pregunto qué prefieren, abro el Riesling y nos sirvo una copa a los cuatro mientras se sientan. Nos permitimos un pequeño brindis, con las copas relajadas entre nuestros dedos. Reina el silencio mientras los tenedores se clavan y hacen girar la pasta.

—¿Cómo están tu padre y Cindy, Ming? —pregunta Janice. Carraspeo.

—Están bien. Papá sigue trabajando y Cindy ha viajado un poco.

—¿Te han visitado en Nueva York?

—Cindy sí. —La idea del fin de semana que pasó allí me hace sonreír—. No sé si papá vendrá.

—¿Qué tal por allí? —inquiere Morris.

—Bien. Escribo mucho. Hay mucha gente interesante de todos los rincones del mundo.

—Suena genial.

—¿Qué tal el jardín?

—Queda poco de lo que había, pero hemos plantado cosas nuevas.

Hago girar el tenedor en la pasta hasta que los hilos beis momifican los dientes de metal. Miro a Janice y me sonríe mientras da un sorbo al vino. La incomodidad consume el espacio entre nosotras y reemplaza la intimidad que hemos olvidado. Tom no levanta la vista del plato. Quiero hacer preguntas, pero no sé cuáles. Preguntarle a una psicóloga qué tal le va en el trabajo no parece apropiado. Preguntarle a un profesor si su escuela ha cambiado mucho este curso parece inane.

—¿Qué tal lleváis la noticia?

—¿Te refieres a Rob? —pregunta Janice.

—Sí. Lo siento. Me está costando encontrar las palabras para hablar de ello.

—Yo tampoco tengo palabras —dice Janice. Calla un momento, con los codos sobre la mesa, y entrelaza los dedos como le gusta hacer—. Es curioso, ¿verdad? Doy consejos a la gente sobre duelo y, pese a todo, me siento impotente. Me sirve de recordatorio sobre lo difícil que es todo esto para mis clientes. Rob pasó mucho tiempo en esta casa. Igual que tú. No vivía aquí, claro, pero me acuerdo de las veces que vino de visita y cenamos juntos. Eso te incluye a ti, por supuesto. Cuando vivías en esta casa, quiero decir, y después. Seguro que no fueron más de un puñado de veces, pero los recuerdos se han expandido en mi mente y ahora me da la sensación de que eso ocurrió todas las semanas. Y luego, como madre...

Janice mira a Tom, que ya no mantiene los ojos fijos en el plato, sino en el pasillo. Morris encorva los hombros hacia el cuello y apoya la frente en una mano. La mirada suplicante de Janice se posa en mí. Noto los brazos y las piernas enroscados en la miasma y la boca más húmeda de lo habitual. Pienso en Rob no como en un hombre que me odiaba, sino como una parte de mi vida que nunca volverá. Me siento débil y responsable a la vez. Cierro los ojos a través de las lágrimas e intento guardar silencio. La mano áspera de Morris me aprieta el brazo a través de la manga del vestido. Janice me sostiene la mano desde el otro lado de la mesa. Tom se acerca para abrazarme y Morris traslada la mano al hombro. Lloro en Tom y su aroma se abre paso a través de la acumulación de mocos en mi nariz.

—La pasta estaba demasiado salada —dice y me río apretada contra él. Cuando nos apartamos, me limpio la cara húmeda con la servilleta.

—Lo siento.

—Es un alivio que no se haya echado a llorar uno de nosotros, para variar —dice Morris.

Nos reímos de nuevo. Después de cenar, recogemos los platos. Ayudo a fregarlos y luego les deseo buenas noches y subo las escaleras hacia mi habitación. Trasteo con las cremas, la pasta de dientes y las hormonas hasta que finalmente estoy lista para acostarme.

Me meto debajo del edredón y me quedo dormida. Me despierto pasada la medianoche. Me dormí demasiado temprano. Mi cuerpo cree que se ha echado una siesta. Maldito jetlag. Me muero de sed y me siento pesada. Me levanto para ir al baño y bebo un vaso de agua. Me quedo en el rellano y sigo mi instinto hasta la puerta de Tom. Llamo dos veces con los nudillos.

—Adelante —dice.

Parece sorprendido de verme y se endereza en la cama. Sostiene un libro. La luz de la mesita de noche está encendida.

—Acabo de despertarme.

—Yo también estoy durmiendo fatal. Pasa.

Cruzo el umbral hacia la habitación que compartí con él. Miro alrededor y me fijo en que todo está igual. Los mismos pósteres, los mismos muebles. Lo único que falta son las fotos de nosotros y el lienzo de un mangostino que pinté para él. Me pregunto dónde estará todo; a lo mejor acumulando polvo en los aleros de la habitación de sus padres en el piso superior. Me siento a los pies de la cama y él me observa desde la otra esquina.

—Eso que has dicho antes en la puerta, lo de sentirte atascado... Yo también me he sentido así, ¿sabes? Pasó lo de la obra, luego me mudé a Nueva York y ahora es como si tuviera que ponerme al día con todo.

Tom mira por la ventana. La persiana está bajada. Respira hondo. Me pregunto qué emoción intentará apaciguar, contra qué se resistirá más, si la rabia, la desesperación o el dolor. Deja el libro y se estira las cejas con el pulgar y el índice para suavizar la tensión del entrecejo. Traslada la mirada a los tablones del suelo e inspecciona la mancha oscura del zócalo. Al igual que pasó en la puerta cuando llegué, somos dos polos iguales y el más mínimo movimiento de uno repelerá al otro.

—Vi *Finos esqueletos*. La segunda o la tercera noche. No se lo dije a nadie. Me pareció una broma de mal gusto.

Se me cae el alma a los pies. La cabeza se me llena de vergüenza, lo que, al mismo tiempo, es vergonzoso también, porque si me siento peor al saber que la ha visto, entonces es que la he cagado pero bien.

—¿Por qué la escribiste? —pregunta. Inhalo para decir algo, pero él sigue hablando—. Dijiste que querías ayudar a la gente trans o a las parejas que estuvieran pasando por lo mismo. Dijiste aquello de ofrecer más arte hecho por personas trans. Rob pensaba que no tenía nada que ver con eso y, cuando llegó de esa cena, estaba seguro de ello. Y aunque no sé qué se dijo esa noche, estuve de acuerdo con él y no me hacía falta oírlo de ti, pero ahora creo que sí que quiero que me lo digas.

Me siento desnuda. Tom sostiene un porfolio con mis mierdas. Subo las piernas a la cama y las cruzo.

—Le dije a Rob que quería transformar el trauma en arte. Parecido a lo que te dije a ti.

—Arte —dice, desapasionado.

—Lo sé. Creo que, en aquella época, lo creía, pero cuando echo la vista atrás o lo que sea, me parece que quería convertirlo en un éxito. Demostrar que no había pasado por nada.

—¿Qué significa eso? —pregunta—. ¿Lo de que querías demostrar que no había pasado por nada?

—Lo de transicionar, la ruptura. Todo, ¿sabes? Me sentía muy inútil. —Aparto los ojos y miro por la ventana—. Quería sentir que valía algo.

Estiro las piernas sobre la colcha blanca y luego las coloco debajo del cuerpo.

—Me siento como si me hubieras robado algo —dice Tom.

Muevo la mandíbula de un lado a otro. «Robar» suena grave. Le añade peso. Percebes al casco de un barco. Puede que haya hecho algo malo, pero no sé qué me llevé que él ya no tenga. Poso la mirada de nuevo en Tom. Está observando la ventana.

—¿Qué te robé?

—No lo sé. Los recuerdos, creo. Mi oportunidad de hablar sobre ello. Mi privacidad. Mi dignidad. —Me mira de nuevo—. Me usaste.

Suspiro.

—No te culpo. Pero ojalá hubieras dicho algo.

—¿Habrías escuchado?

—Sí —respondo, el resentimiento impregnando mi voz.

Tom se relaja de nuevo y, con una gran exhalación, nos aparta del precipicio del ojo por ojo.

—No sé si lo acabé de entender cuando me pediste permiso. Tardé un tiempo en sentir dolor. No solo por *Finos esqueletos*, aunque la obra abrió las compuertas para todo lo demás. La ruptura. Y no sabía cómo hablar de ello. Supongo que había cierta discordancia. Te causé dolor por querer que fueras la Ming que yo quería, y lo entiendo, pero creo que perder a esa Ming me causó más dolor del que estaba dispuesto a admitir.

—Los rasgos le pesan en la cara y afloja la mandíbula, como si sopesara el peso del mundo mientras habla—. Quería que fuera sencillo, pero fue más complicado que simplemente distanciarnos. La ropa y las tetas y los pronombres y la nariz no importaban por sí solos, pero juntos parecían un mundo entero, y es fácil saber y sentir eso, pero difícil explicar el motivo. He ahí el quid de la cuestión, supongo. No estoy enfadado contigo por haber transicionado. No es lo que estoy diciendo, pero que encima me usaras para esa obra fue el culmen. —Retuerzo el cuerpo y apoyo la espalda en el cabezal, con la mirada al frente. Me cosquillea el cuello por el calor de su mirada—. No dejo de pensar en que es como si hubieras dejado todo lo malo conmigo. Todas las cosas que tiraste para pasar de Ming a Ming. Para ser feliz.

—No creo que la ansiedad funcione así. —Me encuentro con su mirada—. No voy bailando por la Quinta Avenida cantando *Qué vida trans más maravillosa*, Tom.

Suspira. Yo me hundo y me dejo caer en su cama. Miro las grietas del techo, como pelos negros en un lienzo en blanco.

—Siento que te sintieras usado. O, mejor dicho, siento haberte usado. Creo que, en el fondo, pensaba que estarías bien. Que, de los dos, tú saldrías ganando, ¿sabes?

—¿Que saldría ganando cómo?

—A ti te resultará fácil encontrar el amor de nuevo, a pesar de lo que ha pasado con Marco. Los hombres que quieren acostarse conmigo tienen miedo de eso. A veces creo que transicioné hacia la soledad y no sé si me iría mejor si me hubiera negado a mí misma todo lo que ansiaba, porque así no estaría sola. No puedo ni volver a casa, Tom. Lo sabes. —Se me llenan los ojos de lágrimas y arrugo el puente de la nariz—. No sabes cuántas ganas tengo de volver a casa, de estar con mi padre o ver la tele con Cindy. Papá intenta hablar sobre el futuro. En plan, dónde vivirá, pero lo hago callar. No puedo ni pensar en ello. No voy a tener todas las cosas que son fáciles para los demás. Las cosas que importan.

Tom y yo estamos tumbados como dos bolos partidos y la tensión que nos inunda acaba por menguar. Nos hemos agotado.

Estiro los brazos hacia los costados, pero Tom tiene las manos sobre la barriga, con los codos abiertos. Con la punta de uno me toca el brazo.

—Marco y yo no estamos juntos. Quería salir con él de verdad, pero él no quería un novio. Pensé que lo amaba, aunque ahora ya no estoy tan seguro.

—¿Por?

—No nos imagino necesitándonos. O que él me necesite a mí. Es curioso lo que has dicho de la soledad. Pienso mucho sobre estar solo. A veces creo que hay algo malo en mí. Parece que solo quiero a la gente que me necesita. Mis padres. Tú. Incluso Rob.

—¿Rob?

—No hablaba con nadie más del modo que hablaba conmigo. Creo que, de no estar yo, lo habría reprimido todo. Y, aunque tú me necesitabas también, cuando dejaste de hacerlo las cosas cambiaron y dejamos de estar enamorados.

Me late el corazón con fuerza. Noto a Tom distante. Recuerdo lo mucho que me gustaba tumbarme sobre él, escuchar los murmullos de su estómago. Pero en su cama mi cuerpo está frío. Todo parece inmóvil excepto mi corazón palpitante.

—Las veces que creía que me querías más era cuando pensaba que me necesitabas —añade—. Como si no supiera la diferencia entre que alguien me necesite y que yo lo quiera.

—No creo que eso sea patológico, Tom. No pasa nada por necesitar a alguien y sienta bien que te necesiten. Todo me parece muy humano. Querer a alguien que te necesite es más seguro, ¿no? Como confiarle un órgano, una parte de ti mismo.

—Como enseñar el vientre.

—¿Como hacen los gatos, dices? Eso me gusta.

Me estremezco y me meto debajo de las mantas en busca de calor. Tom me imita y nos tumbamos de lado, mirándonos.

—No tenías por qué elegir la soledad —dice.

—Tom.

Entrelaza los dedos con los míos. Es una disculpa. El calor de su mano me calienta el resto del cuerpo.

—Estoy muy asustado. Por Rob, quiero decir. Por la vida sin él.

—Lo echo de menos. Llevo tiempo echándolo de menos.

Miro los ojos tristes de Tom.

Me aprieta la mano y coloca el brazo por encima de mi cintura. Guardamos silencio.

—Creo que, en cierto sentido, aún te necesito —confieso.

Esboza una sonrisa inexpresiva mientras digiere mis palabras. Me giro para que me abrace por detrás. Me acaricia la espalda.

—Creo que yo también te necesito —dice.

Me abraza con fuerza. Cierro los ojos. Podríamos estar en cualquier parte. En el dormitorio del segundo curso. En mi casa de Kuala Lumpur. En el ático de su casa en tercero. En el piso que compartimos. Las imágenes de nuestros cuerpos pasan por mi mente como las escenas de un estereoscopio.

Tom juguetea con la tela de mi pijama. Abro los ojos y veo que va subiendo la mano por los botones. El corazón me palpita con intensidad. Saca un botón del ojal y es como si se me hundiera el pecho. Su mano cálida se desliza hacia el pezón. Lo acaricia. Su deseo es inmanejable y críptico, contaminado con una grieta existencial. Lo único en lo que puedo pensar es en lo mucho que quiero que a Tom le siga gustando mi cuerpo, el único que al fin puedo amar, pero me preocupa haberlo estropeado. Se acerca más y me besa el cuello. Me doy la vuelta. Me besa en los labios. Le devuelvo el beso.

Desabrocha todos los botones. Me quito las mangas y él se deshace de la camiseta y los calzoncillos. Está más delgado, pero definido. Las líneas y sombras alrededor de sus músculos se han vuelto más nítidas. Me lame la oreja, como solía hacer, y recorre los bordes con la lengua antes de meterla dentro y llenarla de esa familiaridad cálida. Me acaricia los pechos y los besa. Sus manos encuentran el camino hasta mi cintura. Me chupa la polla. Me acaricia el pezón con el pulgar. Noto el cuerpo inerte. Estoy desbordada, pero acepto la calidez de su lengua húmeda.

—¿Podemos hacerlo? —pregunta—. Me veo capaz.

—¿Tom?

—Estoy duro. Puedo hacerlo.

Asiento. Busca lubricante e intenta metérmela. No puede. Me pongo una almohada debajo de la espalda y él presiona contra el hueco entre mis nalgas. Me besa mientras entra y sale.

—Eres preciosa —dice.

Me sonríe. «Preciosa» suena triste. «Preciosa» sigue doliendo, pero lo beso de nuevo y le acaricio el pelo. Gime y cierra los ojos. Le cae una lágrima por un lado de la cara. Reduce el ritmo y sus movimientos se vuelven forzados y débiles.

—Puedo hacerlo —dice—. Puedo. Solo necesito un segundo.

Da unos cuantos empujones más, tristes y lentos.

—Tom. Para, por favor.

—Puedo hacerlo.

Sale de mí, sin apartar el cuerpo. Se acaricia. Doblo las rodillas y apoyo los pies en la sábana.

—Tom.

—Por favor.

—Tom —suplico.

Me mira. Me yergo, saco la almohada que tenía debajo y me la coloco en el regazo. Tom baja la mirada hacia su pene flácido. Llora. Lo abrazo. Sus lágrimas me escuecen en el cuello como la sal en una babosa. Lo tumbo debajo de las mantas y lo abrazo. Llora hasta quedarse dormido.

Me quedo despierta más tiempo. Estoy pegada a su cuerpo. Me doy cuenta de que una pequeña parte de mí esperaba que Tom y yo pudiéramos volver a ser como antes, como si lo único que necesitáramos fuera tiempo hasta que las leyes de la atracción pudieran doblegarse lo suficiente para adaptarse a mí. Pero no lo han hecho y nunca lo harán. Y, aunque no lo diga, sé que Tom esperaba lo mismo. No quiero soltarlo. La habitación parece sumergida en dolor; la cama, las lámparas, los libros y los cuerpos flotan ingrávidos debajo del agua, pero su cuerpo es un tanque de oxígeno, un bote salvavidas, una boya.

22

ÁRBOLES

En el taxi frente a mí, Tom no deja de mover las rodillas. Una toca la mía y las vibraciones del traqueteo de su pierna se trasladan a mi cuerpo. Sarah está sentada a mi lado. Los dos llevan traje. Sus padres van en otro coche. Han dicho que hoy mantendrían la distancia, aunque Tom no se lo ha pedido.

—¿Empieza en veinte minutos? —pregunta Tom.

—Llegaremos en diez —le asegura Sarah—. Aún tenemos tiempo.

Pellizco el bajo de mi vestido negro de lana. En el taxi, se me ha subido hasta los muslos. Me preocupa que sea demasiado corto. Lo compré justo antes de marcharme de Nueva York. En la tienda, intenté recordar cómo fue vestida la gente al funeral de mi madre, pero me quedé en blanco. A cada momento la vida me recuerda que no tengo las cosas que necesito. Ropa para una boda. Ropa para la oficina. Ropa para la muerte. Es como aprender mi lengua materna ya de mayor. Cada vez que pienso en esto, oigo en el fondo de mi mente el susurro de las opiniones absurdas que he leído en internet. ¿Un vestido? ¡¿Un vestido?! Dios santo, pues claro que la mujer trans quiere llevar un vestido negro. Qué narcisista. ¡Mira que preocuparse por la ropa en un funeral! Seguro que está hecho de látex. ¡Eso es lo que creen que significa ser mujer!

Compré un vestido negro. Hay momentos y lugares donde lo único que quiero es hablar el idioma de la feminidad lo bastante bien para poder desaparecer. En la seguridad del aeropuerto. En los baños. En los funerales. La realidad es que en un funeral la mayoría de hombres llevan trajes negros y la mayoría de mujeres no llevan trajes negros y yo no tenía nada que ponerme. No había planeado que muriera alguien. Lo más sencillo era un vestido negro.

Estoy nerviosa. Tom, Sarah y yo miramos por distintas ventanillas. El ambiente en el taxi está recalentado y cargado. No he asistido a ningún funeral desde el de mi madre. Una de las cosas que recuerdo es a mi padre llorando durante su elegía. Sollozó en cada palabra y, en un momento dado, dejó de hablar. Su llanto inundó la iglesia. Nadie subió al altar a ayudarlo, pero una amiga de mi madre, sentada a mi lado, me agarró la mano. Era la misma mujer que me dio una jaula para pájaros desvencijada después del funeral. Era un bloque cuadrado y los barrotes parecían palillos de bambú. Tenía dos pajaritos marrones dentro. Me dijo que abriera la puerta y salieron volando.

El taxi se adentra en los suburbios. Casas adosadas se transforman en casas semiadosadas y, a veces, la transformación es completa y aparece una casa independiente. Los jardines aumentan de tamaño. Los ojos de Sarah y de Tom permanecen fijos en ventanillas contrarias. Los dos han visitado a Rob en su casa familiar. Me pregunto si esta es la última vez que lo harán.

Tom saca unos papeles del bolsillo, grapados en una esquina. Las arrugas son amplias y las puntas están aplastadas. Musita las palabras para sí. Intento descifrarlas por el movimiento de sus labios. Se negó a leérmelo cuando le pregunté si quería practicar.

Sarah me agarra la mano. Me giro hacia ella.

Le irá bien, musita sin hablar.

Me aprieta la mano con fuerza. El coche negro se mete en un bache y separa nuestras manos. Tom dobla los papeles y se los guarda de nuevo en el bolsillo. Nos mira a las dos con el rostro pálido.

—Creo que no puedo hablar —grazna.

—Puedes hacerlo, Tom —dice Sarah.

—¿Y si no consigo leerlo?

—Pues lo leeré yo por ti. O Ming.

—Vale —dice—. Tuve que tachar una parte.

Saca de nuevo los papeles y nos los enseña. Hay una página con bucles de bolígrafo negro.

—¿Por qué?

—Leí una cosa sobre que una persona es el centro de la gravedad narrativa. Significa que, en vez de ser una cosa física de verdad, la persona solo es una recopilación de narrativas que contamos sobre nosotros mismos y que compartimos con otras personas. —A Tom se le inundan los ojos de lágrimas—. Pensé que era buena idea, porque, si seguimos hablando sobre Rob, entonces podrá vivir tanto como nosotros.

Sarah y yo guardamos silencio y Tom regresa a la ventanilla. Crecí con gente que hablaba con cautela sobre los muertos, como si temieran reanimar el dolor. A lo mejor no es lo más adecuado, pero ahora me pregunto qué es más doloroso, que perdure el hilo de una persona o que desaparezca por completo.

—Eso es muy bonito, Tom —dice Sarah.

—¿Por qué lo has tachado?

—Rob diría que es muy pretencioso.

Sarah suelta una carcajada, Tom se ríe y no tardamos en echarnos a reír los tres. Nos revolcamos en la parte trasera del taxi. Me río más de lo que requiere la broma, con tanta intensidad que me duelen los músculos del estómago. Es distinto y, al mismo tiempo, se parece al llanto de hace unos días. El cuerpo se alivia conforme puede. El taxista nos mira por el espejo retrovisor y percibo que se le arrugan las comisuras de los ojos con una sonrisa. Suspiramos al unísono y nuestras suaves carcajadas puntúan el silencio nuevo. El taxi reduce la velocidad hacia una iglesia de ladrillo rojo.

—Hemos llegado —dice el conductor—. Cuidaos.

Al bajar del coche, vemos que llegan otros taxis. Cass se apea de uno y saluda con la mano. Lisa baja de otro y va directa hacia

Sarah; se abrazan. Lisa la suelta y se gira hacia mí. No la he visto desde que terminó *Finos esqueletos* y, aunque sé el motivo, ahora toda esa distancia parece absurda y tonta. Nos abrazamos durante un rato largo, apretándonos con fuerza.

—Lo siento —le digo con suavidad al oído.

—No pasa nada. Yo también lo siento.

No tiene nada por lo que disculparse, pero supongo que todos retenemos mierda que necesitamos soltar. Me alegro de poder abrazarla.

La gravilla cruje bajo nuestros zapatos cuando nos encaminamos a las puertas de la iglesia. Las paredes de dentro son blancas y altas. Al fondo hay un mural de cristal tintado sobre Jesucristo. En el centro del pasillo, entre toda la gente que entra, hay una mujer mayor con el rostro enrojecido y mechas rubias. Se gira hacia nosotros. Sarah acelera hacia ella y la mujer la acepta entre sus brazos, le acuna la cara con las manos. La madre de Rob. Rob tenía esa misma nariz. Sarah abraza a un hombre mayor de pie junto al primer banco. El padre de Rob. Se me para el corazón cuando Sarah abraza a un chico que es igualito a Rob, uno de sus dos hermanos. Sigo a Tom hacia ellos. Sarah se separa del otro hermano de Rob y se limpia una lágrima. Mira el féretro en la parte frontal de la iglesia y se gira por completo hasta que sus ojos se posan en mí. Es una mirada de incredulidad. Sacudo la cabeza. Yo tampoco me lo creo. La madre de Rob apoya una mano en el brazo de Sarah y la hace sentarse a dos bancos de distancia de la familia.

Tom abraza a la madre de Rob. Su rostro se contorsiona al verlo. El padre de Rob también lo abraza. No sé por qué lo observo todo con tanta atención, pero no puedo apartar la mirada. Cuando Tom se aleja para sentarse, voy a la parte de atrás con Lisa, Cass y los padres de Tom, pero alguien me agarra de la mano. Es Tom.

—Por favor —dice.

Dejo que me conduzca a uno de los bancos delanteros. Sarah y yo nos sentamos cada una a un lado de Tom. Gente que no conozco llena el resto de la fila y los bancos de detrás.

Suenan los acordes de un órgano. Jugueteo con el orden de la misa sobre el regazo. Miro de nuevo el féretro de Rob. Está cerrado. No me había dado cuenta de que nunca volveré a ver su rostro. No sé si esto es normal. El féretro de mi madre estaba abierto.

El pánico me recorre entera cuando un cura se acerca al púlpito. Dice unas cuantas palabras sobre Rob. Oigo el esquema de sus logros y la historia de su vida, pero las palabras empiezan a perder significado; su forma y su definición se difuminan cuanto más miro la caja cerrada. Hay un caballete al lado que sostiene una foto enmarcada en blanco y negro de un Rob sonriente. Lo único en lo que puedo pensar es en que las fotos no capturan la profundidad de una cara. Si la cámara está muy cerca, la nariz de la persona parecerá demasiado grande y el flash borrará los contornos y las líneas. No sé si tengo vídeos de Rob y no recuerdo el color de sus ojos. Sé que eran marrones, pero no recuerdo si eran oscuros o un poco verdes. En la foto no se ve. Quiero sacar el móvil para mirarlo, pero todo el mundo pensará que estoy retransmitiendo en directo el funeral. Y después de *Finos esqueletos*, se esperan ese tipo de mierdas por mi parte.

La gente se remueve y se pone de pie. Me levanto con ellos. La letra de *Jerusalén* está en la segunda página del folleto. Canto con un poco de retraso. Tengo miedo de que se den cuenta de que no canto al mismo ritmo, con lo que prefiero mover los labios en silencio con la canción.

El cura regresa al púlpito cuando dejamos de cantar.

—Me gustaría invitar a Peter, el padre de Rob, a decir unas cuantas palabras —dice.

Peter sube al altar. Su voz es cálida y áspera. Nos da las gracias a todos y dice unas cuantas cosas acerca de Rob. Bromea sobre el apetito de Rob. Se echa a llorar cuando menciona su potencial ilimitado y la forma en que siempre daba a los demás. Mientras habla, me imagino la sonrisa de Rob y luego me imagino morir joven. Que me atropelle un coche. Estrellarme en un avión. Caer de un balcón. Estoy sentada en la misma sala que su cuerpo, pero no puedo comprender del todo qué le ha pasado a Rob. Morir joven.

Peter nos cuenta una historia sobre Rob en el colegio y me late el corazón con fuerza. No puedo concentrarme. Sé que Tom va después. Cuando Peter baja del púlpito, los hermanos de Rob corren a abrazarlo. El cura nos hace levantarnos de nuevo para cantar otro himno. Muevo los labios otra vez al son de la letra. Nos sentamos de nuevo.

—Ahora me gustaría invitar a Tom, el amigo de Rob, para que diga unas palabras en su memoria —dice el cura.

Tom se remueve en el asiento y sale al altar. Sarah se estira a través del asiento vacío para agarrarme la mano. Tom saca el trozo de papel del bolsillo y lo despliega. Noto que me arde la cara. Veo que todo el mundo lo observa. Carraspea y mira hacia el público.

—Lo mejor de Rob era su generosidad. Era generoso con su tiempo. —Tom suelta un hipido—. Hace unos meses, lo dejó todo para acompañarme en un viaje que me ponía de los nervios. Creo que otra persona habría esperado a que la invitaran o se habría sentido incómoda, pero Rob sabía cuándo lo necesitaba, a veces incluso antes de que lo supiera yo. —Es la primera vez que oigo hablar de ese viaje. Siento un pinchacito de culpa por las cosas que me he perdido—. A lo mejor Rob solo quería ir de vacaciones —dice y el público se ríe con suavidad—. Pero, además, le encantaba estar con otras personas.

Tom nos relata cómo se conocieron. Fue en el concierto de Flying Lotus. Explica que a Rob se le daba mejor ser DJ que a él, que todo el mundo seguramente habría preferido que Rob actuara solo, pero siempre insistía en que fueran un dúo y cambiaban de turno cada dos canciones para que Tom juguetera con las mesas. Nos relata su viaje de acampada en Escocia, donde todo fue un desastre y fueron tan mal preparados que otro grupo de excursionistas llamó al servicio de emergencias por ellos. He oído esta historia antes, pero me río con el resto de la gente. Era una historia que encadenaba con otras. Recuerdo los detalles que Tom omite, como que Rob había olvidado el saco de dormir y que Tom no había podido hacer caca en toda la semana.

—Me hacía sentir como si mi tiempo y mi presencia tuvieran valor. Parece algo sencillo, pero para mí lo era todo. —Hace una pausa—. Todo parece sencillo y por eso creo que lo más difícil a la hora de pensar en qué decir hoy es que muchos de mis recuerdos favoritos de Rob parecen banales cuando los cuento en voz alta. Son pequeñas cosas que llenaban el día, cosas que se volvían especiales porque las hacías con alguien a quien querías.

Tom enumera algunas de esas cosas. Masajes de pies en el sofá. Compartir música. Un paseo por los jardines botánicos en un día invernal. Se me encoge el corazón. Estaba allí para presenciar esas cosas, aunque ahora Tom no me tenga en mente.

—Incluso vivir con él. Me siento muy afortunado de haber vivido con él. Esos lugares siempre daban la sensación de ser un hogar, pero, en cierto punto, Rob también pasó a ser mi hogar.

A mi lado, Sarah está llorando. No sé si alguna vez la he visto llorar. Tiene la barbilla gacha y la boca abierta. Tiembla. Le agarro la mano.

—No sé cómo llenar el tiempo que me dio. —Tom se limpia lágrimas de los ojos con el nudillo del pulgar—. No sé qué reemplaza esa sensación de hogar.

Deja de hablar y su cuerpo parece tenso. Es más que una pausa. Miro a Sarah, que me está mirando ya, con las lágrimas estancadas y el rostro consumido por la preocupación. Tom respira hondo por la nariz y el aire tiembla contra los mocos. La iglesia permanece en silencio, pero alguien en el banco de al lado suelta un sollozo. Tom exhala. Habla de nuevo.

—He estado pensando en cómo los troncos de los árboles se doblan y curvan cuando crecen juntos. Las hojas se mueven para dejar hueco a las demás. Su cercanía se lee en la forma de las hojas y puedes inferir la forma de un árbol a partir de la forma del otro. Cuando conoces a alguien y creces junto a esa persona, tu forma se convierte en la suya. Y así, aunque Rob ya no esté y nunca habrá otro Rob, otro amigo al que conozca tan bien ni tan íntimamente, la impresión que su vida dejó en mí siempre estará ahí y, en ese sentido, nunca lo habremos perdido.

Tom mira hacia el féretro y luego hacia los bancos. Miro a Sarah. Nos sonreímos con los ojos húmedos.

—Gracias —se despide Tom.

Baja del púlpito. Regresa conmigo y le agarro la mano.

El velatorio es en la casa familiar de Rob, a diez minutos de distancia a pie. Nos retrasamos hasta que todos los amigos de Rob van andando en grupo. Flotamos unos en medio de otros. La gente se acerca a Tom para decirle que su discurso les ha parecido precioso, porque lo ha sido. El corazón se me hincha cada vez que alguien se lo dice.

En la casa de Rob, los asistentes se apiñan en el centro del salón color beis. Los muebles grises de dentro han migrado hacia los costados. La gente envuelve a Tom. Veo a Janice y a Morris de pie en un rincón. Me quedo con Cass y Lisa junto a la cocina. Cambio el peso de un pie a otro. Cass pasa los dedos por las fibras de su bolso de tela negro. Lisa se ajusta la pinza negra que le sujeta el pelo.

—Estoy muy orgullosa de Tom —dice Cass.

—Yo también —comenta Lisa—. Me dejó sin palabras. Es muy elocuente.

—A Rob le habría encantado.

Asiento. Cass y Lisa entablan conversación con la gente que entra y sale de nuestro pequeño círculo. Finjo que estoy escuchando, pero tengo que pedir que me repitan lo que han dicho cuando plantean una pregunta. Pasa una hora. Subo a mear e intento no mirar la montaña de fotos familiares en la escalera. Me siento en el retrete y saco el móvil del bolso. Los ojos de Rob eran marrón oscuro. Vuelvo al piso inferior.

El calor de los cuerpos en duelo calienta la habitación y el cuello del vestido se me tensa alrededor de la nuca. Sostengo el abrigo en las manos. Traslado la mirada a las ventanas. Al otro lado del salón, el padre de Rob abre dos pestillos y sube el cristal. Los cuerpos que hay entre la ventana y yo absorben la brisa antes de que me alcance.

—Ay, Dios mío. —Lisa le propina un codazo a Cass—. ¿Os acordáis de la noche en que fuimos a ver tocar a Rob y a Tom en una discoteca y el baño se rompió?

—Caían aguas residuales del techo —ríe Cass.

Esbozo una sonrisa forzada.

—Ya. —Me cuesta respirar y los cuerpos en la habitación se multiplican. Tengo el radiador detrás de las piernas. No soporto el calor—. Eh, voy a salir un momento.

—¿Quieres que te acompañemos? —se ofrece Cass.

—Estoy bien, no os preocupéis.

Atravieso la gente hasta llegar a la puerta principal. Fuera me recibe el aire cortante. No me pongo el abrigo. Los tacones chasquean en el camino de entrada y me limpio una gota de sudor de la frente. Se ha puesto el sol; el cielo es de un azul intermedio. Me detengo y respiro hasta que los pulmones se expanden hacia el estómago. Doblo la esquina de la casa.

La madre de Rob está apoyada en la pared junto a una tubería. Se da la vuelta.

—Lo siento mucho —me disculpo—. He salido a tomar un poco el aire.

—No, por favor. No sé qué hago aquí en realidad. Debería regresar dentro.

Permanece inmóvil y mi cuerpo se sitúa junto al suyo en la pared.

—Mi más sentido pésame —digo.

—Gracias. ¿Eres Ming? —Asiento—. Rob te tenía mucho cariño. A todos vosotros. —Asimilo sus palabras—. ¿Alguna vez has perdido a alguien? —pregunta, pero entonces sacude la cabeza—. Lo siento, menuda pregunta. Cómo soy.

—No, no pasa nada. Perdí a mi madre.

—Ah, pobre.

Me apoya una mano en el brazo. La frialdad de sus dedos parece precisa, como si pudiera dibujar con detalle su huella dactilar con los ojos cerrados. Parece más joven que papá y Cindy. El sol ha destrozado la piel de papá, pero ella parece joven a pesar de eso.

—Y a Rob, claro.

—Rob —dice. Lo dice con una añoranza deliberada—. Nada se compara con perder a un hijo, ¿verdad? Y, como madre, solo deseas que fueras tú. Nunca pensé que sobreviviría a ninguno de mis hijos. A lo mejor es ingenuo por mi parte porque tengo tres. Tenía tres. Pero tú, pobre. Tu madre. Y ahora Rob. No es justo, ¿verdad?

Me frota el brazo y, aunque tiene los dedos fríos, siento su calidez. No consigo comprender por qué un progenitor recibiría una bala por su hijo. No me imagino haciéndolo por tres. Me pregunto cómo le afectará a una persona amar su lugar en medio del tronco de un árbol, en la trayectoria de un hacha. Seguramente la madre de Rob solo sepa cómo cuidar a otras personas, valorar a otros más que a sí misma, tanto que en el funeral de su hijo está consolándome por mi madre que murió hace una década. Jugueteo con los hilos sueltos del corpiño del vestido. Lo único que puedo ofrecerle es una sonrisa triste.

—Bueno —dice—, será mejor que entre. —Se tira del dobladillo del vestido y hace como que limpia algo inexistente—. Tom ha dicho que vuestros taxis no tardarán en llegar. Cuídate. Y estate en contacto, ¿vale? Aquí te daremos la bienvenida siempre que quieras. —Cierra los ojos un momento y luego suelta el aire. Después de apartarse de la pared, se gira hacia mí de nuevo—. Y cuida de Tom. Qué chico más encantador.

Le sonrío de nuevo, a la mujer que he conocido hoy mismo, la mujer que crio a Rob. Cuando desaparece por la esquina, recorro el lateral de la casa hasta que el frío se me cuela en la piel. Regreso dentro, a la habitación llena de gente. Las piernas me llevan arriba. Busco el dormitorio de Rob. Sé que no debería estar aquí, pero me acerco a una mesita de noche y veo una foto previa a mi transición en la que salgo con él, Sarah y Tom. Es de una cámara desechable. Estamos sentados en un sofá, en el salón de su casa en tercero. La sacó Lisa.

Hay dos armarios empotrados en una pared del dormitorio. Sostengo la foto con la mano y me acerco a uno. Cuando aparto los pomos, reconozco algunas de sus viejas camisas de la universidad. Levanto la manga de una. Se ha suavizado con la edad. El estampado consiste en pinceladas a lo loco en distintos tonos de azul. Me agacho con las piernas juntas, el culo sobre los talones, y luego me arrastro por el fondo del armario y cierro las puertas detrás de mí. Apoyo la espalda en la pared sin soltar la foto enmarcada. Las mangas y los bajos me pesan en la cabeza. Agacho la barbilla para que me caigan sobre la nuca. Apenas puedo distinguir nuestras caras en la foto. No sé qué significa que aparezca yo en ella. ¿A que es una foto bonita? Sería mejor si Ming no saliera en ella, ¿verdad?

Cierro los ojos. Quiero que pase el tiempo, o que no pase en absoluto, como si estuviera atrapada en el ojo de un agujero negro. Oigo unos pasos amortiguados cerca de la puerta.

—¿Ming? —dice Tom.

No respondo. Se marcha. Lloro un poco. A lo mejor Rob se sentiría diferente porque Tom y yo estamos juntos. No juntos-juntos, pero juntos pese a todo. A lo mejor no me habría odiado si estuviera vivo, pero su muerte también arregla las cosas. Qué dolorosa es esa ironía. Me alegro de aparecer en la foto.

Oigo pasos de nuevo. Veo las piernas de Tom por las ranuras de la puerta del armario. Sus zapatos están rayados. No les ha echado betún. La puerta se abre, pero las camisas, chaquetas y pantalones sobre mí lo bloquean. Se produce un pequeño forcejeo con las perchas de metal en la barra. Y entonces Tom aparta la ropa para revelar mi cara. Sostiene mi abrigo por encima del brazo. Ya lleva el suyo puesto. Me sonríe y se arrodilla. Entra a rastras en el armario conmigo, así que aprieto más las piernas contra el pecho. Cierra la puerta, pero no del todo porque no hay espacio para los dos. Le sobresalen las piernas por el borde del armario. No dice cómo me ha encontrado aquí. No hace falta.

Guardamos silencio, solo existe el sonido de nuestras respiraciones. Apoyamos las piernas con suavidad unas encima de otras. El tiempo se detiene durante un momento. Podría quedarme aquí para siempre, aunque sé que no es posible. Le agarro la mano. Está muy cálida. Nos quedamos un poco más, hasta que me ruge el estómago hambriento y rompe el silencio. Tom suelta una carcajada jadeante y lo imito. Me aprieta la mano y la suelta despacio. Aparta la puerta con la rodilla, se levanta y me ofrece la mano para sacarme del armario. Dejo la foto enmarcada en la mesita de noche. Me entrega el abrigo y me conduce abajo.

—Son casi las cinco. Ha llamado la empresa de los taxis. Llegarán pronto.

Nos despedimos en susurros y los amigos de Rob de Londres salen del salón. La gente que queda se expande por el espacio vacío. Meto los brazos por las mangas del abrigo y salgo. Los padres de Tom están subiendo a su coche. Me giro y veo a Tom por la ventana, dándole un abrazo de despedida a la madre de Rob. Los taxis han aparcado en fila frente a la casa. La gente sube. Espero a que Tom y Sarah salgan por la puerta.

—¿Listos? —pregunto.

Sarah me rodea la cintura con un brazo y yo estiro el mío para agarrarle la mano a Tom. Subimos al último taxi. Parece más vacío que cuando llegamos.

—En serio, Tom, no dejo de repetírtelo, pero lo de los árboles ha sido precioso —dice Sarah.

—Esa parte me ha encantado —añado.

—Gracias, chicas.

Guardamos un silencio cómodo hasta que el taxi llega a la estación. Nos apeamos y entro en una tienda a comprar cerveza y dulces para el viaje mientras Tom y Sarah flotan hacia el tren.

Los encuentro en un asiento para cuatro. Sonríen al ver los regalos que traigo en brazos.

—Ha sido un día largo —digo.

Abrimos las latas y bebemos a medida que la gente se va sentando. El tren sale despacio de la estación y se desliza hacia Londres. La ciudad se evapora en pastos verdes y las líneas duras se distienden en curvas de colinas. Abrimos más latas de cerveza. Mis ojos se encuentran con los de Tom. Nos miramos.

—¿Estaremos bien? —pregunta.

No sé a qué se refiere. Hay un universo entero de formas en las que aún reina la delicadeza entre yo y Tom, Tom y yo.

—Creo que sí —respondo.

Asiente y gira la cabeza hacia la ventanilla.

—A lo mejor deberíamos escribir una obra de teatro juntos.

—Vete a la mierda.

Sarah se ríe y Tom también. Le reluce la mirada.

Damos sorbos a la cerveza. Miro al chico guapo que tengo delante, que observa a su vez los campos de hierba por la ventanilla. Repaso las noticias en el móvil, tan tristes que poco después bloqueo la pantalla. Miro a Sarah y a Cass y a Lisa y al resto de gente en el pasillo. Un vagón lleno de gente importante. Gente importante para mí.

Miro a Tom, al chico al que siempre he querido; un chico, una boya. Estiro el brazo por encima de la mesa para agarrarle la mano. Con el pulgar le acaricio la carne debajo del dedo índice. Cuando estábamos tumbados en su cama, dijo que cargaba con todas las cosas malas que yo había dejado atrás. A lo mejor tenía razón y eso es justo lo que hizo durante todos esos años, mucho antes de darse cuenta de que lo estaba haciendo. A lo mejor es lo que se supone que debemos hacer, absorber lo malo y escurrir el sufrimiento todo lo que podamos, aunque nos manche los corazones y las manos.

EPÍLOGO

ARRANCAR

Me despierto en casa de Henry. Su cama doble está pegada a un rincón del dormitorio. No hay nada en las paredes, excepto un póster de Aphex Twin. Es *Selected Ambient Works 85-92*, un álbum viejo, aunque el póster no lo sea. Intento no imaginármelo buscándolo en Google y comprándolo, porque, cuando lo hago, me da repelús. El mismo tipo de repelús que cuando me lo imagino atándose los zapatos, gritando por un susto o dejando que un instructor de paracaidismo le ate el arnés. Sé que no es justo, pero lo he visto hacer una de esas cosas y ya he tenido suficiente.

Huelo la almohada. Henry cambia las sábanas todas las semanas, con más asiduidad que yo. Hoy me he despertado tan cerca de la pared que tengo los muslos pegados a ella. Las rodillas tocan las persianas que llegan justo por encima del colchón. Henry me envuelve el muslo con una mano. Noto la tela de sus calzoncillos contra la parte trasera de la cadera. Duerme con la ropa interior puesta. Yo duermo desnuda.

Me da un beso en el hombro y luego apoya la frente en mi nuca. Cuando comencé a acostarme con él, no lo conocía mucho. No le preguntaba nada porque pensé que le gustaba mantenerme apartada de su vida. Cuando regresé de Londres, las cosas cambiaron. Le pregunté cosas, él me preguntó otras tantas. Quería saber sobre Rob y Tom. Prestó atención cuando le dije que los echaba de menos a los dos. Me abrazó mientras lloraba.

Él me cuenta cosas que ha hecho. Una vez le pregunté por la primera persona trans con la que se acostó. ¿La primera mujer trans? Mmm... ¡Menuda pregunta! ¿Me prometes que no me juzgarás? Era una trabajadora sexual. Le pagué. Fue cuando me mudé aquí hace cinco años. No tenía ni idea de que existían apps para ligar ni sabía cómo conocer a una. No quiso besarme. Me quedé un poco decepcionado. O sea, no me malinterpretes, entiendo por qué no quiso hacerlo. Pensé que estaba cachondo y ya, pero creo que lo único que quería era que alguien me besara.

El nombre de la mujer era Angela. Intenté buscarla en webs de acompañantes, pero había miles de Angelas y no sabía su apellido. No le pregunté dónde se acostaron, pero me imagino una habitación de hotel cutre con luces blancas y paredes verdes. Cuando pienso en ella, espero que esté bien, aunque una parte de mí sabe que lo tiene todo en su contra y, en cierto sentido, yo no. Le tengo cariño a Henry. No es un sentimiento brillante ni reluciente. Puede que sea un ejercicio gimnástico mental o mi propia debilidad, pero Henry me está enseñando su vientre, como diría Tom. Se lo agradezco.

Estira los brazos por encima de la cabeza y bosteza. Lo observo a través de una ranura de los ojos tan estrecha que, deduzco, pensará que sigo dormida. Sonrío como si soñara con algo encantador. Nos hemos despertado tarde. Él no tiene ninguna audición por el confinamiento. Le preocupa el dinero, pero aguanta.

Ruedo bocarriba y abro los ojos hacia el techo. Henry me está mirando, lo noto. Me giro hacia la derecha y le sonrío. A veces me pongo ansiosa. Ha estado con muchas mujeres y me da miedo que, una vez que el mundo se abra de nuevo, se dé cuenta de que seguramente es más fácil salir con alguien que no sea trans.

Nos damos un beso de buenos días y nos acurrucamos. Jugueteamos un poco en la cama. Me levanto. Me observa salir del dormitorio y encaminarme hacia la ducha. Su compañero de piso rico es una persona non grata porque huyó a los Hamptons para pasar el confinamiento, pero en secreto estamos felices porque podemos ir desnudos por el piso. La mirada en la cara de Henry es tan boba que me hace sentir especial. Me ducho, salgo y me seco. Cuando entro de nuevo en su dormitorio, veo que se ha quedado dormido otra vez. Me pongo la ropa y le doy un beso en la mejilla. Se remueve.

—¿Nos vemos mañana? —pregunta.

Lo beso de nuevo. Echo a andar desde su casa a la mía. Es un paseo largo por el puente de Brooklyn, pero no tengo otra forma de llenar los días y me gusta. Las calles están desoladas. Parece el fin de los tiempos.

Hoy no tengo planes, aunque quiero pasar tiempo sola. Estar en casa es estar sola, porque Alissa trabaja día y noche desde su dormitorio. Cuanto más sé sobre su trabajo, más perpleja me quedo. Llevo tiempo sospechando que los trabajos como el de Alissa o el antiguo de Tom no hacen nada, y el hecho de que ella esté tan ocupada cuando el mundo está encerrado parece demostrarlo. Hay una lista de palabras y frases que no tengo permitido usar, porque hacen que se enfurezca. Fabricado. Extracción del patrimonio. Mover el dinero en círculos y llevarse una parte. ¡Dios santo, Ming! No entiendes nada sobre economía. Mira, yo soy muy liberal, pero ¡tienes que despertar y ver cómo funciona el mundo! Una palabra más y te saco de mi suscripción del Office. ¡Ve y escribe en tu puto documento de Google! Eso último dolió más de lo que esperaba. Alissa resiente la interpretación que hacemos Henry y yo del confinamiento, pero no digo nada porque cada una está pasando por su propia mierda personal y, encima, empieza a ralearle el pelo.

Entro en el edificio y subo las escaleras. Abro la puerta y oigo a Alissa en su cuarto. Suena enfadada y por eso sé que está hablando para sí misma y no con nadie del trabajo. Dejo el bolso en la cama y me tumbo. Quiero hablar con Tom. Aún estamos arrancando. Trabajamos mejor en persona. Desde siempre. No creo que me odie ya. Hay mucho amor. Y eso me encanta.

A veces nos escribimos. Mensajes largos. La cháchara sin sentido parece demasiado impersonal, pero cuesta mantener el ritmo con los mensajes largos. La conversación no fluye día y noche, pero pienso en él a cada momento. Lo apoyo. No de un modo condescendiente o como si a mí me fuera la mar de bien, pero dejaría que parte de mi vida se fuera a la mierda si eso significara que a él le iría bien.

Miro el móvil y veo que me ha enviado un mensaje.

Hola, voy a salir a dar un paseo. ¿Quieres que hablemos por teléfono? Podríamos hacer una videollamada.

Se me acelera el pulso. No hemos hablado por teléfono desde Londres.

¡Sí! Dame diez minutos.

No necesito diez minutos, pero, por algún motivo, una llamada con él me pone nerviosa. Siento vértigo. No tiene sentido. No es romántico y no estoy enamorada. Lo mío con Tom ya es agua pasada, pero, en cierto sentido, parece que fuera una cita. Paseo por el pequeño trozo de suelo a los pies de mi cama. ¿Mi ropa está sucia? Me quito la del día anterior y me pongo una blusa recatada. ¿Y si pide un tour por la habitación? Meto unas cuantas cosas en el armario. El tirante de un top, un tentáculo extraviado, se asoma por la puerta. La abro de nuevo, lo tiro dentro y cierro el armario con un golpe. Oigo que Alissa gruñe a través de la pared que compartimos. ¡Deja de dar golpes a las cosas, por favor! ¡Hay gente que trabaja!

El vino de la noche anterior me ha absorbido la humedad de la piel. Corro al baño y me lavo la cara. Me limpio la suciedad. Me la seco con una toalla y me echo la crema hidratante cara de Alissa por la frente y las mejillas. No hay ninguna puta diferencia. Cuando regreso al dormitorio, han pasado los diez minutos. Me siento en el centro de la cama. Enderezo la espalda y pongo el teléfono delante. Llamo a Tom.

—¡Hola! —digo.

—¡Hola!

Está caminando. Veo el cielo despejado sobre él. Los árboles bailan por el borde de la pantalla. Creo que es Brockwell Park. Está guapo. Se ha afeitado, ya no tiene pelito de melocotón. Gracias a Dios.

—¿Qué tal vas?

Aparta los ojos de la pantalla para mirar la carretera por encima. Baja un poco el móvil. Desde este ángulo también está guapo. Yo parezco la señorita Piggy.

—Estoy en casa, la verdad es que no he hecho gran cosa.

—¿Qué tal te va con el dinero?

Me encojo por la pregunta directa, pero siempre he sido así con Tom. No reacciona a pesar de que sea poco apropiada.

—No tengo gasto alguno y me contrataron en aquel pub un par de semanas antes de que dejaran de abrir.

—Eso es bueno.

Encorvo la columna y relajo los hombros.

—¿Qué tal por ahí?

—Lento. Se suponía que la obra que escribí iba a entrar en producción, pero no sé qué va a pasar ahora. Me emocioné y hasta hice unos bocetos para el póster. Espera, te mando uno.

Se lo envío por mensaje. Me muevo por la cama para apoyar la espalda en la pared. La cámara de Tom se torna borrosa y se congela cuando va a mirar la imagen. Al cabo de un par de segundos, su rostro se torna nítido de nuevo y mira hacia la cámara.

—Está guay. ¿De qué va?

—De gente trans con demencia.

—Suena muy deprimente.

—Gracias. Eres la primera persona que lo dice. Es deprimente de cojones.

Tom se ríe.

—¿Estás haciendo algo más?

—La verdad es que no. —Miro hacia el armario. Pienso en Henry—. He estado trabajando en mis cosas. También estoy escribiendo un guion de cine.

Tom se sienta en un banco. Sostiene el móvil sobre el muslo. Yo lo miro desde abajo.

Se gira y le sonríe a alguien. Sigue con la cabeza a la persona y su mirada persiste en ella antes de girarse hacia mí. Creo que va a decir algo importante, pero entonces me pregunta si he visto algo chulo últimamente. Intercambiamos una lista de series y películas y las comentamos. Hay una pausa en la conversación. Mira al frente.

—Todo me está costando una barbaridad, Ming. Aunque he visto mucho a Sarah. En el exterior y tal. Cass también me ha escrito. ¿Es raro que me ponga nervioso cuando la gente me pregunta si quiero hacer algo?

—No creo que sea raro. Deberías intentar quedar con ella.

La idea de Cass y Tom quedando a solas me reconforta. Mi amiga me preguntó la semana pasada si sería raro escribirle. La timidez es una espina clavada en la psique británica. Resulta desesperante.

—Hasta hace un par de semanas no me di cuenta de que no hablo con mucha gente. Hablar de verdad, quiero decir.

—A mí puedes llamarme cuando quieras, ¿sabes?

—Gracias. Lo haré más a menudo. —Sonríe hacia la cámara y luego la sonrisa desaparece cuando mira un lado. Arruga el ceño—. Tengo muchas ganas de hablar con Rob. Hace un par de noches, me arrodillé junto a la cama, junté las manos y me puse a hablar con él.

—¿Qué? —Suelto una risa nerviosa—. En plan, ¿como si rezaras?

—Sí, ¿no es raro? —Me devuelve la risa nerviosa—. Me moría de ganas por hablar con él y ese era mi único punto de referencia para hablar con alguien que ya no está aquí. Al principio me senté con las piernas cruzadas en la cama como si meditara.

—Echa un vistazo rápido alrededor y luego estira el brazo y sube las piernas al banco para enseñármelo. Me río—. Pero no parecía lo bastante real. Así que me planteé llamar a su antiguo número porque pensé que podría dejarle un mensaje en el contestador, pero supe que me dolería mucho oír su voz o, peor, enterarme de que lo habían dado de baja. No pude darle al botón de llamar.

—Aparta los ojos de la cámara—. Y por eso recurrí a lo primero que había pensado, me arrodillé en el suelo con los codos en la cama y le dije lo mucho que lo echaba de menos y que ojalá estuviera aquí, aunque habría odiado el mundo ahora. Le dije que te quedaste en casa. Y que Sarah y yo estamos pasando mucho tiempo juntos. Le dije que había dejado mi trabajo y le conté lo del pub y que, según Sophia, el trabajo de modelo remontaría. Me sentó muy bien, Ming. Aunque es una tontería, ¿no? —Levanta el móvil para que le vea mejor la cara y, a través de la imagen borrosa, noto que arquea ligeramente las cejas—. Parece una locura.

—No lo es.

Intento que mi semblante transmita la sinceridad que siento. Tom es muy buena persona. Se levanta del banco y echa a andar de nuevo.

—¿Qué tal está Alissa?

Miro el armario, a sabiendas de que se halla justo al otro lado de la pared.

—Trabaja todo el rato. —Mantengo el tono bajo—. Pero ahora desde casa. Está siendo un poco imposible.

—¿Qué hace?

Me encojo un poco sobre las caderas. Noto que me aparece esa sonrisa en la cara, la sonrisa de cotilleo. Tom también luce la misma.

—Cuando cuelga después de una reunión, se pone a gritar. O sea, no llora, solo grita de un modo gutural. Un día, se cayó internet y empezó a golpear la pared con los puños. Es raro. —Tom se ríe—. ¿En tu antiguo trabajo la gente era así?

—No, pero a lo mejor era porque estaban en la oficina. ¿Se porta bien contigo?

—Sí. O sea, se avergüenza por los golpes contra la pared y sabe que nadie más aguantaría esta mierda. —Mi mente se centra de nuevo en Henry y me pregunto si le podría hablar a Tom de él—. Pero estoy mucho fuera de casa, lo cual es mejor para las dos.

—¿Y qué haces, ir a clase?

—Estoy viendo a una persona nueva.

El semblante de Tom se torna atento de repente.

—¿Quién es?

—Es actor. Nos acostamos juntos una temporada, pero siempre me pareció un poco raro. No es que eso sea malo siempre, pero, desde que volví de Londres, la cosa va muy bien.

—Me alegro mucho por ti, Ming.

Lo creo, aunque cuesta captar emoción y sinceridad por el móvil, incluso por videoconferencia. Tom parece distraído por el paseo. Ha salido del parque y vuelve a ir por la calle. Mira a derecha e izquierda antes de cruzar la carretera. Oigo el sonido de un camión al pasar. Gira a mano izquierda en una calle más tranquila.

—¿Y cómo es? —pregunta.

—Muy simpático. De Ohio. Pregunta mucho por ti.

Se le ilumina la cara. Sonríe con ganas y le veo el paladar.

—¿Ah, sí?

—Sí. No a malas. Solo siente interés.

Me baila el estómago. La mezcla de Tom y Henry es rara.

Es una versión de felicidad. Ser feliz con Henry, feliz de poder hablarle sobre él a Tom, feliz de que Tom esté feliz por mí.

—¿Y tú has hablado con Marco?

Se encoge de hombros.

—No. Me envió un mensaje la semana pasada, pero creo que no estoy listo para verlo de nuevo. —Se pasa la cremallera de la chaqueta con la mano libre—. Por ahora, estoy bien solo.

—Me alegro por ti.

Espero que lo crea.

Deja de andar y se apoya contra algo. Veo el familiar ladrillo rojo de su casa.

—Mamá no deja de preguntarme por ti. Hemos preparado muchas recetas del libro que nos regalaste. Es como si estuvieras aquí.

—¿En serio?

—Sí.

La calidez me recorre el vientre y me noto al borde de las lágrimas. Tom me cuenta las últimas novedades de sus padres. Yo le digo que Cindy se ha operado para quitarse las ojeras, algo que a mí me parece inútil, porque siempre lleva gafas de sol. Tom se ríe.

—Llevo tiempo queriendo hacer algo más creativo —dice—. Ahora que tengo más tiempo.

—¿Cómo qué?

—He comprado unas nuevas mesas de mezclas. Y he escrito cosas.

—¿Sí?

Asiente. Aparta de nuevo los ojos de la cámara, como si mirara algo al otro lado de la calle. Guardamos silencio. Me reconforta que escriba, aunque sea sobre mí. Tampoco es que tenga mucho que perder ya.

—Aunque no sé si es bueno.

—Seguro que sí. —Hay una breve pausa—. ¿Quieres que lo lea?

—¿Podrías?

—Pues claro. Seré crítica si quieres que lo sea, pero también me encantaría ver lo que has escrito. ¿De qué va?

—Ya lo verás —dice con una sonrisita.

Durante un momento, me sorprende lo mucho que se puede decir con una mirada, una sonrisa, un gesto. ¡Podría estar escribiendo sobre ti! ¡Hora de pagar por lo que has hecho, zorra! ¿Cómo se siente? Era broma… ¡narcisista! Y el prerrequisito para todo esto parece ser la historia, aunque algunos tramos sean hermosos y otros sean tórridos y feos. Es tiempo que pasé con Tom, tiempo que no querría ni habría pasado con nadie más.

—Será mejor que entre. Papá quiere que lo ayude con el jardín. Me ha gustado mucho hablar contigo, Ming. Te enviaré lo que he escrito. Y te llamaré para hablar de ello. Y para ponernos al día.

—Sí, claro.

Es hora de despedirnos, pero no lo hacemos.

—Estás sonriendo —dice.

Durante un segundo, no sé de qué habla, pero entonces lo entiendo.

—Estoy sonriendo. Tú estás sonriendo.

—Estoy sonriendo.

AGRADECIMIENTOS

A mamá, Emma-Jane y Claire.

A Monica MacSwan, Lesley Thorne, Jazz Adamson y al equipo en Aitken Alexander.

A Bobby Mostyn-Owen, Louis Patel y Milly Reid en Doubleday y a Grace Towery en Hanover Square Press.

A todas mis amigas y fiesteras, pero sobre todo a Aisha Hassan, Daisy Schofield, Jay Crosbie, Leo Sands, Ciara Nugget, Elaine Zhao, Amy Hawkins, Jess Franklin, Mollie Wintle, Faith Waddell, Fin Taylor, Jo Marshall, Joe Goodman, Camille Standen, Zander Spiller, Isobel Cockerell, Lauren Chaplin, Amber Chang, Jonny Dillon, Molly Flood, Tayiab Ramzan, Laura Inge, Linda Chen, Awut Atak, Leo Benedict, Sam Rawlings, Billy Gore, Michael Kirreh, Freddie Carter, Shan Li Ng, Katrina Ibrahim y Makissa Smeeton.